石井桃子の翻訳は
なぜ子どもをひきつけるのか

「声を訳す」文体の秘密

竹内美紀[著]

ミネルヴァ書房

石井桃子の翻訳はなぜ子どもをひきつけるのか
――「声を訳す」文体の秘密――

目　次

初 出 一 覧
図 表 一 覧

序　章　「声を訳す」とは ………………………………………… 1
　　1　石井桃子研究の意義 ……………………………………… 1
　　2　翻訳者研究という視点 …………………………………… 6
　　3　石井桃子の生涯と訳業 …………………………………… 7
　　4　子ども読者と「声」について …………………………… 12
　　5　本書の構成 ………………………………………………… 16

第Ⅰ部　石井翻訳の原点と「声」

第1章　『クマのプーさん』改訳比較にみる石井のこだわり …… 23
　　1　『クマのプーさん』の改訳史 …………………………… 23
　　2　変えられたもの …………………………………………… 27
　　3　変えられなかったもの …………………………………… 37

第2章　『クマのプーさん』英日比較にみる石井らしさ ……… 45
　　1　『クマのプーさん』の作品の本質 ……………………… 45
　　2　言葉遊びとくり返し ……………………………………… 48
　　3　日本語の特徴を活かした訳の工夫 ……………………… 54
　　4　読者寄りの訳 ……………………………………………… 61

第3章　「岩波少年文庫」シリーズと物語の翻訳 ……………… 67
　　1　「岩波少年文庫」の創刊と選書基準 …………………… 67
　　2　「岩波少年文庫」の翻訳姿勢 …………………………… 75
　　3　『ふくろ小路一番地』の翻訳分析 ……………………… 81

目次

━━━ 第Ⅱ部　子ども読者と作品の「声」━━━

第4章　翻訳絵本の形 …………………………… 93
1. 「岩波の子どもの本」シリーズと統一判型 …………………… 93
2. 福音館書店「世界傑作絵本」シリーズと横判 ………………… 103
3. 『シナの五にんきょうだい』の翻訳分析 ……………………… 107

第5章　子どもの読みと絵本『ちいさいおうち』の翻訳 ……… 119
1. 子ども読者を意識した翻訳とは ………………………………… 119
2. 子どもは原作『ちいさいおうち』をどう読むか ……………… 122
3. 石井訳『ちいさいおうち』の翻訳分析 ………………………… 131

第6章　訳者の作品解釈とファンタジー『たのしい川べ』の翻訳 … 141
1. 原作と中野好夫の先行訳 ………………………………………… 141
2. 石井の旧訳『ヒキガエルの冒険』 ……………………………… 148
3. 石井の新訳『たのしい川べ』 …………………………………… 156

第7章　訳者の精読と短編『おひとよしのりゅう』の翻訳 …… 165
1. "reluctant" は「おひとよし」か ………………………………… 165
2. 主人公ドラゴンにとっての "reluctant" ………………………… 170
3. 訳者石井にとっての "reluctant" ………………………………… 175
4. 作者グレアムにとっての "reluctant" …………………………… 178

━━━ 第Ⅲ部　「語り」の文体の確立 ━━━

第8章　幼年童話と昔話の法則 …………………… 187
1. 「岩波の子どもの本」から幼年童話へ ………………………… 187
2. アトリー作「チム・ラビット」シリーズ ……………………… 191
3. アトリー作「こぎつねルーファス」シリーズ ………………… 201
4. 昔話に対するこだわり …………………………………………… 206

第9章　ポターの「語り（"tale"）」の文体……………………215
　　1　「ピーターラビット」シリーズ……………………………215
　　2　"tale"の文体………………………………………………219
　　3　『グロースターの仕たて屋』の翻訳分析………………226

第10章　ファージョンの「声の文化」の文体…………………235
　　1　石井とファージョン………………………………………235
　　2　『銀のシギ』の阿部訳と石井訳の比較…………………237
　　3　ジェイコブズの昔話との比較……………………………242

第11章　「語り」を絵本にした『こすずめのぼうけん』………251
　　1　ストーリーテリングと元話………………………………251
　　2　『こすずめのぼうけん』の翻訳分析……………………255
　　3　『こすずめのぼうけん』の絵と場面割り………………263

終　章　石井の翻訳文体の源泉としての「声の文化」の記憶…269
　　1　石井の自伝的創作…………………………………………269
　　2　ミルン自伝の翻訳…………………………………………272
　　3　「魔法の森」の住人…………………………………………278
　　4　石井にとって「声を訳す」こと……………………………282

参 考 文 献……………………………………………………………287
あ と が き……………………………………………………………313
人 名 索 引……………………………………………………………319
事 項 索 引……………………………………………………………324

初出一覧

本書の発表済みの箇所をここに記す。

第1章は，次の論考の一部を含む
　「石井桃子の翻訳研究——A. A. Milne 作『クマのプーさん』の改訳の比較から」フェリス女学院大学大学院人文科学研究科英米文学英語学研究会，*Ferris Wheel*, 11（2008）：101-122。

第2章は，次の論考の一部を含む
　「石井桃子の翻訳研究——『クマのプーさん』のユーモア」日本イギリス児童文学会，*Tinker Bell* 54,（2009）：41-54。

第4章の第1節と第2節および第8章の第1節は，次の論考の一部を含む
　「絵本翻訳における縦と横——石井桃子の絵本翻訳を題材に」フェリス女学院大学大学院人文科学研究科英米文学英語学研究会，*Ferris Research Papers*, 1（2011）：46-61。

第5章は，次の論考の一部を含む
　「石井桃子の翻訳研究——バージニア・リー・バートン作『ちいさいおうち』を題材に」フェリス女学院大学大学院人文科学研究科英米文学英語学研究会，*Ferris Wheel*, 10（2007）：96-118。

第6章は，次の論考の一部を含む
　「訳者の読みと翻訳——石井桃子訳 *The Wind in the Willows* の比較研究」日本イギリス児童文学会，*Tinker Bell*, 55（2010）：39-52。

第7章は，次の論考の一部を含む
　「石井桃子の翻訳研究——Kenneth Grahame 作 *The Reluctant Dragon* を題材に」フェリス女学院大学大学院人文科学研究科英米文学英語学研究会，*Ferris Wheel*, 12（2009）：87-103。

第8章の第2節以降，第9章，第10章は，次の論考の一部を含む
　「石井桃子の翻訳における昔話的要素——アトリー，ポター，ファージョンを題材に」フェリス女学院大学大学院人文科学研究科英米文学英語学研究会，*Ferris Wheel*, 13（2010）：58-121。

図表一覧

〈扉〉
第Ⅰ部　『熊のプーさん』初版表紙（ミルン作，石井桃子譯，岩波書店，1940）
　　　　『プー横丁にたつた家』初版表紙（ミルン作，石井桃子譯，岩波書店，1942）
第Ⅱ部　『ちいさいおうち』初版表紙（おはなしとえ　ばーじにあ・ばーとん，岩波書店編集，岩波の子どもの本，1954）
　　　　『ヒキガエルの冒険』表紙（ケネス・グレアム著，石井桃子訳，英宝社，1950）
第Ⅲ部　『ムギと王さま』初版表紙と外箱（E・ファージョン作，石井桃子訳，岩波少年文庫，1959）

〈本文〉
図4-1　『こねこのぴっち』大型絵本版（岩波書店，1987）表紙
図4-2　『こねこのぴっち』「岩波の子どもの本」版（岩波書店，1954）表紙
図4-3　『こねこのぴっち』大型絵本版（岩波書店，1987）9ページ
図4-4　『こねこのぴっち』「岩波の子どもの本」版（岩波書店，1954）17-18ページ
図4-5　『こねこのぴっち』大型絵本版（岩波書店，1987）10ページ
図4-6　『こねこのぴっち』「岩波の子どもの本」版（岩波書店，1954）19-20ページ
図5-1　『ちいさいおうち』大型絵本版（岩波書店，1965）2ページ
図5-2　『ちいさいおうち』大型絵本版（岩波書店，1965）28ページ
図8-1　『百まいのきもの』「岩波の子どもの本」版（岩波書店，1954）表紙
図8-2　『百まいのドレス』新版（岩波書店，2006）表紙
図8-3　『百まいのきもの』「岩波の子どもの本」版（岩波書店，1954）2-3ページ
図8-4　『百まいのドレス』新版（岩波書店，2006）6-7ページ
図8-5　『チム・ラビットのぼうけん』（童心社，1967）49ページ
図9-1　『グロースターの仕たて屋』（福音館書店，1974）40ページ
図9-2　『のねずみチュウチュウおくさんのおはなし』（福音館書店，1972）53ページ
図9-3　『グロースターの仕たて屋』（福音館書店，1974）35ページ
図11-1　『こすずめのぼうけん』（福音館書店，1977）28-29ページ
図11-2　『こすずめのぼうけん』（福音館書店，1977）30-31ページ
図11-3　『こすずめのぼうけん』（福音館書店，1977）2-3ページ

序　章
「声を訳す」とは

1　石井桃子研究の意義

（1）研究の目的

　本書の目的は，石井桃子の翻訳の特徴を明らかにし，子どもの本の翻訳文体における声の重要性を指摘することにある。一般に翻訳とは，原文を訳文に移行させるテクストの変換と考えられているが，石井の場合は，原文の声を聞き取り，日本の子ども読者に向かって自らの言葉で語るという翻訳手法をとっている。子どもの文学において，声に出して読まれたものを耳を通して聞くことは重要であり，その観点でいえば，石井の翻訳手法は子ども読者の読みにかなったものといえる。

　子ども読者の読みという視点は，現在の児童文学の翻訳研究分野において重視されつつある。しかし，その指摘は理論研究にとどまっているものが多く（Oittinen 2000; Lathey 2006），子ども読者を配慮した訳が，実際の翻訳作品の中でどのように行われているかを具体的に分析した研究は少ない。そこで筆者は，子ども読者を配慮した読みの視点から石井桃子の豊富な翻訳作品を分析し，石井の子どもの文学の翻訳における声の重要性を明らかにしたいと考える。

　石井桃子（1907-2008）は，現在の日本児童文学の土台を築いた一人で，その活動範囲は極めて広い。『ノンちゃん雲に乗る』などの創作，「岩波少年文庫」や「岩波の子どもの本」シリーズなどの編集，「かつら文庫」や東京子ども図書館での読書活動を通した実践活動，さらには評論集『子どもと文学』や共訳

『児童文学論』の出版で日本児童文学の発展に尽力した。しかしながら，石井の一番の功績は翻訳にある。それを端的に物語っているのが，2007年度の朝日賞の受賞で，その理由として「『クマのプーさん』などの翻訳をはじめとする日本の児童文学への持続的な貢献」と説明されている[1]。石井は101歳で逝去する直前まで現役として翻訳を続け，結果として世に送り出した訳書は200冊近くにおよび，その中には初訳から長い年月を経ても絶版にならずに読み続けられている作品も少なくない。

　また石井の訳は，児童文学に関わる多くの者たちから子どもの本の文体のひとつの理想形として支持され，後続の翻訳者に影響を与えてきた。たとえば，『図説　子どもの本・翻訳の歩み事典』は，児童文学翻訳の歴史と現在を俯瞰した大著であるが，その中で翻訳者の福本友美子が，石井桃子の翻訳を以下のように高く評価している。

　　わかりやすいことばで，目に見えるように生き生きと綴られる訳文は，つねに子どもと共に読むことを意識した結果であろう。声に出して読みやすく，耳で聞いて美しいその訳文は，そのころから次第に全国に広がった家庭文庫や公共図書館で読み聞かせをする現場の人々から大きな信頼と支持を得る。数多くの訳書のなかでも，絵本『ちいさなうさこちゃん』や「ピーターラビット」シリーズ，『ちいさいおうち』をはじめとするバートン絵本は絶大な人気がある。（福本　2002：91）

　これ以外にも，ブックガイドなどで「石井桃子の名訳で知られるこの作品」と紹介されることも多い[2]。一方で，石井訳が学術研究の対象となることは少なく，ましてや具体的な翻訳文を分析して翻訳の特徴を明らかにしているものは稀である。数少ない先行研究としては，『クマのプーさん』（*Winnie-the-Pooh*, 1926）を題材にした原昌の「ミルン童話の翻訳・受容」（原1991），マーガレット・ワイズ・ブラウン（Margaret Wise Brown, 1910-52）の『おやすみなさいのほん』（*A Child's Good Night Book*, 1943）を題材にした灰島かりの「翻訳」批

評（灰島 2011：479-481）があるが，いずれも分析対象は作品の一部にとどまっている。

　石井の翻訳が高く評価されているにもかかわらず，その翻訳文体の研究がほとんど進んでいないのはなぜであろうか。ひとつの理由は，石井が没して間もないため，残された資料もまだ整理途上にあり，石井研究全般がこれからの課題だからである。もうひとつの理由としては，東京子ども図書館理事長の松岡享子が「日本の子どもの本の世界における石井桃子さんの存在の大きさ」（松岡 1999：299）と指摘するように，戦後の日本児童文学界における石井桃子の影響力も無関係ではないだろう。というのも，現在の児童文学関係者の中には子ども時代に石井の創作や翻訳作品を愛読した者も多く，幼少時代の至福の思い出は客観的な研究対象には採用されにくいのかもしれない。それは必ずしもネガティブな動機からではないのだろうが，存命中に彼女の作品を分析対象とすることを躊躇させた可能性は否定できない。加えて，石井自身が，子どもの本は子どもに読むためのものとして，分析されることを嫌っていたことも一因であろう。[3]

（2）先行研究

　これまでにも石井研究が行われていなかったわけではないが，『ノンちゃん雲に乗る』に代表される創作についての個別作品論が多く，複数作品を題材に石井桃子の業績全体を論じる作家論は非常に少なかった。その数少ない例外が，児童書編集者の小西正保と，児童文学者の清水真砂子の2人である。小西は，石井の本質が「児童文学の翻訳者」で「すぐれた英米文学の移入者」（小西 1997：72）であったと指摘している。また清水は，壮年期の石井が子どもの本の啓蒙家としての使命感に囚われ，創作が教訓調で型にはまったつまらないものになってしまった分，石井が生来もつ豊かな感性が翻訳の場に発揮されたと論じている（清水 1976, 1984）。両者共に，石井桃子にとって翻訳が最も重要な仕事であることを認めつつも，翻訳の内容の分析までには踏み込んでおらず，一般的な指摘に終わっている。また両者の論考は発表から数十年を経過してお

3

り，その後の石井の仕事をカバーしていないという点でも不十分である。さらに，小西，清水の両者以外の者による石井桃子の翻訳に関する研究を見てみると，第Ⅰ部以降の各論でふれるように，1作品の一部を使用したものが若干見られるだけである。複数の作品にまたがるもの，ましてや石井桃子の翻訳の仕事全般を扱った研究は筆者の知見のおよぶ限りまだない。

　石井の翻訳研究が進まなかったもうひとつの理由は，翻訳研究自体のむずかしさ，特に誤訳指摘が先行したことにある。たとえば，J. R. R. トールキン（J. R. R. Tolkien, 1892-1973）の『ホビットの冒険』（*The Hobbit, or There and Back Again*, 1937）の瀬田貞二訳は，児童文学愛好家からは熱烈な支持を受けたが，英文学者の別宮貞徳による誤訳の指摘を受け，当時病床にあった瀬田の命を縮めたという逸話が残っている（田中 2003：30；斎藤惇夫 2002：172）。当時は，翻訳研究イコール誤訳の指摘という揚げ足取り的なマイナスイメージをもつ者も少なくなく，日本で児童文学の翻訳研究が学術研究として認められたのはつい最近のことである（Tanaka 2009：1-2）。

　上述のような困難さをおしても，あえて同時代人である石井の翻訳研究をする意義はどこにあるだろうか。筆者は，子どもの本の翻訳文体の解明の重要性は，子どもにとっての読書の重要性と密接に関係していると考える。子どもは本を読むことによって，心と言葉を育てる。子ども時代にどんな本に出会うかはその子の生涯に大きな影響を与える。しかも，ほとんどの子どもは外国語を読めないので，母語で聞き，母語で読む。ゆえに，子どもの本において翻訳は極めて重要なのである。なかでも石井桃子の翻訳は，現在の日本の子どもが出会うべき理想的な文体であると考えられている。

　先に引用した福本の言葉に象徴されるように，石井訳が子ども読者に支持されていることは定評があるが，筆者も自らの子育ての中で，次のような体験をしたことがある。長男が言葉を覚えたての3歳ごろ，明らかに日常会話とは異なる言葉を使用しているのに気づいた。たとえば，「車が通った」ではなく「車が通り過ぎていった」とか，「窓の方に行って」ではなく「窓際によってみて」のように，動詞を重ねたり，名詞を厳格に使うのである。筆者が，子ども

の発語を記録し，その表現の出処を類推した結果，当時子どもが好んで読んでいた絵本の中に同じ表現があるのを幾例も見出した。絵本をたくさん読んでもらうことによって，子どもの頭の中に，絵本の言葉が着実に蓄積されていったのである。

　絵本の言葉は，話し言葉とは明らかに違う。一般に，3歳くらいまでの子どもは，あたかも言葉を食べるように丸ごとそっくりそのまま覚えるといわれている。たとえば，歌人の俵万智が「文字をまだ読めなかった頃」，マーシャ・ブラウン（Marcia Brown, 1918- ）の『三びきのやぎのがらがらどん』（*The Three Billy Goats Gruff*, 1957）を「一日に何度も母に読んでもらって」「一言半句違わない」で絵本の文章を覚えていたという（俵 1992：202）。『三びきのやぎのがらがらどん』の絵本の言葉は，俵の母語の揺り籠となり，歌人・俵万智の文体の基礎を築いた。俵にとっての『がらがらどん』に匹敵する本をわが子にあてはめてみれば，彼のお気に入りは，バージニア・リー・バートン（Virginia Lee Burton, 1909-68）の『はたらきもののじょせつしゃけいてぃ』（*Katy and the Big Snow*, 1943），ディック・ブルーナ（Dick Bruna, 1927- ）の『ゆきのひのうさこちゃん』（*nijintje in de sneeuw*, 1963），ジュリエット・キープス（Juliet Kepes, 1919-99）の『ゆかいなかえる』（*Frogs Merry*, 1961）などであった。作家も違い，テーマも色調もばらばらであるが，あえて共通するものを探せば，いずれの本も訳者が石井桃子ということである。わが子だけに該当するのかどうか疑問に思い，同年齢の子どもをもつ母親たちにヒアリングを重ねたところ，子どもが読み聞かせで好む絵本として，石井訳の作品をあげる例が多かった。石井訳は，幼い子どもの耳に心地よく響くようである。しかしながら，本書の関心は石井訳がどれほど子どもに支持されているかを数量データで検証することではなく，「なぜ石井訳が子ども読者に好まれるのか」という理由を解明することにあり，読者論的実証分析には深く立ち入らないことにする。つまり，本書で論じるのは，石井の翻訳姿勢，言い換えれば石井がどのような翻訳をしたのか，またそれはどういう理由であったのかということである。

2　翻訳者研究という視点

（1）翻訳研究における翻訳者の役割

　ここで，本書の翻訳論としての立ち位置を明らかにしておく必要があるだろう。つまり，石井桃子という一人の翻訳者にこだわることは，翻訳研究という広い視野から見た場合にどのような意味をもつかということである。そもそも翻訳者研究は，翻訳研究の中では非常に新しいアプローチであるので，そこにいたる翻訳研究の歴史を短観しながら，翻訳者研究の意義について述べておきたい。

　現在の翻訳論においては，訳者の翻訳姿勢に影響を与える主要因は2つと考えられている。ひとつは翻訳の客体となるテクスト，もうひとつは翻訳の主体となる訳者自身である。訳すテクストが違えば，訳し方は当然異なる。しかし，だからといって原テクストが同じであれば誰が訳しても同じになるとは限らない。翻訳姿勢の決定要因は翻訳者の内部にも存在する。近年「テクストや文化よりも，翻訳者についての研究が翻訳研究の主役になってきている」（マンデイ 2009：257）が，その契機となったのは，フランスの社会学者のピエール・ブルデュー（Pierre Bourdieu, 1930-2002）が提唱した「ハビトゥス」という概念である。人間の行動はすべて真空の中で行われるのではなく，行動が行われる「場（"*champ*"）」のもつ力学に影響を受ける。それが一定時間続くことにより個人の中に蓄積されて出来上がるものが "*habitus*"，フランス語の原義「持つもの」である（ブルデュー 1980, 1991）。

（2）訳者のハビトゥス

　このブルデュー理論を翻訳研究に最初に適用したのはダニエル・シメオニ（Daniel Simeoni）で，ブルデューの「場」の概念を援用して，翻訳の場では「作家のハビトゥス（"authorial habitus"）」と「訳者のハビトゥス（"translatorial habitus"）」が対立していると指摘した（Simeoni 1998：26）。すなわち，原文テ

クストには原作者のハビトゥスだけが影響するのに対し，翻訳テクストにはそれに加えて，訳者のハビトゥスが影響するというのである。シメオニが提起した訳者のハビトゥスの概念をさらに発展させたのがジャン＝マルク・ゴゥアンヴィック（Jean-Marc Gouanvic）である。ゴゥアンヴィックは，翻訳文体になぜ訳者のハビトゥスが影響するかについて，訳者が語彙や統語法により作り出した訳文上のリズムは，原作者の声を体現するものでありながら，訳者が表現言語で獲得したハビトゥスが影響した結果でもあると指摘する（Gouanvic 2005：158）。これを英日翻訳に当てはめて考えてみれば，訳者が訳文の中で作りあげたリズムは，英語の原作の声を表現するためのものであるにもかかわらず，訳者自身が独自の語彙や文法を駆使したもので，そこには自ずと訳者が獲得してきた日本語体験による訳者のハビトゥスが反映されてしまうことになる。ここでいうハビトゥスとは，狭義では訳者の言語や文学体験となるが，広義では，訳者個人の生涯や教育といった個人的体験などの多くの要素の総体を指すと考えられる。

　この訳者のハビトゥスという概念を本研究に援用すれば，石井訳の文体の形成に影響を与えるのは，石井個人がもつハビトゥスであり，石井のハビトゥスを形成するのは石井個人の生涯，教育，体験ということになる。したがって，石井の翻訳を分析するためには，言語学的な対照分析だけでなく，石井の伝記的事実についての考察が必要となる。石井の子どもの本の翻訳を扱う本研究が，石井の生涯，特に子どもとの接点に注目する理由はここにある。

3　石井桃子の生涯と訳業

（1）「日本少國民文庫」まで

　次に，石井桃子とはどういう人物だったのか，翻訳の仕事を中心にその生涯を概観しておきたい。石井桃子研究の資料としてまずあげられるのは，1998年から翌1999年にかけて岩波書店から刊行された『石井桃子集』全7冊であるが，石井桃子の長年にわたる業績の集大成としてはあまりにボリュームが少ない

(横川 1999)。ひとつの理由としては，この全集が小説やエッセイなどの創作だけを収録しており，翻訳が含まれていないことにあるだろう。また，石井が全集刊行完結後も長生きをして仕事を続けたので，全集発刊後に発表された作品もある。さらに没後まだ間もないことから，伝記や評伝の類も発表されたものはごくわずかである。したがって，石井にまつわる伝記的な事実は，学術研究だけでなく，新聞のインタビューや雑誌の特集記事，展覧会の図録などの幅広い資料にも目配りして，それらの資料から積みあげて検証していく必要がある。[4]

石井桃子は，1907年（明治40）に埼玉県北足立郡浦和町（現在のさいたま市浦和地区）に生まれ，1928年に日本女子大学校英文学部を卒業する。在学中から菊池寛の下で，外国の雑誌や原書を読んでまとめるアルバイトをしていた関係で，大学卒業後は文藝春秋社に入社し，『婦人サロン』などの編集にあたった。また，菊池の紹介で，時の首相犬養毅の書庫整理係のアルバイトをしたのがきっかけで，犬養家と親交が生まれた。犬養家で，子どもたちのクリスマスプレゼントとして贈られた A. A. ミルン（A. A. Milne, 1882-1956）の『プー横丁にたった家』（*The House at the Pooh Corner,* 1928）の原書を手に取ったのが，石井のプーとの最初の出会いであった。

1933年に文藝春秋社を退社すると，作家の山本有三に誘われて新潮社に入社し，「日本少國民文庫」の編集に携わった。「日本少國民文庫」とは，山本が「少年少女の感性の陶冶と知性の訓練に役立つ書物」として企画し，1935年から1937年にかけて新潮社から刊行された全16冊のシリーズである。1998年に復刊された『世界名作選（二）』の巻末に，石井の「『世界名作選』のころの思い出」というエッセイが収録されている。[5] 石井はその中で，編集責任者の山本の意図を，「昭和六年に満州事変，七年に五・一五事件，そして十一年に二・二六事件」と日本が戦争に向かっていく時代に，「もっともっと広い，大きな世界があるんだよ，ということを伝えようとなさったのではないでしょうか」（石井 1998a：323）と語っている。未来ある子どもに対する山本の使命感は，若き日の石井にも伝わったのだろう。石井は後年のインタビューで，自分が子どもの本に関わることになったのは，小さいころからの希望というわけでもなく，

「いくつかの偶然のつながりから」「生涯の仕事」(石井 2007c) になったのだと言っている。その偶然のつながりのひとつが，この「日本少國民文庫」だったのだろう。なお，石井はこのシリーズの中で，短編2編を翻訳しており（ヘンリー・ヴァン・ダイク（Henry Van Dyke, 1852-1933)「一握りの砂」とサー・ウィルフレッド・グレンフェル（Sir Wilfred Grenfell, 1865-1940)「わが橇犬ブリン」)，これが石井の初翻訳出版となる（1936年12月刊行)。

(2) 白林少年館と岩波書店

1936年に新潮社を退社した後は，1938年に信濃町の犬養家の書庫を借りて，友人と一緒に児童図書館「白林少年館」を始めた。これが，石井が「かつら文庫」や東京子ども図書館で目指した家庭文庫，あるいは私設図書館の原型，子どもと本に関する実践活動の第一歩である。図書室と並行して白林少年館に出版部を作るのだが，石井たちの意図は，子どもたちに読ませたい本がないなら自分たちで作ろうというシンプルなものであった。石井が本を作りたいと考えた最初の段階から，読者としての子どもが想定されていたことは重要である。白林少年館出版部は，1940年11月にケネス・グレアム（Kenneth Grahame, 1859-1932）の『たのしい川邊』(*The Wind in the Willows*, 1908) を中野好夫訳で，1941年1月にヒュー・ロフティング（Hugh Lofting, 1986-1947）の『ドリトル先生アフリカゆき』(*The Story of Dr. Dolittle*, 1920) を井伏鱒二訳で出版する。石井は2冊の編集・発行と『ドリトル』の下訳を担当したが（石井 1994c：34；井伏 1978：164)，その後，戦局が厳しくなるにつれて紙の調達が困難になったこともあり，石井たちの小さな出版社はこの2冊の出版だけで終わってしまう。

これと同時期の1940年12月に，岩波書店から初の単行本訳書，A. A. ミルンの『熊のプーさん』を刊行する。1942年には続編『プー横丁にたつた家』も出版された。1941年12月，太平洋戦争が勃発する。戦争の息苦しさの中で，石井は徴兵された友人のために『ノンちゃん雲に乗る』を書き始め，1943年ごろ完成する。1945年春，終戦の数カ月前，友人と共に宮城県栗原郡鶯沢村に疎開し，

同時に開墾，農業，酪農を始める。中央公論社の編集者であった藤田圭雄の尽力により，1947年に大地書房より『ノンちゃん雲に乗る』が刊行される。1950年，英宝社から『熊のプーさん』と『プー横丁』の改訳およびK. グレアムの『ヒキガエルの冒険』（*The Wind in the Willows*, 1908）の新訳を出版する。

　1950年に，吉野源三郎らの勧めで宮城から上京し，岩波書店に嘱託として入社，同年12月「岩波少年文庫」シリーズを創刊する。最初に刊行された5冊のうちマリー・ハムズン（Marie Hamsun, 1881-1969）の『小さい牛追い』（*A Norwegian Farm*, 1933）は，石井自身が翻訳した。ノルウェーの農場の子どもたちの暮らしを描いたこの作品を石井が一番に取りあげたのは，宮城での農業体験が影響しているに違いない。続いて，1953年12月には，絵本のシリーズである「岩波の子どもの本」を創刊する。翻訳は，石井と共に光吉夏弥が担当した。翌1954年4月に刊行したV. L. バートンの『ちいさいおうち』（*The Little House*, 1942）は，石井の絵本翻訳の代表作のひとつとなる。編集者として岩波書店の2つのシリーズの創刊に携わった経験から，石井は「子ども読者」というものを強く意識するようになっていく。

（3）米国留学と帰国後

　ロックフェラー財団の奨学金を得られたことから，1954年5月に岩波書店を退社し，1年間のアメリカ留学に出発する。子どもの本の専門誌『ホーンブック』（*The Horn Book*）の主宰者であるバーサ・マホニー・ミラー（Bertha Mahony Miller, 1882-1969）の手助けを得て，アメリカ，カナダの公共図書館の児童室を歴訪，子どもたちが実際に本を手にする現場を見聞する。特に児童図書館の理想として世界から注目されていたトロント公立図書館のリリアン・H. スミス（Lillian H. Smith, 1887-1983）やニューヨーク公共図書館のアン・キャロル・ムーア（Ann Carroll Moore, 1871-1961）に出会ったことは，帰国後の石井の実践活動を後押しすることとなった（ジョンストン 1993：24-25）。帰国時にはヨーロッパ周りの船を選び，イギリスの児童図書館員アイリーン・コルウェル（Eileen Colwell, 1904-2002）の知己を得たことも大きかった。

序章 「声を訳す」とは

　石井は，帰国後の1956年5月頃から，瀬田貞二，鈴木晋一，松居直，いぬいとみこと共に「子どもの本の研究会」（5人の頭文字をとってISUMI会と命名）を始める。後に，その5人のグループに，米国留学から帰った渡辺茂男が加わった。勉強会の成果は，6人の共著『子どもと文学』（中央公論社，1960）として発表され，日本の童話作家の再評価につながった。ISUMI会のメンバーの理論的支柱となったL. H. スミスの評論集『児童文学論』（*The Unreluctant Years*, 1953）を，瀬田，渡辺と共訳したのも同時期である。

　帰国後の石井は，『子どもと文学』に代表される理論的な活動と並行して，実践の場を作ることにも積極的であった。1957年には，村岡花子らと家庭文庫研究会を結成し，1958年3月には，石井の自宅の1階に「かつら文庫」を開く。1961年に福音館書店からクレール・H. ビショップ（Claire Huchet Bishop, 1899-1993）とクルト・ヴィーゼ（Kurt Wiese, 1887-1974）の『シナの五にんきょうだい』（*The Five Chinese Brothers*, 1938）とワンダ・ガアグ（Wanda Gág, 1893-1946）の『100まんびきのねこ』（*Millions of Cats*, 1928）の2冊の絵本が刊行されるが，翻訳と編集を担当したのは石井たちの家庭文庫研究会であった。石井が試みたのは，アメリカやカナダで見聞きした児童図書館での活動を「かつら文庫」で実践し，そこで得た子どもたちの反応を元に絵本を作るという，理想的な循環であった。その成果が反映された形となった福音館書店「世界傑作絵本」シリーズの横書き横判の絵本は，日本語では縦書き表記が主流であった翻訳絵本の世界に，原著尊重の新しい潮流を作った。

（4）翻訳から創作へ

　1960年代半ばころから，石井は編集から距離を置き，翻訳の仕事の割合を増やしていく。D. ブルーナの「うさこちゃん」シリーズや，V. L. バートンの『はたらきもののじょせつしゃけいてぃ』や『せいめいのれきし』（*Life Story*, 1962）などの絵本を次々と翻訳出版した。石井翻訳の集大成となったのは，1970年から刊行が開始されたエリナー・ファージョン（Eleanor Farjeon, 1881-1965）の「ファージョン作品集」（全7巻）と，翌1971年から刊行開始されたビ

11

アトリクス・ポター（Beatrix Potter, 1866-1943）の「ピーターラビット」シリーズ（石井訳は19冊）の2つのシリーズであった。

両シリーズの翻訳が終了すると，石井は仕事の主軸を翻訳から創作に移していく。そのきっかけとなったのが，福音館書店の月刊誌『子どもの館』で，1973年から連載が始まった『幼ものがたり』（福音館書店，1981）である。『幼ものがたり』脱稿後は，7～8年にわたり『幻の朱い実』（岩波書店，1994）の創作に注力し，1994年に出版にこぎつけた。『幼ものがたり』は幼少時代，『幻の朱い実』は青春時代が投影された自伝的色彩が強い作品群であり，この2冊の創作は，自伝がない石井の生涯を探る手がかりになる。『幻の朱い実』の後は，A. A. ミルンの自伝『今からでは遅すぎる』（*It's Too Late Now*, 1939）の翻訳に5年もの歳月を費やした。A. A. ミルンとはもちろん，石井翻訳の原点ともいえる『クマのプーさん』の作者である。そして石井の最後の仕事となったのは，1954年に「岩波の子どもの本」の1冊として出版したエレナー・エスティス（Eleanor Estes, 1906-1988）の『百まいのきもの』（*The Hundred Dresses*, 1944）を2006年に改題改訳した『百まいのドレス』である。2008年4月2日逝去，享年101歳の天寿であった。

このように石井の生涯をたどってみると，石井のまわりには，常に子どもの存在があった。犬養家の子ども，「岩波少年文庫」や「岩波の子どもの本」の読者，「かつら文庫」や東京子ども図書館に集う子どもたちである。これらの子どもたちと共に歩み続けることで，石井は常に子ども読者という存在を強く意識しながら，翻訳や創作を続けた。

4　子ども読者と「声」について

（1）子どもの読みと大人の読みの違い

石井は，数は少ないものの，大人向きの創作作品，評論，伝記，エッセイなどを著しているが，本書では，石井の翻訳作品のうち，特に子ども読者を対象とした作品のみを扱う。というのも，石井は「子どもの読みは大人の読みと違

序章 「声を訳す」とは

う」と考え，「子どもの読み」を現実の子どもたちから学ぶという姿勢をとっていたからである。石井が自宅の１階に「かつら文庫」を開設したのも，子どもの読みの実際を見るためであったといい，自らの住居を終生移すことはなかった(6)。そのような環境の中で，石井は常に，自分が創作・翻訳した作品を出版する前に「かつら文庫」の子どもたちに読んでやったり，新刊を「かつら文庫」に置いて子どもたちが手に取るかどうかをそっと観察したりしていた。子どもたちの審美眼にさらされたのは，石井が直接手掛けた作品だけでなく，他の作者による話題の新刊などにもおよんだ。「かつら文庫」の子どもたちの反応を，作品批評の根拠にした記録もある(7)。

　子どもの読みが大人とは違うことは，創作だけでなく，子どもの本の翻訳を考えるうえでも重要である。翻訳論の主要なテーマが長らく，直訳か意訳かの二者択一であったように，児童文学における翻訳の志向性も，「原作をいかに忠実に訳すか」と「どれだけ読者に配慮するか」の両極で論じられてきた（Nikolajeva 2006：278-279）。児童文学に関する翻訳論においても，言語学的なアプローチの延長線上で「等価」の議論が論じられてきたが（Klingberg 1986），近年ではフィンランドの児童文学者リッタ・オイッティネン（Riitta Oittinen）をはじめとする，読者寄りの翻訳論が主流である。オイッティネンは，『子どものために訳すこと』（*Translating for Children*, 2000）の中で，訳者は，単なるテクストの翻訳として原作や作者と対峙するだけではなく，本が読まれる「場の全体状況（"whole situations"）」を想定し，自分の訳書を読んでくれる未来の子ども読者との「対話（"dialogue"）」を通して訳文を作りあげると考える「対話理論」を唱えた。しかしながら，作者や訳者がすでに子どもではない以上，子どもはこう読むだろうという想像は，あくまでも訳者の考える子どものイメージが前提となり，それが翻訳を左右しかねない危険性を内在させる（O'Sullivan 2005：79）。したがって，翻訳を考えるときには，それぞれの作者や訳者個人が抱く子どものイメージとともに，それを取り巻く時代や社会がもたらす子どものイメージをも考察に入れる必要がある。

　これらの議論を本研究に援用すれば，石井翻訳を考察する際には，石井にと

っての子どものイメージを考慮する必要があるということになる。子どものイメージを考慮するということをさらにくだいていえば、石井にとっての子ども読者とは誰か、その子ども読者はどのように本を読むと石井は考えたのか、またその子ども読者の読みに沿うために、石井は翻訳上にどのような配慮を行ったのかといった点も検討することになるだろう。

（2）「声の文化」と「文字の文化」
　それでは具体的に、子どもの読みは大人のそれとどう違うのだろうか。ひとつは表面的な違い、つまり両者の物理的な読み方の違いである。幼い子どもは字が読めないために誰かに読んでもらったり、自分で読めたとしてもたどたどしく音読したりする。したがって、子どもの本の文体を考える場合、耳で聞くことは重要な要素である。
　もうひとつの違いは、子どもの頭の中でおきていること、つまり物事の認識の仕方が大人のそれとは違うということである。子どもは物事を理屈ではなく自分の体験にひきよせて理解する。たとえばV. L. バートンが絵本『ちいさいおうち』で描いてみせたように、子どもは地球の自転を、自分が立つ大地が動いていると考えずに太陽が動くと考える。子どもの頭の中では、太陽さんが朝起きて、東の空から少しずつ動いて夕方西の空の向こうに沈み、夜は山の向こうで眠るというような物語が展開されているのであろう。子どもは地動説ではなく天動説の世界で生きている。
　このような子どもの物事の認識の仕方は、実は文字をもたない民族の人々と似ている。ウォルター・J. オング（Walter J. Ong, 1912-2003）は『声の文化と文字の文化』（*Orality and Literacy,* 1982）の中で、人類の歴史が声の文化から文字の文化へと移行してきたことを明らかにしているが、個体進化は系統進化を模倣する。ヒトが生まれ成長していく過程で、ヒトは人類の歴史を駆け抜ける。文字の文化が非常に発達したわれわれ現代人と、いまだに文字をもたない民族とでは物事の認識の仕方がまったく異なるように、私たち大人と、成長の途中にある子どもとでは物事の認識の仕方が異なる。たとえば子どもは、物語

全体の論理的な流れよりも，細部一つひとつのおもしろさに敏感である。具体的な例をあげれば，子どもが喜ぶ『クマのプーさん』の各章は，おもしろいエピソードの連続であるが，1冊を通じて主人公のプーが成長するわけでもなく，結論に特別の意味はない。このことは，オングの「物語の直線的な『すじ』の果たす役割は，一時的な『声の文化』における演じ語りにおいては比較的小さい」（オング 1991：334-335）という主張に一致している。つまり，子どもの本は，文字の文化という体裁をとりながらも，内実は声の文化に非常に近く，昔話に代表される声の文化の系譜と類似性をもつのである。

(3) 作品の声を聞く

　ところで，本論で「声」という場合には，さらにもうひとつの意味を含む場合がある。「作品の声を聞く」といった場合に使用する「声」である。そもそも，翻訳とは作品の声に耳を澄ませることであるともいわれる。たとえば，イタリア文学翻訳者の和田忠彦は，エッセイ集『声，意味ではなく』（平凡社，2004）の中で，なぜ翻訳するかと自問したあとに，「自分のなかに声が聞こえているから。テクストの声が，といったほうがよいかもしれない。読んでいて響いてくる声，自分が聞き取った声を日本語で表現したい」（和田 2004：276）からと答えている。また，作家にして多くの訳書をもつ村上春樹は，「テキストの文章の響きに耳を済ませれば，訳文のあり方というのは自然に決まってくる」（村上・柴田 2000：35）と，作品の声を聞くことが，よい翻訳の条件のひとつであるという。

　石井桃子が，子どもの本における「声」を重視していたことを指摘する者もいる。児童文学者の宮川健郎は日本の童話の系譜を論じる中で，石井にとって児童文学とは「声を伴って子どもに届けられる」ことが前提で，石井らISUMI 会の『子どもと文学』で「口誦性」（声に出して読む，口ずさむという意味）が重視されていたことを指摘している（宮川 2006, 2010）。「声」の重要性を意識していた石井は，自分の翻訳のときにもそれを取り入れていた。たとえば，福音館書店相談役の松居直は，「英語の物語をすべて自分のなかに取り込んで，

それを日本語で語る」石井の訳には，日本語古来の七五調のような「調べ」があるという（松居 2008：10）。しかしながら，宮川の指摘は翻訳に関してのものではないし，松居は具体的な翻訳例に言及していない点から論証が求められるだろう。

　以上のことを踏まえ，本書では，「音読の声」「声の文化」「作品の声」といった「声」の3つの側面に注目しながら，石井の「声を訳す」という翻訳姿勢を明らかにしていきたい。

5　本書の構成

　最後に，本書で展開する内容と順序について述べておきたい。
　第Ⅰ部では，石井翻訳の原点としての『クマのプーさん』と，子どもの本の編集者としての出発点である「岩波少年文庫」を扱う。石井の改訳へのこだわりは定評があるところだが，ロングセラーの『プー』では実に11回の改版があった。改訳の比較を通して，何が変わり，何が変わらなかったかを明らかにする。変わらなかったものが，石井の翻訳の本質と考えるからである。続いて扱う「岩波少年文庫」シリーズでは，石井の選書の仕方，石井の翻訳の方法や文体の分析を通して，石井の翻訳の理念や読者像について考察する。
　第Ⅱ部では，絵本とファンタジーの翻訳を取りあげて，ジャンルの違いによる石井の翻訳姿勢を検討する。翻訳絵本の出版により年少の読者に出会った石井は，子どもの読みが大人と異なることに気づき，子どもの読みに沿った翻訳を作りあげていく。分析の具体例としては，石井の絵本翻訳の代表作であるV. L. バートンの『ちいさいおうち』を扱う。しかしながら，幅広い読者をもち，多様な読みが可能な他ジャンルの作品に，絵本翻訳と同様の翻訳姿勢が通用するとは限らない。特に，ファンタジー翻訳を題材に，石井の翻訳姿勢が子ども読者寄りから原文テクスト寄りに揺れ戻していくところをみる。具体的にはK. グレアムの2つのファンタジー作品を扱う。ひとつは *The Wind in the Willows* で，石井はこの作品を二度訳しているが，その2つの訳は非常に異な

っている。その比較から，作品解釈の差が翻訳に与える影響を考察する。もうひとつは *The Reluctant Dragon*（1938）で，他者訳との比較を通して，石井訳の特徴を明らかにする。

　第Ⅲ部では，読者と作者のせめぎあいの結果として導き出された「語る訳」の代表例を論じる。まず，絵本とファンタジーなどの長編創作の中間を想定読者とする幼年童話の旗手であるアリソン・アトリー（Alison Uttley, 1884-1976）の「チム・ラビット」と「こぎつねルーファス」の2つのシリーズを扱う。幼年童話の場合は，耳で聞くことが重要になるため，スイスの口承文学の研究者マックス・リュティ（Max Lüthi, 1909-91）らの昔話の理論も踏まえて分析を行う。次に，石井訳の集大成ともいうべき仕事となったB.ポターの「ピーターラビット」シリーズとE.ファージョンの「ファージョン作品集」を扱う。絵本と創作童話のジャンルの違いを越えて，両者に共通するのは，幼い頃から昔話を聞いて育った作家であり，伝承文学の特徴を継承するような「語り」の文体をもっていることである。最後に，昔話とともに，石井の「語る訳」の文体を支えたストーリーテリングを取りあげる。具体的には，イギリスの児童図書館員のE.コルウェルから紹介されたストーリーテリングの元話を，石井が訳して日本語の絵本として出版した『こすずめのぼうけん』（福音館書店，1976）を扱う。

　終章では，石井の自伝的作品とミルン自伝の翻訳を取りあげ，創作の源泉となった石井自身の「声の文化」の時代の記憶について論じる。以上のように，石井の代表的な翻訳作品を，さまざまなジャンルから選び，「声」との関係を中心に多面的に分析することにより，石井の「声を訳す」という翻訳姿勢を明らかにする。

注
(1) 『朝日新聞』（2008年1月1日付，朝刊）からの引用。
(2) たとえば，子どもの本の翻訳者グループである「やまねこ翻訳クラブ」編のブックガイド『大人のファンタジー読本』（マッグガーデン，2006）では，取りあげられた180作品のうち翻訳についてふれられているのはたった4作にもかかわらず，

そのうち3作が石井桃子訳である。しかも，異なる3人の評者たちが，申し合わせたように石井訳を評価した表現を使用している。『クマのプーさん』の紹介では早川有加が「石井桃子の名訳が」（前掲書：68），『とぶ船』では大塚道子が「石井桃子の名訳で知られるこの作品」（同：155），『リンゴ畑のマーティンピピン』では中務秀子が，「石井の翻訳文は，音楽のようにリズムよく，心地よさはまるで牧歌を聴くようだ」（同：163）と書いている。
(3) 「作品の分析を非常に嫌った。無惨に切り刻まれる思いがすると怒った。子どもの本は親や先生がそのまま子どもに読んでやればよいというのが終始一貫した桃子さんのお考えだった」（中川李枝子 2008b：7）。
(4) 石井の伝記的事実については，『石井桃子集7』（1999），雑誌『ユリイカ』（2007年7月号），『世田谷文学館 図録』（2010）の「石井桃子著作一覧」および「石井桃子年譜」を中心に，犬養道子，犬養康彦，小寺啓章，鳥越信らの各著作を参考にした。その他に使用した一次資料のうち代表的なものを以下に列挙する。
①石井所蔵の資料：石井が自宅に保存していた資料はすべて，遺言により公益財団法人東京子ども図書館に寄贈され整理が進められている。「かつら文庫」の2階に，生前石井が居住していたままに石井の書斎が残され，石井所蔵の書籍や一部原稿が保存されている。研究目的に限り，一部資料の閲覧が可能となっている。
②雑誌記事：石井が亡くなった2008年には各誌で追悼特集が組まれた。石井と親交の深かったアメリカの絵本作家マーシャ・ブラウンは，「石井桃子さんの思い出」を福音館書店の『母の友』（2008年8月号）に，岩波書店編集部で仕事を共にした鳥越信は「これからの石井桃子研究のために」を『日本児童文学』（2008年7〜8月号）に寄稿した。『ユリイカ』（2008年5月号）には，詩人の伊藤比呂美や，文学者の安達まみが追悼文を載せた。東京子ども図書館の機関紙『こどもとしょかん』（2008年夏号），絵本専門店クレヨンハウスの『月刊クーヨン』（2008年7月号），絵本専門雑誌の『月刊MOE』（2009年3月号）などの子どもの本関連の雑誌でも追悼特集が相次いだ。逝去の前年には，石井桃子100歳を祝う企画も多く出ている。『ユリイカ』（2007年7月号）は「特集 石井桃子 100年のおはなし」を組み，石井の一部作品とともに，東京子ども図書館の松岡享子や，かつて「かつら文庫」に通った阿川尚之が寄稿している。『yom yom』（月刊新潮2008年3月別冊）の「特集 石井桃子の百年」には，石井へのインタビューおよび，中川李枝子，今江祥智といった作家の寄稿とともに，石井とプーとの出会いの現場に同席した犬養康彦が当時の思い出を書いている。石井へのインタビューとしては，ほかに『文芸』（1994年冬号），福音館書店の『母の友』（2007年5月号），石井に関する記事としては読売新聞記者の尾崎真理子が『考える人』（2004年秋号）に書いた「石井桃子の百年 子どもの幸福の翻訳者」，同じく尾崎が評伝の一部として書いた「石井桃子と戦争」（前篇・後篇として『新潮』2013年1月号，2月号に掲載）と「石井桃子の図書館」（『新潮』2014年3月号）がある。石井への

序章 「声を訳す」とは

　　関心の広さを知るには、『ミセス』（2008年3月号）の「石井桃子さんの宇宙」や、『クロワッサン プレミアム』（2010年3月号）の「石井桃子の世界」といった文学とは直接の関係ない女性誌の特集も見逃せない。
　③展示会資料・図録：没後初めて行われた世田谷文学館「石井桃子展」（2010年2〜4月）があり、その図録には、石井が東京子ども図書館に寄贈した資料が一部掲載されている。生前では、兵庫県太子町立図書館「石井桃子の世界」（1999年11〜12月）、杉並区立中央図書館「石井桃子展 本は心の宝物 石井桃子からのメッセージ」（2001年10月〜2002年2月）などがあり、企画と同時に発表された図録等には、石井桃子の年譜をはじめとする一次資料が掲載されている。
(5)　「日本少國民文庫」は、1998年第26回国際児童図書評議会（IBBY）ニューデリー大会で、美智子皇后が行った基調講演の中で言及されたことをきっかけに、シリーズのうちの『世界名作選（一）』『世界名作選（二）』の2冊が復刊された（美智子1998）。
(6)　石井は、石井没後も「かつら文庫」が存続するために、東京子ども図書館として統合法人化した。松岡享子が、東京子ども図書館の発足の目的について語った箇所に石井の当初の目的が明確に書かれている。
　　　東京子ども図書館が四つの家庭文庫から出発したことは、ご存じの方も多いことでしょう。土屋滋子さんがはじめた二つの「土屋児童文庫」、石井桃子さんの「かつら文庫」、そして、私の「松の実文庫」です。三人が文庫をはじめた動機には、それぞれの重点の置き方に少しずつ違いがありました。土屋さんの場合は、子どもたちと本を読むたのしさを分かちあいたいという純粋な願いが、<u>石井さんのは、自由な雰囲気の中で子どもたちがどう本を読むのか、その反応を学びたいという願い</u>が核になっており、私は、自分がアメリカで学んだ図書館の児童サービスを実践したいと願っていました。子どもと本の出会いの場をつくる、<u>子どもから学ぶ</u>、児童サービスの可能性を追求する。三人の主宰者の文庫創設時の基本的な願いは、東京子ども図書館の活動の柱になって今日に至っています。（中略）<u>子どもをよく見る、絶えず彼らから学ぶ、子どもの目で本を読む、子どもの感性、洞察力を信頼する</u>、といった私たちの仕事上での基本姿勢は、「かつら文庫」を通して私たちが石井桃子さんから徹底して教えられ、心して守ろうと努力してきたものです。（松岡 2007c：1, 下線筆者）
(7)　たとえば、佐藤さとるの『だれも知らない小さな国』が出版されたときに、石井は「日本の創作童話にめずらしい筋の通ったファンタジー」と評価する一方で、「子どもの反応」を根拠に、以下のように手厳しく批判している。
　　　最近、私の家の小さな図書室で、佐藤暁さんの『だれも知らない小さな国』を、つづきものにして読んでいます。（中略）私は、このお話を最初に自分だけで読んだとき、大事なコロボックルの出てくるまでが長すぎる、頭でっかちなお話だなと思いました。（中略）じっさいに子どものまえで、<u>声にだして読みだ</u>

してみると,やはり,私の懸念したとおりでした。(中略)私は,この物語の出現を歓迎するだけに,作者が,本にする前に,<u>子どもに読んでやる</u>という試みを,されたらよかったのにと考えました。そういえば,外国でも,『宝島』やA・A・ミルンの『クマのプーさん』など,<u>子どもに読んでやったり,話してやったり</u>で作りあげられた作品は多いのです。

(石井 1959b：68-69,下線筆者)

第 I 部

石井翻訳の原点と「声」

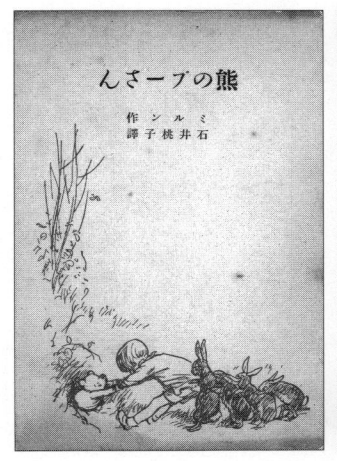

『熊のプーさん』初版表紙　　『プー横丁にたつた家』初版表紙
（ミルン作，石井桃子譯，岩波書店，1940）　（ミルン作，石井桃子譯，岩波書店，1942）

第1章
『クマのプーさん』改訳比較にみる石井のこだわり

1 『クマのプーさん』の改訳史

(1) 改訳比較の目的

　石井桃子の翻訳姿勢を考えるにあたって一番ふさわしい題材は，石井翻訳の代表作の筆頭にあげられる『クマのプーさん』だろう。『熊のプーさん』初版（1940）は，石井の初めての単行本翻訳作品であったし，石井が90歳を超えて5年の歳月をかけて翻訳したのは，『プー』の作者 A. A. ミルンの自伝『今からでは遅すぎる』であった。100歳の記念インタビューの中で，「プーとの出会いと戦争がなかったら，私の人生はずいぶんちがっていたのではないかと思います」（石井 2007b：260）と語っているように，石井にとって『プー』は，原点であると同時に，文字通りのライフワークであった。

　さらに石井訳『プー』は，後続の児童文学者に対する影響という点からも高く評価されるべきであろう。たとえば，瀬田貞二は『児童文学論』の中で「今日の新しい児童文学の作家のほとんどが石井訳のプーの洗礼を受けてから生まれたことを考えれば，この本の誕生を革命とよんで過ちではなかろう」（瀬田 2009下：145）と述べている。

　石井の影響を受けた筆頭としてあげられるのが，東京子ども図書館の松岡享子だろう。若いころから石井に師事し，生涯にわたり極めて近い場所で石井の仕事を見てきた。その松岡は，石井の名訳の理由について「手がけた翻訳本も，出版社が変わるときや増刷があるたびに，何度も訳を練って変えられてますし，

同じ文章を書く者として本当に尊敬しています」(松岡 2007a：9) と，石井の改訳に対するこだわりをあげている。妥協せずに，何度も改訳の手を入れることが，よりよい翻訳を作ることにつながると考えるなら，改訳の多さという観点からみても，『プー』は分析対象として最適である。

『クマのプーさん』は，1940年の初版以降，「岩波少年文庫」版，ハードカバーの愛蔵版，絵本版など形をかえて出版され，石井本人の言葉を借りると，「戦後の本は，ずっと今まで，ほとんど増刷しない月はないくらい」(石井 2004a：51) に売れ続けている。しかも松岡が指摘するように，石井は増刷の度に訳に手を入れたといわれている。

しかしながら，改訳という観点からこの作品の翻訳を論じているのは，筆者の知りうる限り，原昌の「ミルン童話と翻訳・受容」という論文だけである。しかもこの論の中心は，松本恵子訳『小熊のプー公』と石井訳初版の比較であり，石井訳同士の比較についての言及はごくわずかである (原 1991：130-131)。

何度もくり返された『プー』の改訳に際して，何が変わり，何が変わらなかったのか，またそれはなぜなのか。その比較の中から，石井の翻訳姿勢や特徴が見えてくるだろう。

(2) 石井訳『プー』の改訳史

分析に先立ち，本章で分析対象とする出版物を明らかにしておきたい。『プー』の原作者として有名な A. A. ミルンだが，小説や劇作のうちの多くは大人の読者を対象とした作品で，純粋に子ども向けといえるのは実に4作品にすぎない。4作品とは，『クマのプーさん』(Winnie-the-Pooh, 1926) と『プー横丁にたった家』(The House At Pooh Corner, 1928) の2冊の物語と，プーも登場する2冊の童謡詩集，『クリストファー・ロビンのうた』(When We Were Very Young, 1924) と『クマのプーさんとぼく』(Now We are Six, 1927) である。石井が訳しているのは前者の物語の2冊だけなので，本論で石井訳の『プー』といった場合，実際には『クマのプーさん』と『プー横丁にたった家』の2冊を

指すものとする。2冊1組として考えた場合，石井桃子訳の『プー』は，改版を重ね，以下の通り11回出版された。戦後しばらく翻訳権が占領軍の許可を必要としたため英宝社から一度出版されたが，それ以外はすべて，岩波書店が版元となっている（石井 1998f：401）。

①初版『熊のプーさん』(1940)，『プー横丁にたつた家』(1942)
②英宝社版『熊のプーさん』(1950)，『プー横丁』(1950)
③「少年文庫」版『クマのプーさん』(1956)，『プー横丁にたった家』(1958)
④愛蔵版『クマのプーさん・プー横丁にたった家』(1962)
⑤大型絵本版『絵本クマのプーさん』(1968)
⑥小型絵本版『クマのプーさんえほん』(1982-83)
⑦「少年文庫」改版『クマのプーさん』(1985)，『プー横丁にたった家』(1985)
⑧豪華本版『クマのプーさん全集——おはなしと詩』(1997)
⑨愛蔵版改版『クマのプーさん・プー横丁にたった家』(1998)
⑩「少年文庫」新版『クマのプーさん』(2000)，『プー横丁にたった家』(2001)
⑪アニバーサリー・エディション『クマのプーさん』(2006)，『プー横丁にたった家』(2008)

さて，11回の改訳について，各版の出版の経緯と改訳の内容について簡単に説明しておこう。まず，①初版であるが，1940年に岩波書店から出された『熊のプーさん』は，石井にとって初めての単行本としての訳書であった。太平洋戦争突入後の1942年には，発行部数は少ないながらも，続編の『プー横丁にたつた家』が出版された。戦後の1950年，特別版権獲得と謳って，②英宝社より『熊のプーさん』と『プー横丁』が続いて出版される。初版で『プー横丁にたつた家』というタイトルだったものが，このときだけ『プー横丁』と縮められるが，版権が岩波書店に戻ったときに，タイトルも再度『プー横丁にたった家』に戻された。

次は，③「岩波少年文庫」版である。1956年に『クマのプーさん』，1958年

に『プー横丁にたった家』が刊行される。このときから, タイトルの「熊」が,「クマ」とカタカナ表記になる。1962年には2冊が合本されたハードカバー版が出された。岩波がいうところの④愛蔵版『クマのプーさん・プー横丁にたった家』である。

その次に出版されたのが, 1968年の⑤大型絵本版『絵本クマのプーさん』である。この本だけが, 全20話のうち3話のみを選択して収録している。絵本の形での全20話完全収録は, 次の⑥小型絵本版『クマのプーさんえほん』で実現される。ひとまわり小さい絵本(「岩波の子どもの本」シリーズと同型)で, 長いものは1冊に1話, 短いものは2話ずつ収録され, シリーズ全部で15冊が1982年から翌83年にかけて出版された。同時に挿絵も全カラーとなった。

次は, 1985年の⑦「岩波少年文庫」の改版である。「岩波少年文庫」の装丁変更に伴って, 『プー』および『プー横丁』の訳も, 「岩波少年文庫」創刊時のものから, この時点での最新にあわせられた。具体的には, 愛蔵版と小型絵本版での変更が反映された。この版独自の新しい変更はない。

(3) 確定訳の登場

1997年には, ⑧豪華本版『クマのプーさん全集——おはなしと詩』が出版される。2冊の物語とととともに, 先に紹介した2冊の童謡詩集が収録されている。ミルンの子ども向き著作の完全版ともいうべきもので, 挿絵は全カラーの横組みである。ちなみに, 『クリストファー・ロビンのうた』と『クマのプーさんとぼく』の2冊の童謡詩集は, 石井ではなく, 小田島雄志と小田島若子により翻訳されている。

1997年を最後に石井は改訳をやめる。「決定原稿に行き着いたと思われるようになりましたか」とインタビューで聞かれた石井は, 「これで完全だっていうことじゃないんですけどね, でも現実的に, いつまでも直していると, 出版社をとても困らせるのね」(石井 2004a：52) と答えている。つまり, 改訳の手を入れるのをやめた理由は石井本人の意志だけではなかったと考えられる。

いずれにしても, 1997年に出たこの⑧豪華本版『クマのプーさん全集——お

はなしと詩』での改訳が最終となり，以降はこれが確定訳となる。翌1998年の⑨愛蔵版の改版，および2000年には⑩「岩波少年文庫」新版，そして2006年には⑪ *Winnie-the-Pooh* 刊行80年の記念アニバーサリー・エディションが出されるが，これらの訳文はすべて，この1997年版の確定訳が採用されている。

2　変えられたもの

（1）改訳の具体例

　『プー』の物語は1冊の長編物語であると同時に，各章でそれぞれひとつのエピソードが語られる独立した短編としても読める内容となっている。2冊はそれぞれ10章，つまり10話から構成されているので，2冊あわせて全部で20話が収録されていることになる。

　最初の分析例として取りあげるのは，『プー横丁にたった家』の第1章「プー横丁にイーヨーの家がたつお話」である。20話の中からこのお話を選んだ理由は，石井が最初にプーに出会ったときに読んだお話であると同時に，大型絵本版に収録された3話の冒頭を飾っていることからも，石井にとって最も思い入れの強いお話と考えられるからである。

　それでは，まずこのお話の冒頭部分の原文を提示した後，①初版（1942）と②英宝社版（1950）の訳を比較してみよう。原文はペーパーバック版（Puffin, 1992）の *The House at Pooh Corner* から引用し，下線はすべて筆者が施した。なお，引用部分の最後のカッコ内の数字は該当ページを指すものとする。

One day when Pooh Bear had nothing else to do, he thought he would do something, so he went round to Piglet's house to see what Piglet was doing. It was still snowing as he stumped over the white forest track, and he expected to find Piglet warming his toes in front of his fire, but to his surprise he saw that the door was open, and the more he looked inside the more Piglet wasn't there.（3）

①初版（1942）　ある日，プー・クマ君は，ほかになんにもすることがなかつたので，なんかしようと思ひました。そこで，コブタは何をしているか，見て來ようと思ひ，コブタの家に出かけたのです。プーが，白い山路をテク〳 *行つたころは，まだ雪が降つてゐましたから，さだめしコブタは，ろ端で足の先でもあぶつてゐるだらう，などと考へながら行つたのですが，おどろいたことに，コブタの家の玄關はあけつぱなしになつてゐて，のぞけばのぞくほど，コブタはゐませんでした。（3）

（*＝縦書きで使用されるくり返しの記号）

②英宝社版（1950）　ある日，プー・クマ君は，ほかになんにもすることがなかっ<u>た</u>ので，<u>何</u>かしようと思い<u>ました</u>。そこで，コブタは，<u>なに</u>をしているか，見て來ようと思<u>い</u>，コブタの家<u>へ</u>出かけ<u>ました</u>。プーが，白い山<u>道</u>を<u>テクテク行っ</u>たころは，まだ雪が<u>ふっ</u>ていましたから，さだめしコブタは，ろ<u>端</u>で足の先でもあぶ<u>っ</u>ている<u>こと</u>だろう，などと考<u>え</u>ながら<u>いっ</u>たのですが，おどろいたことに，コブタの家の玄関はあけ<u>っ</u>ぱなし<u>で</u>，のぞけばのぞくほど，コブタは<u>い</u>ませんでした。（3）

　両者を比較してまず気づくのは，表記変更が多いということである。具体的には，旧かな遣いを新かな遣い（ゐて→いて，考へ→考え，思ひ→思い，あぶつて→あぶって，だらう→だろう）に，旧漢字を新漢字（玄關→玄関）に，漢字をひらがな（何を→なにを，降つて→ふって，行った→いった）に，逆にひらがなを漢字（なんか→何か）に変え，くり返しを示す記号の使用をやめている（テク〳 *→テクテク）。また表記変更以外の変更は，2カ所（出かけたのです→出かけました，あけつぱなしになつてゐて→あけっぱなしで）であった。

　旧漢字の採用や送りがななどの表記は，時代の流れや出版社の方針なども影響し，訳者独自の判断とは言い切れない部分も大きい。翻訳者個人の意図を分析するうえでは，表記変更以外の変更が特に重要と考えられる。このために，今後の分析では，表記変更とそれ以外の変更とに分けて考察していく。

（2）岩波初版と英宝社版

　11回の出版があったと先述したが，各版をその版の直前のものと比較した。その結果，ひとつの例外を除いて，変更が以降の版に踏襲されているということがわかった。訳者の考える「よりよい訳」に向かって漸次的に進化していったと考えられよう。

　ちなみに，ひとつの例外とは⑤大型絵本版である。全20話中3話しか収録されていないという点でも他と比べて特異であったが，訳文についても，一部複雑な言い回しを省略したり，簡単な用語に言い換えたり，漢字やカタカナ表記をひらがなに直したりと，幼い読者を意識したと思われる変更が数多く見られた。しかも，これらの変更はこれ以降の版には踏襲されていない。つまり，この版での変更は，訳の進化という意味での改訳ではなく，この絵本の形状から想定される，より年少の読者を意識した，この版に限った特殊な変更と考えられる。したがって，⑥小型絵本版の変更件数を数える際だけは，直前の⑤大型絵本版ではなく，ひとつ前の④愛蔵版と比較した。

　各版が直前の版からどれだけ変わったか，その変更件数を，表記変更とそれ以外の変更に分けて示したのが，図1-1である。ここからわかるのは，2回目，3回目の変更件数が突出して多いことと，それ以降に数回小さな変更があったということである。各版で改訳の具体的な内容とその意図をさぐるために，2回目，3回目，そしてそれ以降の3つに分けて，出版の歴史的背景も考えあわせながら，詳しく見ていきたい。

　まず，2回目の②英宝社版（1950）での変更の経緯から見てみよう。当時の様子を，石井自身がエッセイの中で振り返って，以下のように語っている。

　あるとき，Eという出版社から「『プー』の翻訳権の許可が我が社に降り，あなたの翻訳を使うことになったから，上京するように」という便りがありました。鉄道の切符もなかなか買えない時代だったので，苦労して上京してみると，E社には，イギリスの軍服を着て，明らかに軍人であると思われる人と，背広を着ていて，英語も日本語も話す，白人だが，イギリス人とは思え

第 I 部　石井翻訳の原点と「声」

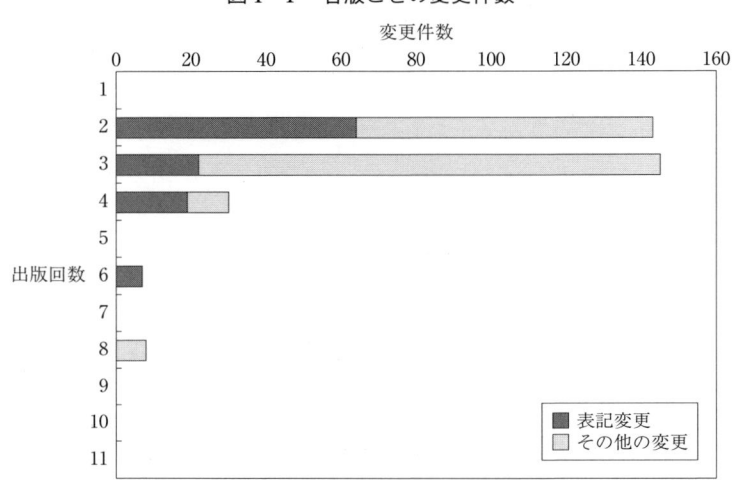

図 1-1　各版ごとの変更件数

ない名前の人と，戦前の長い期間を，日本ですごし，（そして，戦争中は，イギリスに帰っていたのが，日本が戦争に負けたので，また日本に戻ってきた様子の）イギリス系の人が三人がいて，日本人の社員は，社長以下，二，三人でした。私は，そこの誰とも初対面でした。私は，いま私が二番めに挙げた，背広を着た人とテーブルに並んで坐り，「クマのプーさん」の日本語訳と，英文との読み合わせをし，翻訳は合格ということになりました。（石井 1999c：264）

終戦直前から，東北で酪農をやっていた石井にとっては，この出版の依頼は唐突なことだったようで，この記述からみる限り，ゆっくり時間をとって丁寧な改訳が行われたとは想像しにくい。

　先述の図1-1に戻ってみると，その想像を裏づけるように，改訳の半分は表記変更である。先ほどの訳文例の比較でみたような変更が多く，1話全体を通すと，旧漢字から新漢字が2カ所，旧かな遣いから新かな遣いが14カ所，漢字からひらがなへの変更が44カ所あった。これ以降の表記変更は，ほとんどが漢字からひらがなへの変更であることから，漢字からひらがなへの変更以外の

ほとんどの表記変更が，この時点で行われたことになる。つまり②の時点で，戦後の出版物としてふさわしい表記へと変更されたといえよう。②におけるその他の変更の内容としては，翻訳調の部分を読みやすく直したり，「異口同音に」を「口をそろえて」のように，むずかしい表現を言い換えたりして，読みやすくしているものが見られた。

（3）③「岩波少年文庫」版までの経緯

3回目の改訳の特徴としていえることは，改訳量が総体として一番多いこと，特に表記変更以外の変更が突出して多いことである。その背景にどのような意図があったのか，まず，時代背景をおさえておきたい。1950年の英宝社版から1956年の「岩波少年文庫」版までの6年間というのは，日本全体が戦後復興の活気にみちた時代であったが，石井の個人史からみても刺激的な時代で，具体的には2つの重要な仕事をしている。

ひとつは，岩波書店で「岩波少年文庫」と「岩波の子どもの本」の2つのシリーズを創刊したことである。岩波書店編集部の児童書部門の実質的な責任者として，石井は「どういった本を子どもに手渡せばいいのか」「子ども読者とはどういったものか」を常に考え続けた。

もうひとつは，子どもに直接向き合う実践活動である。その重要性を石井に教えたのが，アメリカ留学の体験であった。石井の留学の経緯を，アメリカ法律学者の阿川尚之がエッセイに書いている[2]。石井は推薦を受けた段階では，多忙な日々の中で留学をためらう気持ちもあったが，子どもの本の編集という仕事に真剣に取り組めば取り組むほど，「子どもにとっていい本とは何か」についての基本的な考え方を学び，自分の中に確固としたものを築きたいという気持ちが強くなっていった。1954年5月に岩波書店を退社すると，1年間のアメリカ留学に出発した。松岡享子が，石井のこの留学を指して「最初から図書館をめぐる旅であった」（松岡2007a）と語るように，石井はこの留学で，欧米の子どもの本の世界における重要人物たちを訪ねて回った。戦前から交友があった『ホーンブック』社のミラー夫人の手助けを得て，アメリカ，カナダの公共

図書館の児童室を歴訪し，子どもたちが実際に本を手にする現場を見聞することができた。特に児童図書館員の先駆者であるA. C. ムーアやL. H. スミスに出会ったことは，帰国後の石井の実践活動を後押しすることとなった。欧米の先駆者たちに刺激された石井は，帰国後すぐに子どもたちとの接触の場を求めた。最初は，当時住んでいた宮城県の小学校のクラスに行って1年間絵本の読み聞かせを行い，東京に転居した後には，自宅の一角に子どもたちが集える「かつら文庫」を創設した（石井1965b）。

1年の米国留学の帰路をヨーロッパ周りにとったことで，石井は『プー』の舞台である英国を訪れ，物語の舞台を自分の目で見ることができた。版権の問題で遅れたこともあって，「岩波少年文庫」創刊から数えると実に6年後に『クマのプーさん』の「岩波少年文庫」版が出版された[3]。石井が心血をそそいだ「岩波少年文庫」に，最愛の『プー』を送り出す，満を持しての出版であるといえよう。訳者の意志が強く出る表記以外の変更が，この時点で突出して多いことは，こういった石井の意欲や体験が反映されていると考えられる。

それでは，具体的な改訳の内容について論述する。先ほど①②で見たのと同じ部分，「イーヨーの家」のお話の冒頭部分から引用する。なお，②英宝社版から変更した箇所に下線を引いてある。

③「岩波少年文庫」版（1958）　ある日，<u>クマのプー</u>は，<u>何</u>もすることがなかったので，<u>なんか</u>しようと思いました。そこで，コブタは，<u>どんなことをしているか，見てこ</u>ようと思って，コブタの家へ出かけました。プーが，白い山道を<u>パタンパタン</u>とふんで出かけたころは，まだ雪がふっていましたから，<u>きっとコブタは，ろばた</u>で足の<u>さき</u>をあぶっていることだろう，<u>と，</u>プーは<u>考えたのです。ところが，どうでしょう。</u>コブタの家の玄関は，あけっぱなしになっていて，<u>のぞいても，のぞいても，</u>コブタはいませんでした。(15)

さきほどの英宝社版とは対照的に，表記変更は少ない（なんにも→何も，何か→なにか，來よう→こよう，ろ端→ろばた）。そのかわりに，その他の変更は数が多

いだけでなく，その種類も多い。まず，主人公プーの名前（プー・クマ君→クマのプー）や，プーの動作の形容が，生き物の動作を想起させる表現から，ぬいぐるみらしい動作の表現へと変わり（テクテク行った→パタンパタンとふんで出かけた），訳者石井の作品解釈が深まったと感じられる。また，やさしい言葉への言い換え（思い→思って，さだめし→きっと，先でも→さきを，あけっぱなしで→あけっぱなしになっていて，のぞけばのぞくほど→のぞいても，のぞいても）や，読者に直接語りかける口調への変更（おどろいたことに，→ところが，どうでしょう）などが見られる。子ども読者に向けて，よりわかりやすいような表現の工夫が随所に施されている。

（4）会話部分の変更は少ない

　しかし一方で，すべての部分で，このように多くの変更が行われているわけではない。よくみると，会話の部分での変更は意外に少ない。先ほど引用例としてみた冒頭部分の少し後を，具体的に見てみる。

　　"So what I'll do," said Pooh, "is I'll do this. I'll just go home first and see what the time is, and perhaps I'll put a muffler round my neck, and then I'll go and see Eeyore and sing it to him."（4）
　②英宝社版（1950）「だから，ぼくはどうするかって言えばだ。」と，プーは言いました。「ぼくは，こうするんだ。まず家へかえって，いま何時だか見る。それから，首まきでもひっかけて，イーヨーんところへ出かけて，この歌，うたってやるのさ。」（5）
　③「岩波少年文庫」版（1956）「だから，ぼくはどうするかって言えばだ」と，プーは言いました。「ぼくは，こうするんだ。まず家へかえって，いま何時だか見る。それから首まきでもひっかけて，イーヨーのところへ出かけて，この歌，うたってやるんだ。」（13）

②③を比較して，変更された箇所に下線を施してある。ここに見られる変更

点は②の下線の4カ所で，句読点の削除と，口調の変更（ん→の，のさ→んだ）だけである。変更の数も少ないし，変更箇所においての変更の量も少なく，先ほどの地の文でみた変更の多さの違いがわかる。

　地の文と会話文では，変更の量や質に違いがあるのであろうか。そのことを明らかにするために，表記変更以外の変更の内容を，「句読点の変更」「口調の変更」および「その他の変更」の3つに分けて，地の文と会話のそれぞれにおける割合で示した（図1-2）。

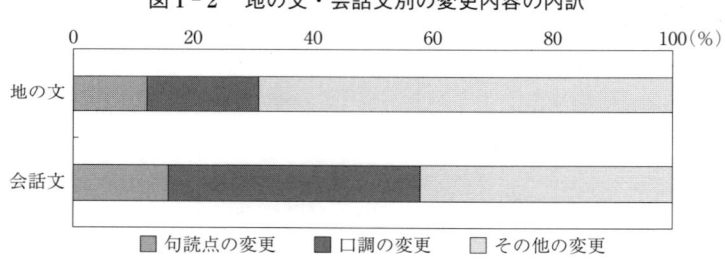

図1-2　地の文・会話文別の変更内容の内訳

　この図から，地の文では，「その他の変更」が7割を占めている。訳文例で見た通り，地の文では，その他の変更，具体的には，読みやすくするための数々の工夫が施されていることが，数値的にも裏づけられたことになる。また逆に，会話の中では，句読点の変更と口調の変更があわせて6割を占めていた。

　さらに，③「岩波少年文庫」版の改訳の特徴として，もう1点付け加えるとすれば，原文との照らし合わせが厳密に行われた痕跡が見られたことである。石井の留学の成果といえるのだろうか。訳抜け，つまり誤訳の修正ともいえる改訳にあたる部分が3カ所あった。具体的には，訳抜けにあたるのは，"and they are very good houses."（9），「そしてどっちもとてもいい家だよ」（③「岩波少年文庫」版21），"How are you ?"（11），「きみ，どうしているの？」（③23）などがその例である。

　英語のニュアンスをより的確に反映したと見られる箇所や，直訳からこなれた日本語になっている部分も数カ所あった。具体例としては，"it isn't the *toes* so much as the *ears*."（8），「足より耳の方がつめたいよ」（②英宝社版

11)→「つめたいのは，足よりも，耳だよ！」(③19)。直訳からこなれた日本語になった例としては，"welcoming noise"(16)，「歓迎の物音」(②21)→「よろこばしそうな声」(③30)などがあげられる。

（5）小規模な変更の内容

次に，③「岩波少年文庫」版以降の変更について見ていく。小規模な変更が3回あったが，その3回をまとめて見ていきたい。変更箇所の数を，表記変更とそれ以外にわけてまとめて示したのが以下の表1‐1である。

表記変更は，④愛蔵版（1962）と⑥小型絵本版（1982-83）の2度の改訳の際に行われているが，いずれも漢字からひらがなへの変更となっている。それ以外の表記変更についてもさらに2回行われているが（1962年の④愛蔵版と1997年の⑧豪華本版），いずれもその件数は少ない。

表1‐1　小さな変更が行われた版における変更件数の内訳

	表記変更	表記変更以外
④愛蔵版（1962）	19	11
⑥小型絵本版（1982-83）	7	
⑧豪華本版（1997）		8

具体的に，改訳されている箇所を見てみると，同じ箇所に何度も手を入れられていることがわかる。最後まで直している箇所の例をあげて，原文と確定訳を比較してみる。

```
The more it snows    (Tiddely pom),
The more it goes     (Tiddely pom),
The more it goes     (Tiddely pom),
     On snowing.
And nobody knows     (Tiddely pom),
How cold my toes     (Tiddely pom),
How cold my toes     (Tiddely pom), (4)
```

第Ⅰ部　石井翻訳の原点と「声」

　　　Are growing.
⑧豪華本版（1997）
雪やこんこん　　　　　ポコポン
あられやこんこん　　　ポコポン
ふればふるほど　　　　ポコポン
ゆきゃふりつもる　　　ポコポン
それでもぼくの　　　　ポコポン
それでもぼくの　　　　ポコポン
<u>この足のつめたさ</u>　　　ポコポン
ああ　だれが知ろ　　　ポコポン（126）

プー自作の詩は，『プー』物語の根幹をなすものでもあるが，この詩もその典型といえるもので，このお話の中心として何度もくり返される。この詩の大部分では，漢字からひらがなへの表記変更しか行われていないが，「この足のつめたさ」という1行だけが，初訳から何度も手を加えられている。その変遷は以下の通りである。

①初版（1942）　　　　　　　この足の冷え（5）
②英宝社版（1950）　　　　　つめたい足を（5）
③「岩波少年文庫」版（1958）　つめたい，この足（13）
④愛蔵版（1962）　　　　　　つめたいこの足（196）
⑥小型絵本版（1982）　　　　つめたい，この足（4）
⑧豪華本版（1997）　　　　　この足のつめたさ（126）

「冷え」「つめたい」「つめたさ」と言い換えたり，読点を付けたりはずしたりといった小規模の変更ではあるが，石井が，妥協せずに変更を重ねた痕跡がみてとれる。この例からもわかるように，どうしても納得する訳が見つからないときは，石井は何度も推敲を続けた。数は少ないものの，同じ箇所で何度も変

更を重ねている例は他にもある。完璧主義ともいえる石井の翻訳姿勢がうかがえよう。念のために，プーの詩はプーの会話の一部でもあり，全体を通しての変更の量としては極めて少ないということを付け加えておく。

以上，「変えられたもの」の分析をまとめると，主要な改訳は，「岩波少年文庫」版（1956, 1958）に初めて収録されたときに行われており，その後も改訳を重ねているものの，変更箇所はごくわずかにとどまっていた。また，地の文の変更に比べて，会話文での変更量は少なかった。量だけでなく，地の文における変更は，子ども読者にわかりやすい表現にするために大きく変えられているものが多い一方で，会話における変更は，句読点や語尾の変更などの小規模なものにとどまっていた。

「変えられたもの」の多くが，地の文の中にあったということが明らかになったが，裏を返せば，会話の部分での変更は少ないということになる。しかも，会話文での変更は句読点や語尾の変更など細部に多く，会話の主たる部分での大きな変更は極めて少なかった。

3　変えられなかったもの

（1）変えられなかった理由

ここからの分析は，「変えられたもの」とは逆の，「変えられなかったもの」を焦点に，石井の翻訳意図を探っていく。石井はなぜ会話部分の翻訳に手を入れることをためらったのだろうか。その理由を類推させる記述が，石井自身が書いた文章の中にある。⑦「岩波少年文庫」改版（1985）時点で，『クマのプーさん』「あとがき」の後に，書き加えられた「改版にあたって」から引用する。

今度，岩波少年文庫が改装されるにあたって，プーの本二冊も改版されることになりました。いま読み返してみますと，五十年まえには使っていたけれども，いまは使われない言葉が出てきます。今度，そうした言葉のあるもの

第Ⅰ部　石井翻訳の原点と「声」

は書きかえ，あるものはなおしませんでした。また，どうしてこのように訳してしまったのだろうと，自分でも不審に思うところも出てきました。はっきり，まちがいと思われるところはなおしましたが，いいまわしなどは，なおさないところがあります。それは，五十年まえ，私たちの目の前にあまりにも生き生きとその姿をあらわした世界を，そのままにしておきたいと思う，私のわがままです。お許しいただきたいと思います。(265，下線筆者)

　石井が「そのままにしておきたい」，つまり，変えたくなかったと語る，50年前に「生き生きとその姿をあらわした世界」とはどのようなものだったのであろうか。
　石井が初めてプーに出会ったのは，犬養家であった。日本女子大学校英文学部に在学中から文藝春秋社の菊池寛の下で，外国の雑誌や原書を読んでまとめるアルバイトをしていた延長線上で，文藝春秋社に入社して『婦人サロン』などの編集にあたる。また，菊池の紹介で，時の首相犬養毅の蔵書整理係のアルバイトに派遣された（犬養道子 1970：210）。そうして親しくなった犬養家のクリスマスのときのことを，石井はエッセイなどにくり返し書いているが，2007年に100歳を記念して行われた雑誌インタビューから引用する。

1933年のクリスマス・イブのことです。その頃，文藝春秋に勤めていた私は，仕事の関係で親しくしていただいていた犬養健さんの御宅にお邪魔しました。そこに，イギリスから帰国された健さんのお友達から，お子様達（道子さんと康彦さん）へのプレゼントとして，「The House at Pooh Corner」という本が届いていたのです。おふたりに「これ読んで」と言われて読みはじめ，「雪やこんこん，ポコポン」という雪の降るところにさしかかって，私はふいに不思議な世界に迷い込みました。紗のカーテンのようなものをくぐりぬけて，まったく別の暖かい世界をさ迷っていたのです。その夜，その本を借りて家に帰り，ひとりで読了しました。(石井 2007b：258，下線筆者)

第 1 章　『クマのプーさん』改訳比較にみる石井のこだわり

石井は，最初に読んだときに，「不思議な世界」「まったく別の暖かい世界」にすっと入り込んでしまった。このエピソードを聞くと，いかにも児童文学の名作にまつわる心和むエピソードらしい幸福なイメージが伝わってくる。しかし，当時の時代背景を考えれば，そんな悠長な状況にはなかったはずである。国をあげて，戦争へとひた走っていく暗い時代であった。

　最初の出会いの後，石井とプーとの関係はどうなっていったのだろうか。石井の初心を探る意味で，『熊のプーさん』初版 (1940) の「あとがき」を見てみよう。

　　それから七年間，いろいろのことがあつて，私たちはいつも，プーの話をしてゐたわけではありません。でも，プーのあの丸々とした，あたゝかい背中は，いつもそばにありました。その背中は，私たちが悲しい時，つかれた時，よりかゝるには，とてもいいものなのです。とりわけ，私が深くプーに感謝したのは死を前にしたある友だちを，プーが限りなく慰めてくれた時でした。
　　　　　　　　　　　　　　　　　　　　　　　　　　　　　　　　　　　(225)

「それから七年間」とは，石井がプーと出会ってから『プー』の初訳が出版されるまでのことであるが，石井が語る「いろいろのこと」とは，明るく楽しいプーの世界とはかけはなれたものだった。石井をプーと出会わせてくれた犬養家で起こった五・一五事件によって犬養首相は暗殺される。「犬養家の良き友人だった石井さんはその夜，すぐに駆けつけた」(犬養康彦 2008：302) という。息苦しいような時代の雰囲気の中で，大切な友人の病床での楽しみのために必死に訳文を練り，訳を完成させる。しかしその親友も逝き，追い打ちをかけるように翌年，石井自身の母までも旅立ってしまう。石井が言う「いろいろなこと」には，戦争という暗い時代と身近な人々の死の影がつきまとっていた。石井がプーに求めた慰めは，現在の平和な時代の中で私たちが，くいしんぼうで，「頭のわるいクマ（ミルン 2000：152）」のプーに感じる単純な癒しとは，比較にならないものだったに違いない。

（2）石井は『プー』の何になぐさめられていたのか

当時の石井の心情を探るために，もう少し初版の「あとがき」を続けよう。

> ある時，その友だちがふざけて，私に言つてよこしました——「誰でも行くといふ三途の河原といふところへ私も行つたら，幼くて亡くなつた子供たちを集めて，幼稚園を開きたい。でも，その時，プーが日本語を話してゐないと，私はどもつてしまひます。」そんなわけで，私がその友だちのためにした拙い譯を，今度本にすることになりました。<u>愛情と機智で出來上がつてゐるようなミルンさんの本</u>を前にして，私は全く，ある時のフクロのように，手も足も出ない氣持です。それでもなほ，この本を，私の手からみなさんにお贈りするのは，もう一度，ミルンさんの言葉をお借りするなら，こんなに長い間かはいがつていたプーを，ひと手に渡すことが出來なかったからです。
> 　　　　　　　　　　　　　　　　　　　　　（225-256，下線筆者）

石井は，自分と友人をなぐさめてくれた暖かい世界が，「愛情と機智で出來上がつてゐる」と読み解いている。石井のいう「愛情と機智」と似たニュアンスで，児童文学者の原昌は「善意」にもとづく「ヒューモア」という言葉を使い，以下のように述べている。

> 実はイーヨーの家を移しかえただけという思いがけない結果に気づき，プーたちの愚かさに苦笑する。すなわち読者の当初の予想と物語進行上に現れてくる結果との不一致からの<u>おかしさ</u>である。（中略）だがここに生み出されたおかしさは決して単純なものではない。子どもたちはこの愚かなプーとコブタを嘲笑しないであろう。なぜならかれらの善意に裏付けられた行為だからである。（中略）すなわち，このおかしさは複合感情であって，<u>善意と共存に裏打ちされたヒューマンなおかしさ</u>であり，それを感得する角度によって，<u>ヒューモア</u>に変じうるものである。（原 1974：95，下線筆者）

プーとコブタがイーヨーのためを思って交わす会話は「おかしい」が，その「おかしさ」のベースに，相手への思いやりという善意がある。だからこそ読者は安心して笑えるのである。

（3）会話の訳例
　それでは，当時の石井の状況と作品との関係をおさえたところで，具体的に，その場面のプーとコブタの会話を見てみよう。同じく『プー横丁にたった家』（英宝社版は『プー横丁』）の1章「プー横丁にイーヨーの家がたつお話」で，先ほど引用した雪が降る場面の少し先で，プーとコブタが，イーヨーに家がないのはかわいそうだと話す箇所である。

　　"I've been thinking" said Pooh, "and what I've been thinking is this. I've been thinking about Eeyore."
　　"What about Eeyore?"
　　"Well, poor Eeyore has nowhere to live."
　　"Nor he has," said Piglet.（9）
②英宝社版（1950）
　　「ぼく，考えたんだけど，」と，プーが言いました。「ぼく，こういうことを考えたんだよ。ぼくね，イーヨーのこと，考えたんだ。」
　　「イーヨーがどうしたの？」
　　「だって，ほら，かわいそうに，イーヨーはどこも住むとこがないんだよ。」
　　「ないんだとも。」と，コブタが言いました。（12）
④「岩波少年文庫」版（1958）
　　「ぼく，考えてたんだけど，」と，プーは言いました。「こういうこと考えてたんだ。ぼくね，イーヨーのこと，考えてたんだ。」
　　「イーヨーがどうしたの？」
　　「だって，ほら，かわいそうに，イーヨーは住むとこがないじゃないか。」
　　「ないよ。」と，コブタが言いました。（20）

②英宝社版（1950）から③「岩波少年文庫」版（1958）への改訳時に変更された箇所に下線をほどこしたが，変更されているのは語尾や句読点など細かい点が多く，会話の本質に関わる部分に関してはほとんど手が加えられていない。この章の後半はもちろん，この章以外でも確認してみたが，いずれも会話部分での改訳の数は極めて少なく，あった場合でも，口調や語尾変化など小規模な変更にとどまっていた。

　『プー』という作品の本質とは，善意にもとづくユーモアであり，特にそれが顕著に表現されているのが会話部分である。そのことを，石井は『プー』に出会った瞬間につかみとっていたのではないだろうか。

（4）劇作家ミルンにとっての会話

　『プー』という作品において，会話のもつ意味は大きいと指摘する研究者は多い。たとえば，児童文学者の松山雅子は，プーの世界は，「会話表現によってイメージの広がり」をもつと言い，その根拠として劇作家ミルンの創作態度をあげている（松山 1977：104-105）。実際ミルンは，自伝の中で，「さまざまな形式のうちで，最も胸躍らされるのは，劇作である」（ミルン 2003：466）と告白し，劇作の魅力を以下のように語っている。

　　スリルを求めてやまない者にとって，劇作はぴったりの仕事である。私はこのことを強く感じているので，劇を書くとき，最初はト書を一行もいれずに，すべての台詞を全部一気に書きあげてしまう。そして，そのあとで，心楽しまぬ小説家の気分になって，ト書きを書き入れていく。　（ミルン，2003：466）

劇作家ミルンにとって，台詞は命である。『プー』のお話は厳密には劇作とはいえないが，ミルンの頭の中で登場人物たちがしゃべりだし，ミルンはそれを急いで紙に写していったのではないだろうか。そうだとすれば，劇作に非常に近い創られ方をしているといえる。そして驚くべきことに，石井は「かなり正確に，プーの本が発する波長をキャッチし」（石井 1977：20），その独自の世界

に入り込んだ。すると、石井の頭の中で、「プーが日本語でしゃべりはじめてしまった」（石井 1999c：11）のである。いったんしゃべりだしたプーたちの会話を、初めて出会ったときに石井は生涯変更することのないレベルまで頭の中に刻んだ。だからこそ、石井はそれに後から手を入れることなどできなかったのではないだろうか。「プーの声が聞こえた」ことは、翻訳家としての石井のその後を決定づけた。石井翻訳における「声」の重要性は、ここから始まったのである。

注
(1) 本文で紹介した11回以外にも、『キンダーブック』（1959年8月号）に「くまのぷーさん」というタイトルで、ぶん・石井桃子、え・武井武雄の作品が掲載されていることが確認できた。しかしながら、扱っているのが『クマのプーさん』の第2章の1話だけであること、また編集後記に「文も絵も原作よりは、ずっと幼児向けになおしていただきました」とあるように、かなり「つづめた」抄訳となっているため、本章での翻訳比較分析の対象には含めなかった。
　　また、1993年に刊行された「岩波世界児童文学集2」に『クマのプーさん』だけが収録された。「岩波少年文庫」改版（1985）を踏襲した訳となっている。『プー横丁にたった家』が入っていないため、本書の分析に含めなかった。
(2) 阿川尚之は、作家の阿川弘之の息子で、石井の「かつら文庫」に開設当時から通った子どもの一人である（石井 1996：338；阿川 2007）。石井との縁の深かった阿川尚之は、エッセイ集『アメリカが見つかりましたか―戦後篇』の中で、石井の留学当時の様子を以下のように述べている。
　　　　1953年の半ばすぎのこと、岩波書店で子どもの本を編集していた石井のもとを、坂西志保という女性が突然訪れる。（中略）坂西は、この頃日本の若い知識人に奨学金を与えてアメリカに留学させるロックフェラー財団フェローシップの選考委員をしていた。（中略）安岡章太郎、江藤淳、庄野潤三といった若い作家をアメリカへ送り出した坂西が、児童文学の分野でいい仕事をする岩波の編集者に目をつけた。このプログラムでアメリカに渡った女性はおそらく石井だけだと思う。（阿川 2001：87-88）
(3) 石井の下で「岩波少年文庫」の編集に携わったいぬいとみこが、「岩波少年文庫」40周年を記念した『飛ぶ教室』での鼎談で明かしている。『クマのプーさん』と『たのしい川べ』の翻訳権は、占領下で英宝社に移ってしまい「アラブさんていう人が持っていて放さなくて」、刊行が「だからこんな遅くなった」という（いぬい・中川・今江 1991：121）。

第2章
『クマのプーさん』英日比較にみる石井らしさ

1　『クマのプーさん』の作品の本質

（1）『クマのプーさん』の笑いとユーモア

　石井の耳に聞こえたプーの声は，最初から日本語だったのだろうか。またその日本語は，英語の原文にどれくらい近いものだったろうか。改訳比較に続いては，原作の英文と比較して，石井の日本語訳の特徴を明らかにする。

　分析に入る前に，先行研究を抑えておきたい。『クマのプーさん』の翻訳研究の先行例としては，原昌の「ミルン童話と翻訳・受容」と，松山雅子の「『クマのプーさん』の入り口の構築」がある。両者とも石井訳を松本恵子訳と比較している。松山は，読者としてプーの世界を十分に楽しんだ石井が，物語の三重構造を的確に把握していると指摘している（松山 1983：8）。また原は，石井の翻訳が犬養家の子どもたちに対する読み聞かせを元にしていることを理由に，「子どもが自然に一体化できる訳出に成功している」と評価している（原 1991：127）。『プー』の石井訳は，「日本の子どもたちを念頭に置いた，こなれた名訳」（谷本・笹田 2002：5）といわれているが，それを裏づける研究となっている。

　しかしながら，子ども読者寄りの翻訳だけが，石井訳の特徴ではない。翻訳ではまず何よりも，原作の本質を的確に把握し，その世界をいかに忠実に日本語に移せているかが問われる。まず，*Winnie-the-Pooh* という原作の本質であるが，先の分析から明らかになったように，会話を中心とした暖かいユーモ

アであった。そのプーのユーモアを，石井はどのように受け止めていたのだろうか。

それを推察する記述が，石井の最初の読み聞かせの相手であった犬養家の子どもの一人である康彦（当時5歳）のエッセイの中にある。犬養康彦は，当時を回想して「石井さん自身が愉しんでいるのがわかる『くっくっくっ』と笑い声をあげながら，プーの滑稽な活躍を読んでくれるのを，甘えて聞いていました」（犬養 2007：281）と書いている。犬養の目から見ても，石井は『プー』に，まず笑いを見出していたらしい。

それでは，『プー』の笑いが特徴的に見られるのは，具体的に作品のどの部分だろうか。たとえば，児童文学者の谷本誠剛と笹田裕子は，『プー』の笑いの中心をなすものとして，「ノンセンス」な言葉遊びと「ライト・ヴァース」を下敷きにしたプーの詩の2つに特に注目している（谷本・笹田 2002：61-72）。言葉遊びや韻文などは，各言語固有の音と強い結びつきがあり，異なる言語に移しかえるのは容易ではない。この困難な課題に対して，石井はどのような方法で応えたのだろうか。以上の関心から，原文と訳文の具体例の比較分析においては，石井が「プー語」（ミルン 2003：549）と称したミルン独特の「言葉遊び」と，石井を一瞬にしてプーの世界に導いた「雪やこんこん ポコポン」に象徴されるプーの詩の2つの側面に焦点を当てる。

（2）翻訳における等価とは

Winnie-the-Pooh の言葉遊びとしてまず目につくのは，「駄洒落（pun）」である。駄洒落は同音異義語やごろ合わせなどの音遊び的要素が強いため，異なる言語では同じようなおもしろさが再現されることは少ない。翻訳者は，訳書の読者が，原文の読者と同じように笑えるように，音と意味の両方を兼ね備えた適語訳を懸命に探すが，すべての条件を兼ね備えた適語訳が見つかることは少ない。多くの場合は何らかの妥協を余儀なくされるのだが，何を優先して，何を諦めるかには訳者の翻訳に対する考え方が投影される。

何をもって「同じ」とするかという「等価」の議論は，翻訳研究において長

らく最重要テーマであった。その元になったのは、ロシアの言語学者ローマン・ヤーコブソン (Roman Jacobson, 1892-82) の翻訳の定義、「言語間翻訳、すなわち、本来の翻訳 translation は、ことばの記号を他の言語で解釈すること」（ヤーコブソン 1973：58）である。ヤーコブソンのこの言語学的な「等価」を一歩進めたのが、ユージン・A. ナイダ (Eugene A. Nida, 1914-2011) の「動的等価（"dynamic equivalence"）」の概念である（Nida 2000：129）。ナイダは共同研究者との共著『翻訳——理論と実際』の中で、翻訳において、逐語的な「形式的な等価（"formal equivalence"）」より「動的等価」を優先する意味を以下のように述べている。

 もしわれわれが、訳された文章を個々の形式の面からではなく、それを読む人（受容者）の立場から見る時には、「翻訳のわかりやすさ」という別の観点から考えることになる。しかし、その「わかりやすさ」というのは、わかりやすい単語が使われているかどうか、とか、文章が文法的に正しく構成されているかどうか、などという角度からでなく、訳された文章の内容が読者にどのように受けとられるかという角度から評価される。
          （ナイダ、テイバー、ブラネン 1973：30-31）

このように、ナイダとその共同研究者たちは、形式よりも内容を優先し、言語学的な意味での「等価」を、受容者が受け取った結果としての「動的等価」の概念に発展させ、受容者重視の方向に進んだ。つまり、ナイダ以降は、逐語的に同じでなくても、結果として読者が受け取るものが同じであれば、それもまた「等価」とみなしてよいと考えたのである。以上の議論を踏まえれば、石井訳における「等価」についても、言語学的な「形式的等価」だけではなく、読者に与える影響としての「動的等価」を考察に入れるべきであろう。

第Ⅰ部　石井翻訳の原点と「声」

2　言葉遊びとくり返し

(1) 等価の訳例

　それではここから，具体的な石井訳の分析に入ろう。石井がぴったりする日本語を見つけたことが，翻訳に活きた箇所がある。たとえば，4章「イーヨーが，しっぽをなくし，プーが，しっぽを見つけるお話」にこんな場面がある。以下の引用はすべて，原文は *Winnie-the-Pooh*（Puffin, 1992）から，日本語は石井桃子訳『クマのプーさん』（「岩波少年文庫」新版, 2000）からとし，下線はすべて筆者が施した。

　　"The thing to do is as follows. First, Issue a Reward. Then ――"
　　"Just a moment," said Pooh, holding his paw. "*What* do we do to this — what you were saying? You sneezed just as you were going to tell me."
　　"I *didn't* sneeze." (50)

　「どうすればいいかといえばァ，つぎのごとくであります。まず薄謝(はくしゃ)を贈呈(ぞうてい)することととする。それから――」
　「あの，しばらく。」と，プーは手をあげてとめました。「まず，あのなんですって？――あなた，なんていったんです？　お話の途中(とちゅう)でくしゃみをなさったものだから。」
　「わたし，くしゃみなどいたしませんよ。」(79)

　"issue"（報酬）という言葉を知らないプーは，その音からフクロが "sneeze"（くしゃみ）をしたと思い込み，プーとフクロの間で食い違いの会話が続く。「ハクション」と「薄謝」の音の類似は，英語で「ハクション」を意味する "atishoo" と "issue" のそれに肉薄しており，原文に非常に近い形での言葉遊びが再現できている。

第2章　『クマのプーさん』英日比較にみる石井らしさ

　これに似た成功例としては，8章「クリストファー・ロビンがてんけん隊をひきいて北極(ノースポール)へいくお話」の中で，クリストファー・ロビンが発した"Ambush"（奇襲）という単語がわからず，プーが"What sort of bush?"(119)「なんの木の種類だって？」(180) と応える箇所がある。「奇襲」という単語は，子どもには少々むずかしいかもしれないが，「木の種類」と音が近く，駄洒落として成立している。

(2) 代替の訳例

　しかし，適訳が常に見つかるとは限らない。たとえば，前述の「北極("North Pole")」探検では，最後にプーが「棒("pole")」を見つけたことで探検成功となる。"North Pole" と "pole" の駄洒落が物語の「おち」になっているが，翻訳では，北極に「ノース・ポール」とカタカナでルビを振っているだけである。英語の "pole" の異なる複数の意味を知っていることが笑いの前提となっているので，英語がわからない子どもには通用しない。他にも，

"a Pole or something. Or was it Mole?" (114)
「棒(ポール)だかなんだか——それとも，もぐら(モール)だったかな」(172-173)

「棒」に「ポール」，「もぐら」に「モール」と英語の読みをカタカナのルビに振っているだけで，日本語の意味からだけでは笑えない。もちろん，異なる言語に移植する以上，笑いを100％再現することは困難である。どうしても欠けたところが出る。だからこそ，欠落部をどのように埋め合わせするかが，訳者の腕の見せどころになってくるともいえる。
　欠けたところに捉われすぎずに新しい見方を提案するのが，ドイツの児童文学者エマー・オサリヴァン（Emer O'Sullivan）である。オサリヴァンは，「原文と訳文を比較するとき，われわれは翻訳で失われるもの（"losses"）に目を奪われがちであるが，反対に得られるもの（"gains"）もある」と主張する。オサリバンは，言葉遊びを駆使したエイダン・チェンバーズ（Aidan Chambers,

49

1934- ）の作品の独語訳を例に，「形や内容そのもの（"specific form or content"）」にこだわることなく「言葉遊びの精神（"idea of word play"）」を活かすことで，翻訳の世界でも，原作と等価かそれ以上の笑いの再現が可能だと主張する（O'Sullivan 1998）。

（3）石井独自の言葉遊び

石井訳の場合はどうだろうか。翻訳で「失われるもの」ではなく，「得られるもの」を探してみたい。ヒントになるのは，原文では pun でないのに，日本語で駄洒落になっている箇所である。

But something tells me that they're *suspicious*！(15)
「どうもハチのやつ，うたぐってるって，虫のしらせがあるんです。」(31)

虫の一種であるハチが，「虫のしらせ」をするという駄洒落である。

"Bother！" said Pooh, as he opened it. "All that wet for nothing. What's that bit of paper doing？" (137)
「いやんなっちゃう！」びんをあけてみたとき，プーはいいました。「骨折り損のずぶぬれもうけ。このちっちゃい紙は，こら，いったい，なんだい？」
(205-206)

「ずぶぬれもうけ」は，「くたびれもうけ」を類推させる言葉遊びである。筆者が5歳児に読み聞かせをしたときも，「ずぶぬれ」の語感がおもしろいといって笑い転げ，何度も読まされた。これ以外にも，日本語の音のおもしろさを活かした例がある。

because it had both a knocker *and* a bell-pull. Underneath the knocker there was a notice which said: (48)

戸をたたく戸たたきと、鈴をならす鈴ひものりょうほうが、そなえつけてあったからです。戸たたきの下には、はり紙がしてあって、(75)

「戸をたたく戸たたき」、「鈴をならす鈴ひも」と同じ音のくり返しが笑いを誘う。特に、「戸たたき」は早口言葉のように言いにくいので、何度かくり返すうちに、読み手はつい言い間違える。その言い間違えを耳ざとく指摘することで、聞いている子どもにとってはさらにおかしさが増す。このように、原文にない箇所でも、駄洒落や早口言葉が駆使され、日本語での言葉遊びによる笑いが生み出されていた。これらの例は、石井が、オサリヴァンのいうように、形や意味に捉われることなく、原作の「言葉遊びの精神」を尊重することで、原作と等価かそれ以上の笑いを再現させたことの証といえよう。

（4）くり返しの効果

　駄洒落や早口言葉といった音のおもしろさ以外で、笑いにつなげている例がある。5章「コブタが、ゾゾに会うお話」の「ゾゾ」は、原書では"Heffalump"となっている。"Heffalump"は、Terrible-lump（恐ろしい塊）とElephant（ゾウ）の音をあわせたクリストファー・ロビンの造語である。石井は簡単に「ゾゾ」と訳している。しかし、原作の語感を重視する英文学者たちには抵抗があるのか、ドミニク・チータム（Dominic Cheetham）は「ヘッファランプ」（チータム 2003：146）、安達まみは「ヘファランプ」（安達 2002：157）と表記している。たしかに、「ゾゾ」は、挿絵の「ゾウ」から容易に想像される音ではあるが、純粋な音のおもしろさとしては"Heffalump"におよばない。

　しかし、"Heffalump"＝「ゾゾ」という1対1の関係に縛られずに、視野を広げて文章全体の中で「ゾゾ」がどのように使われているかを見ると、石井が選んだ訳語の思いがけない効果が見えてくる。たとえば、プーがベッドの中で、ゾゾのことを想像して眠れなくなる場面である。

Because every Heffalump that he counted was making straight for a

第Ⅰ部　石井翻訳の原点と「声」

 pot of Pooh's honey, *and eating it all*. (64)
 プーのかぞえる<u>ゾゾ</u>は，どの<u>ゾゾ</u>も，どの<u>ゾゾ</u>も，みんなプーのミツのつぼ
 目がけて，いちもくさんに押しかけていき，すっかりたべてしまうんです。
                 （100）

"Heffalump" 1 回に対して，「ゾゾ」は 3 回くり返される。安達は，石井の「ゾ
ゾ」という訳語は，「『ゾゾッ』とするような，やや恐ろしげなニュアンスを加
えている」(安達 2002 : 157) 点で効果的であるという。安達の感覚に従えば，
石井訳では「ゾゾ」が 3 回くり返されることで，「ゾゾッ」とする効果が 3 倍
に膨れあがるともいえる。

 because he could hear it <u>heffalumping</u> about it like anything. (68)
 なぜって，コブタには，<u>ゾゾ</u>が，もう<u>ぞうぞうしく</u>あばれまわっている音が
 きこえてきたからです。(105)

「ゾゾッ」とする効果に加えて，ゾウを連想させる造語「ぞうぞうしい」を使
って，「ゾウらしい」「騒々しい」にという連想まで加わっている。しかも，
「ゾゾ」は短いので，何度くり返しても訳文が長くなる心配がない。石井は，
存分に「ゾゾ」をくり返した。ちなみに，この章全体で数えたところ，原文の
"Heffalump" 21回に対して，石井訳の「ゾゾ」は45回もくり返し使用されてい
た。
 これ以外にも，石井がひとつの単語を，原作の回数以上くり返した例がある。
たとえば，最終章の詩では，原作の "Cheers" 1 回に対し，日本語訳の「ばん
ざい」が，以下のように 3 回くり返される。

 3 <u>Cheers</u> for Pooh !!   プーの<u>ばんざい</u>三唱しましょう！
 (*For Who* ?)   （なんの<u>ばんざい</u>？）
 For Pooh ——(150) プーの<u>ばんざい</u>——(224)

第2章 『クマのプーさん』英日比較にみる石井らしさ

似たような台詞がこの後も続き,ひとつの詩全体では,"Cheers"の5回に対し,「ばんざい」が15回となり,単純計算でも3倍のくり返しが行われている。

このように,プー作品にはくり返しが多い。単語レベルでのくり返しはもちろん,エピソードやプロットのくり返しなど,異なるレベルのくり返しが多数組み込まれている。

こういったくり返しの効果は,声に出したときにさらに増加する。たとえば,アニメーション映画監督の宮崎駿は,スタジオジブリの機関紙『熱風』の石井追悼特集号（2008年6月号）の対談で,以下のように語っている。

近所の子どもにプーさんを読んであげたとき,同じシチュエーションを3回繰り返すことの意味がよくわかった。子どものテンションがだんだん上がってきてわくわくしだす。つまり,自分で読むだけじゃなくて,実際に子どもに読んで聞かせて反応を見て,3回繰り返す意味がわかったんです。

(高畑・宮崎 2008：31)

宮崎は,『プー』を子どもに読んでやったときに「なんでこんなに喜ぶのか驚いた」とも言っている。昔話の3回のくり返しのように,プーのくり返しの効果は耳で聞いてこそわかるのである。

『プー』作品において,なぜくり返しが重要なのか。チータムは,子どもに対する音読以外の理由として,『プー』の文体が詩に近いことをあげている。くり返しは,物語にとっては退屈なものと考えられがちであるが,詩や音楽においては違う。詩や音楽において,くり返しは,むしろリズムを作りあげるうえで有効な要素である。『プー』物語においては,時折はさまれる詩は重要で,詩と物語が見事な調和をみせているが,チータムはそれが「詩的スタイルを使って物語を書いたから」（チータム 2003：146）と指摘する。

チータムが指摘するように,『プー』物語にとってくり返しが重要であるとするならば,石井訳は,くり返しの効果を増加させることによって,『プー』物語のおもしろさを増加させたともいえる。しかし,これは誰にでもできるこ

53

とではない。

　たとえば，オサリヴァンは，*Winnie-the-Pooh* の独語版での初訳（1928）を分析して，単純なくり返しを避けるために他の表現に変えて訳したことで，原作の音のおもしろさを損なったと指摘している（O'Sullivan 2005：88）。独語版訳者はこの作品を普通の散文と捉え，退屈なくり返しを嫌った。一方，石井は韻文に近いものと捉え，くり返しを増加するという逆の方向を選択した。この比較から，石井の日本語訳がくり返しを多用したことで，おもしろさを増し，聞いて楽しい文体になったことがわかる。

3　日本語の特徴を活かした訳の工夫

（1）漢字とひらがなの書き分け

　くり返しという聴覚的効果に続いては，日本語表記という視覚的効果について考察してみたい。具体的には，漢字とひらがなの書き分けである。8章では，北極探検の準備をめぐって，クリストファー・ロビンとプーが以下のような会話をする。

"And we must all bring Provisions."
"Bring what?"
"Things to eat."
"Oh!" said Pooh happily, "I thought you said Provisions." (113)
「それからね，ぼくたちみんな，食料もっていかなくちゃいけないんだ。」
「なにをもってくんですって？」
「たべるもの。」
「ああ，そうか。」と，プーは，うれしそうにいいました。「ぼくはまた，あなたが，しょくりょうっていったと思ったもんだから。」(171)

英語では "Provisions" という単語がまったく同じように2回くり返されている。

一方，日本語では，1回目は「食料」，2回目は「しょくりょう」と書きかえられている。1回目のクリストファー・ロビンの発言が漢字で，2回めのプーの発言はひらがなで表記されている。石井訳の細かい表記の違いから，いかにも「頭のわるいクマ」(152) のプーの口調が聞こえてくるようである。

　同様の例は，6章にもある。イーヨーの誕生日プレゼントの「のし書き」を，プーがフクロに依頼する場面である。フクロとプーの台詞を，英語原文と日本語訳を引用して比較する。

（フクロ）　"You ought to write 'A Happy Birthday' on it."
（プー）　　"Would *you* write 'A Happy Birthday' on it for me." (81)
（フクロ）　「お誕生日御祝いと，この上へ書かなくてはいけませんな。」
（プー）　　「この上へ，『おたんじょう日おんいわい』って書いてくれませんか。」(124)

英語の原文では，フクロの台詞がイタリック体にはなっているものの，"A Happy Birthday" という表現自体は一緒である。日本語では，「おたんじょう日おんいわい」と音ではまったく同じものをくり返しながら，フクロの台詞は漢字で，プーの台詞はひらがなでと書き分けられている。読者はこの表記の違いから，「なんでもかんでも知ってる」(75) フクロと，「頭のわるい」プーという登場人物たちの性格や能力の違いを読み取るのである。

（2）日本語表記と「語り」の効果

　ここには視覚的効果がもたらすトリックがある。日本語は，漢字，ひらがな，カタカナといった多様な表記をもっていて，私たち日本人は無意識のうちに，その表記の違いにある種の意味を読み取っている。たとえば，漢字は大人が使うむずかしい言葉であり，ひらがなは漢字よりも下位にある表記で，漢字が使えないのは年少者など識字教育を受けていない者とみなすといった具合である。
　この日本語表記の多様性を語りに活かした日本文学の例に，谷崎潤一郎の

「盲目物語」（谷崎 1982）がある。語り手は，盲目の年老いた按摩で，ひらがな表記が続く。読み手はひらがなばかりの文章を読んで，いかにも盲目の按摩らしい語り口だと思う。しかし，これに対して仏語翻訳者アンヌ・バヤール＝坂井（Anne Bayard-Sakai）は，「一種の不思議な言語リアリズムに則って模写しているような錯覚に読者は陥ってしまったことを認めざるを得ない」（バヤール 2004：52）と指摘する。「模写しているような錯覚」とはつまり，ひらがなばかりの表記を読み続けていくことで，読者の意識が，漢字を知らない按摩という語り手に同化してしまうことを意味する。バヤールは，谷崎のこの語りの手法を仏語にそのまま移植することは不可能だったと明かしている（バヤール 2004）。

　実際，書いた谷崎本人も，「文章読本」中で，「われわれはわれわれに独特なる形象文字を使っているのでありますから，それが読者の眼に訴える感覚を利用することは，たとえ活字の世の中になりましても，ある程度まで有効」と述べ，語りの手法のひとつとして，日本語表記の多様性を活用したことを認めている（谷崎 1983：107）。

　石井も谷崎同様，表記の差が「読者の眼に訴えかける感覚」を意識し，その視覚的効果を活用したと考えられる。石井が，漢字とひらがなを書き分けたことで，日本語の読者は，そこから登場人物の性格や能力の差異を読み取ることが可能になったからである。

　もちろん，原作にないものを付け加えることの是非については議論があるだろう。少なくとも，その追加は，原作の世界を損なうものであってはならない。しかしその点，石井が追加した「性格のユーモア」は，原作のプーの笑いにそうものである。たとえば原昌は，ミルンのユーモアの要素として「プロットの意外な展開（喜劇的手法）と，主人公の性格からのおかしさ，言語表現などの技巧からのおかしさ，そして子どもの単純思考の導入からのおかしさ」の4つをあげている（原 1974：91-92）。そのような観点から考えると，石井が，プーの性格のおもしろさを強調して訳したことは，原作からの逸脱というより，原作の精神を尊重した上に，さらに補強する効果をもたらしたことになる。アル

ファベットの単一表記の英語や仏語に対し，複数種類の表記を並存させる日本語の特徴は，バヤールの仏訳には「欠損（"losses"）」として働いたが，石井の邦訳にとっては「増加（"gains"）」に幸いしたといってもよいだろう。

（3）七五調というリズム

　プーの作る詩は，『プー』物語において，もうひとつの重要な要素である。最初の詩を，石井は七五調で訳している。

Isn't it funny	ふしぎだな
How a bear likes honey?	クマはほんとに
Buzz! Buzz! Buzz!	ミツがすき
I wonder why he does?（7）	ブン！ブン！ブン！
	だけど，そりゃまた
	なぜだろな（19-20）

　英語で4行の詩が，日本語では改行を増やして6行になっている。五七五，そして1行あけて七五と，七五調が採用されているのがその理由と考えられる。
　小学館の『日本国語大辞典』によれば，「七五調」とは，「日本の詩歌に用いる音数律の一形式。七音節の句のあとに，五音節の句をつづけたものを単位として反復するもの」とある。この七五調は絵本の言葉に影響を与えてきた。たとえば児童文学家の斎藤惇夫は『絵本の事典』の中で，「安定した，耳に馴染みの，快さを感じるリズム音数律が，私たちの国の詩の言葉の原型としてあり，『絵本のことば』にも影響を与え続けてきた」（斎藤 2011：449）と指摘する。斎藤は「絵本のことば」と言っているが，ここでは広くとって「子どもの本のことば」と解釈してもよいだろう。
　また，私たちは，七五調というと文字数を意識しがちであるが，肝心なのは音であり，声に出したときの響きである。たとえば，別宮貞徳は「詩歌は本来歌われるものだった」ことの名残だから，「七五調はリズムである」と言う

(別宮 2005：29-52)。たしかに,「子どもの本のことば」は,詩であると同時に歌でもある。プーの詩が,子どもが口ずさむ歌に近いものである以上,日本語においても口ずさみやすい,なじみのあるリズムが望ましい。そこで,石井は,日本語が本来もっている七五調のリズムをまず採用したと考えられる。

　しかし,七五調は万能ではない。作家の丸谷才一は,「子どもが小さくて幼稚だから,口調のいいものを読ませようとする。だから,子どもに読ませる絵本の文句は七五調の交通標語みたいなものでいいと思う」と,絵本の文体が七五調ばかりになりがちなのを批判している。そのうえで,瀬田貞二訳の『おだんごぱん』を「例外的な傑作」と評価し,その理由を「七五調のところがありますよね。だけど,それにべったりと支配されてはいない。非常にうまくやっている」からだと説明している（丸谷 1976：46）。

　石井訳も,最初の詩こそ七五調を基本にしているが,だんだんとそれからはずれ,独自のリズムを作りあげている。導入部で七五調のリズムをうまく利用しながら,全体として七五調に縛られていないのは,瀬田と同様といえよう。

（4）本歌取りの手法

　七五調以外にも,石井訳には,日本の詩歌の伝統を踏まえた手法が見られる。英文学者の千森幹子は,ルイス・キャロル（Lewis Carroll, 1832-98）の『不思議の国のアリス』(*Alice's Adventures in Wonderland*, 1865) の日本語訳を論じる中で,イギリスのユーモアの伝統に匹敵する日本語の言語表現技法として,中世の和歌の「序詞」「枕詞」「掛け句」や江戸時代の「狂歌」に見られる言葉遊びや駄洒落といったものがあったことをあげている（Chimori 2001：80）。これらの日本の伝統的な言葉遊びの技法を,石井が活用している例を具体的に見てみたい。第1章でも引用した続編『プー横丁にたった家』の冒頭の詩を再度引用する。

　　The more it snows（Tiddely pom）,　　雪やこんこん　ポコポン
　　The more it goes（Tiddely pom）,　　あられやこんこん　ポコポン

第2章 『クマのプーさん』英日比較にみる石井らしさ

> The more it goes (Tiddely pom),
> 　　On snowing (4).

> ふればふるほど　ポコポン
> 　　ゆきゃふりつもる　ポコポン (16)

　日本語訳の前半部は，童謡「雪」を下敷きにしている。有名な歌を引用して，そこから発展させるこの手法は，日本の詩歌の伝統の「本歌取り」である。再び『日本国語大辞典』から引用すると，「本歌取り」とは「和歌，連歌などを作る際に，すぐれた古歌や詩の語句，発想，趣向などを意識的に取り入れる表現技巧。新古今集の時代に隆盛した」と説明されている。

　しかし，本歌取りは，決して古い手法ではない。たとえば，丸谷才一が源氏物語を下敷きに長編小説『輝く日の宮』(丸谷 2003)を書いたように，「本歌取り」の精神は，時代やジャンルを越えて，現在まで脈々と受け継がれている。

　「ゆきやこんこん」と聞いたとたんに，「あられやこんこん」というフレーズが口をついてでる。その瞬間に，イギリスのプーの森に降る雪が，自分の知っている雪景色に変わる。プーの住む百町森が，日本のどこかの森にあるような錯覚を覚える。この親近感もきっと，日本の子どもたちが石井訳をすんなり受け入れる一因になっただろう。

（5）わらべ唄とマザーグース

　幼いころに親しんだわらべ唄もまた，人々に親近感を抱かせる。英語圏では，読者の目を引き付けるために，新聞一面の見出しにマザーグースが引用されることも多い。石井が意識していたかどうかはわからないが，マザーグースの浸透力に似せるように，石井訳の中には，わらべ唄の1節がさりげなく配されることがある。たとえば，J. キープスの『ゆかいなかえる』は，原書が絶版になっている一方で，石井訳の日本語版は現在も発売を続けており，50年以上にわたり日本の子どもに楽しまれ続けている。その『ゆかいなかえる』の石井訳に，日本の童謡が使われているので，その箇所を引用する。4匹のカエルが手をつないで遊んでいる場面である。

第Ⅰ部　石井翻訳の原点と「声」

<u>Round and round in a rosy ring</u> they whirl.
<u>ひいらいた ひいらいた</u> と ぐるぐる まわる。(1)（下線筆者）

　日本語訳の「ひいらいた ひいらいた」を目にしたとたん，「何の花が開いた」が頭に浮かび，読み手の心情として，つい節をつけて歌ってしまう。わらべ唄のように耳に心地よい訳が，日本の子どもたちに支持されている一因だろう。
　同様に，『プー』でも，石井は日本の子どもたちになじみのある童謡を使用している。『クマのプーさん』6章で，イーヨーが，今日が自分の誕生日だとプーに告げる場面で石井が使用したのは，童謡「うさぎとかめ」である。

"Gaiety. Song-and-dance. <u>Here we go round the mulberry bush</u>."
"Oh!" said Pooh. He thought for a long time, and then asked, "What mulberry bush is that?" (74)
「浮かれさわぎさ。舞えや歌えさ。<u>もしもしカメよ，カメさんよか</u>。」
「へえ！」と，いって，プーは，ながいことかんがえてから，「カメって，どんなカメ？」(111，下線筆者)

"Sing. Umty-tiddly, umty-too. <u>Here we go gathering Nuts and May</u>. Enjoy yourserlf." (75)
「うたうがいいぞ。やっさこらさ，<u>世界のうちにおまえほどか</u>。あそぶがいいわ。」(115，下線筆者)

　この2つの例は，子どもたちに親近感を抱かせるという点では同じような効果をもっているが，直訳の度合いは少々異なっている。『ゆかいなかえる』では，"Round and round in a rosy" も，「ひいらいた ひいらいた」も，絵本の絵にあるように，手をつないで「ぐるぐる まわる」動作が容易に連想され，英語で読んだときと日本語で読んだときに頭で描くイメージに差はない。しかしながら，『プー』の方は，原文で "Here we go round the mulberry bush"

と "Here we go gathering Nuts and May" の2つのマザーグースが引用されているにもかかわらず，訳文では，「うさぎとかめ」1曲がくり返し使われている。しかも，2つのマザーグースのうち前者は「かごめかごめ」のように廻って遊ぶ唄，後者は「花いちもんめ」のように2列に向かい合って遊ぶ唄である。もちろん，「もしもしかめよ」はどちらの遊びとも関係ない。石井はなぜ，マザーグースの訳を離れて，「もしもしかめよ」を採用したのだろうか。

　ここで，くり返しの効果を考察したときと同様に，登場人物の性格について考えてみよう。イーヨーは，ペシミストで，皆で何かをやろうとするときに，決まって一人でぐずぐず言う。そんなイーヨーのイメージソングとして，「のろまなカメ」の歌ほどぴったりなものはない。石井は，なじみの日本の童謡を採用することで，読者に親近感をわかせた上に，登場人物の性格を強調して笑いの効果を増大させ，原作のユーモアをさらに強固なものとしたのである。

4　読者寄りの訳

（1）翻訳における「受容化」と「異質化」

　翻訳の問題として常に議論になるのは，原作からどこまで離れて，どこまで訳書の読者寄りになっていいのかという点である。日本の子どもたちにとって自然でわかりやすい訳を目指すことは，反面，原語である英国の言語や文化の色彩を弱めることにもなりかねない。翻訳における「受容化（"domestication"）」と「異質化（"foreignization"）」のバランスの問題である。たとえばローレンス・ヴェヌティ（Lawrence Venuti）は，『翻訳者の不可視性』（*The Translator's Invisibility*, 1995）の中で，テクストを完全に自国風に「受容化」させるのか，それとも「異質化」のまま，つまり外国的な部分を残すのかには，外国語や外国文化に対する訳者の態度が投影されると述べている。ここでいう訳者の態度には，どんなテクストを翻訳対象として選ぶかと，どのような考え方で翻訳するかも含まれる（Venuti 1995：19）。

　このようなヴェヌティの考え方を援用すれば，英国文化より日本文化，英語

より日本語を生かすという石井の翻訳姿勢は「受容化」寄りの訳ということができよう。

（2）石井独特の言葉遣い

最後に，石井節とも呼ばれる，独特の表現についてふれておきたい。たとえば，「こんかぎりに」という言葉は，少々古めかしく，子どもの本の世界で，あまり目にすることのない表現である。それが，先ほども引用した『クマのプーさん』8章「クリストファー・ロビンが，てんけん隊をひきいて，北極（ノースポール）へいくお話」の冒頭の詩の中に頻出する。

"Sing Ho ! For the life of a Bear !" (110)
「ホ！ とうたえよ，クマのこんかぎりに」(166，下線筆者)

古い言葉をあえて使うことで，かえって新鮮さと独創性を感じさせている。しかも，英語の "For the life of a Bear !" が使われているのはこの章の中だけだが，日本語の「こんかぎり」は，『クマのプーさん』の他の章でも使われている。

"a Heffalump, a Horrible Heffalump !" and he scampered off as hard as he could, still crying out," (69)
「ゾゾだあ！ おっそろしいゾゾだあ！」そして，どなりながら，こんかぎりの早さで逃げだしました。(106，下線筆者)

and off scampered Rabbit, with Roo in his paws, as fast as he could. (102)
ウサギはルーをだくと，おしりをふりたてて，こんかぎりの早さで逃げていってしまいました。(155，下線筆者)

左記の例のうち，前者は3章「コブタが，ゾゾに会うお話」，後者は7章「カンガとルー坊が森にやってきて，コブタがおふろに入るお話」からの引用である。このように，日本語の「こんかぎり」が，またしても原作の回数以上にくり返されている。「こんかぎり」がくり返されることで，なんともいえずユーモラスな響きが耳に残る。

　このように，訳者特有の用語の使い方というのがある。たとえば，瀬田貞二訳『三びきのやぎのがらがらどん』の「めだまはでんがくざし」（ブラウン 1965：22）は，瀬田独特の表現，いわゆる瀬田節として有名である（松居 2012：161）。これに習えば，「こんかぎり」は石井節といえようか。このほかにも，石井の『クマのプーさん』の訳には，広場（an open space 5）をわざと「ひろっぱ（18）」といったり，「もんどりうって（23）」（head-over-heels 9）など独特の言い回しも多く見られる。しかも，これらの石井語は，『プー』だけに見られるものではない。絵本『ちいさいおうち』の「はげちょろけ」（バートン 1965：31）など，その後の石井訳にも踏襲されていく。

　以上の分析結果から，石井訳が，原文の言葉遊びを日本語にうまく置き換えただけでなく，くり返しの増加や性格のユーモアを補完することで，作品の本質である笑いを原文以上に膨らませていることがわかった。また，プーの詩の訳においては，七五調，本歌取りなど日本語の伝統的な表現技法を取り入れると同時に，石井らしい造語を編み出して，石井独自の世界を作り出していた。このように，石井が，『プー』作品の本質である笑いの法則をつかみとり，日本語の伝統と，文学者としての自分の資質を生かした結果，翻訳に際して失われたものを上回るものを得たことが，石井の『プー』訳が高く評価される理由と考えられる。

（3）石井にとって『プー』は特別

　しかしながら，なんといっても，石井にとって『プー』は特別の作品であった。「自作再見『ノンちゃん雲に乗る』」というエッセイの中で，石井は次のように書いている。

第Ⅰ部　石井翻訳の原点と「声」

> 私には，ほとんど無意識のうちに——というのは，これが本になるだろうかとか，大勢のひとに読んでもらいたいとかいう気持ちなしに——書きつづけ，訳しつづけた本が二つある。一つは「ノンちゃん」であり，もう一つは「クマのプーさん」である。これらの本を書き，訳していたときの心境は，純粋に自分と数人の友人のためというのであった。(石井 1999c：126)

　出版することを意識せずに，石井は，自然体で『プー』を訳した。石井はまた，「プーと私」というエッセイの中で，「試験をうけたら，私は英語でよい点はとれないと思う。文法などはちっともわからないから。しかし，『プー』は読めた」(石井 1999c：12)，なぜなら，「そうこうするうちに，私の中で，プーが日本語でしゃべりはじめてしまったからであった」(石井 1999c：11) と書いている。

　石井が翻訳するうえで，「プーの声が聞こえた」ことは，決定的な意味をもっていた。分析結果に見られた石井翻訳の特徴は，駄洒落，くり返し，七五調，わらべ唄など，いずれも音読したときに効果が倍増する「声」と関係の深い要素である。石井に，プーが日本語でしゃべる声が聞こえてきて，聞こえた声を文字に書きつけたのなら，翻訳がそれほど困難でなかったわけも納得できる。しかし，意識せずとも「プーの声が聞こえた」のは，偶然が重なった結果が幸運に結びついたものだった。最初に原書を手にしたとき，犬養家の子どもたちが聞き手として目の前にいて，笑いながら一緒に読んだ。少しずつ訳しては，親友に向かって音読することで，翻訳が進んだ。そしてなにより，ユーモア感覚あふれる石井にとって，『プー』の世界は自然に入り込めるものであった。ひとことでいえば，石井に『プー』は「あっていた」ということである。しかし，こういった幸運は，何度も起こるわけではない。人は誰でも生涯に１冊だけ傑作を書くことができるというが，１冊だけではプロとはいえない。「プーの声が聞こえた」ことで翻訳に成功した石井であるが，プロの翻訳家として仕事をしていくには，どんな作品を前にしても「声が聞こえる」方法を体得しなくてはならない。とはいえ，無意識にやってしまったものを，意識して再現す

るというのは容易なことではない。石井のその後の翻訳家人生は，意識して「声を聞く」方法を求めての試行錯誤となっていくのである。

注
(1) 絵本にページ数の記載がないが，最初から数えて18ページ目。

第3章
「岩波少年文庫」シリーズと物語の翻訳

1 「岩波少年文庫」の創刊と選書基準

(1) 喜びの訪れ

　石井が出版を意識して子どもの本に向き合った最初が,「岩波少年文庫」シリーズであった。『図説　児童文学翻訳大事典』(大空社, 2007)の「岩波少年文庫」の解説には,「石井桃子が中心となって新たな構想が練られた」(第1巻：215) とあるが, 石井が編集に参画するより前に, シリーズの企画の母体となる「少年少女読物百種委員会」が作られていた。当時の文化人が集められたこの委員会は, 知識人500名に対して出版すべき良書のアンケートを募り, その結果返ってきた作品の多くが海外の名作, いわゆる古典だったため,「海外の著名文学に基礎」を置くという方針が決まった。これは, このアンケートの結果であると同時に, 当時の岩波書店上層部の考え方でもあった。

　アンケート調査で方針が定まった後, 実際の編集を任せられる人物として選ばれたのが石井桃子だった。石井に直接声をかけたのは, 当時岩波書店の役員をしていた吉野源三郎である。吉野と石井の接点はやはり戦前の新潮社の「日本少國民文庫」にさかのぼる。このシリーズは山本有三の発案で企画されたが, 実務の中心となっていたのは編集主任の吉野源三郎であった。吉野もまた代表作『君たちはどう生きるか』(1937) に象徴されるごとく, 子どもの本に対する使命感にあふれた理想主義者である。吉野は,「日本少國民文庫」編集部で鍛えられた石井の翻訳と編集の力量と, 子どもの本に対する使命感を認め,

「岩波少年文庫」を託したのではないだろうか。

　吉野に岩波書店入社を誘われたころ，石井は宮城県で酪農をしていた。『ノンちゃん雲に乗る』の印税をつぎ込んだことから「ノンちゃん牧場」と呼ばれたところである。石井が上京した1950年に「岩波少年文庫」，3年後に絵本の「岩波子どもの本」の2つのシリーズが創刊された。両シリーズを継続出版していくうちに，児童書編集部の要員も増えていった。石井は身分的には嘱託であったが，実質的にはその両方のセクションを統括する責任者だった。[2]

　岩波書店の編集部に籍をおいた最初のころのことを，石井は以下のようにエッセイに書いている。

「少年文庫創刊」と聞いた瞬間，あることが私の頭に甦ったからである。あることとは，あのなつかしい岩波書店旧館の大きな教室のような——事実，それは元商科大学の教室であったのだろうが——編集部の部屋の片すみに，「少年文庫編集部」のための机が，たった一つおかれた日のことである。岩波書店の首脳部の人たちと編集会議をしたという記憶はない。とにかく，私はみんなと離れた一つの机で，『宝島』『ふたりのロッテ』『あしながおじさん』……と，<u>私が読んで楽しめる本，私にとって「喜びの訪れ」と感じられる本のリスト作りに熱中</u>していったということだけが確かなのである。

（石井 1990：1　下線筆者）

石井が岩波書店編集部での初仕事として「私にとって『喜びの訪れ』と感じられる本のリスト作りに熱中」したのはなぜか。もちろん，子ども読者にも自分と同様の読書の楽しみを味わってほしいという願いが根底にあっただろう。たとえば，「岩波少年文庫」シリーズの石井訳1作目『小さい牛追い』初版の「あとがき」で作品の登場人物たちを紹介しながら，「私にとっておなじように，あなたがたの喜びであるように，というのが，私の願いです」（ハムズン 1950：259）と書いている。

　しかしながら，筆者は同時に，訳者としての石井の『プー』の成功体験から

第3章 「岩波少年文庫」シリーズと物語の翻訳

くるカンのようなものがあったのではないかと考える。登場人物の声が聞こえてくるような自然な訳を目指すには，まずなによりも，訳者自身が一人の読者としてその作品に魅了されなくてはならない。作品の世界にすんなりと入り，その世界にひたって心から楽しむことで，登場人物の声が聞こえてくる。その体感の中から，作品の声を読者の心に届ける翻訳が生まれてくるのではないだろうか。

このような翻訳の過程を，児童文学者にして翻訳も数多く手掛けている猪熊葉子が，実にうまく表現しているので引用しよう。

> 翻訳者には更に必要なことがある。それは自分の持っている好奇心，想像力，空想力，五感や知性，感情を働かせてその世界を「生きる」ことができるか，である。翻訳とはこうして生きてみた世界を自分の言葉で再現する試みではないだろうか。（猪熊 2002：225）

猪熊は，以上のようなことを記述した後で，「翻訳の問題はいろいろあるが，なかでも一番大切なのは，何を訳すか，ではないだろうか」（猪熊 2002：224）と結論づけている。猪熊が「作品世界に入り込み，そこに生きる」ために「何を訳すか」にこだわったように，石井もまた，自分自身が「喜び」を感じられることを優先して作品を選んだのである。

（2）「岩波少年文庫」に収録された石井訳作品

それでは，石井が「喜びの訪れ」を感じた本とは，具体的にはどのような作品だったのか。「岩波少年文庫」シリーズに収録された石井訳の作品をひとつずつ見ていきたい。「岩波少年文庫」出版リストから，訳者名に石井桃子の名前があるものを抽出したのが表3-1である。[3]

翻訳は全部で17作品である。左欄から，「少年文庫」の出版年，邦訳タイトル，原作者名，翻訳の元となった原書の出版国の順に記入してある。一番右の備考欄には，重訳の場合の原書や共訳，さらに「少年文庫」以外の出版などの

第Ⅰ部　石井翻訳の原点と「声」

表3-1　石井桃子訳の「岩波少年文庫」17作品

年	邦訳タイトル	原作者	出版国	備考
1950	小さい牛追い	ハムズン，マリー	米国	（ノルウェー語原書）
1951	牛追いの冬	ハムズン，マリー	米国	（ノルウェー語原書）
1951	ゆかいなホーマー君	マックロスキー，R.	米国	
1952	トム・ソーヤの冒険	トウェイン，マーク	米国	
1952	ハンス・ブリンカー（88『銀のスケート』に改題）	ドッジ，M. M.	米国	
1953	とぶ船	ルイス，ヒルダ	英国	
1956	クマのプーさん	ミルン，A. A.	英国	40岩波→50英宝社
1957	ふくろ小路一番地	ガーネット，イーヴ	英国	
1958	プー横丁にたった家	ミルン，A. A.	英国	42岩波→50英宝社
1959	ムギと王さま	ファージョン，エリナー	英国	
1990	たのしい川べ（特装版）	グレアム，ケネス	英国	50英宝社→63岩波愛蔵版
1995	グレイ・ラビットのおはなし	アトリー，アリソン	英国	中川李枝子との共訳
1996	西風のくれた鍵	アトリー，アリソン	英国	中川李枝子との共訳
1996	氷の花たば	アトリー，アリソン	英国	中川李枝子との共訳
1997	まぼろしの白馬	グージ，エリザベス	英国	64あかね書房→90福武文庫
2001	天国を出て行く・本の小べや2	ファージョン，エリナー	英国	71岩波「ファージョン作品集」
2001	リンゴ畑のマーティン・ピピン（上・下）	ファージョン，エリナー	英国	72岩波「ファージョン作品集」

参考情報を入れた。数字と出版社名が書いてあるところは，「少年文庫」で出される前に他の出版社または他の版で翻訳が出版されたときの出版年（西暦下2桁）と出版社名である。また，『グレイ・ラビットのおはなし』[4]以下の3作品は，中川李枝子との共訳になっている。

　このリストから3つの特徴がよみとれる。一つ目の特徴は，石井単独での初訳があるのは最初の10年だけで，以降は共訳か，既訳の改訳や再録になっていることである。最初の10年の区切りを明確にするために，1959年の『ムギと王さま』(*The Little Bookroom*, 1955) の下に線を引いた。備考の欄に記したように，これ以降は，他の出版社や他の版で一度出されたものの再録または共訳ばかりである。裏返せば，「少年文庫」を意識して石井が「書き下し」ならぬ「訳し下し」たのは，1950年の『小さい牛追い』から1959年の『ムギと王さま』までの10年間の10作のうち，再録である『クマのプーさん』『プー横丁にたっ

た家』の2作を除く8作品となる。

　二つ目の特徴は、『トム・ソーヤの冒険』(The Adventures of Tom Sawyer, 1936) 以外は、石井訳が初邦訳だということである。しかも、1988年に改版された『トム・ソーヤの冒険』下巻の「訳者あとがき」で、石井が「じつは、私が『トム・ソーヤの冒険』を、自分の勉強のために長いことかかって訳したのは、第二次世界大戦中から戦後にかけてでした」(石井 1988：253) と明かしているように、「少年文庫」出版時には、すでに石井訳『トム・ソーヤの冒険』は存在していた。出版はされていなかったものの、石井の中では、『プー』と同じ既訳の位置にあったと考えられる。この『トム・ソーヤの冒険』以外はそれ以前の邦訳がない。逆にいえば、石井訳によって初めてその作品が日本の子どもたちの手に渡ったことになる。このことから、日本で知られていない新しい作品を努めて紹介しようとした石井の意気込みがうかがえる。

　三つ目の特徴は、翻訳の元となった原書の出版国（リストの右から2つ目の項目参照）が、当初は米国が多く、途中から英国が増えていることである。どの国の作品を翻訳していたかを見れば、石井が当時どこの国の児童文学に注目していたか、石井のアンテナの張り具合がわかるというものである。インターネットのない時代、石井の情報源は何だったのだろうか。

(3) ミラー夫人と『ホーンブック』

　石井が最初に手を付けたアメリカ児童文学についていえば、少なくとも2つの情報源が考えられる。ひとつは、戦前から文通していたミラー夫人と彼女が主宰した児童文学の専門誌『ホーンブック』(The Horn Book) である。石井はエッセイに以下のように書いている。

　一九五四年、私が初めてミラー夫人に会ったとき、夫人は七十四歳だった。（中略）当時から二十五年まえのある日、私は東京の教文館の本棚をながめていて、『黄金の国』"Realms of Gold" と『子どもの本の五年間』"Five Years of Children's Books" という二冊の分厚い本を見つけた。

第Ⅰ部　石井翻訳の原点と「声」

(石井 1999b：82-83)

　この２冊とはミラー夫人たちが時々出していた推薦図書のリストを集めた「注釈づきの子どもの本の図書目録」で，後に『ホーンブック』に発展していく。石井は，その『ホーンブック』誌を東京から購読し，ミラー夫人と文通する間柄になったという。
　石井が没後に残した蔵書や資料は東京子ども図書館に寄贈されたが，一部は石井の書斎があった自宅（現在の「かつら文庫」）の２階で閲覧可能となっている。そこには古い『ホーンブック』が，かなりの冊数架蔵されている。筆者がそこで確認できた限りで一番古いものは1926年11月刊だった。1926年といえば石井はまだ19歳，日本女子大学校英文学部の学生である。1926年11月号が何かの都合で後から取り寄せたものだと仮定して，石井が『ホーンブック』の定期購読を始めたのが，石井が上記のエッセイで述べている通り1954年の25年前だとすると，1929年となり石井は22歳，大学を卒業して文藝春秋に入社したころである。いずれにしても，石井は戦前のかなり早い時期から，アメリカ児童文学の情報を『ホーンブック』から得ていたことになる。
　当初の編集長であり，のちに社長となるミラー夫人と文通するようになってからは，直接アメリカの子どもたちが喜んで読んでいる本を教えてもらったり，本自体を送ってもらうこともあったという。さらに，ロックフェラー財団の奨学金を受けて，1953年から１年間アメリカに留学したときも，ミラー夫人は石井への助力を惜しまなかった。先に引用した『小さい牛追い』の「あとがき」に，「何年か前，アメリカから"A Norwegian Farm"（ノールウェイの農場）という本を送ってもらって以来」（ハムズン 1950：259）とあるが，送り主は，文通相手のミラー夫人だったのではないだろうか。

（４）アメリカ児童図書館のA. C. ムーア
　ミラー夫人と並んで，石井の重要なアメリカの情報源だったのが，A. C. ムーアである。ムーアは，アメリカにおける児童図書館サービスの先駆者である

(ピンボロー 2013)。本章の冒頭で,「少年文庫」創刊に先立ち知識人にアンケートを行い,その回答にあげられた作品のほとんどが海外名作の古典であったと述べたが,唯一,それとは異なるリストを寄せてきたのが瀬田貞二であった。そのリストに感激した石井が瀬田に連絡を取り,2人の交友が始まったといわれているが,その瀬田のリストの元になったのが,ムーアの『子ども時代への道』(*My Roads to Childhood*, 1961) であった。これは,ムーアが折々に書いた子どもの本の批評やブックリストをまとめたもので,長らくアメリカの児童図書館員必携の書だった。石井や瀬田と個人的に親しかった斎藤惇夫は,当時の資料をひもときながら,2人の様子を以下のように想像している。

> 瀬田先生がアン・キャロル・ムーアから学んだそのリストというものは,石井先生にとっても,深く納得できるリストであったにちがいない。石井先生は,きっと瀬田先生と息を弾ませながら子どもの本について語り合い,委員会のみなさんが選んだ百冊のリストとはちがうところで,あるいは参考にしながら,ほんとうに「喜びの訪れ」と感じられるものだけでこれから「少年文庫」を作っていくという決意を,自らのうちに再確認なさったにちがいないと思います。(斎藤 2000:140-141)

石井は,瀬田が紹介したムーアの『子ども時代への道』を,編集者として選本の手引きにしただけでなく,訳者として自らが翻訳する作品を選ぶ手がかりにもしている。たとえば,『子ども時代への道』には,『セント・ニコラス』(*St. Nicholas*) という名前がよく出てくる。当時のアメリカで定評があった子どもの本の雑誌である。この雑誌の主宰者が石井がドッジ夫人と呼ぶメアリー・M.ドッジ (Mary Mapes Dodge, 1831-1905) で,彼女の代表作が『ハンス・ブリンカー』(*Hans Brinker, or The Silver Skates*, 1865) である。『ハンス・ブリンカー』はムーアのお勧めブックリストに頻繁に顔を出すが (Moore 1961:155, 239),「少年文庫」の石井訳の5冊目となった。[5]

その他に石井が参考にしたと考えられるのがコルデコット賞である。現在も

同じだが，インターネットなどの情報がなかった当時ではなおさら，他国の名作を探すときに，信頼のおける賞の受賞作品や受賞作家というのは，ひとつの指標となる。石井の「少年文庫」の3冊目の翻訳『ゆかいなホーマー君』(*Homer Price,* 1943) の作者ロバート・マックロスキー (Robert McCloskey, 1914-2003) は，1942年に絵本『かもさんおとおり』(*Make Way for Ducklings,* 1941) でコルデコット賞を受けた。『ゆかいなホーマー君』は，権威ある賞の受賞作家の作品として選ばれたと考えられる。[6]

（5）イギリス児童文学のカーネギー賞

このように初期の段階では，アメリカの情報を元に翻訳作品を探していたようである。ところが，ある時期から，石井が訳す本の原作が，アメリカ作品からイギリス作品にシフトしていく。そのきっかけとなったのがカーネギー賞で，石井と同時期に岩波書店編集部に在籍していた鳥越信の発案によるものだったという。[7]

石井が最初に訳したカーネギー賞受賞作品が，イーヴ・ガーネット (Eve Garnett, 1900-91) の『ふくろ小路一番地』(*The Family from One End Street,* 1937) である。鳥越が自分で読んで「これはおもしろい」と思って，石井に原書を渡したところ，石井もすぐに読んで「すごくおもしろいから，私が訳す」と言ってすぐに訳にとりかかり，鳥越が編集を担当したという。[8]『ふくろ小路一番地』（初版，1957）の「訳者あとがき」で，石井はカーネギー賞受賞作品であると紹介している。[9]石井が後に訳すことになる，ファージョンの『ムギと王さま』も，エリザベス・グージ (Elizabeth Goudge, 1900-84) の『まぼろしの白馬』(*The Little White Horse,* 1946) もカーネギー賞受賞作品であり，石井はそれぞれの「訳者あとがき」で，カーネギー賞受賞作品であることを明かしている。

このように，石井は従来の古典から離れて，自分が「喜びの訪れ」を感じられる新しい作品を選んでいった。その情報源になったのは，当初は，石井と個人的に親交のあったアメリカの子どもの本の専門家であるミラー夫人やムーアであったが，1957年ころからは，鳥越をはじめとした編集部の組織的な調査を

元に,カーネギー賞受賞作品が加えられていった。結果として,「少年文庫」シリーズが揃えた作品群は,従来から知られていた海外の著名文学に基礎をおきながらも,ハムズンの『小さい牛追い』やサン＝テグジュペリ（Antoine de Saint-Exupéry, 1900-44）の『星の王子さま』（*Le Petit Prince*, 1943）といった,それまであまり取りあげられたことのない作品を意欲的に取り込んでいった[10]。

2　「岩波少年文庫」の翻訳姿勢

（1）「岩波少年文庫」の完訳主義

「何を訳すか」が決まれば,次に問題になるのは「どう訳すか」である。「どう訳すか」という翻訳姿勢は,各国でも傾向が異なるようである。たとえば,マリア・ニコラエヴァ（Maria Nikolajeva）とキャロル・スコット（Carole Scott）は,『絵本の力学』（*How Picturebooks Work*, 2001）の中で,具体的にスウェーデン語絵本の各国版を比較し,同じ英語であるにもかかわらず,原著に忠実な英国版と,大きく変更された米国版の例を紹介している（ニコラエヴァ・スコット 2011：20-34）。これに比較した言い方をすれば,日本における子どもの本の翻訳は,比較的原著に忠実といわれてきた。児童文学者の佐藤宗子は『図説 子どもの本・翻訳の歩み事典』の中で,その源流にあるのが,「岩波少年文庫」の完訳主義であると指摘する（佐藤 2002：18）。

「岩波少年文庫」の翻訳方針を考えるにあたって,まず原点に立ち戻ってみよう。「岩波少年文庫発刊に際して」（1950）というタイトルで,すべての「少年文庫」の最終ページに掲げられていた創刊の辞の一部を以下に引用する。

　幸いに世界文学の宝庫には,少年たちへの温かい温情をモティーフとして生まれ,歳月を経てその価値を減ぜず,国境を越えて人に訴える,すぐれた作品が数多く収められ,また名だたる巨匠の作品で,少年たちにも理解し得る一面を備えたものも,けっして乏しくはない。私たちは,この宝庫をさぐって,かかる名作を逐次,<u>美しい日本語</u>に移して,彼らに贈りたいと思う。

第Ⅰ部　石井翻訳の原点と「声」

　　もとより海外児童文学の名作の，わが国における紹介は，グリム，アンデ
　ルセンの作品をはじめとして，すでにおびただしい数にのぼっている。しか
　も，少数の例外的な出版者，翻訳者の良心的な試みを除けば，およそ出版部
　門のなかで，この部門ほど杜撰な翻訳が看過され，ほしいままの改刪が横行
　している部門はない。私たちがこの文庫の発足を決心したのも，一つには，
　多年にわたるこの弊害を除き，名作にふさわしい定訳を，日本に作ることの
　必要を痛感したからである。翻訳は，あくまで原作の真の姿を伝えることを
　期すると共に，訳文は平明，どこまでも少年諸君に親しみ深いものとするつ
　もりである。(下線筆者)

「岩波少年文庫」は「名作にふさわしい定訳」を目指すとあるが，「定訳」とは
耳慣れない言葉である。佐藤宗子は，「定訳」とは「決定版としての完訳1つ
を志向していく」完訳主義であると主張し，上記に引用した創刊の辞を，以下
のように読み解いている。

　　「完訳」という語は出てこない。しかし「杜撰な翻訳」「ほしいままの改刪」
　という苦々しげな口ぶりは無論，完訳をめざすことを当然と捉えていよう。
　しかも，単に一語一句忠実に訳されればよいとするのではなく，「美しい日
　本語」に移されねばならない。従って「定訳」とは，日本で恒久的に読まれ
　うる古典としての完訳，といって差支えあるまい。

（佐藤 1994：296，下線筆者）

佐藤が，「完訳，といって差し支えあるまい」と言うほど，「定訳」は「完訳」
と近い意味合いで使われることが多いが，「完訳」の「完」には，2つの側面
がある。ひとつは分量的に完全であること，つまり，抄訳やダイジェストでは
なく，全体訳であることである。もうひとつは「原作の真の姿を伝えること」，
つまり原作の意図を「完璧」に反映させていることである。作品内容の改変を
伴う翻案や再話はもちろんのこと，原作のニュアンスが伝わりにくい重訳も問

第8章 「岩波少年文庫」シリーズと物語の翻訳

題となる。また「定訳」の「定」は定番をも意味するが、言葉は時代と共に変化するもので、翻訳における賞味期限と改訳の問題は避けて通れない。以上のような問題点が、完訳主義を掲げる「少年文庫」でどのように扱われていたか、石井の初訳8作品を題材に、具体的に見ていきたい。

（2）分量の問題

　全集などシリーズとしての体裁をとる場合、作品ごとに異なる分量の扱いに編集者は苦慮する。「岩波少年文庫」というシリーズにおいてもその問題は切実で、石井は作品ごとに異なる分量に対処するために、いくつかの方法を使い分けている。

　一つ目の方法は分冊である。たとえば『トム・ソーヤの冒険』は、初版では1冊だったが、改版からは（上）（下）2冊に分けられている。初版は、字を小さくして詰め込んだうえにかなりの厚さになったので、おそらく不評だったのだろう。逆に、最初から2分冊にされたのは、『小さい牛追い』と『牛追いの冬』である。この2冊の原作は、*A Norwegian Farm* という1冊の本だが、長さの関係から前半と後半に分けたという（ハムズン 1950：258）。章ごとのエピソードが独立していて途中から読んでもそれなりに読めるという意味でも、初版から2分冊の続編としたのだろう。石井が岩波書店に入社する前に訳した『クマのプーさん』と『プー横丁にたった家』の正続関係に似ている。

　二つ目は、とりあえず抄訳をしておき、機会がくれば全訳を目指すという方法である。たとえば、ヒルダ・ルイス（Hilda Lewis, 1896-1974）の長編ファンタジー『とぶ船』（*The Ship That Flew*, 1939）は、「岩波少年文庫」では一部省略していた箇所を、ハードカバー版で出したときに補完して全訳にしている。理想は全訳で、「岩波少年文庫」のときはやむをえず一部省略、つまり抄訳という形をとったことになる。[11]

　三つ目の手法は抜粋である。短編集の場合には、収録する話の選択という抜粋の方法が採られた。たとえば、E. ファージョンの『ムギと王さま』の原作は、*The Little Bookroom*（本の小べや）という短編集である。石井は『ファー

77

ジョン作品集3 ムギと王さま』の「あとがき」で、原作27篇のうち、「岩波少年文庫」初版（1959）では半分以下の11篇しか収録されず、「岩波少年少女文学全集」のときに20篇に増やされ、ハードカバー版の全集である「ファージョン作品集」の1冊として刊行されたときに、27篇全部が完訳収録されたことを明かしている（ファージョン 1971：464）。

さらに、2001年に「岩波少年文庫」新版が出版されたときには、それまでの「岩波少年文庫」版の『ムギと王さま』に収録されていなかった作品を集めて2巻目の『天国を出て行く 本の小べや2』が追加出版され、『本の小べや』が2分冊であることが明記された。これにより、「ファージョン作品集」「岩波少年文庫」新版共に、全短編が収録されたことになる。以上みてきたように、ファージョンの短編集については、抄訳というより短編の抜粋という方が適当であろう。いずれの場合も、出版事情が許せば、完訳に修正している。つまり、完訳を理想として、そのときどきの出版事情にあわせて、とりあえず省略、抜粋を行ったものと考えられる。

多くの作品が改版後に完訳されていく一方で、省略されたまま補完されない作品もある。石井訳8冊の中で、『ハンス・ブリンカー』だけは、初版の抄訳のまま全訳が出版されていない。作者のドッジ夫人が、自分のルーツであるオランダという国について、子どもたちに伝えたいと思って詳述した部分が、石井訳では大幅に削られている。[12]作品が書かれた1860年代は、まだTVやラジオや電話もない時代で、読者が数少ない娯楽として長い物語を受け入れていたらしい。しかし、石井が初訳した時点（1952）で、すでに時代遅れと判断して短くした。一般的には完訳がよいといっても、情報化の進む現代には不必要な付け足しと判断し、石井はあえて完訳を出し直さなかったのだろう。

ただし、省略されているすべての箇所において、ここからここまで省略したとはっきり指摘でき、訳者が要約したり、改作した箇所はなかった。つまり、石井の抄訳の方法は省略、つまり原作の部分削除であり、再話や創作ではない。この石井の抄訳方法は、「岩波少年文庫」に先立ち石井が翻訳した『ヒキガエルの冒険』（英宝社、1950）でも明確に指摘できることだが、詳細については第

第3章　「岩波少年文庫」シリーズと物語の翻訳

6章で後述する。

（3）重訳の問題

　創刊の辞に「あくまで原作の真の姿を伝えることを期する」とあったように，「岩波少年文庫」の原則は原著尊重であった。原著尊重という考え方に基づけば，原書からの一次訳が当然で，英語などの翻訳本を媒介にした重訳については否定的なはずである。しかし，石井訳の最初の2冊『小さい牛追い』と『牛追いの冬』は重訳である。この2冊は元々1冊で，原書はノルウェー語，石井が翻訳の元本にしたのはアメリカ・リピンコット社から出版された英語版 *A Norwegian Farm* であった。[13]1950，51年の初版のときは仕方がないとしても，その後の1990年の改版，2006年の新版でも，重訳を改めることなく，石井訳のまま出し続けられている。石井はどうしても，この作品を自分で訳したかったのだろう。「ノンちゃん牧場」で毎日牛たちと格闘していた石井にとって，このノルウェーの農場物語は，ファンタジーどころか日常生活そのものであった。その体験があったからこそ，子どもたちにわかるように訳す自信もあっただろうし，この作品が必ず子どもたちを楽しませることを確信していた。[14]その自信が，石井に重訳という問題点を乗り越えさせた，というのはうがった見方だろうか。

（4）直訳か意訳か

　重訳以外にも，原著尊重に関しては，直訳と意訳の問題がある。「岩波少年文庫」の完訳主義をめぐって，1969年に『週刊読書人』誌上で論争があった。岩波書店の完訳主義が再話を貶めているという福島正実の指摘に対して，岩波書店編集部のいぬいとみこが反論している。その経緯については佐藤宗子が詳述しているので，ここでは論争の内容については踏み込まないが（佐藤 1987：143-144），いぬいの発言が「少年文庫」が理想とする完訳について説明しているので次に引用する。

第Ⅰ部　石井翻訳の原点と「声」

　一口に「完訳」というと，一つ一つの関係代名詞まで，それと察せられるような，かたい直訳を目に浮かべる人が多い。それは大学の語学勉強用にとっておいて頂くとして，文学としての訳なら，<u>ことばだけのおきかえの訳でなく，イメージを明確に伝える訳</u>が当然尊重されよう。（中略）要は自分の肌合いに会った発想と文体の作家を訳者が発見し（又は，編集者が両者を接近させ），気に入ったものだけをていねいに訳して出版できることになれば，完訳をよむ喜びを子どもたちに十分知らせることができる。

（いぬい 1980：276，下線筆者）

いぬいは，「完訳」とは「ことばだけのおきかえの訳でなく，イメージを明確に伝える訳」だという。いぬいは，「岩波少年文庫」創刊時から石井に鍛えられ，石井が岩波書店を去った後も含めて約20年間岩波書店の編集部に籍をおいていた（いぬい 1990：60；いぬい・中川・今江 1991：121-122）。「イメージを明確に伝える訳」とは，いぬいが石井から伝授された翻訳の理想であろう。しかしながら，実際にそれを実現するのは容易なことではない。いぬいは，同じ論考の中で，さらにこう続けている。

　　実際，完訳を行っているひとなら，「完訳」ということが言うは易く実行がじつに苦しいことは，百もご承知だと思う。文脈，文体，風俗習慣の違いを超えて，海外の子どものための文学を，日本に完全に翻訳することは不可能に近いし，不可能とあきらめて筆をなげうつか，多少の原文離れは仕方がないと考えて日本流に意訳してしまうか，その決意の程度に従って，訳のよしあしに千変万化の相違が起こってくる。
　　それは，作家が子どものための文学をかくとき，もちろん文学一般の動機と同様に，自己のために書きながら（坪田譲治氏流にそれを「求心力」といってもいい）一方，子どもに訴えたいという心情（「遠心力」に坪田氏は例える）が強くあって，その二つの力の引き合いの強いものほど緊張感があって作品の深みも増してくる事情に似ている。<u>原文に忠実（遠心力）にすることと，日</u>

第3章 「岩波少年文庫」シリーズと物語の翻訳

本人である訳者独自の表現力に近づける努力（訳者主体からいえば求心力）との引き合う力が強い訳業ほど，質のよさを保つものではないか。

(いぬい 1980：275，下線筆者)

いぬいの言葉を借りれば，「原文に忠実にすること」と「日本人である訳者独自の表現力に近づける努力」のせめぎ合いの緊張感の中で生まれる翻訳こそが質の高い訳，つまり子どもを喜ばせる「完訳」になるのだろう。直訳と意訳のバランスは，翻訳研究において常に重要なテーマであったが，児童文学の翻訳においても，そのバランスはやはり訳者を悩ませるのである。

3 『ふくろ小路一番地』の翻訳分析

（1）原作の文体と訳の口調

石井はこの直訳と意訳のバランスをどこにおいたのか。「岩波少年文庫」に収録された石井訳の中から『ふくろ小路一番地』を題材にとりあげ，具体的に見てみよう。この作品は，イギリスの下町を舞台にした子沢山の貧しい家族の物語だが，石井は「訳者あとがき」で以下のように紹介している。

> ある時，ある本屋さんから，ロンドンの子どものことを書いた本の挿絵をたのまれました。この挿絵をかくために，イーヴ・ガーネットは，ロンドンでも有名な貧民窟を，何度もたずねることになりました。しばらくして，健康を害し，絵の勉強にうちこむことは断念しなければならなくなりましたが，その挿絵をかくために貧民窟へ出かけた時によびおこされた社会的な関心，また子どもへの興味は，イーヴ・ガーネットのその後の仕事である著作に大きな影響をおよぼしました。（ガーネット 1957：305）

作者が実際に訪れた貧民窟をモデルに，父親はごみ拾い，母親は洗濯屋という典型的な下層階級の設定で，12歳の長女を筆頭に赤ちゃんまで子ども7人の大

家族である。隣近所に生活が筒抜けの日常生活は，まさに日本の長屋暮らしを想起させる。お金はないし，子どもは多いし，おまけにその子どもたちが次々と事件を引き起こす。とはいえ，貧困から連想される暗さはまったくなく，愉快なエピソードの連続である。英語も，下町風に少しなまっているところがおもしろいので，いくつかの例を紹介しよう。原文は *The Family from One End Street*（Puffin Modern Classics 版，2004）から，日本語は『ふくろ小路一番地』（「岩波少年文庫」初版，1957）から引用する。なお，下線はすべて筆者が施した。

① 'The government'll do summat towards it,' said Mr Ruggles easily,'
(43)
「そこは，政府が，いくらか，なんとかしてくれらぁな。」ラッグルスさんは，のんきな調子でいいました。(48)

② it was comfy enough ─ comfy enough, Jim decided, in which to go down the river!（107）
かなりラクチン──これで川をくだるんなら，かなりラクチンじゃわいと，ジムは考えました。(107)

①では something が 'summat' に，②では comfortable が 'comfy' になっている。それを石井は，「なんとかしてくれらぁな」「ラクチンじゃわい」と，くだけた口調で訳している。しかし，①はラッグルスとうちゃんの台詞なので，石井訳でもいいとも思うが，②はジムという10歳のいたずら坊主の台詞としてはいかがなものだろうか。会話文の口調は，石井をもってしても容易ではない。

（2）呼称の問題
　口調というのは，話し手の年齢，性別，階級が反映される。英語の一人称 'I' が，日本語では，「私，僕，俺，わし，我輩」など複数の表現をもつことはよ

く知られている。英語の二人称 'you' の場合は，今話している相手との関係や，相手に対して抱く感情まで影響されるので，訳語選択はさらに複雑になる。たとえば，翻訳家のキャシー・ヒラノ (Cathy Hirano) は，論文 'Eight Ways to Say You: The Challenge of Translation' (Hirano 2006) の中で，翻訳の困難さの主たる要因のひとつとして，日本語における主語の選択肢の多さをあげている。

それでは，石井がこの呼称の問題にどう対応したか，具体的に見てみよう。以下の③から⑤までの例は，いずれもラッグルスのおかみさんが，ご主人のラッグルスさんに話しかける場面である。

③ 'You take him, Jo, I can't!' said Mrs Ruggles, 'I'm all of a tremble!' (181)
「ジョー，おまえさん，ウィリアムをつれてっておくれよ！　わたしゃ，だめだ。」と，おかみさんは言いました。「わたしゃ，ぶるぶるだよ。」(180)

④ 'do have some sense. It's not money you'll *make* over a pig but money you'll *lose*.' (213)
「少しはしっかりしておくれよ。ブタを飼えば，おまえは金をつくるんでなくて，なくすんだよ。」(213)

⑤ 'You looks fine, Dad,' said Rosie, (254)
「あんた，りっぱに見えるよ，とうちゃん。」(252)

普通のときは③のように「おまえさん」だが，夫婦喧嘩で怒っているときは④の「おまえ」のように呼び捨てになる。逆に，相手をほめるときは⑤の「あんた」のようにちょっと甘い雰囲気になる。このように，石井は，おかみさんの気分により，3通りに訳し分けている。

会話では 'you' という代名詞が問題となっていたが，地の文では名前の訳し

83

方が問題となる。たとえば，'Mrs Ruggles' が「ラッグルスのおかみさん」と訳されるのに対し，「おかみさん」の得意先の奥様である 'Mrs Beaseley' は，「ビーズリーおくさま」と訳されている。日本の会社内では通常，ファーストネームで互いを呼び合うことはなく，部長や課長といった役職名で呼び合う。相手の名前よりも，地位が優先されるからである。日本語という言語が内包する社会文化的な関係が，Mrs の訳語ひとつにも表れている。

　英語の扱いでむずかしい問題に，ファーストネームがある。'Mrs Rosie Ruggles' は，ファーストネームの 'Rosie' と呼ばれることも多いし，地の文では 'she' という代名詞に置き換えられる。これが石井訳では，「ラッグルスのおかみさん」「ラッグルスかあちゃん」「かあちゃん」と訳し分けられている。

　日本語では，家族間ではファーストネームで呼び合わない代わりに関係性の呼称を使う。特に，一番年下の子に合わせて，親も上の子を「おにいちゃん」「おねえちゃん」と呼ぶ。「ラッグルスのおかみさん」は，子どもたちからみたら「かあちゃん」となる。

　日本語は，関係性に非常に敏感な言語である。このことを，安藤美紀夫は，「階級方言」という言葉で説明している。「日本語には，おとなの言葉と子どもの言葉という一種の階級方言がある」（安藤 1979：54）というのである。大人の本だったら，「ラッグルス夫人」「ビーズリー夫人」と訳すことで，読者がそれぞれの登場人物の所属を読み取ることを期待できるが，子どもの本の場合は，「ラッグルスのおかみさん」と「ビーズリーおくさま」と，あたかも固有名詞のように固定した呼び方を使って，登場人物の役柄を子ども読者にイメージしやすくする方が効果的である。

　大人と子どもの言葉の違いが，子どもの本の翻訳を困難にしていることを，石井はどのように考えていただろうか。「岩波少年文庫」創刊から 3 年ほどたったころに書いたエッセイの中で，石井は「私たちは何に一ばん苦労してきたかを考えてみると，どうもことばをやさしくすることに追われてきたような気がしていまさらのようにびっくりする。気にして考えだすと，それほどに書いた日本語はむずかしい」（石井 1999c：14）と書いている。石井は「ことばをや

さしくすること」とだけ表現しているが、子どもに理解できるように書くということは、漢語表現などむずかしい言葉を避けるだけでなく、安藤がいうところの「階級方言」に対する配慮も含まれていたことだろう。

『ふくろ小路一番地』の翻訳で、石井は、名前に「ラッグルスさん」「ジョー」などカタカナを使った。これは、子ども読者にわかりやすくするための工夫といえる。しかし一方で、「とうちゃん」「かあちゃん」といった日本語と同じ呼び方も使った。こうした下町のおっちゃん、おばちゃんを彷彿させる口調は、舞台がロンドンの貧民街の話であることを忘れさせ、思わず日本の長屋の話かと錯覚してしまいそうになる。先に引用したいぬいとみこの言葉を借りれば、石井の訳は、「原文に忠実にすること」よりも、「日本人である訳者独自の表現力に近づける努力」を優先するものであった。こうした石井の訳は、人間関係に敏感な日本語の特徴を活かすことで、極めて自然な日本語の世界を実現していた。

以上まとめると、「岩波少年文庫」は完訳主義とされていたものの、その中心にいた石井の作品を見る限り、重訳や抄訳も見られた。特に『ふくろ小路一番地』の分析からは、「原文に忠実にすること」よりも日本の子ども読者にわかりやすいとか、親しみやすいということが優先される訳になっていることが明らかになった。これは、第2章の『クマのプーさん』の原文と石井訳の比較から導き出された分析結果にも近いものであった。

石井は、「プーの声が聞こえた」という体験の再現を求めるかのように、「岩波少年文庫」の編集や翻訳においても「声」を意識していた。登場人物たちの「声が聞こえる」ために、まず自分自身が「喜びの訪れ」を感じられる作品を探し、その世界にひたり、日本の子ども読者に向けて日本語らしく語る訳を作りあげていったのである。

（3）翻訳の賞味期限

しかし、ぴったりすぎる訳というのは、諸刃の剣でもある。現代のように社会変化が激しい時代では、それに伴い言葉も変化する。現代の日本の子どもた

ちに，長屋といってもぴんとこないように，『ふくろ小路一番地』の貧乏人のかあちゃんの言葉遣いはどう響くだろうか。最後に，翻訳の賞味期限の問題にふれたい。

「定訳」の「定」は，「定番」として変わらないという意味も含んでいる。しかし一方で，時代変化に応じた改訳や新訳も求められる。「岩波少年文庫」においても，創刊50年を記念して，2000年に新版のシリーズが発刊された。そのときの方針には「時は移り，子どもたちをめぐる環境が激変した」ので，「創刊以来の方針を堅持しつつ，新しい海外の作品にも目を配るとともに，既存の翻訳を見直し」たとある。ここでは，「既存の翻訳を見直す」と言っているが，その結果出された新版はどのようなものだったのだろうか。たとえば，児童文学者の三宅興子は，以下のように評価している。

『クマのプーさん』のように，刷りが変わるたびに手直しされ，ずっと鮮度が落ちていないロングセラーも含まれている。しかし，さまざまの要因があっての選択であったと想像できるものの，訳の適否と賞味期限の問題を考えるとこの機会に新訳にしてもよかったものも新版で出されている。

(三宅 2001：15)

改訳で時代変化を吸収できるものもあれば，できないものもある。翻訳の賞味期限の問題がある以上，不可能なものについては新たな訳者で新訳を試みるべきではないだろうか，というのが三宅の主張である。三宅は，『クマのプーさん』以外の石井訳作品については言及していないので，ここではその他の石井訳作品の新装版での改訳について見てみたい。

2000年6月にスタートした新しい「岩波少年文庫」の最初の1冊は，石井訳の『ゆかいなホーマーくん』である。ここでは，原文 *Homer Price* by Robert McCloskey (Puffin Modern Classics 版, 2005)，旧訳『ゆかいなホーマー君』(「岩波少年文庫」初版, 1951)，新訳『ゆかいなホーマーくん』(「岩波少年文庫」新版, 2000) の3つを比較したところ，訳文の変更は，いずれも細かい部分にと

どまり，訳文全体の印象が変わるところはなかった。作品内容が時代遅れでなく，翻訳にも特に癖のない場合は，表記を新しくしたり，語尾などを工夫して訳文全体のテンポに手を入れれば，改訳だけでも賞味期限をのばすことは可能だという好例になっている。

　一方，新版が出るまでに時間のかかった作品もある。『ふくろ小路一番地』は，『ホーマーくん』に遅れること実に9年，2009年5月の発刊である。石井没後にもかかわらず訳者名は石井桃子のままになっているので，改訳部分はいずれも単語表記などの部分的なものにすぎず，石井が初訳で提示した翻訳の世界は変えられていなかった。石井訳のもつ，言葉遣いの古めかしさ，ロンドンの貧民街の物語を日本の長屋に移管してしまった翻訳は現代の子どもたちに通用するのだろうか。石井に代わって新装版の「あとがき」を書いた松岡享子は，この作品の社会性については時代遅れになったことを認めつつも，「この作品がこれから先も長く生きつづけるかどうか，それは，これからの子どもたちが，この本をどれほどたのしんで読むかにかかっているといえましょう」(松岡 2009：333) と書いている。石井の名訳の定評が，賞味期限の検討の足枷になってはならない。

注
(1)　当時の経緯は，「岩波少年文庫」50周年を記念して岩波書店から出版された『なつかしい本の記憶』に収録された，斎藤惇夫の「岩波少年文庫とわたし」という講演録に詳述されている。
　　　知識人五百人の方々にアンケートを出し，回答を整理してつくられた，子どもたちにどうしても読んでほしい本のリストがのっています。ちなみにそのときの「少年少女読物百種委員会」のメンバーは，羽仁説子，林達夫，松方三郎，光吉夏弥，宮本忍，中井正一，中野好夫，中谷宇吉郎，清水幾多郎，吉田甲子太郎，吉野源三郎のみなさんで，これだけの方々が最終的に選考を行います。確かにその当時出版されていたもののなかで極上のものは全部揃っていると思いますが，いま見ますと，このリストは古めかしいなという思いに駆られます。
　　　　　　　　　　　　　　　　　　　　　　　　　　　（斎藤 2000：139）
(2)　当時の岩波書店編集部員だった鳥越信氏の証言によれば，「嘱託ということを，我々編集部員は知らなかった。ずいぶん後になって，岩波書店の社史を見てわかっ

第Ⅰ部　石井翻訳の原点と「声」

た。役員の吉野さんから乞われたものの，組合との折り合いがつかなかったんだろうか。当時は，部長というか普通に上司と思っていた」という。
(3) 「岩波少年文庫」50周年記念として出版された『なつかしい本の記憶』の巻末に掲載されている出版年順の「岩波少年文庫　書目一覧（刊行順1950〜1998年）」を元に，以降のものを追加した。
(4) 「岩波少年文庫」版の『グレイ・ラビットのおはなし』には，「スキルとヘアとグレイ・ラビット」(*The Squirrel, the Hare and the Little Grey Rabbit*, 1929)，「どのようにして，グレイ・ラビットは，しっぽをとりもどしたか」(*How Little Grey Rabbit Got Back Her Tail*, 1930)，「ヘアの冒険」(*The Great Adventure of Hare*, 1931)，「ハリネズミのファジー坊やのおはなし」(*The Story of Fuzzypeg the Hedgehog*, 1932) を合わせた4作品が収録されている。「少年文庫」版の原作は，フェイス・ジェイクス（Faith Jaques 1923-97）絵の *Tales of Little Grey Rabbit*（1980）である。原作初版時のマーガレット・テンペスト（Margaret Tempest, 1892-1982）絵を使用した *The Little Grey Rabbit Treasury*（1933）の日本語版は，4カ月後に大阪の『絵本　グレイ・ラビットのおはなし』（岩波書店，1995）として出版された。「少年文庫」版，絵本版共に石井・中川の共訳である。
(5) 石井が，ドッジ夫人について『ハンス・ブリンカー』（初版，1952）の「あとがき」で以下のように解説している。

> さて，ドッジ夫人について，もう一つ書きたいことがあります。それは，夫人が，いままでアメリカで出た少年少女雑誌のうちで，いちばんりっぱだといわれる「セント・ニコラス」という雑誌をつくりだした人だということです。そしてまた，自分で物を書く以上に，ほかの人の才能を発見し，のばし，りっぱなものを書かせることがじょうずだったということです。つまり，夫人は，たいへんすぐれた編集者だったということです。いま世界じゅうの子どもに読まれているキプリングの「ジャングル・ブック」も，「若草物語」のオルコット女史のお話も，バーネット女史の「小公子」も，この雑誌の連載小説でした。

石井が，ムーアのブックリストから『セント・ニコラス』という雑誌，その優れた編集者であるドッジ夫人，夫人の代表作である『ハンス・ブリンカー』とたどり，自分が訳すべき作品を探した経緯が目に浮かぶ。
(6) 作者マックロスキーは，1942年に『かもさんおとおり』でコルデコット賞を受け，その年にアメリカで出版された絵本の最優秀作品と認められた。コルデコット賞が設立されてまだ間もないころであったが，それでも当時のアメリカ出版界で話題の作品だったと思われる。石井は，『ゆかいなホーマー君』（初版，1951）の「あとがき」で次のように解説している。

> この本（『カモさんおとおり』）は，1941年にアメリカで出版された，いちばんよい絵本として，翌42年に，カルデコット賞という，絵本に与えられる賞を得ました。（中略）1943年にマックロスキーの三ばんめの本がでました。これが，

この「ゆかいなホーマー君」(Homer Price) です。

(マックロスキー 1951：214-215)

(7)　2008年3月に鳥越が、『岸和田市自主学習グループ子どもの本の会』で「石井桃子さんの思い出」というタイトルで行った講演記録に詳しいので、引用する。

　　それ［「岩波の子どもの本」第一期24冊のこと］が終わって次に「岩波少年文庫」にまわったが、そこでどうやって本をリストアップするか。基本作業は、それぞれの国が出している賞を調べた。例えばニューベリー賞やカーネギー賞を受賞した本をリストアップした。ニューベリー賞は日本にかなり入っていたが、カーネギー賞の本は日本に入っていなかった。早稲田大学にいた神宮輝夫さんを呼んで「あらすじを要約してくれ」と頼んだ。また、本国での評価も知りたいと思った。作業をしていてカーネギー賞の方がレベルが高いと思った。『ふくろ小路一番地』の他『ツバメ号とアマゾン号』などがある。（中略）それまでの選書は恣意的だった。誰かから聞いてきて、たまたま出したという本が多かった。(鳥越 2008a：9 ［　］内解説筆者)

(8)　前記の講演録を元に、鳥越氏に個人的にインタビューさせていただいた。抄録は『絵本 BOOKEND2010』(竹内 2010c：148-154) に掲載した。

(9)　『ふくろ小路一番地』初版の「訳者あとがき」に、石井は「この本の原作 "The Family from One End Street" は、1937年、イギリスのフレデリック・ミューラー社から出版され、その年に出た最優秀児童文学書として、イギリス図書館協会からカーネギー賞を授与されました」（ガーネット 1957：304）と書いている。

(10)　『星の王子さま』の訳者であるフランス文学者の内藤濯は、石井から直接翻訳依頼を受けたことを、随筆の中で明らかにしている（内藤 1971：11)。

(11)　「岩波少年文庫」版とハードカバー版の2つの「あとがき」を比較すると、『とぶ船』の省略が明らかになる。

　　「とぶ船」は、ぜんぶ忠実に訳すと、たいへんながくなりますので、どの事件も、どんなだいじなことばも、傷つけないようにと気をつけながら、いくつかの場所で省略したことを、おことわりしておきます。

(『とぶ船』「岩波少年文庫」1953)

　　こんど、小型本から大きな本にするにあたって、前にははぶいたところを入れ、訳も全体にわたって手を入れました。(『とぶ船』ハードカバー版、1966：350)

(12)　『ハンス・ブリンカー』初版の「訳者あとがき」に石井の省略の意図が明らかである。

　　むかしの本によくあることですが、この本もたいへん長く、お話でありながら、旅行案内であったり、歴史の本であったりします。私は、あまりに旅行案内になっていたり、歴史の教科書になっていたりするところは、いくぶんはぶき、なぞの千ギルダーと銀のスケートを追う、ハンスとグレーテルの物語を主にしました。(ドッジ 1952：398)

第Ⅰ部　石井翻訳の原点と「声」

⒀　石井は重訳のことを隠さず、『小さい牛追い』（初版、1950）の「あとがき」で以下のように書いている。

> 私は、ノールウェイ語が読めませんので、ハムズン夫人の本を英訳し、"A Norwegian Farm"として出版した、アメリカのリピンコット社の許しを得て、英語からほん訳しました。（ハムズン 1950：258）

⒁　石井が *A Norwegian Farm* の世界を自分で訳したかった理由が、『小さい牛追い』（初版、1950）の「あとがき」に明確に書かれている。

> 何年か前、アメリカから"A Norwegian Farm"（ノールウェイの農場）という本を送ってもらって以来、この本に出てくるオラたちは、私にとっては、たいへんしたしい存在になりました。なぜなら、ここ四年ほど、山のなかでくらした私は、牛追いをしながら、薪をわりながら、または牛に逃げられたとき、いつもオラたちを思い出し、彼らの喜びやかなしみに同感することができたからです。ことに、牛に逃げられてあわてたときなどは、すぐオラたちの智恵にならって、鹽とつなを持って、牛さがしに出かけたものでした。もっとも、私たちの牛は、家から五分とはなれない裏山の谷間に、ポカンとして立っていて、鹽もなめずにおとなしく家に帰ってきましたが。ともかくも、そういうわけで、オラたちは、「本」のなかの子どもであるよりも、もっと私たちに身ぢかなもの、となりの百姓家の男の子や女の子のように感じられたのです。
>
> （ハムズン 1950：257）

⒂　「岩波少年文庫」新版のすべての作品の最終ページに掲載されている「岩波少年文庫創刊五十年——新刊の発足に際して（二〇〇〇年六月）」から引用した。

第Ⅱ部

子ども読者と作品の「声」

『ちいさいおうち』初版表紙
(おはなしとえ ばーじにあ・ばーとん,
岩波書店編集,岩波の子どもの本,1954)

『ヒキガエルの冒険』表紙
(ケネス・グレアム著,石井桃子訳,
英宝社,1950)

第4章
翻訳絵本の形

1 「岩波の子どもの本」シリーズと統一判型

（1）「岩波少年文庫」から「岩波の子どもの本」へ

　前章で検討した「岩波少年文庫」シリーズと並んで，岩波書店編集部時代の石井の業績としてあげられるのが「岩波の子どもの本」シリーズである。1950年に創刊された「岩波少年文庫」シリーズは，期待されたほど販売部数が伸びず，岩波書店では社内に研究会を作って対策を講じた。学校などに対する調査も行い，当時の小学生の読書力では（特に農村部などの子どもたちは読書に慣れていなかった）長くて漢字の多い「岩波少年文庫」には歯がたたず，抄訳で挿絵の多い講談社の世界名作物語シリーズの方が好まれていたという実態が浮き彫りにされた。「少年文庫」を読んでもらうには，もっと幼いときから岩波書店の出版物になじんでもらう必要があるという認識から，「少年文庫」の入り口として考えられたのが「岩波の子どもの本」と名づけられた絵本のシリーズである。

　絵本のシリーズを創刊するにあたって，岩波書店が協力を仰いだのが光吉夏弥である。光吉に白羽の矢を立てた理由を，石井が以下のように述べている。

　　戦争中，日本の国は，多くの外国の文化のなかに生まれた美しいもの――文学，美術，音楽その他の上質な精神的財産――を受け入れませんでした。そして，敗戦。新しい時代を迎え，私たち，「岩波の子どもの本」の編集部

の者たちは，未来をになう若い人たちに，心の糧となるようなゆたかな文化を，ぜひとも伝えたいと願っていました。あの苦しい戦争のあいだにも多くの国々では，どんなにすばらしい絵本や物語が生み出されていたのかを風の便りに知っていましたので，私たちは手を尽くしてそういうものを探し求めました。ところが，戦後から抜け出ていないあの時期に，そのような美しいものと実際にめぐりあうのは，たいへん困難なことだったのです。

けれども，一つの国には，ごくわずかでも，そういう異国の美しいものを人に知られずに探し求め，手もとに愛蔵している人がいるのも事実です。写真やバレエの評論家，光吉夏弥さんが，そういう人でした。コレクターだった光吉さんは，戦後，ヨーロッパやアメリカの家族が日本を引きあげていくときに残していった，たくさんの子どもの本を見のがさずに収集していたのです。私たちは，求めていた資料を光吉さんの蔵書のなかに発見しました。

（石井 2006：88）[2]

上記のように，石井は光吉夏弥の元に優れた絵本があることを知っていた。アメリカとの交戦中である1942年に筑摩書房から出版された『花と牛』（*The Story of Ferdinand*, 1936）と『フタゴノ象の子』（*Elephant Twins*, 1936）の翻訳絵本2冊は，良質な翻訳絵本の先駆であるが（後に「岩波の子どもの本」にも収録される），その選書や翻訳に関わったのが光吉であった（光吉 2012：172；鳥越編 2002a：278；生駒 2009：42）。石井と光吉は戦中から接点があった。1941年12月に創立された「日本少國民文化協會」の文学部会の幹事名簿に2人の名前がある（鳥越 1976：53）。また光吉は，協會の機関誌『少國民文化』に，児童文学の翻訳に関する論考を載せている（光吉 1943）。当然石井は，これらの光吉の絵本翻訳の経験と慧眼を知っていただろう。

（2）「岩波の子どもの本」シリーズの方針

一方の光吉も当時の様子を，「岩波が絵本をはじめるという話は，突然，起こった」「二十年前の昭和二八年の九月も半ばすぎ，突然に，当時，岩波の嘱

第4章 翻訳絵本の形

託だった石井桃子さんを通して，話があった」（光吉 1973a：80）と書いている。光吉によれば，石井と岩波書店専務（当時）の小林勇の3人で相談して，以下のような方針が決まったという。

1．絵本は消耗品だから，できるだけ安い，買いよいものにすること。
2．規格は統一し，版型はこれこれ，ページ数もほぼ同じにする。
3．右開きで，タテ書き。外国の本で，レイアウトを変えなければならないものは，編案し直す。
4．世界の代表的な絵本を主とし，日本の画家によるものも加える。
5．小学一，二年と，それ以前を対象とするものと，三，四年を対象とする，少し読む分量の多いものとの二本立てとし，第一期は二四冊，十二月はじめに，まず六点を出す。（光吉 1973a：80）

上記の方針を踏まえた結果として，具体的にはB5より少し幅広の変形菊判に，縦書き，64ページの「岩波の子どもの本」の型が生まれた。そして，この型は現在まで引き継がれている。当時の岩波書店が販売対象として意識していたのは，図書館より個人であった。それを踏まえて，石井は，「日本の紙の型その他をいろいろ考えて，一ばん安くできるものを採ったんです。何しろ，日本では図書館で借りるより，個人で買う率が多いでしょう」（石井 1974：29）と語り，コストが最大の懸案事項であったことを証言している。

　現在の日本語の絵本，特に翻訳絵本の主流は横判横書きとなっている。その中にあって，絵本のシリーズであるにもかかわらず縦書きを採用している「岩波の子どもの本」は異色である。「岩波の子どもの本」が縦書きを採用した一因として，当時の岩波書店編集部員だったいぬいとみこは，児童雑誌『銀河』の失敗があったと指摘する。加えて，今から60年前の「岩波の子どもの本」シリーズ創刊当時においては，日本語の横書き表記に対する抵抗感は，現在よりずっと強かったということもあるだろう。

(3)『ちいさいおうち』の逆版の問題

しかしながら、縦書きを採用すれば必然的に、原著とは逆の右開きになる。絵本の流れを考えれば、結果的に絵も逆版にせざるを得なかった。しかし、絵を裏返しに使うというのは、芸術である絵の表現としては問題が生じる。その最たる例が、1954年4月に発刊された『ちいさいおうち』だった。担当編集者だった鳥越が、その問題について以下のように詳述している。

> 私が最初に担当した絵本は、アメリカのV・L・バートンの傑作『ちいさいおうち』だった。先輩たちにいろいろと教わりながら、無事出版にこぎつけ、ほっと肩の力が抜けたころ、小学校一年生の男の子から手紙をもらった。それによると、『ちいさいおうち』に出てくる月の満ち欠けのカレンダーは、その子が学校で習ったのと逆だがなぜか、というのである。(中略) 製版のさい、写真をすべて逆に使ったために、先のようなことが起こってしまったのだ。気がつくと、おかしいのは月の満ち欠けではない。右側通行のはずの自動車が、日本と同じように左側を走っているし、ハンドルも右側についている。私たちは、左開き横組みの原書は、左から右へと全体の構図が流れているから、右開きたて組みにレイアウトを変えた場合、正版だと本のめくりに対して流れが逆になる、だから逆版にすることが自然な流れを作りだす、と単純に考えていたのだが、この男の子の指摘は、逆版というものが生み出すさまざまな問題を私に教えてくれた。(鳥越編 1993:11)

鳥越の発言を丁寧にみれば、「左開き横組みの原書は、左から右へと全体の構図が流れている」とあるように、「絵本全体の構図の流れ」が重視されていたことがわかる。つまり、『ちいさいおうち』の初訳においては、まず日本語の読みやすさを優先した右開き縦組みありきで、次に「絵本全体の流れ」にあわせたレイアウト、結果として絵の本来の表裏を犠牲にする逆版が採用されたことになる。この時点での編集の優先順位は、まず「文章」、次に「絵本全体の流れ」、最後に「絵」ということになる。絵本における「絵」が軽視されて

いることは，現在では奇異に感じるかもしれないが，「絵」を重視するという考え方の絵本観は，それほど古いものではない。日本の絵本史にも詳しい鳥越は，「絵本が実際に作られていく過程から，①文章先導型，②絵画先導型，③同時進行型」と3つのタイプに分類し，1960年代くらいまでは文章先導型が主流だったと指摘している（鳥越 2005：6）。この鳥越の指摘に従えば，「岩波の子どもの本」が創刊された1953年当時，絵本の主流は文章先導型であった。むしろ，「岩波の子どもの本」が契機となり，バートンをはじめとする優れた海外の絵本作家が紹介されたことで，絵画先導型や同時進行型の絵本が評価されるようになっていったともいえる。

逆版以外にも，「岩波の子どもの本」の統一判型は問題を生んだ。たとえば，児童文学者の近藤昭子は「文章の省略，原著の絵と文の配置がえがみられ，まだ原著の文字のデザイン化も生かされていず，表紙の一部改変，中扉の絵の削除などの変更がみられる」と指摘している（近藤 2002：89-90）。たしかに，「文字のデザイン化」であるところのタイポグラフィーなど絵本の細部にまで行き届いたバートンらしさは，「岩波の子どもの本」の型に押し込められたことで，台無しになってしまった。また，近藤の指摘以外にも，鳥越氏へのインタビューで確認できたこととして，原著の絵への加筆があった。たとえば，原著の絵ではそびえたつビルの大きさを強調するために上部が断ち切りにされているが，縦判のためにできた上部の空白を埋めるために，リタッチマンがビルの上部を描き足したという（バートン 1954：33，37，39）。当時は絵本における著作権保護に対する考え方がまだ未成熟であった。

（4）教訓を活かして作られた『こねこのぴっち』

『ちいさいおうち』の8カ月後に出版されたハンス・フィッシャー（Hans Fischer, 1909-58）の『こねこのぴっち』（*Pitschi*, 1953）では，先の教訓が活かされたのか，多くの場面で絵が正版になっている。『ちいさいおうち』の逆版を完全に失敗と考えれば，すべての絵を正版にすればいいと思われるが，全体の約3分の1が逆版として残っている。このような中途半端な処理をしたのはな

第Ⅱ部　子ども読者と作品の「声」

図4-1　大型絵本版（1987）表紙

図4-2　「岩波の子どもの本」版（1954）表紙

ぜか、具体的に絵本の該当場面を参照しながら考えてみたい。

　『こねこのぴっち』は、1987年に原著に準じた大型絵本として出版された（図4-1）。現在は、この大型絵本版と、1954年の初版と同じ縦組みのままの「岩波の子どもの本」版の両方が継続して出版されている（図4-2）。ここで両者を比較して、『こねこのぴっち』における正版と逆版の問題を、絵本の進行方向の観点から考えたい。絵本の進行方向とは、絵本のページをめくる向きと関係がある。たとえば、横組みの絵本なら、ページは右から左にめくり、視線は左から右へと動く。したがって、絵本の進行方向は右向きである。また多くの場合、絵本の登場人物は左から右に向かって進んでいく。つまり、絵本の進行方向と登場人物の動きは同方向となる（藤本 1999：42-43）。

　それではまず、ぴっちがおんどりの元を逃げ出し、やぎのところに行く場面の見開きの絵から見ていこう。原著と同形の大型絵本版では、おんどりのところから逃げ出すぴっちの向きは、絵本の進行方向と同じ右向きである（図4-3、9）。ところが、「岩波の子どもの本」版では、縦書きのために絵本の進行方向が逆になっているが、それにあわせて絵も逆版になっているため、結果的に、ぴっちが逃げる向きは、原書と同様に絵本の進行方向に合致している（図4-4、17-18）。このように、絵に動きのある場面では、絵の進行方向と物語の流れを一致させることが優先され、絵が逆版になっている。先の鳥越の言葉を借りれ

第4章　翻訳絵本の形

図4-3　正版（大型絵本版，9）

図4-4　逆版（「岩波の子どもの本」版，17-18）

図4-5　正版（大型絵本版，10）

図4-6　正版（「岩波の子どもの本」版，19-20）

ば，絵の正逆よりも「絵本全体の流れ」が重視されていることになる。

　ところが，次の見開きの，ぴっちが足をとめてやぎと向かい合っている場面では，「岩波の子どもの本」版の絵（図4-6，19-20）は，大型絵本版（図4-5，10）とまったく同じ向き，つまり正版になっている。絵は同じになったものの，絵本の進行方向との関係は原著と反対になってしまった。

　これは，ぴっちに動きのない場面では，絵本の進行方向を考慮する必要がないので，「絵本全体の流れ」を優先する必要を認めず，あえて絵を裏返さずに正版にしたと考えられる。このように，それぞれの場面における絵の動きや向きと物語の流れの関係を十分に検討したうえで，絵本全体の流れをさまたげない範囲で，逆版の改善が採用されていたことがわかった。

　逆版の改善以外にも，「岩波の子どもの本」版の『ぴっち』の絵と文章の配

99

置には，工夫が施されている。原作絵本は大判のため，作品を通して多く見られる見開き構成は，見開き右側に大きな絵，左側下部に文章，文章の上に複数の小さな絵を配置するというパターンになっている。大判原著の１ページが，日本語版では「岩波の子どもの本」の小さな判型にあてはめるために２ページに分けられている。結果として，１ページあたりの文章が少なくなり，読み聞かせも容易になっている。また，縦組みに直したときに絵の配置も変更する必要があるが，複数の小さな絵は，それぞれの絵を分割して再配置が容易である。絵と文章の再配置など，こうした作業には美的センスが問われる。『こねこのぴっち』のレイアウトは，舞踊や写真といった視覚系芸術に詳しい光吉が担当し，それは原作者も認める出来映えだったという。「ネコずきの石井さんが訳すのには好適だった」（光吉 1973b：115）と光吉が証言しているように，文章の翻訳は石井が担当した。現在では，訳者や編集者の役割分担は比較的厳格のようであるが，鳥越氏によれば，「岩波の子どもの本」シリーズ創刊当時は，編集部全員が一丸となってチームとして仕事をしていたという。

（５）石井桃子と光吉夏弥

　編集部の共同作業の象徴ともいえるのが，訳文の作り方である。当時の岩波書店編集部に在籍したいぬいとみこがそのときの様子を思い出して「光吉夏弥，石井桃子両氏の訳された文章を，一ページずつ音読してみなで検討した」（いぬい 1974：22）と書いている。こうした訳文の共同討議の結果も一因となり，初期24冊の「岩波の子どもの本」は当初，訳者名の代わりに「岩波書店編集」と記された。しかし放送その他の際，訳者が不明ではいろいろ不都合であるとのことで，1958年度版の「少年少女のための目録」からは，現在のように１作品に１人の訳者名が明記され，訳者の責任が明確になったという（いぬい 1968：355）。その際に，初期の24冊についても，石井・光吉それぞれの分担が明らかにされた。

　以上見てきたように，「岩波の子どもの本」の統一判型はさまざまな問題を抱えていたが，現在でもその判型を変えずに継続して出版され続けている。

第4章　翻訳絵本の形

　『ちいさいおうち』や『こねこのぴっち』などの人気ある作品は、後に原著に準じた大型版で出版されるが、その後も小型版の「岩波の子どもの本」が並存して出版され続けている。そのことに疑問の声もある。たとえば棚橋美代子は、「原著を変えることがよくないことなのである。たとえ、『よくつくられ』すぐれた内容に改作されたとしても、オリジナル版のオリジナリティを尊重しないことが悪いのである」(杉尾・棚橋 1992：328) と手厳しく批判している。棚橋は「オリジナリティ」という言葉を使っているが、「原著をどこまで尊重するか」は、実は翻訳がもつ根深い問題に関わっている。

　日本では、できる限り原著を変えないことがよい翻訳だと考えられているが、これは、世界共通の認識ではない。ニコラエヴァとスコットは、『絵本の力学』の中で、スウェーデン語原著の絵本の米国版が、絵のレイアウトどころか話の結末まで変えてしまっている例を紹介し、「これは誰の絵本なのか？ ("Whose book is it?")」、原作者のものか、それとも訳者のものかと問題提起をしている。訳者の作品解釈や、出版社の自国読者に対する配慮が、翻訳出版物を大きく変えるというのである (ニコラエヴァ・スコット 2011：20-34)。翻訳絵本を作るときに読者と原作者のどちらに重きを置くのか、そのバランスをどうとるかは、それぞれの国の出版社、または訳者一人ひとりの裁量に委ねられている。

　原著をどこまで尊重するかは、どこまでをオリジナルと判断するかにもよる。原著尊重の観点からいえば、石井とともに「岩波の子どもの本」シリーズの創刊に尽力した光吉夏弥は、以下のような独自の見解を述べている。

　　原本どおり、左開き、ヨコ組のほうが、原本に忠実であるかのように思う傾向が翻訳絵本の出版に見られたが、オールひらがな、わかち書きのヨコ組は、なんとしても読みづらいし、欧文活字とひらがな活字では、いくら同じヨコ組でも、タイポグラフィーはまるきり別のものになってしまうのだから、私はやはり、右開き、タテ組に再編集して、子どもたちに読みやすいかたちで提供するほうが親切だと思っている。(光吉 1973b：115)

光吉の指摘通り，判型だけを原著と同じにしても，日本語表記としての縦書きの問題は残る。日本語版を作る以上，原著とまったく同じにはなりようがないのだから，日本語の読者を優先するという光吉の主張も一理ある。光吉に同調するのが，岩波書店編集部に長く勤めたいぬいとみこで，「私は，二十年ものあいだ，親しまれて愛されてきた『こねこのぴっち』や『まりーちゃんとひつじ』を，ただ，原著とちがうからといって，『悪い本』ときめつける人の感覚のあらさには組しえない」（いぬい 1974：24）と語る。

　光吉やいぬいが，自ら苦労して生み出した「岩波の子どもの本」の判型を擁護する一方で，同時期に岩波書店編集部に籍をおいた者の中にも，反対の意見をもつ者もいる。たとえば鳥越信は，以下のように否定的である。

　原書のサイズを無視して，一定のユニフォームを着せてしまった点，左開き横組みのレイアウトを右開きたて組みに変えてしまい，そのさい逆版にしてしまった点，の二つにつきるだろう。要するに原書のよさを滅茶苦茶にこわしてしまったわけで，いわば絵本の生命ともいうべきものを殺してしまったのだから，今考えると背すじが寒くなってくる。（鳥越編 1993：12）

鳥越の厳しい自己批判の背景には，自ら編集を担当した『ちいさいおうち』での手痛い失敗がある。鳥越同様，いやそれ以上に訳者である石井には，あの失敗はこたえた。戦前から原著を知り，自らが親しみをもって訳した作品を（石井 1999c：53），編集責任者として送り出しただけに，石井の受けた衝撃は，いぬいや光吉の想像を越えるものだったのではないだろうか。石井は原著尊重を胸に，岩波書店以外のところに活路を求めていく。留学のために岩波書店を離れた石井であったが，帰国後に石井は岩波書店には戻らなかった。

2　福音館書店「世界傑作絵本」シリーズと横判

(1)「岩波の子どもの本」として出せなかった作品

　「岩波の子どもの本」の本の形は，原作をゆがめただけでなく，シリーズに収録する絵本の選択にも制限を課した。候補としてあげられながらも，「岩波の子どもの本」の判型の制約から出版できなかった作品がある。光吉が例にあげているのが，マージョリー・フラック（Marjorie Flack, 1897-1958）のアンガスシリーズである。[6]光吉は，「原本の判型が横ナガで四角に近いこっちのサイズにおさめるのは無理なので見送らないわけにはいかなかった」（光吉 1973a：112）と語っている。

　もちろん，石井が希望した作品の中にも，「岩波の子どもの本」シリーズへの収録が見送られたものがあった。その代表が，クレール・H. ビショップ文，クルト・ヴィーゼ絵の『シナの五にんきょうだい』である。この作品がシリーズ構想当初から候補作にあがっていたことを，光吉は次のように証言している。

　　『ふしぎなたいこ』は，なにか日本のものを入れるようにということになって，石井さんが担当したものだが，創作でなく，昔話から採りたいということで，当時でていた三省堂版の関敬吾氏らの昔話シリーズからそれが選ばれた。絵は清水崑さんに頼んで，C. H. ビショップ作の『シナの五にんきょうだい』のクルト・ヴィーゼの絵のような，思いきった感じのものにしてもらいたいということになって，私の持っていた本を清水さんに参考に送った。ヴィーゼは，私が戦時中に訳した『支那の墨』の作者で，中国に住んだこともあり，中国のものを描かせては第一級のさし絵画家だっただけに，この『五にんきょうだい』も，岩波の絵本に入れたいもののひとつだったが，そのときは，石井さんは，不賛成だった。そして，その後，何年もたってから，

第Ⅱ部　子ども読者と作品の「声」

石井さんが訳して，福音館からでた。（光吉 1973a：83）

上記の光吉の発言からは，『シナの五にんきょうだい』は，石井の反対で断念したと読み取れるが，反対しておいて，後で別の出版社から出すというのもおかしな話である。長年抱いていた筆者の疑問に答えてくれたのが，2008年3月2日に鳥越信が岸和田市自主学習グループ「子どもの本の会」で行った講演の記録である。以下に記録冊子から引用する。

『シナの五にんきょうだい』という本は，アメリカでは喜ばれているそうだが，いぬいさんが「岩波で出す本ではない」と，反対した。シナという言い方がおかしい。クルト・ヴィーゼの描く「弁髪」が中国人を差別的に描いている。他の編集者全員も反対だった。（鳥越 2008a：9）

さらに，鳥越氏に直接インタビューをしたところ，「アメリカで子どもたちにとても人気があるということで，石井さんが持ってきた。しかしさすがに石井さんも，みんなが反対だから，しょうがないと持って帰られた」と確認できた。光吉と鳥越の発言を総合すると，光吉が石井に推薦したものの，岩波書店編集部で反対されて断念した。しかしながら，石井の中に，子どもたちが喜ぶ本なので，いつかは出したいという思いが残ったというところではないだろうか。
　岩波書店編集部に在籍していたころ，石井はまだ子ども読者の読みについてよくわかっていなかった。少なくとも，自分では自信がなかったのだろう。そして，その気持ちが，石井のアメリカ留学の後押しをした。留学中に，アメリカやカナダの児童図書室を回る中で，子どもたちがどのような本を喜んで読むのかを，石井は自分の目で確かめた。帰国後，その経験を活かして，宮城県の小学校で読み聞かせをし，その後東京に転居してからは，自宅の一部に「かつら文庫」を開き，同様の活動をしていた村岡花子・土屋滋子とともに家庭文庫研究会を作った（石井 1965b：6-8；村岡 2008a：277）。
　これらの実践活動の中で，石井は『シナの五にんきょうだい』という作品が，

第4章　翻訳絵本の形

日本の子どもたちに受け入れられることを確信していった。石井のこの実感は，石井の著作の中にも記されている。たとえば，小学校での読み聞かせの体験を元に『子どもの読書の導き方』（国土社，1972）という実践報告を執筆したが，その中にも『シナの五にんきょうだい』という書名が頻出する。子どもたちに「おもしろかった本のアンケート」をとった結果の1位も，石井が「おもしろいお話の条件」を論ずる際に具体例として引用しているのも『シナの五にんきょうだい』であり，石井の傾倒がよくわかる（石井 1972：38, 141）。

(2) 福音館書店「世界傑作絵本」シリーズの創刊

石井たち家庭文庫研究会のメンバーが「本当に子どもが喜ぶ絵本をだしてくれる出版社はないだろうか」と考えているときに出会ったのが，当時，福音館書店の『こどものとも』の編集長だった松居直である。松居は，「そういうものが本当に企業としてできるかどうかわからないけれども，必要とあるのならやってみましょう」と引き受けたという。翻訳権をとること，翻訳，編集を家庭文庫研究会が，製作，販売を福音館書店が担当して，2冊の翻訳絵本が1961年1月に出版された。『シナの五にんきょうだい』と W. ガアグの『100まんびきのねこ』である。これが福音館書店の「世界傑作絵本」シリーズの最初の2冊となる（石井 1965b：37；松居 1973：253）。

松居氏に当時の様子を直接インタビューしたところ，「2冊を作るときに，いろいろやってみたが，縦にはどうしても入らない。横にするとぴたっときた。それで思い切って横長にした」と語られた。この経験が，福音館書店の絵本作りに新しい可能性を切り拓くことになる。松居は，エッセイの中でも「横書きというのがイラストレーションにとって，どんなに自由なものかということを，私はその時に知りました」（松居 1973：254-255）と述べている。

こうした翻訳絵本での経験から，松居は自社の月刊絵本誌『こどものとも』においても，横組みを採用する。「岩波の子どもの本」シリーズの創刊から8年後とはいえ，大人たちの横書きに対する抵抗は大きかったが，子どもからは支持された。このことは，絵本は，子どもが自分で読むものではなく，大人が

105

子どものために読んでやるものという信念をもつ松居を勇気づけた。松居は，絵の自由度を活かす「横判」，それから絵と文章の流れが一致する「横組み」を選択した。ここで，絵本翻訳での優先順位が，まず絵，次に絵と文章の関係，最後に文章という順序に変わり，絵本における絵と文章の優先順位が逆転した。結果として，絵を優先する現在の横組み絵本の潮流を作ったことになる。

　こうした絵本作りの模索の中で，石井は原著を尊重し絵を活かすことが，「絵本の声」を聞くことになると考えていったのではないだろうか。次に，聞き取った「絵本の声」をどうやって翻訳に活かしていったのか。石井がこだわり続けた昔話絵本『シナの五にんきょうだい』を題材に，石井の絵本翻訳姿勢を具体的に見てみたい。

（3）『シナの五にんきょうだい』邦訳史

　翻訳分析に入る前に，この作品の出版状況について手短かに説明しておこう。『シナの五にんきょうだい』は，まず最初に1961年1月に福音館書店から出版された。訳は石井桃子とあるが，通常出版社名が表示されるところには，福音館書店の代わりに，「家庭文庫研究会編」と記載されている。筆者が手元に確認できたのは，1961年3月のもので，初版からわずか2カ月ですでに第5刷りになっており，発売直後からの歓迎ぶりが想像される。しかしながら，「シナ」という言葉や辮髪の絵などが差別的表現であると指摘され，ほどなく絶版とされた。[7]

　70年代から80年代にかけて，絵本の世界においても差別表現に対する議論が沸き起こり，出版界の自主規制は続いた。特に有名なのは，「岩波の子どもの本」シリーズの1冊である『ちびくろ・さんぼ』をめぐる論争である（杉尾・棚橋1992）。90年代に入って，その議論がいく分鎮静化した感があるが，それをみはからうかのように，1995年に『シナの五にんきょうだい』が瑞雲舎から復刊された。福音館書店から出版されたのとほぼ同じ判型で，文章や挿絵の省略もなく，絵や文章の配置も同じであるが，訳者が川本三郎と代わり，日本語訳も一部変更されている。

第4章　翻訳絵本の形

3　『シナの五にんきょうだい』の翻訳分析

（1）石井訳と川本訳の比較

　分析にあたっては，原書，石井訳，川本訳の3つを並記して引用する。というのも，石井が翻訳した作品を，他の訳者が翻訳した例はあまり多くないので，時代的なへだたりはあるものの，石井訳の特徴を浮き彫りにするのに，川本訳との比較が有効であると考えるからである。なお，原書にページ数が記入されていないので，原文引用の最後のカッコ内に，1ページ目から順に筆者が数えたページ数を記入した。また，下線はすべて筆者が施した。まずは，冒頭の場面から引用する。

Once upon a time there were Five Chinese Brothers and they all looked exactly alike.（1）
［石井訳］むかし、シナに、五にんの　きょうだいが　すんでいました。五にんは、とても　よくにていて、だれが　だれやら　くべつがつきませんでした。
　　　　　　　　　　　　　　　　　　　　　　　　　　　　（1）
［川本訳］むかし　シナに　五にんの　きょうだいが　いました。五にんは そっくりな　かおを　していました。(1)

　冒頭の場面は，昔話の常套である発端句から始まり，すぐに主人公を紹介している。昔話の主人公の多くは，創作物語のように名前ではなく，外見や性格，出自などその人物の特徴で簡潔に形容されることが多い（一寸法師，力太郎，桃太郎など）。しかも，その特徴は，物語の展開のうえで重要な役割を果たす。この作品の主人公は，タイトルにあるように「シナの五にんきょうだい」であり，この五人が"exactly alike"，直訳すれば「そっくり」なことが最大の特徴である。川本訳では，「そっくりな　かおをしていました」とそのまま訳されているだけだが，石井は，「とても　よくにていて、だれが　だれやら　くべつがつきま

107

せんでした」と補足して訳している。なぜここまで丁寧に説明する必要があるのだろうか。

その鍵は，石井が訳文を作りあげる過程にある。石井は翻訳をするとき，自宅1階の「かつら文庫」に集う子どもたちにくり返し語って訳文を練りあげていったという。石井が子どもたちに訳文を音読する様子を思い浮かべていただきたい。大人だったら，「そっくり」と一言聞けば，見分けがつかないとか，見間違えることが問題になることがわかるし，その問題を発端にお話が展開していくのであろうとか，この作品のテーマは入れ替わりだろうかと想像することもできる。しかし，聞き手が子どもの場合はどうだろうか。石井がまず「そっくり」と訳してみると，幼い子どもたちが「そっくりってどういう意味？」とたずねる。石井が「とても，よく似ていること」と答える。それでも，とても幼い子どもたちはきょとんとしているかもしれない。子どもたちは，「そっくり」という言葉の意味は「よく似ている」ことなんだと理解して，一つ言葉を覚える。しかし，ここで終わってしまっては，その後のお話のおもしろさが理解できない。そこで，石井は，「だれが だれやら くべつがつきませんでした」と補足して，「よく似ている」とはどういうことなのか，そのことが後々どんなことを引き起こすのかを子どもたちが想像する手がかりとしたのである。物語を理解する上で重要なところは，子どもにもわかるように丁寧に補足して訳す。目の前の子どもに語りながら訳を作っていった石井だからこそ気づける細やかさではないだろうか。

（2）昔話の語法

次の場面では，五にんきょうだいのそれぞれの特技を説明している。

The First Chinese Brother could swallow the sea.
The Second Chinese Brother had an iron neck.
The Third Chinese Brother could <u>stretch and stretch and stretch</u> his legs.（4）

第4章 翻訳絵本の形

The Fourth Chinese Brother could not be burned.
　　　　　And
The Fifth Chinese Brother could hold his breath indefinitely.（5）
［石井訳］<u>さて</u>，一ばん うえの にいさんは，うみの みずを のみほすことが できました。
二ばんめの にいさんは，くびが てつで できていました。
三ばんめの にいさんは，あしを，<u>どんどん どんどん</u>，ながく のばすことが できました。
四ばんめの にいさんは，からだが やけないで，五ばんめの すえむすこは，<u>いつまでも いつまでも</u>，いきをしないでいることが できました。（4）
［川本訳］一ばんうえの にいさんは，うみの みずを のみほすことが できました。
二ばんめの にいさんは てつのくびをしていました。
三ばんめの にいさんは <u>どこまでも どこまでも</u> あしを のばすことが できました。
四ばんめの にんさんは ひを つけられても もえないからだでした。
五ばんめの すえっこは いつまでも いきを とめておくことが できました。
　　　　　　　　　　　　　　　　　　　　　　　　（4）

　石井訳と川本訳の違いでまず注目したいのは，訳のテンポと文の区切り方である。細かく見ていくと，まず石井は，「さて」と冒頭に一言入れて，話の間をとっている。
　次に，昔話で好まれる数字である3に注目したい。昔話では，同じことが3回くり返され，くり返すうちに，表現がだんだんとせりあがっていく。ここでも，三ばんめのにいさんのところで，"stretch and stretch and stretch"と強調された表現になってひとつの盛りあがりを示す。石井訳は「どんどん どんどん」と強調し，同様に川本も「どこまでも どこまでも」とひっぱって訳している。

しかし，その次から石井と川本の訳にテンポの差が出る。四ばんめと五ばんめの文章を，川本は2文で訳しているが，石井は1文でつないでいる。句点がないことは，大きな息継ぎをしないでほしいという訳者の意思表示でもあり，一気に四ばんめと五ばんめの紹介をして，盛りあがりの後を引き締めている。原文が"And"でつながっているのを忠実に反映しただけでなく，結果として石井の訳文に緩急をつけている。一方の川本訳では，文章が区切られ，句点ごとに息を継ぐことになり，後半はむしろ間延びした印象を持つ。また，三ばんめのにいさんの活躍は，物語のちょうど真ん中で，長い話でゆるんだ気分を再びしめる見せ場になっている。この場面が重要であることが，ここで暗示されている。これは昔話における「先取りの手法」である。「先取りの手法」とは，昔話の語り口でよく見られる手法のひとつで，前の場面で言葉で予言していたことが後の場面で出来事として現実に起こること，つまり事前に出来事を予告する手法である（藤本 2011：243；ビューラー 1999：15-16）。

（3）子どもが聞いてわかる言葉

次に，言葉遣いについて比較してみたい。子どもが聞いてわかる言葉というのは，ときとして直接的な表現になる。五にんきょうだいは，何度も殺されそうになって，そのたびに危機を乗り越える。三ばんめのにいさんが登場する直前のページから引用する。

Everybody was angry and they decided that he should be drowned.
(26)

［石井訳］むらの ひとたちは，とても おこってしまって，こんどは，そのにいさんを うみに ほうりこんで，ころそう ということになりました。
(26)

［川本訳］むらのひとは みんな とても おこって こんどは うみに ほうりこむ ことにしました。(26)

原文の"drowned"は、直訳すれば「溺れる」だが、石井は「うみに ほうりこんで、ころそう」と補足して訳している。一方の川本訳では、昨今の児童書出版の自主規制の一種かもしれないが、「殺す」という直接的な表現を避け、「うみに ほうりこむ」で終わってしまっている。泳げなかったら死ぬかもしれない、と想像できないような幼い子どももいるかもしれない。しかも、「殺す」という表現を避けることが、さらに難解な表現を招く。最後のひとつ手前の見開きの場面を引用しよう。

We have tried to get rid of you in every possible way and somehow it cannot be done. (42)
［石井訳］わたしたちは、いろいろ くふうして、おまえを ころそうとした。けれども、どうしても おまえを ころすことは できなかった。(42)
［川本訳］われわれは おまえを しけいに しようと いろいろ やってみたが どれも だめだった。(42)

石井訳のように「ころそうとした」「ころすことは できなかった」とはっきり言えば、子どもでもすんなり理解できる。一方の川本訳は、「ころす」という直接的な表現を避けたために、難解な言葉である「しけい」を使わざるをえなくなった。いくらひらがなで書いたとしても、子どもが一度聞いてわかる言葉だろうか。絵本翻訳に、婉曲表現は通用しない。石井の場合は、子どもたちに語りながら訳を整えていったおかげで、子どもでも聞いてわかる表現になった。

　語り手や読み聞かせをする大人がその場にいるのなら、難解な言葉があっても、質問すればいいのではないかと思うかもしれない。しかし、子どもが「しけいって何？」と尋ねる場面を想像していただきたい。そこで、物語の流れが中断されてしまう。逆に遠慮して質問せずに理解できない部分を放置しておくことでもまた、物語に対する集中はそこで途切れるのである。「お話」を語るときに、子どもの集中を途切れさせないことは重要である。聞き手の集中を保つために有効な手段のひとつにテンポがある。話に緩急をつけることで、聞き

手は退屈せずに、最後まで「お話」についてこられる。

（4）ページをめくるテンポ

　五人兄弟を紹介する場面で、1ページの中での石井訳の緩急を紹介したが、絵本全体の流れという点では、複数ページにわたる緩急も重要である。ページをめくる表現媒体である絵本においては、ページをめくるスピードにおける緩急がそれにあたる。この絵本は横長で、見開きを横に広げて使っているが、その中でひとつの見開きだけが縦長使いとなっている。縦にするには、絵本の向きを90度回転させることになり、読み聞かせのときは、聞き手の注意をいやおうなくひきつける箇所になる。この縦長の見開きで描かれるのは、三ばんめのにいさんが活躍する場面で、物語全体のほぼ中央にあたり、長い話で緩みがちな緊張をひきしめる見せ場になっている。先述したように、最初に紹介されたときに、三ばんめのにいさんはせりあがりの頂点、いわばクライマックスでの表現として強調されていたことを思い出していただきたい。それでは、この場面の文章を以下に引用して比較してみよう。

But he began to stretch and stretch and stretch his legs, way down to the bottom of the sea, and all the time（33）
［石井訳］けれども、この にいさんの あしは、どんどん どんどん、うみの そこに つくまで のびていきましたので、いつまでたっても、（33）
［川本訳］ところが この にいさんも へいきです。うみのそこまで あしを どんどん のばすことが できるのですから。（33）

　その次の見開きの絵では、このにいさんが平然と水から顔を出している。この場面の文章もあわせて引用する。

his smiling face was bobbing up and down on the crest of the waves. He simply could not be drowned.（34）

[石井訳] あたまは，にこにこしながら，なみの うえで，ぷわぷわ ういて いました。(34)
[川本訳] そして かおを なみの うえにだすと にっこり わらって ぷかぷか ういていました。(34)

　石井訳の文章の数は原文と同じで，見開き2つ分にわたって1文が続いている。まず，縦長の見開きで，「あしは，どんどん　どんどん」伸びていく。「いつまでたっても」と文章の途中でページをめくりながら，縦長から横長に絵本をさっと持ち替えて，息を継がずに一気に，次の見開きに行く。ぐーんとひっぱったゴムを，ぽんと放すかのように，この2つの見開きはつながっている。ここまで一息である。ところが，3文に分けられてしまった川本訳では，句点のたびに息継ぎをして間延びするうえに，2つの見開きのつながりが感じられない。川本は，読点を使わず，ひらがなの分かち書きのスペースと句点だけで対応しているので，文章がぶつ切りの印象になってしまった。声に出して子どもたちに語る中で練りあげられていった石井訳では，読点が，読み手に対する息継ぎの合図として機能しているのと対照的である。

（5）同じ場面は同じ言葉で語る

　言葉遣いについても，両者は微妙に異なっている。石井は，冒頭で三ばんめのにいさんを「あしを，どんどん　どんどん，ながく　のばすことが　できました」と紹介した表現に呼応して，ここでも「どんどん　どんどん」という表現を使っている。一方，川本は最初は「どこまでも　どこまでも」だったのが，ここで「どんどん」に変えている。昔話では，動作のくり返しは同じ場面とみなし，「同じ場面は同じ言葉で語る」（小澤 1999：299）という語り口の法則がある。内容的に差のないときに，あえて表現を変えることはしない。この場面でいえば，石井訳だけがこの昔話の語法にかなっている。

　これはまた，「先取りの手法」ともいえる。「先取りの手法」とは，先述した通り，最初に言葉で予告したことが，後に行動として現実に起きることである。

第Ⅱ部　子ども読者と作品の「声」

しかし，耳で聞いてすぐに，予告された内容と同じことが起こったと理解するためには，同じ言葉を使う方が効果的である。同じ言葉を使うことで，「先取りの手法」の効果を明確にしている例を引用しよう。物語の前半で，一番目のにいさんが，おとこのこを連れて海に出かける場面である。

"you must obey me promptly. When I make a sign for you to come back, you must come at once."（9）
［石井訳］「いいかい，わたしが なにか いったら，すぐ そのとおりに するんだよ。わたしが，もどってこいと あいずをしたら，すぐ もどって こなくちゃいけないよ」（9）
［川本訳］「ぜったいに ぼくのいうとおりに するんだよ。やくそくを わすれては いけないよ。ぼくが あいずしたら すぐ もどってくるんだ いいね」
（9）

ここから3つ先の見開きで，言った通りのことが現実に起きる。

So he made a sign with his hand for the little boy to come back.（14）
［石井訳］そこで，にいさんは てまねきをして，おとこのこに もどっておいでと，あいずをしました。
［川本訳］そこで にいさんは おとこのこに はまべに もどってくるよう てまねきしました。（14）

石井訳では，「あいずしたら」と前に言ったのと同じ「あいず」という表現を使って，「もどっておいでと，あいずをしました」と言っている。言葉で言ったことが，出来事でくり返されるという「先取りの手法」がしっかりと意識されている。一方の川本訳では，前に「もどってこいと あいずしたら」と言ったのに，後では「もどってくるよう てまねきしました」となり，「あいず」が「てまねき」に変わってしまっている。大人にとっては些細な表現の差として

気にならないのかもしれないが，同じ動作は同じ言葉で語った方が，聞いている子どもにとってわかりやすい。

(6) 語り手の声

　さらにもう一点，両者の違いとして指摘できるのが，語り手の声の出し方である。先に紹介した場面の次の見開き，一ばんめのにいさんが「もどってこいと あいずした」後の，おとこのこの対応を描写する場面である。

But did the little boy care? Not a bit and he ran further away. Then the First Chinese Brother felt the sea swelling inside him (19)
［石井訳］でも，おとこのこは いうことをきいたでしょうか。いえいえ，おとこのこは しらんかおをして，もっと とおくへ いってしまいました。そのうち，にいさんの くちのなかで，うみが もりもり もりあがって きました。(19)
［川本訳］それでも おとこのこは いうことをきかずに どんどん とおくに いってしまいます。そのうち にいさんの くちから うみのみずが あふれでそうに なってきました。(19)

　この場面の原文は，語り手が文章に顔を出して，直接読者に語りかけている。石井訳は原文の直訳に近く，原文と同様に疑問符で問いかけ，そして「いえいえ」と受けている。読み聞かせの場合だと，読み手と聞き手の掛け合いが発生する場面である。ここで一息つくと同時に，話にぐっとひきこまれた読者は，次の展開に胸を膨らませるだろう。次の文章も，石井は「うみが もりもり もりあがって きました」と原文 "the sea swelling" のニュアンスをくんで，海の動きが感じられる擬人法で訳している。一方，川本は「くちから うみのみずが あふれでそうに なってきました」と，動作主はあくまでも「にいさん」の文章になっているため，海が生きもののようには感じられない。この部分の石井訳の表現を，子ども読者が「一ばんめのにいさん」に自己同一化して聞い

たとしたら，海の動きがダイナミックに語られることで，切迫した状況がより緊張感を持って感じられることだろう。この場面は，石井訳が登場人物に自己同一化して物語を楽しむ子どもの読みにかなっているよい例となっている。

　以上，『シナの五にんきょうだい』の翻訳の経緯と内容の分析からは，石井が子どもに語りながら耳で聞いてわかる文体を作りあげていった過程が明らかになった。石井の昔話絵本の翻訳は，耳で聞く文学としての昔話の特性を十分に活かしたものであった。

注
(1)　調査結果をまとめた資料「児童向き出版物について」（おそらく社内文書と思われる）が，白百合女子大学児童文化センターの「光吉文庫」に残っている。その資料の一部を以下に引用する。

　　　少年文庫が，考えてみなければならない，重要な点が，ここにある。たとえ，現在の形そのままで，総ルビをつけたところで，中学生の読者は相当，獲得できるかもしれないが，「りこうすぎた王子」「火の鳥」「ウサギどんとキツネどん」などでは，かれらは，ものたりなく思うであらうし，また，年少の読者層をふやすという点では，あまり，のぞみはない。今までの，いろいろの調査であきらかなように，本の形から言っても，完訳主義という内容からしても，少年文庫を，小学校中級以下の子どもたちに普及させようということは，ほとんど不可能なことである。（中略）もし，岩波の児童出版を，本格的にしてゆこうというならば，良心的な「絵本」から始めて，子どもによく合った，抄訳の（もちろん日本のものを含む）「児童文庫」（小学生版）という段階のものを作り，その上に，「少年文庫」「少国民のために」「科学の学校」をおくようにすれば，現在のように，心ある父兄が，他にかわるものもないので，やむをえず講談社の絵本，低学年読物を与えたため，子どもたちが，成長してから，「少年文庫」などについてゆけず，どんどん「世界名作童話」「世界名作全集」の読者になっていってしまうという点は，さけられると思う。（乾 1953：48-49）

この報告書には複数者の記名があるが，最後の提言部分は（乾富子記）とあるので，当時編集部に在籍したいぬいとみこが執筆したと考えられる。いぬいと石井の関係を考えれば，この提言もおそらく，石井の考えに沿うものであったろう（いぬい 1990：60）。

(2)　E. エスティスの『百まいのドレス』は，『百まいのきもの』というタイトルで1954年に「岩波の子どもの本」シリーズの1冊として出版され，50年以上たった2006年に改訳されハードカバー版として出版された。新版発刊にあたり，初版当時

の様子を石井が「訳者あとがき」で回想している部分から引用した。
(3) 石井の指摘にあるように，販売対象として当初意識されたのは図書館より個人であったが，そのことは，子どもの本の世界でもあまり認識されていないようである。たとえば，松居直は『図説 子どもの本・翻訳の歩み事典』の中で「『岩波の子どもの本』の企画は，1953年8月の学校図書館法の公布と関連があると考えられる。（中略）全国にくまなく設置される学校図書館は，子どもの本にとって全く新しい有望な市場である。この需要にみごとに応えたのが『岩波の子どもの本』である」と述べている（松居 2002：222）。

　松居のこの指摘は，先の石井の「図書館より個人」という発言と矛盾するため，岩波書店編集部に在籍した鳥越信氏にインタビューで確認したところ，「家庭で売れた，と僕は思う。『子どもの本』が創刊された一九五三年（昭和二八年）というのは学校図書館法ができた年だったけど，それから予算がついて，実際に本が学校図書館に入っていくのは，二，三年後になったはず」と語られた。鳥越は，岩波書店がねらっていたマーケットは学校図書館ではなく家庭であったことを明言し，その根拠として，「岩波の子どもの本」の変形菊判の形が，「教科書と一緒に学校に持っていって，みんなで読んでね」という願いを込めて，「ランドセルの大きさにあわせた」ことや，『ちびくろ・さんぼ』の刊行にあわせて，岩波書店が会社として初めてのテレビ宣伝を打ったことなどをあげている（竹内 2010c：149-150）。

(4) いぬいとみこは，『月間絵本』に寄せた「『岩波の子どもの本』こぼればなし」の中で，「岩波少年文庫の創刊は一九五〇年（昭25）だったが，それ以前に有名な少年少女雑誌『銀河』が姿を消していた。『銀河』が子どもたちに親しまれなかった一因が，斬新な左びらき「横組み」にあったので，一九五三年に幼い子どもの本を作るとき，翻訳ものでも右びらきの縦組みにすることに，たいした抵抗はなかった」（いぬい 1974：23）と回想している。

　第二次大戦直後に，『赤とんぼ』や『子どもの広場』などの良心的児童雑誌が数多く発刊されたが，新潮社の『銀河』もそのひとつである。『銀河』は，「山本有三が，戦後民主主義にとまどう子どもたちのためにと創刊」し，「前半期は横組み二段でルビを廃止し，平易な漢字を使用して『国民の国語運動連盟』の方針に沿ったが，読者が横組みになじまず後半は縦組みに改められた」（日本児童文学学会編 1988：213）という。山本有三が「横組み，ルビ廃止，平易な漢字」を主張した理由を考えるにあたっては，当時の国語改革を勘案する必要がある。第二次大戦直後，連合軍最高司令部（GHQ）は，日本の民主化政策の一環として「漢字廃止，ローマ字表記」を主張した。文部大臣の諮問機関である国語審議会は，GHQの意向も加味しながら，漢字の使用制限である当用漢字表，現代かなづかいなど新しい国語表記の方針を次々と打ち出していく（加藤 2002：39-43）。山本有三は，国語審議会にも近く，これらの流れに敏感であったため，『銀河』で斬新な横組みに挑戦したのだろう。

さらに，先のいぬいの発言について，鳥越氏にインタビューで確認したところ，「もちろん『銀河』の失敗は業界では有名だったから，石井さんをはじめとする編集部の人間はそのことを知っていたはずだ。でもそれより僕が思うのは，当時は日本語を横書きにすることの方が例外で，縦書きには誰も疑問を持たなかった。僕らの世代は，今でも，横書きの日本語は非常に読みにくいと感じる」と答えられた。つまり，横書きにするには，山本有三のように強い理念が必要だったが，縦書きに戻すことにさしたる理由は必要なかった。当時の読者の横書きの日本語に対する違和感は，現在私たちが想像するよりずっと強いものだったに違いない。

(5) 当時の様子を，いぬいは以下のように語っている。

光吉夏弥氏など，わりつけ用紙にうらやきの絵のコピーをはりこんで，むしろ喜々として原作の左びらきの絵本を，右びらきの流れに変えていらっしゃった。現在なら，やれニセモノつくりの，改作の……と，非難のでることだろう。しかし，当時は日本の事情をあらかじめ原出版社に連絡して，ひらき方を反対にするむね了承をえていた。なかでも光吉氏がこりにこって作った「こねこのぴっち」は，原作者のハンス・フィッシャー氏が大へん気に入って，二十五冊買いたい……と連絡があり，ドルの流通さえむずかしい時代にスイスフランで代金が送られてきて，渉外の人が苦労していたのを思い出す。日本の文字の入り方と，絵本自身の小型化がよくできているというので，さいきん，フィッシャー氏の未亡人がまた「ぴっち」を百冊買い上げたそうだ。(いぬい 1974：23)

(6) 犬のアンガスを主人公にした連作で，『アンガスとあひる』(*Angus and the Ducks*, 1930) や『アンガスとねこ』(*Angus and the Cats*, 1931) などがある。

(7) 絶版の理由を福音館書店の松居直氏にインタビューしたところ，「ひとりでも傷つく人がいるのなら，その本は出しません」と出版社の姿勢を示して答えられた。

第5章
子どもの読みと絵本『ちいさいおうち』の翻訳

1　子ども読者を意識した翻訳とは

（1）「行って帰る」物語
　昔話絵本の翻訳においては，声に出して子どもに語るというのが石井の翻訳姿勢であった。ひき続き，創作絵本の翻訳を見てみたい。具体的には，石井桃子の絵本翻訳の代表である V. L. バートンの『ちいさいおうち』を取りあげる。絵本に先行する「岩波少年文庫」では，完訳主義を掲げながらも，「子どもに親しみやすく，かつ美しい日本語」による翻訳が目指されていた。絵本の場合にも，その翻訳方針は踏襲されているのだろうか。『シナの五にんきょうだい』では他者訳との比較分析を行ったが，この作品は石井以外の翻訳がないので，原文との比較から石井訳の特徴を明らかにする。
　第4章で見たように，『ちいさいおうち』は，最初「岩波の子どもの本」の1冊として出版された。逆版をはじめとする数々の問題点があったこともあり，1965年に原著に準じた大型絵本版として改めて出版された。表紙の画面いっぱいに広がる円は，正方形に近い原著だからこそ実現できるイメージで，それがようやく日本語版でも実現されることになった。本章での分析に際しては，原書は Virginia Lee Burton. *The Little House* (Boston: Houghton Mifflin Company, 1942)，石井訳の日本語については，「岩波の子どもの本」版ではなく，原著に準じた大型絵本版『ちいさいおうち』（岩波書店，1965）を使用する。なお，下線はすべて著者が施した。

第Ⅱ部　子ども読者と作品の「声」

　ところで，石井桃子が絵本を訳すとき，一番大切にしていたのは何だったのだろうか。たとえば，「ピーターラビット」シリーズ創刊当時に担当編集者であった斎藤惇夫は，石井の視線の先には常に読者である子どもの存在，自己同一化して物語を楽しむ子どもの読みがあったと述べている（斎藤 2001：145-146）。自己同一化というのは，子どもが物語を読んだり聞いたりするときに，主人公に自分を投影させて，つまり主人公になりきって作品世界にとけこむことである。そのため子どもは，絵本を読むときに，動物や人形，ときには乗り物にもなりきることができる。

　次に，石井が『ちいさいおうち』という作品をどのように捉えていたか，おさえておきたい。石井自身の「V・L・バートンの生活と彼女の来日」というエッセイの中に石井の考えを知るヒントがあるので以下に引用する。

　　学校の先生のなかには，この本を，四季の移りかわりなどを社会科的に教える資料として使っている人があると聞いて，私はちょっとびっくりした。私には，著者が小さいお家を主人公にしたてて，「どう生きるか」というテーマを，子どもにわかる物語として提出したということの方が，もっとだいじに思えたからである。（石井 1999c：54）

石井は，この作品を，「小さいお家」という主人公が「どう生きるか」という物語として読み解いていた。そしてまた，石井の薫陶を受けた斎藤惇夫は，『ちいさいおうち』をはじめとするバートン作品の多くが「行って帰る」物語の形をとっていると指摘する（斎藤 2001：129）。しかしながら，『ちいさいおうち』が「行って帰る」物語として読まれるためには，無生物である「おうち」の移動に関して，それなりに説得力をもつしかけが必要となってくるだろう。そのしかけの詳細については，具体的な訳例の分析のところで後述する。

（2）子ども読者との対話
　そもそも，子ども読者の読みに配慮した翻訳とは，どのように作られるので

第5章　子どもの読みと絵本『ちいさいおうち』の翻訳

あろうか。ひとつには，子ども読者を想定して，その読者と対話するように訳すのがよいと提案する研究者がいる。フィンランドの児童文学者 R. オイッティネンである。オイッティネンは，ロシアの文芸評論家ミハイル・バフチン (Mikhail Bakhtin, 1895-1975) の「対話（"dialogue"）」(Bakhtin 1981) の考え方を援用して，翻訳とは「対話的読み」であるとして以下のように主張する。

> In reading, for example, a dialogue occurs between the reader and a book, and by extension, the author. As I see it, the dialogue may also take place within one person. For instance, when a translator translates for the child, she/he also reads, writes, and discusses with present and former self. She/he also discusses with her/his audience, the listening and reading child. (Oittinen 2000：30)

［筆者訳］たとえば，読書の際には，読者と本の間に，さらには作者との間に対話が発生する。私の見るところでは，この対話は，一人の人間の内部でも起こりうる。たとえていうなら，子どもに向けて翻訳するとき，訳者は現在および過去の自己に向けて読み，書き，そして話し合う。訳者はまた，自作の読者（自分で読まずに誰かに読んでもらう場合はそれを聞く読者）とも話し合う。

しかも，対話する相手としての読者は，翻訳の時点ですでにそこに実在するものではなく，自作の読者はこうであろうと訳者自身が想像した読者（"readers who do not yet exist for her/him, that is: imaginary projections of her/his own readerly self."）である（Oittinen 2000：5）。訳者は，自分の訳した本を読んでくれるであろう想像上の読者と対話しながら，訳文という訳者自身のテクストを作っていくのである。

　翻訳とは未来の読者との対話であるというオイッティネンの考え方は，子どもの読みに沿っていると定評のある石井訳の分析に大いに参考になる。石井にとっての未来の読者とはもちろん，今の日本の子どもである（今というのは，訳

121

書出版時およびそれ以降と考える)。

　次に，絵本『ちいさいおうち』の想定読者を考えたい。たとえば，原作者のバートンは，コルデコット賞受賞スピーチの中で，"I was writing for the age span of from four to eight."(Burton 1957：91) と語り，この作品の想定読者を 4 歳から 8 歳の子どもとしていたことを明かしている。翻訳作品の場合，原書の対象年齢と同じか，それより少し上という定説を考慮したとしても，訳者石井が想定した読者は，学齢前の日本の子どもと考えてよいだろう。

　では，学齢前の幼い子ども読者と対話しながら訳すにはどうすればいいのか。まず，字が読めない（読めてもたどたどしい）幼い子どもたちが絵本を読む状況を想像してみよう。誰かに声に出して読んでもらって，耳から言葉を聞く。字が読めない分よけいに絵をしっかり見る。活字もデザインの一部のように眺める。言葉を聞きながら，同時に絵を見るため，絵と言葉の要素が頭の中で合成され，頭の中で物語のイメージが膨らむ。限られた経験しかもたない子どもでも，限られた知識を元に自分なりの理解をする。多くの場合，子どもは，主人公に自己同一化させてお話を楽しむ。もちろん，ここで想像した読み方は一義的なものではない。これらの過程が，どの子どもにも同じように起こるわけでもない。また，同じ子どもが同じ絵本を読んだとしても，状況が違えば，同じ受け取り方をするとは限らない。そもそも，われわれ大人が，真の子どもの読みを知ることはできない。とはいえ，大人である訳者が子どもの読みを考えるアプローチとしては意味があると考え，分析の前提条件として活用した。

2　子どもは原作『ちいさいおうち』をどう読むか

　石井訳の分析に入る前に，「子どもは絵本をどう読むか」という視点から，原作を分析しておこう。具体的には，以下の 3 つの観点から絵本を精査する。

(1)　耳から聞く言葉
(2)　タイポグラフィー

（3）絵の細部と絵と言葉の関係

（1）耳から聞く言葉

　前章で取りあげた『シナの五にんきょうだい』は昔話絵本であるが，昔話は，耳から聞く文学の代表である。まだ文字が読めない子どもは，誰かに読んでもらって言葉を耳から聞く。昔話に典型的なプロットは，主人公が課題をもって旅に出かけ，途中困難に遭うものの，援助者の助けを借りて，無事課題を克服して帰還するというものである。またその旅を経ることによって主人公が成長する成長譚も多い。

　昔話はまた，特有の語りの様式をもっている。「むかしあるところに（"Once upon a time"）」で始まり，「ある日（"one day"）」，主人公は旅に出かけ，ハッピーエンドで終わる。『ちいさいおうち』の原作も，同様の語りの様式をもっている。注目すべきは，今までの平和な田園が変化し始める場面である。14ページの冒頭に「ところが，ある日（"One day"）」（14）とある。昔話の様式に照らし合わせれば，"one day"という合図が示すように，ここから「おうち」が旅に出発することになる。昔話の様式を取り入れることで，この物語が，「おうち」を主人公にした冒険物語であることを，読者にイメージさせることに成功している。

　昔話では，時間と場所は特定されない。「むかしむかしあるところに」で始まる昔話は，時間の経過にそれほど厳密ではない。『ちいさいおうち』では，冒険物語の始まりである"One day"以降の物語の後半部で，時間を示す単語は2つしか使われていない。その2つとは，"now"（16，20，30）と"pretty soon"（22，24，26，28）である。石井は，"now"を「そこで」（16），「もう」（20），「さあ」（30）と3通りに，"pretty soon"は3回とも「そこで」と訳している。想像してみていただきたい。何の先入観もなしにこれらの言葉を聞いたとき，どれほどの時間が経ったと感じるだろうか。数分，数時間，それとも数日……いずれにしても数十年といったスパンでの時間の経過ではないだろう。大人の理解力をもってみれば，「おうち」は動かず，周りの景色が時代ととも

に変わったと考える。私たち大人は絵を見た瞬間に，近現代史の常識に重ね合わせ，そこに数十年の時間の経過を読み取るからである。しかし，こうした知識をまだ学んでいない子どもたちは，どのように理解するだろうか。

　子どもの読みに詳しい絵本研究者リン・エレン・レーシー（Lyn Ellen Lacy）は，「おうち」が元通りの暮らしに暖かく迎えられる最後の場面が，モーリス・センダック（Maurice Sendak, 1928-2012）の『かいじゅうたちのいるところ』（*Where the Wild Things Are,* 1963）の結末と同じような満足感を与えてくれるという（Lacy 1986：115）。マックスは，「かいじゅうたちのいるところ」へ行って，また元のところへ帰ってきた。それと同じような読後感をもつということは，子どもたちは，『ちいさいおうち』も同様に「行って帰る」物語として読んでいると考えられる。それでは，「おうち」はどこへ冒険に出かけたのであろうか。

　まだ数年しか生きてない子どもたちが想像する時間の長さは，私たち大人と大きく隔たっている。ある場所が大きく変化して，変化前と変化後の景色が一変したとしたら，子どもは2つの景色を，それぞれ別の場所と理解するだろう。2つの景色を異なる場所と考えたのなら，ひとつの場所からもうひとつの場所に行って元の場所へ帰ってきたと解釈する方が，自然ではないだろうか。

（2）子どもの「時」の認知の仕方

　子どもが経年変化を読み取れない理由は，大人と子どもで「時」の認知の仕方が異なるからである。子どもが時間の概念を体得するのは10歳くらいだという。また石井自身もそのことを認識していたと記録にある。石井は，1974年に行った「幼児のためのお話」という講演の中で，時実利彦の『脳と人間』（雷鳥社，1968）に言及しながら，以下のように語っている。

　子どもの頭のなかでは，三歳から六，七歳ごろまでは，おもに空間を処理する能力がどんどん発達しているというのですね。時間を処理する部分は，まだ未発達で，十歳くらいにならないと，過去，未来が，心のなかで十分につ

第5章　子どもの読みと絵本『ちいさいおうち』の翻訳

ながらない。私が小学校にいったころ，五年から歴史の勉強がはじまったのは，何といううまい教育順序だったろうと，私は驚いたのです。

(石井 1975：14)

　10歳くらいまでの子どもは，時間は毎日くり返すものと感じている。バートンは，「1日」を太陽の動き，「1カ月」を月の満ち欠け，「1年」を季節の移り変わりで視覚的に描くことで，目に見えない時間を子どもにわかるように表現した。とはいえ，バートンが視覚的に表現できた「1日」「1カ月」「1年」といった時間は，幼い子どもでも実際に体験したことのある時間である。
　それらに対し，その後に語られる「時代」の部分についてはどうだろうか。「時代」という時間は，人生経験の短い幼い子どもが直接経験できるものではない。数十年という時間の流れは，幼い子どもにとっては未知の世界である。ひとつの場所の経年変化ではなく，別の場所と認識しても不思議ではないのではないか。また，子どもが知っている時間は，「1日」「1カ月」「1年」と円環のようにくり返すので，「時代」のように直線的に進歩する感覚はなじまない。子どもが時間を理解できるようになるのは，抽象概念を理解できるようになる10歳くらい以降でないとむずかしい。
　絵本『ちいさいおうち』の中で，「時代」という時間が流れ出すのは，"One day"（14）から始まる物語の後半部である。ここから，「ちいさいおうち」のまわりがだんだんと都市化されていく。私たち大人は絵から時代の変化を読み取るが，昔話の語法に則った語りを耳から聞く子どもは，ここで主人公が出発すると解釈するだろう。
　さらに，物語の時間というのは，現実の時間とは異なる描かれ方をする。たとえば，マックスは，1年かけて「かいじゅうたちのいるところ」に行ったはずなのに，帰ってきたときにはまだ夕飯は温かかった。心の冒険で流れる時間は，必ずしも現実の時間の経過と一致しない。「おうち」は住む人がいなくなって，一時荒れ放題になるが，その後，もう一度手入れをしてもらうと元通りになる。絵から読み取れるアメリカの近現代史を考えれば数十年が流れている

はずなので，簡単に元通りになるのは理屈に合わない。経年変化を感じさせない「おうち」の姿は，同じくバートン作の絵本『いたずらきかんしゃちゅうちゅう』（*Choo Choo,* 1937）の1日の冒険を髣髴させる。

　しかしながら，無生物である「家」が旅に出ることに，抵抗を感じる読者もいるだろう。なにしろ長い年月にも，移設にも耐えられるほど「しっかり　じょうぶ」に建てられた家である。理屈で考えれば動くわけがない。そのうえ，バートンは，「時」を子どもにわかりやすく表現するために，物語の前半部で，太陽や月を動かすのに対比させて「おうち」を画面中央に固定し，その不動感を強調した。だからこそ，物語後半部で「おうち」が旅に出るには，読者を納得させるだけのそれなりのしかけが必要となってくる。では，そのしかけを，原作者バートンは，どこに組み込んだのだろうか。

（3）タイポグラフィー

　「おうち」が旅に出るしかけを明らかにするためにも，子どもの読みの特徴を，もう一点確認しておきたい。

　字の読めない子どもは，絵と同様に字を見る。子どもにとって，文字も視覚表現の一部である。バートンは，このことをよく理解していたようで，絵や文章と同程度にタイポグラフィーを重視した。一般にタイポグラフィーというと，活字フォントをイメージすることが多いが，ここで論じるバートンのタイポグラフィーという概念はもっと広いもので，活字フォントだけでなく，文字面の形や大きさなど，文章が書かれている部分のデザインまでが含まれることに注意していただきたい。コルデコット賞受賞スピーチの中で，バートンがタイポグラフィーに対するこだわりについて述べている部分を以下に引用する。

> I have not only placed text and illustrations on the same page, I have also worked the typography of the text into the pattern of the page. Many times I have sacrificed the length of the text or added to it to make it fit the design.（Burton 1957：89）

第 5 章　子どもの読みと絵本『ちいさいおうち』の翻訳

　［筆者訳］同一ページに単にテクストと絵を置いただけではありません。テクストのタイポグラフィーを，そのページのパターンにあわせることにも努力しました。デザインにあわせるためにテクストの長さを削ったり，逆に足すはめになったことが何度もありました。

　もちろん訳者の石井も，バートンのこのこだわりについてはよく理解していた。『ちいさいおうち』以降も，石井はバートン絵本の翻訳を手がけていく。そのうちの1冊，バートンの遺作となった『せいめいのれきし』(Life Story, 1962) の翻訳の際のエピソードを，石井がエッセイに書いている。「おかしなことに，原著者が，訳者の私に要求したことは，ただひとつ『文字面の大きさと形は，原著の場合と，きっちりおなじでなければならない』ということだった」（石井 1999c：64）。この石井の記録からも，バートンにとって，タイポグラフィー（文字面の大きさと形）の重要性がうかがえよう。
　それでは，バートンのタイポグラフィーの実際を，作品の中で具体的に確認しておこう。『ちいさいおうち』のタイポグラフィーで特徴的なのは，文字面の外周をかたどった形である。特に文字の先頭をたどると，あるパターンが浮かびあがってくる。ひとつの例外を除いてこの作品全体のタイポグラフィーは大きく2つのパターンに分類できる。その2つのパターンとは，「緩やかな曲線」と「ジグザグ直線」である。[1]
　「曲線」と「直線」の2つの主要なパターンは，物語の内容と深く関係している。たとえば，バートンの評伝を著しているバーバラ・エルマン (Barbara Elleman) は，これらのパターンを，「田園の静寂 (the tranquility of the country)」と「混乱する都会 (the disorder of the city)」の対比，つまり田園と都会の対比と読み解いた（エルマン 2004：61）。たしかに，2ページから始まる田園風景は前者の「緩やかな曲線」（図5-1）を，28ページから始まる都会の様子は後者の「ジグザグ直線」（図5-2）のパターンを伴っている。なお，図版は，原著に準じて岩波書店から1965年に出版された大型絵本版の該当ページから引用する。というのも，この日本語版は，タイポグラフィーも含め，原著が忠実に

127

図5-1　緩やかな曲線（『ちいさいおうち』大型絵本版, 2）

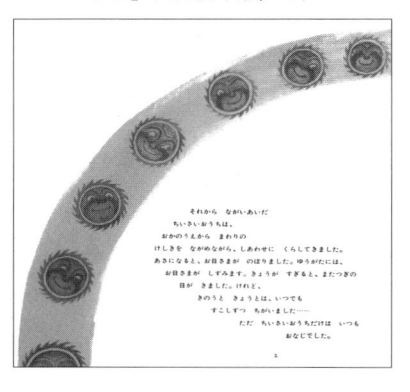

図5-2　ジグザグ直線（『ちいさいおうち』大型絵本版, 28）

反映されているからである。

　2つのパターンを丁寧に追っていくと，田園と都会の対比だけでは説明しきれない部分がある。たとえば，4ページはまだ都会化されていない「田園」の夜の場面であり，40ページもまた静かな「田園」の中に戻ってきた平和な夜の場面である。これら2つの「田園」の場面にも「直線」のパターンが適用されている。はたして，「ジグザグ直線」のパターンは「混乱する都会」を象徴しているのだろうか。筆者は個人的には「混乱」というより左右対称の人工美を感じる。都市にあえてネガティブなイメージを重ねるのは，田園に対するノスタルジアを抱く大人の先入観なのではないだろうか。

　田園と都会の対比でないとすれば，曲線と直線の使い分けの意味をどう解釈したらよいのだろう。「直線」のパターンに注目して，さらに詳しくタイポグラフィーを見てみよう。この「直線」のパターンをもつのは7ページ（4, 20, 28, 30, 31, 32, 40）で，そのうち5ページ（4, 20, 30, 31, 40）は夜の場面である。また，残りの2ページ（28, 32）では，高層ビルに囲まれたり，汚れた空気にさえぎられて，「おうち」に太陽の光は届かない。「おうち」から見れば，夜も同然である。まとめると，「直線」のパターンは，「おうち」から見た「夜」の場面で使われていることになる。

一方，34ページで「おうち」がトレーラーに乗せられビルの影からのがれ，明るいところに出された場面では，背景がまだ「都会」であるにもかかわらず，タイポグラフィーは「曲線」のパターンに戻っている。つまり，「曲線」のパターンは，「都会」ではなく，「おうち」から見た「昼」の場面で使われているといえる。

　以上のことから考えると，バートンが2つのタイポグラフィーで象徴したのは，田園と都会の対比ではなく，昼と夜の対比，しかも，「おうち」からみた昼と夜の対比と解釈できる。そして同時に，「おうち」が感じた昼と夜の対比とは，子ども読者が受け止める昼と夜の対比でもある。なぜなら，子どもは，「おうち」に自己同一化して，この物語を読んでいるからである。

（4）絵の細部と「おうち」の目
　「耳で聞く言葉」「タイポグラフィー」に続いて，子どもの読みの三つ目の視点である「絵の細部の見方」について考える。絵の見方についても，大人と子どもは違う。字の読めない子どもは，絵を念入りに見る。たとえば，児童文学研究者のペリー・ノードルマン（Perry Nodelman）は，絵本論『絵についての言葉』（*Words about Pictures,* 1988）の中で，文字を学習する前の子どもは，大人のように絵の全体像を概観することなく，さして重要でもない絵の細部に注目すると指摘する（Nodelman 1988：7）。子どもに絵本を読んでやると，大人が気づかないような細かな点に子どもが注目することに驚いた経験をもつ人は少くないだろう。

　それでは，子どもの視線にならって，バートンの絵の細部を確認してみよう。バートンは，文章の部分ではタイポグラフィーで昼と夜の対比を強調していたが，絵の部分ではどう表現しているのだろうか。「おうち」が出てくる最初の昼の場面（3）と，最初の夜の場面（5）の2つの絵を比較すると，その違いがよくわかる。

　『ちいさいさいおうち』では，「おうち」の外形は，あたかも人間の顔のような印象を与える。擬人化された「おうち」の顔の表情の昼と夜の場面を比べて，

一番大きな印象の違いを与えるのは「目」である。昼間の場面は，ふくらんだカーテンが重たいまぶたのようにぼうっと見え，まるで居眠りをしているようである。ところが，夜の場面になると，窓からもれる光によって目に光がやどり，その光には好奇心満々の「おうち」の気持ちが投影された印象を与える。さながら，人が寝静まった夜に目を覚まし動き出す『くるみ割り人形』のようである。たとえば，E. T. A. ホフマンの物語に M. センダックが絵をつけた絵本『くるみわり人形』(*Nutcracker*, 1984) でも，人形の昼と夜の表情のうち，一番違うのは目に宿る光である。昼間のくるみわり人形の目はガラス玉のようで生気をまったく感じさせないのだが，夜になるといきいきと輝いて，まさしく生きている男の眼のように見える。くるみわり人形と同じような目の表現を施すことで，バートンは，「おうち」に夜になると生命を与えられ動き出す物語の主人公らしさを与えたといえるのではないだろうか。

「おうち」の能動的な主人公としての性格が，夜の場面で強められていることは，絵の細部だけでなく，文章表現からも読み取ることができる。たとえば，最初の夜の場面に，"The Little House was curious about the city and wondered what it would be like to live there." (4) という文章があるが，"curious" はとても強い言葉である。たとえば，H. A. レイ (H. A. Rey, 1898-1977) の『ひとまねこざるときいろいぼうし』(*Curious George*, 1941) は，いたずら好きなこざるの絵本であるが，冒頭で "He was a good little monkey and always very curious." (1) と語られるだけで，その後のいたずらの展開を予感させる。こざると同じように，"The Little House" も "little" に加えて "curious" と形容されることで，この「おうち」の好奇心がきっとおもしろい冒険につながっていくだろうと読者に期待させる。このようにバートンは，タイポグラフィーで強調した夜の場面において，さらに絵と文章の両方の手段を駆使することで，「おうち」を能動的な冒険の主人公として描き出したのである。

以上，子どもの絵本の読みをたどるために，言葉と絵のそれぞれを視覚・聴覚両方の効果から検証してきたが，結果として，無生物である「ちいさいおうち」が夜になると目を覚まし，都会に向かって冒険の旅にでかけて帰ってきた

という読みができた。

3　石井訳『ちいさいおうち』の翻訳分析

（1）原文と石井訳の比較

　『ちいさいおうち』の原作の解釈の次は，日本語訳を見ていく。英語原文と石井訳を比較して分析していくが，その際に特に原文との「ずれ」に注目する。というのも，原文との「ずれ」とは，原文からあえて変えた，または変えざるをえなかったことの証しで，そこには訳者の何らかの意図が働いていると考えられるからである。たとえば，翻訳研究の先駆者の一人である北條文緒は，原作と翻訳とのあいだに見られる「ずれ」の背景には，異文化摩擦があると指摘する（北條 2004：1-2）。石井の場合にも，英語と日本語の言語的相違や，社会文化的背景，訳者である石井の作品解釈などが，訳における「ずれ」を生んだと考えられる。それでは，具体的な訳文の分析に入っていこう。

　この作品は，1ページ目の導入と最終ページの結末を除き，田舎での平和な暮らしを描いた前半（1-13）と，まわりがだんだん開発されて都会化してからの後半（14-40）に大きく分けられる。まず，前半の導入部にあたる2ページの原文と訳文を引用して比較する。なお，下線はすべて筆者が施した。

The Little House was very happy as she <u>sat</u> on the hill and <u>watched</u> the countryside around her. She <u>watched</u> the sun rise <u>in the morning</u> and she <u>watched</u> the sun set in the evening. <u>Day followed day</u>, each one a little different from the one before … but the Little House stayed just the same.（2）
　それから ながいあいだ ちいさいおうちは，<u>おかのうえから</u> まわりの けしきを <u>ながめながら</u>，しあわせに くらしてきました。<u>あさになると</u>，お日さまが のぼりました。ゆうがたには，お日さまが しずみます。きょうが すぎると，またつぎの 日が きました。けれど，きのうと きょうとは，いつ

でも すこしずつ ちがいました……　ただ ちいさいおうちだけは いつも おなじでした。(2)

原文と大きく違っている点をあげると以下のようになる。
　① 無生物を主語とした擬人法的表現の省略：原文で3回くり返される"watched"が，日本語では「ながめながら」と1回しか訳出されていない。
　② 無生物を主語とした擬人法的表現の言い換え："she sat on the hill"を「おうちが座る」と擬人法として訳さず，「おかのうえから」と形容詞句にすることで，日本語として自然な訳になっている。
　③ 時の表現の言い換え："in the morning"を「あさになると」とすることで，単純な時間の説明ではなく，時間の経過が感じられる表現になっている。
　④ 時の表現の拡大："Day followed day"という短い句が，「きょうがすぎると，またつぎの 日が きました」と言葉を補って訳されている。
以上の4点が，石井訳が，原文を直訳した場合と比較して「ずれ」ている箇所である。まとめると，無生物主語による擬人化と「時」の表現に関連していることがわかる。

（2）無生物構文と擬人法

　まず，一番目立つ "watched" のくり返しに注目してみよう。リズミカルな文章を得意としたバートンらしく，このページだけで3回，その次のページで4回，その後も2回，4回，4回，3回，1回と，前半の終わる12ページまでくり返しが続く。このくり返される "watched" を，石井は直接的には1ページに1回ずつしか訳していない。"she watched" という「ちいさいおうち」の視点を省く代わりに，「お日さまが のぼりました」というように，"watch" される対象である「お日さま」を主語とした日本語文に変化させている。また "watched" 以外にも，"she sat on the hill" は「おかのうえから」，"the Little House stayed just the same" は「いつもおなじでした」のように，原文の動

詞が，そのまま動詞としては訳出されていない。これは，無生物主語構文をもつ英語ともたない日本語の差が影響していると考えられる。

英語では格別不自然ではない無生物構文であるが，無生物構文をもたない日本語にそのまま移植すると，ぎこちない擬人法的な表現になりかねない。この理由を，言語学者の池上嘉彦は以下のように説明している。

擬人法の成立する基本的な仕組自体は，ごく簡単なものである。つまり，ふつう〈人間〉（そして，とりわけ〈動作主〉として働いている人間）に対して適用される語が〈人間〉以外のものを表す表現に適用されるというのが必要条件である。（中略）英語においては日常的な言葉遣いのレベルにおいて，〈動作主〉＋〈行為〉という表現形式が十分に確立している。（中略）一方，日本語では，これもすでに見て来た通り，〈動作主〉の概念をなるべく際立たせないようにするという傾向が根強い。（中略）英語では，日常的な言葉遣いから擬人法という修辞的な表現手法に至るまでの距離はそう遠くない。日常的なレベルの言葉で，擬人的な言い方の成立する土壌が十分に存在しているわけである。（池上 1981：206-207）

上記の池上の考え方を，『ちいさいおうち』の翻訳にあてはめた場合，無生物主語である「家」を主語として直訳したのでは，「おうち」を擬人化しすぎることになる。自然な日本語という観点からみれば，石井が訳出の際に「おうち」を主語とする文章を減らしたのは理にかなっているといえよう。もし，原文通りに無生物主語を擬人法で直訳したとすれば，原文のニュアンス以上にメルヘン調になり，時の流れを説明する前半部の淡々とした語りを台無してしまったかもしれない。

しかしながら，"watched" の与える印象の強さは，原文においても突出している。くり返される回数とともに，動詞の性質にも注意が必要である。"sit" は，元々無生物を主語にとりうる動詞である。たとえば，『ロングマン現代英英辞典（*Longman Dictionary of Contemporary English*）』（桐原書店，2008）をみる

と，"2: objects/building etc ［I always＋adv/prep］ to be in a particular position or condition.［＋on/in etc］a little church sitting on a hillside/ … The house has sat empty for two years."とある。辞書の例文にあるように，"sit"が無生物である"the house"を主語にとることは，英語として不自然でない。それでは，"sit"を日本語に訳したときにはどうなるであろうか。『ジーニアス英和大辞典』（大修館書店，2012）をみると，「sit＝《文》位置する，存在する（lie）；じっとしている，動かない；〈風が〉［…から］吹く；〈物が〉使われずに置いてある，利用されない；はめ込まれている，はまり込んでいる」とある。これらをまとめると，"sit"には「状態が変化しない」という意味があることになり，やはり無生物を主語にとる動詞として使っても，不自然な日本語にはならない。

（3）"watch"のくり返しと能動的な主人公

　それに対して"watch"はどうだろうか。同じく『ロングマン現代英英辞典』では，"1. Look ［I, T］ to look at someone or something for a period of time, paying attention to what is happening: … We sat and watched the sunset."と解説されている。動詞"watch"は通常，人間を主語にとる。逆にいえば，無生物を主語にとった場合は，英語においても擬人法的表現となるのである。

　上記の"watch"という動詞の性質に加え，先に述べたくり返しの回数を考えあわせると，英日の無生物主語に関する感覚の差を割り引いたとしても，そこに作者の意図を感じざるをえない。明らかに，無生物である「おうち」を主人公として，読み手に強く印象づけることを狙っている。「おうち」は，動かないはずの無生物でありながら，環境の変化の被害者としての受動的な存在ではなく，常に何かを"watch"する行動主体としてイメージされていく。特に，"watch"のくり返しを耳から聞く子どもの場合，その印象は，文字を自分で読む大人より強くなるだろう。黙読の場合には読み飛ばすことで退屈なくり返しを避けることもできるが，耳から聞く場合に省略はできない。しかし，耳で聞

第5章　子どもの読みと絵本『ちいさいおうち』の翻訳

く場合にはむしろ，くり返しは音の楽しさとして作用する。
　以上の分析をあわせると，相反する効果が要求されることになり，翻訳は非常に困難になる。自然な日本語にするためには，無生物主語の擬人化表現を減らした方がいいのだが，一方で，原作者が意図する能動的な主人公としてのイメージを再現しなければならない。この矛盾する要求に，石井はどう応えただろうか。
　まず，8ページの夏の場面から引用してみよう。

In the long Summer days she <u>sat</u> in the sun and <u>watched</u> the trees cover themselves with leaves and the white daisies cover the hill. She <u>watched</u> the gardens grow, and she <u>watched</u> the apples turn red and ripen. She <u>watched</u> the children swimming in the pool.（8）
なつに　なると，日が　ながくなり，ちいさいおうちの　まわりの　木々は，みどりの　はで　つつまれます。そして，おかは　ひなぎくの　はなで，まっしろになります。はたけの　さくもつは　そだち，りんごのみは　じゅくして，あかく　なりはじめます。こどもたちは，いけで　およぎました。<u>それを　ちいさいおうちは　じっとすわって　みていました。</u>（8）

訳文の最終の1行は原文にはない。石井の創作ともいえるし，4回くり返される"watched"をまとめて表現したと解釈することもできる。代わりに，それ以外の部分では，"she watched"のニュアンスを割愛して，"she watched"の内容，つまり「おうち」が見た自然の変化がそのまま訳出され，無生物主語である「おうち」が動作する不自然さが避けられている。全体的には，無生物主語の文を削って自然な日本語にすることを目指すと同時に，最終行を追加したことで行動主体しての「おうち」の能動性を印象づけることに成功している。先の矛盾する要求に対する，石井なりの回答は見事であるといえよう。
　これに続く秋，冬の場面でも同じ構成が採用され，日本語では原文にない1文が追加されている。しかも，最終行の表現は微妙に違う。そしてその変化の

仕方も、秋では「ちいさいおうちは、それをみな おかの うえから じっと みていました」(10) というように、夏よりも補足する部分を長くしている。物語の進行にあわせて、訳文の擬人化の程度があがっている。これは、『シナの五にんきょうだい』の分析で、くり返しが3回続くとき、だんだんと表現がせりあがっていったのと同じである。昔話の研究家である小澤俊夫は、「耳で聞かれてきた」昔話は「時間的文芸」であり、「時間にのった文芸」である音楽と類似性をもつと指摘し、「昔話の三回のくり返しが同じことのくり返しではなくて、三回目はとくに長く、とくに重要である」と3回目が強調される理由を述べている（小澤 1999：299）。

先に分析したように、バートンの原作は昔話の構造をもっている。石井は、昔話の語法に則り、くり返しを活かしながら、表現をせりあげていった。最初から無生物主語である「ちいさいおうち」を擬人化するのでは、日本語としては不自然になる。しかし、物語が展開するとともに、読者がだんだんと主人公に自己同一化していけば、無生物主語である「ちいさいおうち」の擬人化表現が強くなっていったとしても、それほど抵抗感を覚えないであろう。擬人化の程度をせりあげていく訳の工夫は、日本語として不自然な表現にならないように気を配りながら、段階を追って読者の中に無生物である「おうち」を能動的な主人公としてイメージさせることに成功している。

（4）「時」の表現とその効果

ここで "watched" のくり返しの、もうひとつの効果を述べておきたい。言葉は、意味と音の2つの側面をもっている。"watched" の例でいえば、意味的には「おうち」が主人公であることを強調する役割を担っているが、音的には同じ言葉をくり返すことでテンポのよいリズムを作り出している。耳で聞くことの多い絵本の文章において、テンポは大切な要素のひとつであるが、この作品においては、テンポはさらに特別な重要性をもつ。というのも、「この絵本のテーマは目に見えない『時』という概念であり、それを子どもに理解させるためにリズムを重視した」とバートン自身が語っているからである。「太陽の

第5章　子どもの読みと絵本『ちいさいおうち』の翻訳

動きで1日の時間の流れを，月の満ち欠けで1カ月の経過を，季節の循環で1年を表現する。いったんリズムが確立されれば，子どもは変化という概念を獲得し，都市化などの抽象概念などに対する理解が深まる」というのである（Burton 1957：91）。

　バートンのリズムの確立の仕方について，長年児童書の編集に携わってきた松居直は，以下のように述べている。

　　本当の主人公は「時」であるともいえます。（中略）文章もまた見事です。
　　繰り返し同じ言葉やフレーズが使われ，耳で聴いていると時を刻んでいるような印象さえ受けます。音声のリズムを積み重ねることで，時を刻む効果を工夫しているのでしょう。訳文もよくそれを伝えています（松居 2003：92-93）。

　松居の指摘する通り，同じ言葉のくり返しは特有のリズムを作り出す。絵本のように声に出して読まれる場合，それが一層顕著になる。松居は「訳文もよくそれを伝えています」とだけ言っているが，具体的には，石井訳の語尾の「ました」のくり返しがそれにあたるだろう。たとえば，2ページの英語はすべて過去形だが，日本語では5回の「ました」の中に1回だけ「ます」が入り，アクセントをそえている。同じ言葉のくり返しが，脚韻のように耳に心地よく響く。
　いわずもがなではあるが，英語"watch"のもうひとつの意味の「時計」は，この作品のテーマである「時」を象徴している。バートンは，"watch"に3つ目の意味をもたせたわけだが，日本語にすると単語"watch"のもつ多義性が消失してしまう。石井訳では，「時」を単独で強調する代わりに，文章の中で自然に時間経過を入れる工夫をしている。たとえば，"in the morning"が，「あさになると」（2）と動詞化することで，時が流れるイメージを出している。この訳し方は，この後も，"in spring"（4）が「はるになると」，"in autum"（8）が「あきになると」と続いていく。また原文との比較の項目④（本書132ページ参照）で指摘したように，"Day followed day"（2）という短い文頭が，「きょうが すぎると，またつぎの 日が きました」となり，完全な長い一文で

137

訳されている。時間が経過していく様子が丁寧に描写されることで、ここでもまたさらに、時が流れるイメージがより鮮明になっているといえよう。

（5）石井訳の淡々としたリズム

先に指摘した「ました」のくり返しに象徴されるように、石井の訳文は「時を刻む」ように、淡々としたリズムを作り出す。こうした石井の淡々とした訳は、石井が意識して行ったと考えられる。というのも、石井の翻訳姿勢の裏には、石井なりの作品解釈があるからである。たとえば、石井は、この作品を「かつら文庫」の子どもたちに聞かせたときの経験を踏まえながら、以下のように語っている。

> 『ちいさいおうち』は、『ちびくろ・さんぼ』などとちがって、先はどうなるかということで、ぐんぐんひきつけてゆくお話ではなく、子どもたちは、しずかに聞くのです。幼い子どもでも、しずかに聞く話もあるということを、ここでいっておきたいと思います。（石井 1999a：172）

石井は、この作品が静かに聞く話であるから、それにふさわしい文体を選んだ。しかしながら、淡々とした訳文が作り出すリズムは、石井訳の特徴のひとつでもある。たとえば松居直は、M. W. ブラウンの『おやすみなさいのほん』を例にひいて、「訳文にはこの挿し絵をそこなうことのない表現が必須の条件である。石井桃子訳は完璧にその条件を充たしている」（松居 2002：223）と語り、控えめな石井訳が、絵をひきたてていると評価している。

ところが、控えめに訳すという原則からはずれている箇所が、石井訳『ちいさいおうち』の中にある。最初の夜の場面である。

In the nights she watched the moon grow from a thin new moon to a full moon, then back again to a thin old moon; and when there was no moon she watched the stars. Way off in the distance she could see the

第5章　子どもの読みと絵本『ちいさいおうち』の翻訳

lights of the city. The Little House was <u>curious</u> about the city and <u>wondered what it would be like to live there.</u>（4）

よるに　なると，ちいさいおうちは，お月さまを　<u>ながめました</u>。お月さまは　みかづきから　だんだん　まるくなっていき，それから　また　だんだん　ほそくなって　いきました。お月さまが　でなくなると，ちいさいおうちは，ほしを　<u>ながめました</u>。ずっと　むこうの　とおいところに　まちの　あかりが　みえました。「まちって，どんな　ところだろう。まちに　すんだら，どんな　きもちが　するものだろう」と，ちいさいおうちは，そのあかりを　みながら　おもいました。（4）

このページでは，2回の"watch"がそのまま2回「ながめました」と訳出されている。そのうえ，最後の文章では，間接話法が直接話法となり，「おうち」の台詞として訳されている。原文から訳文で，話法の転換がなされているのは，この作品中でこの部分だけである。この場面では，訳文の擬人化の程度は，明らかに強化されている。これは，"curious"という原文の強い表現に呼応するとともに，先に分析した通り，タイポグラフィーや絵の細部（「おうち」の目）などで夜を強調した原作者バートンの意図に合致している。

　石井は，原作が意図した子どもの読みに合致させると同時に，日本語における無生物主語の不自然さを補うために，物語の進行に応じて「おうち」の擬人化の程度をせりあげるなど，日本の子ども読者に対する配慮を加えていた。絵本の声を聞き取るということは，タイポグラフィー，絵の細部の読み取り，絵と言葉の関係など，絵本独特の要素を考慮する必要があった。また，絵本から聞き取った声を子ども読者に届けるには，「時」の概念や，物語の読み方など，子どもの認知心理発達を踏まえることも必要であった。このことは，子どもが大人と異なり，「声の文化」の世界の住人であることを再認識させた。

　こうして石井は，絵本の翻訳を通して子ども読者に出会い，子どもの読みに応える絵本の形や，翻訳姿勢を模索していった。今回の分析では，オイッティネンの「対話的読み」の考え方を参考に，子ども読者と対話をしながらの翻訳

第Ⅱ部　子ども読者と作品の「声」

という観点から分析を行ったが，その手法は，読者の対象年齢を想定しやすい絵本の翻訳の分析においては有効であった。しかし，その他のジャンルについてはどうであろうか。次章では，より広範な読者層をもつ長編ファンタジーの翻訳について考察していく。

注
(1)　ひとつの例外とは，見開き左側に，長く曲がりくねった道路が描かれ，見開き右側のタイポグラフィーが，道路の相似形のように蛇行曲線となっている場面である（37）。

第6章
訳者の作品解釈とファンタジー『たのしい川べ』の翻訳

1　原作と中野好夫の先行訳

（1）訳者の作品解釈と翻訳への影響

　前章の分析から、絵本翻訳においては、子ども読者がどのように絵本を読むのかをイメージしながら訳すという石井の翻訳姿勢が明らかになった。分析には、オイッティネンの対話理論を援用したが、彼女の論考は主に絵本を対象とし、対象年齢も未就学児（具体的には7歳以下）を想定していた（Oittinen 2000：4）。そしてその前提があったからこそ、字の読めない子どもが身近な大人に読み聞かせてもらうというように読書環境を一義的に仮定できたのである。しかし、読者像を一義的に想定しにくい種類の作品の場合、訳者はどのような翻訳姿勢を採ったらよいのだろうか。たとえばファンタジーなどの長編創作作品の場合には、想定読者の年齢幅も広く、それぞれの読書環境も多様である。読者はこの作品をこう読むだろうと訳者が考えたとしても、それはあくまでも数ある読み方のうちのひとつにしかすぎない。なぜなら、訳者の抱く子ども読者像は、その訳者自身の子ども時代の体験や、その後の現実の子どもとの接点などから形成された、極めて個人的な子どものイメージをベースにしているからである。

　だとすれば逆も真なりで、訳者が新たな体験を重ねることで、訳者が抱く子ども像が変化することもあるだろう。その結果として、子ども読者はこの作品をこう読むだろうという読みの想定の幅が広がり、ひいては翻訳を変える可能

第Ⅱ部　子ども読者と作品の「声」

性もあると考えられる。

　本章では、絵本より幅広い年齢層に読まれるファンタジー作品の翻訳の分析を通して、石井の翻訳姿勢のうち、絵本翻訳では見出せなかった部分に焦点を当てたい。その際に鍵となるのが、訳者の作品解釈である。

　訳者の作品解釈の変化が翻訳の違いとなって表出したと考えられる例が、石井のファンタジー作品の翻訳にある。石井は、K. グレアムの代表作 *The Wind in the Willows* (1908) を2度訳している。最初は『ヒキガエルの冒険』(英宝社、1950) というタイトルの抄訳であり、2度目が『たのしい川べ』(岩波書店、1963) とタイトルを変えた完訳である。抄訳と完訳の違いもさることながら、タイトルに象徴されるように、2つの石井訳には大きな違いがある。2つの石井訳の比較から、訳者の作品の読みの変化が、どのように翻訳を変えていったのかを、具体的な訳文例を使用して考察したい。

（2）原作 *The Wind in the Willows*

　翻訳分析に入る前に、まず原作を紹介しておこう。*The Wind in the Willows* は、A. A. ミルンが、「どの家にも供えるべき本（"A Household Book"）」(Milne A. A. 1919：88) と述べたように、1世紀以上にわたって英国で支持されてきた児童文学の古典中の古典ともいえる作品である。この作品は、作者K. グレアムが一人息子に毎晩寝る前に語ったお話が元になっている。その習慣を大切にしたグレアムは、休暇中に家を離れた息子にあてた手紙にお話の続きを書いたが、それが編集者の目に留まり出版が決まった。最初に書かれたのはヒキガエルの冒険の部分で、分量的には作品全体の半分にも満たない。その後、モグラやネズミ、アナグマが登場する川や森の部分が書き足され、最後に妖精パンが登場する幻想的な7章と、旅ネズミによる旅情豊かな語りが続く9章の2つの章が原稿に加えられた (Grahame 1944, 1988；猪熊 1992)。後から書き足された部分は、子どもを喜ばせるために書いたというより、出版を意識したグレアムが、自分が書きたかったことを書いたと考えてもよいだろう。

　こうした執筆経緯もあり、この作品には、モグラとネズミが過ごす川辺の美

第6章　訳者の作品解釈とファンタジー『たのしい川べ』の翻訳

しい自然描写と，破天荒なヒキガエルが繰り広げる滑稽な冒険の2つの魅力が並存している。ミルンは，これを「美と喜劇（"beauty and comedy"）」（Milne A. A. 1920: vi）と表現し，喜劇の部分を取り出して子ども向けの劇『ヒキガエル館のヒキガエル』（*Toad of Toad Hall*, 1929）に仕立てた。また，この二面性ゆえに，児童文学者のピーター・ハント（Peter Hunt）をはじめとする多くの論者に，「子どもの文学と大人の文学の境界線上にある作品」（Hunt 1994：18；Cripps 1982：20）と評されている。

(3) 中野好夫訳『たのしい川邊』

日本での初訳は，中野好夫による『たのしい川邊』（白林少年館出版部，1940）である。白林少年館とは，戦前，石井桃子が友人と設立した出版社である。石井たちは，家庭文庫を始めたが，子どもに読ませるべきよい本がなかったので，自分たちで作ろうと出版部を併設させた。この小さな出版社は，紙の配給などの制約に苦労しながら，2冊だけ出版を果たした。その2冊が，中野訳『たのしい川邊』と井伏鱒二訳の『ドリトル先生アフリカゆき』である。ただし，石井が下訳などで直接関与したのは『ドリトル先生』の方で，中野を直接担当したのは大橋綾子である（石井 1999c：257-261；井伏 1978：164；グレアム，ケネス 1940：309）。

石井たちはなぜ中野に翻訳を頼んだのだろうか。石井と中野の接点もまた，新潮社の「日本少國民文庫」にさかのぼる。中野好夫は，サマセット・モーム（William Somerset Maugham, 1874-1965）やシェイクスピア（William Shakespeare, 1564-1616）も手がけるベテラン翻訳者であり，「日本少國民文庫」シリーズ刊行に際しては，英文学の指導的立場から訳者の一人として参画した。再び，「『世界名作選』のころの思い出」という石井のエッセイから引用する。

> 山本先生がすぐれた子どもの本を造ろうと思い立たれたのは，ちょうど御自身のお子さん方が成長ざかりでいらっしゃり，さて，どんな本をということになったとき，いい本を見つけることができなかったからだと伺っています。

第Ⅱ部　子ども読者と作品の「声」

(中略)それだけに，どの本の構想についても，『名作選』の作品の選択や翻訳にも厳しくて，「こんなに原稿に赤(訂正)を入れられたことはないよ！」とおっしゃる著者の方もいました。<u>子どもが耳で聞いてわかるような言葉でなければダメなんです。</u>(中略)阿部知二先生が「中野(好夫)はいいなあ，<u>子どもの本が訳せるんだよ</u>」と感心しておられたことがありましたが，中野先生は翻訳がお上手でしたね。(石井 1998a：323-324，下線筆者)

「子どもが耳で聞いてわかるような言葉でなければ」と，編集責任者の山本有三が多くの翻訳者にダメ出しをする中で，中野だけは「子どもの本が訳せる」名訳者として一目おかれていた様子，また石井が翻訳者としての中野を尊敬していたことがよくわかる記述である。翻訳出版を思い立った石井が，最初に中野に依頼したのも納得できよう。

(4) 中野の翻訳姿勢と作品解釈

　それでは，その中野の翻訳はどういったものだったのであろうか。中野の翻訳姿勢を中野自身の言葉でたどってみよう。中野は，「翻訳論私考」の中で，自分が翻訳するときの指針を2つあげている。「現代の生きた日本語で翻訳」することと，「翻訳者の主観的色彩が入っていても」「原作のもつ積極的特色を少しでも多く示す」ことである(中野好夫 1984a：375-377)。中野のいう「積極的特色」という言葉は，日本語ではわかりにくいが，英語の positive に直してみるとニュアンスをつかみやすいのではないだろうか。作品のもつ特徴のうち positive な側面とは，その特徴が存在することでその作品の質を向上させている要素，平たくいってしまえば長所といえよう。しかし，こうした中野の翻訳姿勢は，当時としては斬新なものであった。

　たとえば佐藤美希は，論文「昭和前半の英文学翻訳規範と英文学研究」の中で，「明治後半から大正期に確立されていた『原文への忠実』という支配的翻訳規範」に対し，昭和前半に「『翻訳の文学性・芸術性』に注目する新たな翻訳観が登場し定着していく」(佐藤 2008：22)と語り，中野訳シェイクスピアを

第6章　訳者の作品解釈とファンタジー『たのしい川べ』の翻訳

後者の代表としてあげている。ちなみに，佐藤の使用した「翻訳規範」という翻訳論用語は，『翻訳研究のキーワード』(研究社, 2013) では，「特定の社会文化的状況下の翻訳行動に見られる規則性を指す概念（ベイカー・サルダーニャ 2013：141)」と説明されている。しかし，本書では社会文化的状況だけでなく訳者個人の翻訳の特徴という観点も考慮に入れるため，「翻訳姿勢」という用語を主に使用してきた。中野が目指した文学的翻訳とは，原作の長所を生かした訳者の大胆な読みを，現代の読者にわかりやすい日本語で表現するものであった。

　それでは，中野の文学的翻訳の元となった読みを，実際の作品を例に具体的に見てみよう。中野は，*The Wind in the Willows* を，どのような作品として読み解いたのであろうか。翻訳書の場合，訳者が自分の言葉で語れるのは「訳者あとがき」だけであり，訳者がその作品をどう捉え，どういった思いで訳したのかは，「あとがき」に表現されることが多い。中野の作品解釈を知るために，『たのしい川邊』の訳者「あとがき」から引用する。

　お父さんのグレアムがして聞かせてやつたのが，この『たのしい川邊』（元の本の名は，『風，柳』といふのですが）なのです。（中略）自然の四季の移り變りなども，いかに注意深く觀察されてゐることでせう。（中略）なほこの物語は，この物語のまゝで大變愛讀されたばかりでなく，その後『カエル邸のヒキガヘル』といふ題で芝居にもなり，これもまた一層名高くなつたのです。

（グレアム 1940：308-309）

上記の記述からは，中野が，作品のテーマを川辺を中心とした自然の四季の移り変わりと考え，原題からはずれるのを省みず，あえて『たのしい川邊』という邦訳タイトルをつけたと読み取れる。また，「ヒキガヘル」を主人公にした芝居の存在を知りながらも，それに影響されていない。

(5) 中野訳で省略された部分

　中野訳の『たのしい川邊』は，原文の約3割をカットした抄訳である。抄訳

の場合，どこをどうやって縮めるかは訳者に委ねられるが，その判断には訳者の作品解釈や想定する読者像が投影される。中野の抄訳の仕方は，ある特定の箇所や章だけを短くするのではなく，全体的に短くしている。省略しても話の筋を追ううえで支障をきたさない冗長的な部分をカットしていた。たとえば，8章「ヒキガヘルの冒険」で，ヒキガヘルの脱獄を手伝う獄吏の娘との会話の部分を引用してみよう。原文の引用部分のうち，中野が省略して訳出しなかった部分に，筆者が下線を施した。なお，以降の原文引用は，ペーパーバック版の *The Wind in the Willows*（Aladdin Paperbacks, 1989）からとする。

Honest Toad was always ready to admit himself in the wrong. 'You are good, kind, clever girl,' he said, 'and I am indeed a proud and a stupid toad. Introduce me to your worthy aunt, if you will be so kind, and I have no doubt that the excellent lady and I will be able to arrange terms satisfactory to both parties.'

Next evening the girl ushered her aunt into Toad's cell, bearing his week's washing pinned up in a towel. The old lady had been prepared beforehand for the interview, and the sight of certain golden sovereigns that Toad had thoughtfully placed on the table in full view practically completed the matter and left little further to discuss. In return for his cash, Toad received a cotton print gown, an apron, a shawl, and a rusty black bonnet; the only stipulation the old lady made being that she should be gagged and bound and dumped down in a corner. By this not very convincing artifice, she explained, aided by picturesque fiction which she could supply herself, she hoped to retain her situation, in spite of the suspicious appearance of things.

Toad was delighted with the suggestion. It would enable him to leave the prison in some style, and with his reputation for being a desperate and dangerous fellow untarnished; and he readily helped the gaoler's

第6章　訳者の作品解釈とファンタジー『たのしい川べ』の翻訳

<u>daughter to make her aunt appear as much as possible the victim of circumstances over which she had no control.</u>
　'Now it's your turn, Toad,' said the girl. 'Take off that coat and waistcoat of yours; you're fat enough as it is.' (149-150)
［中野訳］けれど，根が正直者のヒキガヘルは，すぐ自分が悪かつたことを悟りました。そこで，次の日の夕方，娘は，ヒキガヘルの一週間分の洗濯物を，タオルにくるんで持つて來た叔母さんを，ヒキガヘルの部屋へ通しました。叔母さんは前もつて，かはいさうなヒキガヘルの話を聞いてゐましたので，もう大して話し合ふこともなく，すぐにヒキガヘルは，木綿の上衣や，エプロン，肩かけ，それに古くさい帽子などを，もらふことが出來ました。
　「さあ，これを着なさい，ヒキガヘルさん。」と，娘は言ひました。「コートとチョッキをぬいで。實際，よくふとつてることねえ。」(176)

　下線部の分量から明らかなように，一場面としてはかなりの分量が省略されている。しかし，これだけの分量を減らすにあたっても，ある部分の内容を訳者の文章でまとめる，いわゆる「再話」の手法は一切使用してない。下線を引くのが可能なことからわかるように，文章を丸々一文とか，カンマやセミコロン以下など，原文のどこからどこまでと省略した箇所がはっきり指摘できるような削り方になっている。セミコロン以降の説明部分を省くことで話の筋を残しながら，巧みに全体を縮めていることも多い。このように，翻訳と創作に一線を引いているところに，中野の翻訳に対する考え方が現れている。中野は，文学研究や評伝などの創作も手掛けたが，娘の中野利子が『父　中野好夫のこと』で「自分にとって最も本質的な営みである翻訳」（中野 1992：180）と書いているように，翻訳の仕事を非常に大切にしていた。中野の原作に対する敬意が，安易な「再話」を許さなかったのではないだろうか。

第Ⅱ部　子ども読者と作品の「声」

2　石井の旧訳『ヒキガエルの冒険』

（1）旧訳にみる石井の作品解釈

　戦後，『たのしい川邊』の翻訳は，中野から石井に引き継がれる。石井は，1950年に英宝社から『ヒキガエルの冒険』とタイトルを変えて抄訳を出す。邦訳タイトルには，訳者の作品解釈が投影されことが多い。石井が，先輩訳者として尊敬する中野がつけたタイトルをあえて変更した背景には，石井が中野と異なる作品解釈をしていた可能性がある。

　それでは，石井はこの作品をどのように読み解いていたのだろうか。中野に続き，石井の『ヒキガエルの冒険』の「訳者あとがき」についても見てみよう。

　　彼［作者グレアム］は，子供のとき親しんだ川べの<u>自然と，そこに住む小さい動物たち</u>の性格を，愛情をもっておもしろく描きだしています。（中略）この本の最も熱狂的な愛読者である，イギリスの劇作家で，私の訳した「熊のプーさん」や「プー横丁」の著者，A. A. ミルンが，一九三九年に，この本を劇にして，「ヒキガエル屋敷のヒキガエル」"Toad of the Toad Hall"として発表して以来，ヒキガエルやアナグマやモグラや川ネズミは，舞台の上からも，しばしばイギリスの子供たちと友だちになる機会を持つことになりましたが，それでも一度この本に子供のときに親しんだ人は，また毎年，ちょうどモグラが春の大掃除のはけをほうり出して春の野にかけだしたように，この本をとり出して，ながめずにはいられないと言われています。終生，子供の心を持ちつづけたと言われるグレアムの文章は，また大いに<u>おとならしい</u>，むずかしいもので，イギリス文学中でも美しい散文として知られていますが，私の力のたらぬために，それをあらわし得なかったことを残念に思います。（グレアム　1950：322-323，下線筆者，［　］は筆者による補足）

　引用の冒頭部分にあるように，石井はこの作品が「自然と，そこに住む小さい

第 6 章　訳者の作品解釈とファンタジー『たのしい川べ』の翻訳

動物たち」の物語であると認めながらも，その記述はわずか 2 行分にすぎない。この時点で，石井の自然に対する注目度は低い。一方で，ヒキガエルに注目したミルンの劇作については，たっぷり 5 行も使って詳述している。登場人物の紹介でも，多くの動物名の中でヒキガエルがまっさきにあげられている。これらをあわせて考えると，石井が自然描写よりも「ヒキガエルの冒険」を重視していたことは明らかである。また，グレアムの文章が「お̇と̇な̇らしい」ともちあげているのは，翻訳のむずかしさの言い訳のようにも聞こえるが，あえて深読みするならば，子どもにわかりにくいなら，わかりにくい部分は省略してもよいと石井が意図したようにも思われる。

（2）訳者の抱く子ども読者像とその限界

　それでは，石井はどうしてこのような読み方をしたのだろうか。絵本翻訳の分析に使用した R. オイッティネンの「対話理論」を再度援用すれば，石井訳は，石井が想定する未来の子ども読者と対話した結果の産物となる。しかし，E. オサリヴァンは，オイッティネンの「対話理論」の欠点として，「訳者個人が抱く子ども像（"the individual translator's image of childhood"）」が翻訳を左右しかねないと指摘し，オイッティネンの分析が主に「未就学児向けの絵本や幼年童話」を元にしたことが，オイッティネン理論の限界になっているという（O'Sullivan 2005：79）。オサリヴァンのいう「訳者が抱く子ども像」をかみくだいて言えば，訳者がどのような子どもを読者として想定するか，またその子どもが当該作品をどのように読むと考えるかということになる。しかも，訳者の子ども像は，訳者自身の子ども時代の記憶や，訳者の身近な子どもとの個人的な体験の集積である。「子どもたちはこう読むだろう」というのは，あくまでも訳者ひとりの想像でしかない。

　こういった視点から考えると，石井訳で「ヒキガエルの冒険」の部分が強調されていたのは，石井が，子どもたちがその部分を喜んで読むだろうと考えたからと解釈できる。しかし，英宝社版『ヒキガエルの冒険』を出版した当時はまだ「かつら文庫」を始めておらず，独身の石井にとって，実在の子どもとの

接点はそれほど多くなかったはずである。また、訳した単行本も『熊のプーさん』と『プー横丁』の2冊だけで、子どもの本の訳者や編集者としての経験も乏しかった。そんな石井が『ヒキガエルの冒険』を翻訳するにあたって参考にしたのが、『プー』の作者であるミルンだったのではないだろうか。石井は、ミルンのことを子どもの気持ちがわかる作家として尊敬していた。グレアムの作品の二面性である「美と喜劇」のうち、ミルンは「喜劇」の部分を強調した台本を書いているが、それはあくまでも児童劇の脚本という条件下でなされたものであった。しかしながら、石井は、ヒキガエルに焦点をあてたミルンの劇作を「子どもの読み」に沿うものだと考えて、物語の翻訳の参考にした。結果として、石井の抄訳『ヒキガエルの冒険』は、グレアムの作品のもうひとつの側面である「美」の部分、つまり一人で静かに読んで楽しめる文学的に美しい部分の多くを省略するものになってしまったのである。

（3）石井が省略した部分

それでは具体的に、石井の抄訳の方法を『ヒキガエルの冒険』の本文の中で検証してみたい。石井訳を細かく見ていくと、「どうやって」にあたる抄訳の方法については、中野を踏襲して、省略箇所を明確に指摘できるような削り方になっていて、いわゆる「再話」は見られない。しかし、「どこを」削るかについては、石井と中野はかなり違う。石井と中野の解釈の違いが顕著な自然描写に注目して、1章の冒頭、最初に川辺が描写されるところから引用する。石井が省略した箇所に筆者が下線を施した。

> Never in his life had he seen a river before — this sleek, sinuous, full-bodied animal, <u>chasing and chuckling, gripping things with a gurgle and leaving them with a laugh, to fling itself on fresh playmates that shook themselves free, and were caught and held again. All was a-shake and a-shiver — glints and gleams and sparkles, rustle and swirl, chatter and bubble.</u> The Mole was bewitched, entranced, fascinated. (3-4)

第6章　訳者の作品解釈とファンタジー『たのしい川べ』の翻訳

［中野訳］今までまだ，川といふこの滑らかな，曲りくねつた大きな圖體の動物を見たことがなかつたのです。川は何かチョロチョロ追ひかけてみたり，クスクス笑つたり，ゴブリとなんかを摑んだりと思ふと，もう笑ひながら，それとはさよならをして，また次の新しい遊び友だちに飛びかゝつて行きます。すると，その友だちの方でも負けないで，すぐ振り離しては，またすぐに摑まつてしまたりするのです。川は絶えずゆれては碎けます──キラキラ光るかと思ふと，今度はかすかに光りながら泡立ちます。サラサラ流れてゐるかと思ふと，渦を巻き，ペチャクチャしゃべりながら，ブクブクと湧き立ちます。モグラは魔法にかけられたやうに，ボーツとしてしまひました。

(4，波線部は原文のまま)

［石井訳 英宝社版］まだこの川という，つやつやと光りながら曲がりくねり，モリモリとふとった生き物を，生まれてから見たことがなかったのです。モグラはもうすっかり，魔法にかけられたように，ボーッとなってしまいました。(8)

　原文では，初めて見た川がモグラにとってどれほど素晴らしいものだったのかが，韻を踏んだ美文でみずみずしく描写される。中野は，原作の動詞-ing形のくり返しに合わせて，日本語の特徴である擬音語を多用しながら，原文を省略することなくそっくり訳出している。一方の石井は，下線部を省略して極端に短くしてしまっている。話の筋だけは残っているものの，肝心の川の描写の部分がすっぽり抜けている。この比較から，中野が大切にした自然描写を，石井はそれほど重視していなかったことが読み取れる。

　石井訳において，特に省略の多いのが，7章の「あかつきのパン笛」と9章の「旅びと」の2つの章である。省略の分量のイメージを示すために，9章で省略が多かった部分を以下に引用する。川ネズミが船乗りのネズミの旅物語を聞く場面である。

And the talk, the wonderful talk flowed on — or was it speech entirely,

or did it pass at times into song — chanty of the sailors weighing the dripping anchor, sonorous hum of the shrouds in a tearing North-Easter, ballad of the fisherman hauling his nets at sundown against an apricot sky, chords of guitar and mandoline from gondola or caique?
(182-183)

原文では、この後延々と約4ページ分、船乗りネズミの話が続く。引用中に筆者が下線を施した単語に注目してほしい。song, chanty, hum, ballad, chords, guitar, mandoline などの音楽用語が多用されている。この詩的な文章からは、そのまま音楽が聞こえてくるようで、川ネズミの詩心がくすぐられた理由がよくわかる。ところが石井は、以下のように冒頭の部分だけを訳出している。

[石井訳 英宝社版] そして、話は——すばらしい話は——流れるようにつづきました。しかし、それは、たしかに、話だったでしょうか、ときには、歌にうつっていったのではないでしょうか？（221）

石井は、聞かせどころともいうべきこの音楽的な部分を、すっぽり削ってしまっている。このように、石井訳では、自然描写をはじめとする叙情的な部分が大幅に省略されている。

（4）石井が増やした部分
　しかしながら、石井訳は、中野訳に比べて、全体量が少ないわけではない。むしろ1割ぐらい増やしている。削った分も含めて、石井はどこを増やしたのだろうか。石井が増やした部分を明らかにするために、作品のもうひとつの側面である「ヒキガエルの冒険」が章タイトルになっている8章を見てみよう。脱獄したヒキガエルが機関車で逃亡し、それを警官たちが追う場面である。まず、原文と中野訳を比べる。中野が省略した部分を明らかにするために、原文中に筆者が下線を施した。

第 6 章　訳者の作品解釈とファンタジー『たのしい川べ』の翻訳

Toad ceased his frivolous antics at once. He became grave and depressed, and a dull pain in the lower part of his spine, communicating itself to his legs, <u>made him want to sit down and try desperately not to think of all the possibilities.</u>

<u>By this time the moon was shining brighty, and the engine-driver, steadying himself on the coal, could command a view of the line behind them for a long distance.</u>

Presently he called out, 'I can see it clearly now! It is an engine, on our rails, coming along at a great pace! It looks as if we were being pursued!'

<u>The miserable Toad, crouching in the coal-dust, tried hard to think of something to do, with dismal want of success.</u>

'They are gaining on us fast!' cried the engine-driver. 'And the engine is crowded with the queerest lot of people! Men like ancient warders, waving halberds; policemen in their helmets; waving truncheons; and shabbily dressed men in pot-hats, obvious and unmistakable pain-clothes detectives even at this distance, waving revolvers and walking-sticks; all waving, and all shouting the same thing — "Stop, stop, stop!"

Then Toad fell on his knees among the coals and, raising his clasped paws in supplication, cried, (159-160)

［中野訳］ヒキガヘルはたちまち，おどけも何もやめると，これは一大事とばかり，すつかり悲観してしまひました。背骨の下の方に感じていた鈍い痛みが，だんだん脚の方まで傳つて來ます。ヒキガヘルは石炭の中に膝まづくと，両手を合はせて，哀願するやうに言ひました。(185)

　下線部の分量の多さから，中野訳でかなりの分量が省略されているのが明らかである。次に，石井訳を見てみよう。今度は，中野が省略した箇所のうち，石

153

第Ⅱ部　子ども読者と作品の「声」

井が復活させた部分に下線を施してある。

　　ヒキガエルは，たちまちおどけをやめました。そして，まじめな顔つきにもどると，がっかりし，背骨の下のほうに感じられた，にぶい痛みが，だんだん足のほうまでつたわって來たときには，坐りこんで，どうぞ何事も起こらなければいいがと，祈らずにはいられなかったのです。
　　このころには，すでに月もあがり，石炭の上にしっかり足をふみしめた機関手は，ずっと遠くのほうまで，ながめることができました。
　　やがて，彼は大声で言いました。
「ああ，はっきり見えて來た！ 機関車だ！ 全速力でやってくる！ どうやら，おれたちを追跡して來るらしい！ や，どんどん追いついて來る！ いろんな奇妙な人間が乗ってるぞ。むかしの番兵のようなのは，ほこをふりまわしてるし，ヘルメットをかぶった巡査は，棍棒をふりまわしてる。みすぼらしい服を着て山高帽をかぶっている男たちは，あれは遠目にもはっきり，私服刑事だとわかるが，これはピストルやステッキをふりまわしている。みんな手を振って，おんなじことをさけんでる。『とまれ！ とまれ！ とまれ！』と」
　　ヒキガエルは，石炭の上へひざまづくと，こん願するように，さけびました。(石井訳 1950：194-195)

　一見して，下線部，つまり中野が省略したのを，石井が復活させて訳出した部分が多いことがわかる。この部分は，スリルあふれるヒキガエルと警官たちの追いかけっこであるが，石井はほとんど省略せず，原文通りに訳している。話の筋だけを残し，会話などの細部を削った中野とは対照的である。
　以上見てきたように，石井は，「ヒキガエルの冒険」の部分をあますことなく訳し，一方でヒキガエルと直接関係のない自然描写の部分，特に詩的な文章を削っていた。石井が削った部分の多かった2つの章は，作者グレアムが息子に語ったオリジナルの物語にはなく，出版が決まってからグレアムが独自に書き足した部分であり，一般的にも子ども読者にはわかりにくいとされる箇所で

第6章　訳者の作品解釈とファンタジー『たのしい川べ』の翻訳

もある。石井訳の『ヒキガエルの冒険』は、子ども読者にわかりにくい箇所を削り、子ども読者が楽しめる箇所を強調した抄訳となっているといえよう。以上の分析から、同じ抄訳といっても、中野訳と石井訳では、省略する部分にかなりの差があることがわかった。その背景には何があるのだろうか。

（5）訳者の作品解釈と抄訳の方法

　抄訳の仕方についても、邦訳タイトルのつけ方と同様に、訳者の作品解釈が投影されるのではないだろうか。というのも、抄訳の際に、どこを削り、どこを残すかには、訳者がその作品のどの側面を重視しているかが現れると考えられるからである。たとえば、佐藤宗子は、訳者の読みが翻訳に影響することを「介入された読み」と称し、以下のように述べている。ただし、佐藤は、「従来区分されてきた翻案・抄訳・改作・再創造などのいっさいを包含する」広義の意味で「再話」という用語を使用しているため、本論の文脈的には、「再話」を「翻訳」に、「再話者」を「訳者」に読み替えてみると引用部分を理解しやすいだろう。

　　再話における処理は、いずれの場合も「子ども読者のために」なされる。つまり、再話者が自分の判断で、「子どもにわかりやすい」ものを与えるわけであるが、それはときとして、あるいはよりしばしば、「子どもにこう読んでほしい」、さらに「こう読ませるべきだ」ということになる危険をはらんでいる。すなわち、本来読者は、作品を自分なりに読み、自分なりに作者の意図をさぐる（またはさぐらない）自由をもっているはずだが、再話者が媒介者としての役割を強めていくほど、その自由はせばめられ、作品は媒介者によって読者に「与えられる」運命になる。しかも、媒介者の何を読み取らせるかという意図が、明らかに作者がもっていたとは思われない意図になっていれば、読者にとってその意図はまさに押しつけられたつくりごとである。

　　　　　　　　　　　　　　　　　　　　　　　　　（佐藤 1987：252）

佐藤のように考えれば、石井が、自然描写を削る一方で「ヒキガエルの冒険」を強調したのは、そうした方が子ども読者が喜ぶだろうと、訳者である石井が考えたからということになる。

3　石井の新訳『たのしい川べ』

（1）改訳の歴史と石井の新訳

　訳者の作品解釈が翻訳に投影されるとすれば、訳者の作品解釈が変われば翻訳も変わることになる。また逆に、翻訳が変わったとすれば、その背景に訳者の作品解釈が変化した可能性もある。その観点から、石井の改訳について見てみたい。

　英宝社版『ヒキガエルの冒険』の後、この作品は石井も含めた複数の訳者の手により、複数の出版社から刊行された。まず、『ヒキガエルの冒険』の訳文はほぼそのままに「ひきがえるの冒険」とタイトルをひらがなに変えて、創元社の『世界少年少女文学全集イギリス編2』（1956）に石井訳が収録された。ただし挿絵は原作のE. H. シェパード（Ernest H. Shepard, 1879-1976）から、油野誠一に変えられている。その後、講談社の『少年少女世界文学全集10イギリス編第7巻』（1961）に菊池重三郎訳、山田三郎絵で「ひきがえるの冒険」が収録された。菊池訳は、石井の英宝社版をさらに圧縮した抄訳である。これらはいずれも現在絶版である。

　現在普通に手に入る翻訳のうち一番古いものは、石井が、1963年に岩波書店から出した完訳版『たのしい川べ——ヒキガエルの冒険』である。訳文をほぼ変えずに、「岩波少年文庫」特装版（1990）、「岩波少年文庫」新版（2002）、「岩波書店世界児童文学集4」（2003）など版を変えて何度も出版されている。また石井以外にも、岡本浜江（『川べにそよ風』講談社、1992）や鈴木悦男（『川べのゆかいな仲間たち』講談社、1993）などにより、完訳や抄訳などさまざまな形で翻訳出版されているが、いずれも現在は絶版もしくは品切重版未定となっており、石井訳の岩波版が事実上の定訳となっている。石井にとっても、この岩波

第6章 訳者の作品解釈とファンタジー『たのしい川べ』の翻訳

版の新訳はこの作品の翻訳の完成形といえよう。つまり、『たのしい川べ――ヒキガエルの冒険』(岩波書店、1963)出版時点での石井の作品解釈が、石井のこの作品に対する最終的な見方と考えられる。

それでは、石井の新訳出版時点での作品解釈を見るために、岩波版の石井の「訳者あとがき」を以下に引用する。

> この話の主人公は、あくまでも、モグラとネズミであり――というように、私には、思えます――、それにアナグマ、ヒキガエル、その他の生き物が組みあわされ、これら全体を通じて、グレーアムは、自然のなかに生きるささやかなものへの愛情をむすこに伝えたいと思ったのであり、全編を通じてつらぬいている「川――自然」、「家」の考えは、グレーアムにとっては、心の平和のよりどころであるもののシンボルだったのでしょう。(中略)読み終わったあと、読者は、新しい目をもって、まわりの草木や小さい生きものを見るようになる、という本であると思います。(中略)また、この物語は、熱狂的にこれを愛読した、イギリスの児童文学者であると同時に劇作家のA. A. ミルンによって、"Toad of Toad Hall (1930)"(ヒキガエル屋敷のヒキガエル)という子どものための劇がつくられました。(中略)この物語の原題"The Wind in the Willows" は、「ヤナギふく風」とでも訳しましょうか。英語では、ことばのひびきからして、たいへんおもしろいのですが、日本語では、川べの生活のいみが、あまり出ないように思いましたので、戦前、この物語の抄訳をお出しになった中野好夫先生の御本の題を踏襲させていただき、『たのしい川べ』としました。また、私の訳は、戦後、『ヒキガエルの冒険』として、英宝社、創元社から出ていましたものを、こんど、さらに改訳したものです。(石井訳 1963:357-360)

石井が書いた2つの「訳者あとがき」を比較すると(英宝社版『ヒキガエルの冒険』と岩波版『たのしい川べ』)、自然についての言及がわずか2行から2ページに大幅に増え、反対にミルンの劇作については5行から2行に減っている。ま

た,主人公の筆頭がヒキガエルから,モグラとネズミに変わっている。石井が,ミルンの劇作の影響から離れると同時に,石井の関心の中心が,「ヒキガエルの冒険」から「モグラやネズミを中心に描かれる自然描写」に移っていることが読みとれる。

(2) 石井の新訳の具体例

それではここから,石井の岩波版の翻訳の実際を,具体例を示しながら分析していこう。特に,英宝社版（1950）でそれほど重視していなかった自然描写の表現を,岩波版（1963）でどう変化させたかに注目する。英宝社版の分析のときに引用したのと同じ箇所,川が初めて出てくる場面から引用する。

> 生まれてから,まだ一度も,川を——このつやつやと光りながら,まがりくねり,もりもりとふとった川という生きものを見たことがなかったのです。<u>川はおいかけたり,くすくす笑ったり,ゴブリ,音をたてて,なにかをつかむかとおもえば,声高く笑ってそれを手ばなし,またすぐほかのあそび相手にとびかかっていったりしました。すると,相手のほうでも,川の手をすりぬけてにげだしておきながら,またまたつかまったりするのです。川全体が,動いて,ふるえて——きらめき,光り,かがやき,ざわめき,うずまき,ささやき,あわだっていました。</u>モグラはもうすっかり,魔法にかけられたようにうっとりとなり,われを忘れました。（石井訳 1963：11,下線筆者）

下線部は,英宝社版で省略されていた箇所であるが,岩波版ではほぼ原文通りにすべて訳出されている。しかも,先に引用した中野訳（本書151ページ参照）にもよく似ている。形容詞句が続く長い原文を,日本語では4つの文章に区切って訳している点も,「くすくす」「ゴブリ」などの擬音語もほぼ同じである。

他の箇所でも,中野訳の影響は随所に見られる。たとえば,7章の船乗りのネズミの台詞 "I'm an old hand,"（177）を,中野は「僕はこれで,古強者(ふるつわもの)なんだよ」（207）と,石井は「ぼくはこれでも,古つわものなんだよ」（石井訳 1963：

237）と訳している。両者が共通して使用した「古つわもの」は，それほど一般的な言葉遣いとは思えない。

　石井の翻訳の変化は，会話文にも表れている。ネズミとモグラが，アナグマの家を初めて訪ねる場面から引用する。2つの訳の違いを明確にするため，注目してほしい箇所に筆者が下線を施した。

'O, Badger,' cried the Rat.（63）
「ああ，アナグマさん！」と，ネズミはさけびました。（石井訳 1950：80）
「ああ，アナグマ君！」と，ネズミはさけびました。（石井訳 1963：89）

'What, Ratty, my dear little man !' exclaimed the Badger, in quite a different voice.（64）
「なに？　ネズミ君だと？」アナグマは，すっかりちがった声でさけびました。（石井訳 1950：81）
「なに？　ネズ君だと？」アナグマは，すっかりちがった声でさけびました。
　　　　　　　　　　　　　　　　　　　　　　　　　（石井訳 1963：89）

　引用からは，英宝社版（1950）では「アナグマさん」と「ネズミ君」とアナグマの方が目上の上下関係として，岩波版（1963）では「アナグマ君」と「ネズ君」が対等でより親しい関係として表現されている。『プー』の改訳では，地の文の変更の量に比べて，会話文の変更は少なかったし，ましてや登場人物の名前や呼び方がほとんど変化しなかったことは，石井の読みが変化しなかったことの証拠であった。それに比べると，『たのしい川べ』での呼び方の変化は，登場人物の関係を含めた石井の作品解釈が変化したことの証拠といえるのではないだろうか。

　それでは石井のこの変化はどこから生まれたのであろうか。具体的にいえば，英宝社版（1950）と岩波版（1963）の13年の間に，石井に何があったのか。当時の石井の状況をたどるために，再び石井の経歴に簡単にふれておく。まず，

英宝社版の出た1950年から岩波書店編集部に籍を置き,「岩波少年文庫」「岩波の子どもの本」の両シリーズを創刊し,編集者および訳者として子ども読者を意識するようになった。実際に投書などで子ども読者の声を直接聞く機会もあった。次に,海外留学中に,アメリカやカナダの図書館の児童室を訪問し,子どもたちが実際に本をどう読むのかを目の当たりにした。帰国後は,自宅に「かつら文庫」を開き,日本の子どもたちの読みを身近で観察し,観察結果を『子どもの図書館』(岩波新書,1965)にまとめた。このように,さまざまな側面から現実の子どもに接し,子どもの読みを考える機会に恵まれた13年間であったといえよう。

(3) 子どもの読みの多様性

　次に,こどもの読みについて考えたい。子どもは,この作品をどう読むのか。子どもに直接感想を聞くのは容易ではないが,子ども時代の読書体験を克明に記憶し語っている者がいる。子どもの本の作家の斎藤惇夫は,「『岩波少年文庫』の思い出」というエッセイの中で,川遊びが大好きだった10歳のころ,英宝社版『ヒキガエルの冒険』と出会った記憶を,以下のように語っている。

　　その年の夏も川遊びに夢中になって,真っ黒になって夏休みじゅう遊んで,それからしばらくしたときに英宝社のその『ヒキガエルの冒険』が我が家にきたわけです。モグラが,春になってもう土の中にじっとしていられないといって,みんな投げ出し,春の野原にかけ出していく最初のシーンがありますね,あそこを読んだときに,まちがいなくこれは俺だと思いました。雪国の子どもにとって,春が来る喜びが,自分が感じているのとまったく同じに表現されていると知ったときに,それまで本に対して抱いていた思いと全然ちがったものが心の中に生じてしまったのです。

　　　　　　　　　　　　　　　　　　　　　(斎藤 2000：145-146,下線筆者)

斎藤の驚きと喜びに満ちた語りは,子ども読者も川辺の自然描写に魅了される

ことの何よりの証明である。斎藤のこの記述を読んだ筆者は，自分でも試してみようと思い，わが子の成長を待って，石井の岩波版（1963）の『たのしい川べ』を読み聞かせてみた。しかし，読んでみると，子どもはヒキガエルの冒険の箇所ではゲラゲラ笑いだすくせに，川辺の自然描写のところでは退屈してそわそわするばかりである。何度か試したが，いずれも途中で挫折してしまった。就学後に自分で長編が読めるようになってからは，自分で読むことを勧めてみたが，それもうまくいかなかった。

　斎藤少年とわが子の反応の違いはどこにあるのだろう。その理由を考えてみて思い当ったのは，子どもと一口にいっても，育った環境や経験が違えば感じ方が違って当然ということだった。横浜生まれの都会っ子に，雪国の春の喜びが想像できないのも無理のないことである。斎藤が幼少期を過ごした新潟は雪深い。長い冬を戸外に出られずに過ごした子どもたちにとって，待ちに待った春がやってきて，明るい陽射しの中に飛び出していく瞬間の喜びは，言葉では表現できないくらい大きなものだったのだろう。モグラの思いを「自分が感じているのとまったく同じ」と共感できたのは，斎藤が雪国の春の喜びを体で知っていたからである。同じ作品でも，子どもによって読み方は違うし，また同じ子どもでも，どのようなタイミングでその作品に出会うかによっても読み方は変わるだろう。大げさなようだが，子どもがどのように本を読むかは，その子のそれまでの人生経験と無関係ではない。斎藤の例にもあったように，『たのしい川べ』の自然描写は，ある特定の子どもにとっては非常に魅力的なものである。『ヒキガエルの冒険』の出版後，石井は斎藤のような子ども読者の声を聞いたのだろうか。

　石井が作品の読みを深めた可能性としてもうひとつ考えられるのは，L. H. スミスの影響である。石井は米国留学中に児童図書館の専門司書であるスミスに出会い，その経験と卓見を信奉し，帰国後，スミスの『児童文学論』を翻訳する。その『児童文学論』の中で，スミスは，『たのしい川べ』を「自然界の美しさやふしぎさ」に気づかせてくれる「ゆたかな心の生んだ，ゆたかな本」（スミス 1964：296-297）と評価している。グレアムの文章が描き出す美し

い自然描写は子どもに受け入れられるというスミスのお墨付きを知って、石井は、「ヒキガエルの冒険」を強調した英宝社版での翻訳を再考したのではないだろうか。

(4) 作品の声を聞く

　読み手の年齢や環境によって「子どもはこう読む」という一義的な想定ができないとき、訳者は翻訳の指針をどこにおいたらいいのか。石井以外のファンタジー翻訳者たちの発言を見てみたい。たとえば、ローズマリー・サトクリフ (Rosemary Sutcliff, 1920-92) をはじめとしてファンタジーを数多く訳している猪熊葉子は、「声を聞くこと」が重要であると、以下のように述べている。

　　翻訳者としては、ある作品が子どもに読まれるように書かれているという事実から出発せねばならない。しかし、それはその読者が何歳くらいの子どもであるかを特定し、それを念頭において翻訳する、ということではない。ある作品の世界を透明人間として経巡った時、耳にした書き手、あるいは語り手の声、書き手が登場人物たちに与えた声にできるだけ忠実に従いそれを日本語で表現するほかはないからである。だからある作品を何歳くらいの子どもが読むか、と想定しての翻訳はできないし、またかってしたことはない。

（猪熊 2002：227）

「書き手、あるいは語り手の声、書き手が登場人物たちに与えた声」を聞くことが翻訳の土台になるという猪熊の指摘をまとめれば、作品の声を聞くということであろう。石井の旧訳『ヒキガエルの冒険』から新訳『たのしい川べ』への変化の説明として、石井が作品から聞く声が変化したといってもよいのではないだろうか。

　石井は、英宝社版のときには、中野による先行訳を意識してなんとか独自色を出そうと「子どものため」の訳を試みた結果、作品のもつ二面性のうち「ヒキガエルの冒険」のみを強調することになってしまった。しかし、13年後に完

第 6 章　訳者の作品解釈とファンタジー――『たのしい川べ』の翻訳

訳版を出すにあたり再度作品に向き合い，作品の声に耳を傾けたところ，作品の一番の魅力は美しい川辺の自然描写であるという中野と同じ解釈にたどりついた。そのことを素直に受け入れ，中野訳を尊重して，邦訳タイトルを踏襲するとともに，訳文作成のうえでもいいところは取り入れたのではないだろうか。

　以上，石井の *The Wind in the Willows* の 2 つの翻訳の比較から，作品解釈や子どもの読みに対する洞察が翻訳に与える影響を考察してきたが，石井の翻訳姿勢が「子どもがどのように読むのか」という子ども読者に対する配慮だけでなく，「この作品で作者は何を表現したいのか」という作者寄りの視点も加味するように変化していったことがわかった。

第7章
訳者の精読と短編『おひとよしのりゅう』の翻訳

1 "reluctant"は「おひとよし」か

（1）原作 *The Reluctant Dragon*

　The Wind in the Willows の翻訳の比較から，石井の翻訳姿勢が子ども読者を重視するだけではなく，作品の声や作者の意図にも配慮したものへと変化していったことがわかった。それでは，作品の声を聞くためにはどうしたらよいのだろうか。たとえば猪熊葉子は，「翻訳は無上の精読」つまり「正確な読みから始まる」と言う（猪熊 2002：225-226）。たしかに，深い部分で作品を理解するには，精読はひとつの有効な手法である。精読が作品の声を聞く翻訳につながったと考えられる例が，石井の翻訳作品の中にもある。『たのしい川べ』の作者グレアムによるファンタジーの短編『おひとよしのりゅう』である。

　『おひとよしのりゅう』の原作である *The Reluctant Dragon* は，最初，大人向けの作品集『夢みる日々』（*Dream Days,* 1898）に，短編のひとつとして収められた。その後，この作品が好評を得たことで，独立した1冊として子ども向けに出版された。現在では，E. H. シェパードの挿絵つきのものが一般的であり，以下の引用は，そのペーパーバック版（Holiday House, 1966）を使用するものとする。

　物語の内容は，「聖ジョージの竜退治」（松村・中島編 1979：257-259）の伝説のパロディになっている。あらすじを簡単に述べると，ひつじ飼いの息子である男の子（"the Boy"）が，村のはずれの洞穴に棲みついたドラゴン（"the dragon"）と出会う。ところが，実はこのドラゴン，戦いが嫌いで詩作にふけるのが好きという変わり者である。ちょうどそこに聖ジョージ（"St. George"）がやってきたので，村人たちはお決まりの竜退治が始まると期待して，聖ジョージをけしかける。しかし，友だちになったドラゴンを傷つけたくない男の子は，ドラゴンと聖ジョージの間をとりもつ。3人で相談した結果，ドラゴンと聖ジョージは，村人たちの前で「戦いごっこ」をする。聖ジョージに負けて改心した演技をしたドラゴンを村人たちが受け入れたところでハッピーエンドとなる。

（2）「おひとよし」と「ものぐさ」

次に，この作品の日本語の翻訳出版について触れておく。*The Reluctant Dragon* の邦訳の変遷については，児童文学者の田中美保子が論文「"The Reluctant Dragon" の翻訳をめぐって——グレアムの「ものぐさ」の哲学」で詳述している（田中 2004：33-34）。田中論文では，6人の訳者による7種類の翻訳が分析対象としてあげられているが，7つの翻訳は大きく2つのグループに分けることができる。ひとつは，石井の初訳『ひとのいい竜』（1956）に始まり，『おひとよしの竜』（猪熊葉子訳 1964），石井の改訳『おひとよしのりゅう』（1966），『人のいいりゅう』（平井芳夫訳 1970）と続く「おひとよし」派であり，もうひとつは，亀山龍樹訳『ものぐさドラゴン』（1978）に始まり，同タイトルのまま安野玲訳（1990），岩瀬由佳訳（1999）へと継承される「ものぐさ」派である。(1)

田中論文の着眼点として興味深いのは，7つの邦訳のうち5作目以降の書名が『ものぐさドラゴン』に定着していることの要因を，「ものぐさ」という語感のもつ時代的影響に求めたことである。田中は，国立国会図書館に収蔵された書籍の調査から，書名に対する「ものぐさ」の使用頻度が1980年代以降に急速に上がることを明らかにし，その背景に「怠惰は罪悪である」とする前近代的な価値観が変化したことを指摘する。そして「ものぐさ」という語のもつ否定的側面が薄れた結果，1978年の亀山訳『ものぐさドラゴン』以降，このタイトルが受け入れられるようになったというのである。作品同様，翻訳もまた社

第 1 章　訳者の精読と短編『おひとよしのりゅう』の翻訳

会文化的なコンテクストから自由ではないという田中論文は，実証的な裏づけとともに非常に説得力をもつ。

しかしながら，筆者には一抹の違和感が残った。価値観の変化が，児童書の書名に「ものぐさ」を冠する抵抗感を薄れさせたという説明は，亀山らが「ものぐさ」を採用した理由としては納得できるが，反面，それ以前の訳者たちが「ものぐさ」にしなかったことの理由としては十分ではない。石井が，時代の雰囲気から「ものぐさ」という言葉を避けたというのは，筆者が今まで見てきた石井の翻訳姿勢と相いれないと思われるからである。たとえば，石井とISUMI会の仲間たちとの共著である『子どもと文学』に，以下のような記述がある。

> 時代によって価値のかわるイデオロギーは——たとえば日本では，プロレタリア児童文学などというジャンルも，ある時代に生まれましたが——それをテーマにとりあげること自体，作品の古典的価値（時代の変遷にかかわらずかわらぬ価値）をそこなうと同時に，人生経験の浅い，幼い子どもたちにとって意味のないことである。（石井・いぬい・鈴木・瀬田・松居・渡居 1967：191）

このように，石井たちが目指したのは，時代の変化に左右されない子どものための文学だったはずである。

それでは，石井はなぜ「ものぐさ」ではなく「おひとよし」を選んだのか。そもそも，「おひとよし」も「ものぐさ」も，"reluctant" の直訳とはいいがたい。「ものぐさ」でないにしても，3人の訳者がそろって「おひとよし」を選んだ理由はなぜか。しかも，「おひとよし」と最初に名づけたのは石井桃子である。子どもの本に時代の変化が影響することを好まなかった石井が，「おひとよし」という語をタイトルに入れた背景には，社会文化的背景とは別の，石井なりの思いがあったのではないだろうか。

前章の分析でも見たように，邦訳タイトルの付け方には，訳者の作品解釈が投影される。The Reluctant Dragon の翻訳においても，「ものぐさ」派と「お

ひとよし」派のタイトルの違いの背景には，それぞれの訳者たちの作品解釈の違いがあるのではないだろうか。両派それぞれの訳文を具体的に取り出し，原文と比較しながら精読することにより，その違いが何に起因するのかを明らかにしてみたい。「ものぐさ」派の代表としては，「ものぐさ」を初めてタイトルに冠したと同時に，田中が論文の中で「原作に最も近いと感じられる優れた訳書」(田中 2004：42)と高く評価する亀山龍樹訳『ものぐさドラゴン』を取りあげ，「おひとよし」派の代表として石井桃子の改訳『おひとよしのりゅう』と比較する。

(3) "reluctant" と "lazy"

　田中が「ものぐさ」派を擁護した背景には，「"reluctant" と "lazy" は同義ではないが，この作品に関しては，『ものぐさ(者)』『なまけ者』といった訳語で共通させてさしつかえなさそうである」(田中 2004：39)という前提条件がある。だがはたして，"reluctant" と "lazy" は同義だろうか。まず，"lazy" および「ものぐさ」の語が使用されている場面を，原文，石井訳，亀山訳と対照しながら引用する。注目してほしい箇所に，筆者が下線を施した。

① 　fact is, I'm such a confoundedly lazy beggar!(10)
［石井訳］じつは，わしは，手のつけられん，ものぐさ者なんじゃよ！ (28)
［亀山訳］じつはな，わしは，べらぼうに，ものぐさなんじゃ！ (32)

② 　and I fancy that's really how I came to be here.(10)
［石井訳］わしが，いま，こうしていられるというのも，ものぐさじゃったおかげだと，わしは思う。(28)
［亀山訳］わしが，ここにいることになったのは，そのせいじゃろうよ。
(33)

③ 　Too lazy to make 'em, to begin with.(13-14)

第7章　訳者の精読と短編『おひとよしのりゅう』の翻訳

［石井訳］だいいち，ものぐさで，そんなものをつくることができんのだ。

(35)

［亀山訳］ひどいなまけ者だから，敵などつくることに，とりかかれんのじゃ。(38)

　亀山は，書名の"reluctant"を「ものぐさ」と訳していることから，「ものぐさ」という語に対する抵抗感が薄いと予想されるにもかかわらず，本文中では「なまけ者」と言い換えたりして，「ものぐさ」という語を1回しか使用していない。

　対する石井は，本文中の"lazy"2回に加え，上記の例②のように'that'の内容まで汲みとり，「ものぐさ」という語を3回に増やして使用しており，「ものぐさ」という語の使用に抵抗感をもっていたとは思えない。石井は"lazy"＝「ものぐさ」と訳語を固定して使用し，"reluctant"と"lazy"を明確に区別している。石井が，タイトルに「ものぐさ」を使用しなかったのは，タイトルが *The Reluctant Dragon* であって，The Lazy Dragon ではなかったからとも考えられる。

　ここで改めて"reluctant"と"lazy"の定義に戻ろう。各語は，『ジーニアス英和大辞典』に以下のように記されている。

reluctant（形）［…］したくない，することに気が進まない
lazy（形）［…に関して］（やる気がなく）怠惰な（性格の），不精な

これらの日本語の説明からは，2語の差はわかりにくい。次に，『Oxford現代英英辞典』をみると，以下のように説明されている。

reluctant (adj.) (to do something) = hesitating before doing something because you do not want to do it or because you are not sure that it is the right thing to do.

169

lazy (adj.) = unwilling to work or be active; doing as little as possible.

英文による説明をみれば，2語の違いは明瞭である。"reluctant" だけが（to do something）を伴う。"lazy" の「何も」したくないに対して，"reluctant" は，something =「ある特定の何か」をしたくない，またはするべきではないと思っていることになる。その「何か」を探ることが，"reluctant" の訳を決める鍵になりそうである。

2　主人公ドラゴンにとっての "reluctant"

（1）戦いが嫌いなドラゴン

　まず，タイトルにもなっている，ドラゴンにとっての "reluctant" を考えてみよう。ドラゴンにとって，"reluctant" の対象である something =「ある特定の何か」とは何だったのだろうか。グレアムが描いたドラゴンは，戦うのが嫌いなドラゴンである。聖ジョージが村にやってきたと，男の子がドラゴンに報告する。男の子は，戦いは避けられないと以下のように主張する。

"You've *got* to fight him some time or other, you know, 'cos he's St. George and you're the dragon."（22）
［石井訳］「だって，あの人は，セント・ジョージで，きみは，りゅうなんだろ。だから，きみたちは，たたかわなくちゃならないんだ。」（54-55）

しかし，それに対してドラゴンは次のように答え，自分は戦うのが嫌いで戦う意志などまったくないことを告げる。

"just understand, once for all, that I can't fight and I won't fight. I've never fought in my life, and I'm not going to begin now, just to give you a Roman holiday."（22）

[石井訳]「わしは，たたかうことはできんのだし，たたかう気もないのだということを，はっきりのみこんでおいてもらいたい。わしは，いまだかつて，一どもたたかいなんかしたことがないんじゃよ。それを，いまさら，おまえをよろこばせるために，大だちまわりをはじめる気はすこしもないぞ。」
(55)

　このことから，Reluctant Dragon とは Dragon who is reluctant to fight と言いかえることができよう。そのような視点で，再度作品全体を読み直してみれば，"fight" は本文中29回も登場する最重要キーワードであることがわかる。
　タイトルの "reluctant" の用法として参考になるのは，児童文学作家 A. チェンバーズの評論集 *The Reluctant Reader*（1969）である。作家になる前に司書教諭だったチェンバーズが，読書嫌いのティーンエイジャーについて論じたもので，*The Reluctant Reader* は reluctant to read と読みかえることができる。これに準じれば，*The Reluctant Dragon* を reluctant to fight に読みかえてもいいのではないだろうか。
　さて，物語に戻ろう。男の子の後に，聖ジョージ本人が訪ねてきても，ドラゴンの非戦の意志は揺るがない。ドラゴンは以下のようにいって，あくまでも戦いを拒む。

"There's absolutely nothing to fight about, from beginning to end. And anyhow I'm not going to, so that settles it!" (32)
　[石井訳]「たたかわなければならんわけが，ひとつもないんですわ。それに，とにかく，わしには，ちゃんばらをやる気は，これっぱかりもないんじゃから，はなしは，それでおしまいじゃ。」(74)

　根負けした聖ジョージは，ひとつの提案をする。戦うまねだけでもいいから，ドラゴンに負けた振りをしろというのだ。とはいえ，この提案は，ドラゴンにとっては極めて不利なものである。へたをすれば，ドラゴンは本当に傷つくか

もしれない。しかし、ドラゴンは、心配する男の子に向かって、不利を承知で聖ジョージの提案を承諾する。その場面を以下に引用する。

"It's just because I've *got* to leave it to you that I'm asking," replied the dragon, rather testily. "No doubt you would deeply regret any error you might make in the hurry of the moment; but you wouldn't regret it half as much as I should! However, I suppose we've got to trust somebody, as we go through life, and your plan seems, on the whole, as good a one as any."

"Look here, dragon," interrupted the Boy, a little jealous on behalf of his friend, who seemed to be getting all the worst of the bargain:

(34-35)

［石井訳］「わしが、こんなことをきくのも、きみにまかすより、わしにはてがないからなんじゃよ。」りゅうは、ちょっとばかり気みじかにいいました。「きみも、いそぎのばあい、なにかまちがいをしでかせば、かならずや、ふかくこうかいするであろう。しかし、きみよりもこまるのは、なんというても、このわしじゃからなあ。とはいうものの、ひとを信用せねば生きてはいかれんわ。ま、きみのプランは、だいたいにおいてよろしいらしい。」

そこで、男の子が、「ね、りゅうくん。」と、わきから口をだしました。この子は、このとりきめで、一ばんそんなやくをひきうけることになった、りゅうのために、すこしやきもきしはじめていたのです。(78-79, 下線筆者)

「ひとを信用」して「一ばんそんなやくをひきうけ」てまで、ドラゴンはあくまで戦うことを避けた。"reluctant to fight" を貫くためには「おひとよし」になることも辞さない。これこそがドラゴンの本質であると解釈して、石井は *The Reluctant Dragon* を『おひとよしのりゅう』と訳したのではないだろうか。

第 1 章　訳者の精読と短編『おひとよしのりゅう』の翻訳

（2）"fight" と "a fight" の違い

　石井が，"reluctant to fight" にこだわって訳していることは，"fight" の訳語の当て方からもうかがえる。ドラゴンは，本当に戦うことはきっぱりと拒否したが，戦うまねをすることは受け入れた。石井は，その違いを明確に意識して，「たたかい」と「ちゃんばらごっこ」とに訳し分けている。最初に「ちゃんばら」という言葉が出てくるのは，聖ジョージがドラゴンに提案する場面である。

"You must see, dragon, that there's got to be <u>a fight of some sort</u>, 'cos you can't want to have to go down that dirty old hole again and stop there till goodness knows when."（33）
［石井訳］「りゅうくん，きみ，どっちにしたって，<u>ちゃんばららしいもの</u>はしなくちゃならないんだよ。なぜって，きみだって，そのきたならしい，ぼろ穴にもぐりこんで，いつまでだかしらないけど，ひっこんでいたかないだろう？」（76，下線筆者）

　上記の下線部に明らかなように，石井が「ちゃんばららしいもの」と訳した箇所の原文は，"fight" ではなく "a fight of some sort" になっている。途中からは "a fight" と省略されるが，これはあくまで "a fight of some sort" のことを意味しており，原文では必ず "a" を伴う。"a fight" がどのように使用されているか見るために，決戦直後の場面から引用する。

St. George was happy because there had been <u>a fight</u> and he hadn't had to kill anybody; for he didn't really like killing, though he generally had to do it. The dragon was happy because there had been <u>a fight</u>, and so far from being hurt in it he had won popularity and a sure footing in society. The Boy was happy because there had been <u>a fight</u>, and in spite of it all his two friends were on the best of terms. And all the others were happy because there had been <u>a fight</u>, and — well, they

173

第Ⅱ部　子ども読者と作品の「声」

didn't require any other reasons for their happiness. (51)

　[石井訳] セント・ジョージは，上きげんでした。ちゃんばらはありました。けれども，だれも，ころさずにすんだからです。セント・ジョージは，あいてがだれであろうと，ころすことは，だいきらいでした。りゅうも，上きげんでした。ちゃんばらはありました。けれども，けがをするどころか，人気がでて，そのうえ，村の人のなかまいりができたからです。男の子も，上きげんでした。ちゃんばらはありました。それにもかかわらず，ふたりの友だちは，だいのなかよしでいられたからです。そして，ほかの人たちも，上きげんでした。ちゃんばらはありました。けれども――いや，この人たちが，上きげんになるには，ちゃんばらさえあればよかったのです。
(109，下線筆者)

　原文を尊重してか，"a fight"＝「ちゃんばら」と，石井は訳語を変えない。原文 "a fight" の4回のくり返しに対し，日本語の「ちゃんばら」は5回と増えている。普通の感覚だったら，これだけ同じ語が続くのは退屈と考え，言い回しを変えてみようと思うのではないだろうか。現に亀山訳では，以下のように言い換えられている。

　[亀山訳] セント・ジョージは，まんぞくしていました。ひと合戦はありましたが，だれもころされずにすんだからです。かれは，ころすということは，すきではありませんでした。それなのに，たいていのばあい，ころしあいになるのです。ドラゴンも，まんぞくでした。なるほど，ちゃんばらはありました。それなのに，けがをするどころか，人気があがり，世間に仲間いりをさせてもらえる足がためができたのです。男の子も，まんぞくでした。はたしあいはあったのに，自分のふたりの友だちが，大のなかよしになったからです。ほかの人たちも，まんぞくでした。たちまわりはありました。そして，つぎは宴会です。とにかく，この人たちがまんぞくするには，ほかにわけはいらなかったのです。(91，下線筆者)

原文の"a fight"の4回のくり返しを，亀山は律儀にも「ひと合戦」「ちゃんばら」「はたしあい」「たちまわり」と4通りに言い換えている。しかし，"a fight" 1語の訳に同意語を使い尽くしてしまったことで，"a fight"と"fight"の違いが，日本語訳からは明確に読み取れなくなってしまった。亀山が"a fight"と"fight"の違いに神経質にならなかったのは，亀山が"fight"に対して，石井ほど明確なこだわりをもっていなかったからではないだろうか。

それでは，"fight"の代わりに，亀山がこの作品の中で大切にしたものは何だったのだろうか。亀山の作品解釈を探るために，「訳者あとがき」を見てみよう。亀山は「セント・ジョージと一戦まじえた，ものぐさなドラゴン君も，人気者の資格がじゅうぶんにあります」（グレアム 1978：101）と語っている。戦いを必死に避けるドラゴンの心情よりも，あたかもショーのような一戦をやりとげたおもしろさの方に注目している。伝説のパロディとしての作品に笑いを認めるのもひとつの読みである。亀山は，この作品の一番の魅力をユーモアと捉え，その象徴として「ものぐさ」という訳語を選んだのだろう。

3　訳者石井にとっての"reluctant"

（1）"unreluctant years"

それでは，石井と亀山の作品解釈，特にドラゴンに対するイメージの相違はどこから来たのだろうか。石井が"reluctant to fight"と読み解いた背景にある，石井の"fight"に対するこだわりについて考えるために，再び石井の生涯を参照したい。

石井と"reluctant"という語の結びつきを考えて，まず思いつくのが，L. H. スミスの著書 *The Unreluctant Years : A Critical Approach to Children's Literature*（1953）である。スミスは，理想の児童図書館として知られているトロント公共図書館の児童部「少年少女の家」の初代司書である。石井が米国留学中に出会ったのが，出版されたばかりのこの *The Unreluctant Years* であった。この著作は，英語圏の児童図書館員の必読の本とされていたものであ

ったが，石井は，日本の子どもの本の世界のためにも必要な本であると考えた。同じ意見をもっていた瀬田貞二と，ちょうど米国留学から戻った渡辺茂男を加えて3人で共訳したのが『児童文学論』である。石井は「訳者あとがき」で，原作タイトルにこめられたスミスの思いを以下のように語っている。

> この題名は，「心のびやかな時代」ともいうべきもので，原書の扉に引用されたシェリの「自由をたたえる歌」の一節「<u>暁にそまる山の上に立ったように，待ち望み，心のびやかなあの頃……</u>」を考えれば，著者が「子ども時代」に託するものを選んだことがわかります。私たちは，残念ながら耳なれぬこの詩句を捨て，副題の「児童文学の批判的考察」の意をとって，大まかに『児童文学論』と題することにしました。(スミス 1964：396, 下線筆者)

シェリーの詩の石井訳の部分に，筆者が下線を施したが，参考までに，詩の原文を P. B. シェリー（P. B. Shelley, 1792-1822）の「自由をたたえる歌」（"Ode to Liberty"）から引用しておく。

> "The eager hours and unreluctant years
>   As on a dawn — illumined mountain stood, (Shelley 1907：370)

石井が「心のびやかな時代」と訳した "unreluctant years" は，直訳すれば「何ものにもとらわれない時代」となろうか。しかし，シェリーの謳いあげた "unreluctant" の時代は永遠ではない。人はみな大人になり，いつまでも "unreluctant" のままではいられない。いつしか，少しずつ "reluctant" するものを抱えていく。問題は，自分が何に対して "reluctant" するのか。何にこだわるのか。自分にとってどうしても譲れないものとは何か。その譲れないものこそが，その人の本質になっていく。

（2）石井の反戦思想

　それでは，石井桃子にとっての本質，石井が"reluctant"したものは何だったのだろうか。石井は，100歳を前にしたインタビューで「プーとの出会いと戦争がなかったら，私の人生はずいぶんちがっていたのではないかと思います」（石井 2007b：260）と述べ，子どもの本の仕事に従事した一因に戦争という時代をあげている。石井のこの発言の意味を探るために，再度，石井の経歴をたどってみよう。1932年の五・一五事件で，犬養毅首相が凶弾に倒れるが，石井は犬養首相本人の蔵書整理係りのアルバイトをしたことをきっかけに，「犬養家の良き友人」となっていた（犬養道子 1967：210；犬養康彦 2008：302）。この翌年，石井は勤めていた文藝春秋社を退職する。当時の状況を，石井は2004年のインタビューの中で振り返り「31年の満州事変のあと，軍部をめぐって社内が分れ，嫌で辞めました。すると，山本有三先生が『日本少国民文庫』を手伝ってくれないかといわれた。反戦というか，子供に戦争とは別の世界があることを知らせたい」（石井 2004b）と語っている。戦争を知らない私たちが想像することはむずかしいが，戦争に向かう時代に，「戦争とは別の世界」の仕事を選ぶことは，容易なことではなかったはずである。石井の児童文学の根底には反戦がある。

　そして，この石井の反戦思想は，ドラゴンの"reluctant to fight"に敏感に反応した。たとえ自分が不利な状況に追いこまれようとも，あくまで戦いを避けようとするドラゴンの非戦の哲学に共感し，その思いを，石井は「おひとよし」という訳語に込めた。石井の訳語選択は，時代の雰囲気から「ものぐさ」を避けるといった消極的理由などではなかった。身近に本物の「戦い」を見た者だったからこそ，時代の雰囲気に左右されるのではなく，むしろ時代に逆らってまでも，自分の信念を貫いた上でのことだったのである。反戦に関する石井と亀山の感覚の違いには，石井の信念とともに時代の影を感じずにはいられない。

　とはいえ，作品のテーマや魅力はひとつとは限らない。この作品のテーマとしても，ユーモア，反戦思想，伝統に対抗する自由意志など複数の要素があげ

られるし，そのうちどれに一番魅力を感じるかは，それぞれの読者に委ねられる。もちろん，訳者も読者の一人であり，訳者の作品解釈は，結果として翻訳に影響を与える。特に，短い邦訳タイトルには，それが象徴的に表れ，訳者が一番大切にしているものが明示される。翻訳は，無色透明を目指すともいわれるが，訳者自身の体験や時代が透けて見えることがある。作品に作者自身の体験や時代が投影されるように，訳文には訳者自身が投影される。石井訳の『おひとよしのりゅう』はその好例といえよう。

4 作者グレアムにとっての "reluctant"

（1）グレアムの生涯

　石井の翻訳は，石井の人生経験や思想性に裏づけられたものであったが，訳者が思い入れるあまり，原作から外れることがあっては本末転倒である。そこで，原作者の意図についても考察しておきたい。作者グレアムは何に対して"reluctant"だったのだろうか。訳者の翻訳姿勢を考えるときに，訳者のハビトゥスの重要性から訳者の生涯について考慮してきたが，作者の意図を考えるにあたっても同様に，作者の生涯についてもみておく必要があると考える。

　石井と同様に「おひとよし」派である猪熊葉子は，作者グレアムの生涯について長年研究し，その成果を『ものいうウサギとヒキガエル』（偕成社，1992）という著作にまとめている。その中で，猪熊が評伝にこだわった理由を以下のように述べている。

> なぜ子どもか，なぜファンタジーか，という問題をとくには，まずひとりひとりの作家の伝記的事実をおさえ，彼らの時代や社会への反応のしかたを把握しなくてはならないのではないかというのが，かねてからの私の考えていたことだった。（中略）伝記的批評などはもはや過去のものだとはまだまだいえない，と私は頑固に信じているのである。（猪熊 1992：313）

第 7 章　訳者の精読と短編『おひとよしのりゅう』の翻訳

　猪熊はまた，「作品の基盤をなしている歴史，社会や，文化についての相当の知識が，「正確な読みの基礎を作る」とも言っている（猪熊 2002：225）。猪熊にならって，作者グレアムの生涯をたどりながら，グレアムにとっての "reluctant to fight" の意味を考えてみたい。

　まず，グレアムにとって，*The Reluctant Dragon* がどのような意味をもつ作品であったのかを見てみたい。ピーター・グリーン（Peter Green）は，『評伝 ケネス・グレアム』（*Kenneth Grahame : A Biography*, 1959）の中で，この物語の主要な登場人物の 3 者が，分裂したグレアム自身の自我の投影であり，この作品はその統合の物語であると解釈している。具体的には，聖ジョージに職業人の代表としての自分を，男の子に内なる子どもを，そしてドラゴンにグレアム自身がもっとも大切にしていた芸術家としての自分の側面を投影しているという。銀行家としての自分の仕事を念頭においたのか，職業人の代表を「因襲の頂点である支配階級（"the Establishment, the champion of convention"）」とまで言い換えて手厳しく述べている（Green 1959：182-183）。猪熊もグリーンに賛同し，3 者が競合し「グレアム個人の内的葛藤の調和を主題」（猪熊 1992：219）とする作品になっていると解釈する。

（2）因襲との戦い

　しかし，筆者はここでひっかかりを覚える。「内的葛藤」つまり「戦い（"fight"）」が，ドラゴンと聖ジョージとの間にあったのかという点である。「聖ジョージと竜退治」の伝説は勧善懲悪の話で，聖ジョージはドラゴンと闘い，ドラゴンを退治する。ところが，グレアムのドラゴンは聖ジョージと戦わない。先に行った精読の結果から明らかになったように，両者がやったのはあくまで戦いの真似事（"a fight"），石井の訳語を借りれば「ちゃんばらごっこ」にすぎず，真の戦い（"fight"）ではない。グレアムの聖ジョージは，仲介者である子どものとりなしを受け入れ，ドラゴンの意を汲んで真の決闘を避けた。伝説とは異なった柔軟な頭の持ち主であり，グリーンのいう「因襲の頂点」に立つ者には該当しない。

第Ⅱ部　子ども読者と作品の「声」

　この物語の中であえて悪役を探すとすれば，ドラゴンは悪い奴だから退治されて当然と決めつけて，聖ジョージをけしかける村人たちではないだろうか。グリーンも，「真の悪役（"the real villains"）は村人たちであり，彼らの罪は因襲や習慣（"convention and habit"）に染まってしまっていることである」（Green 1959：182）と述べている。善と悪の戦いという構図でこの物語を見るならば，村人たち対主人公3者，言い換えれば「因襲」に囚われている者と囚われていない者との間の戦いということになる。戦いを嫌ってものぐさを決めこみ詩作にふける芸術家のドラゴン，ドラゴンの言い分を聞き入れ戦わない聖ジョージ，子どもでありながら両親より深い知識をもちドラゴンと聖ジョージの仲介をやってのける男の子と，3者とも普通ではない。「因襲」を超越している。

　そして，この「因襲」との戦いこそ，グレアムが文筆家人生において求め続けてきたものであった。ここで，グレアムの伝記的事実に簡潔にふれておこう。その発端は，グレアムの進路問題にある。グレアムは，オックスフォードの聖エドワード校で学び，大学生活に強いあこがれを抱いた。にもかかわらず，親代わりの祖母に反対されたうえ，親族のだれからも援助を得られずに進学を断念する。厳格なカルヴィン教徒のグレアム家では，一族の者はみな法律家や銀行家（"the legal and financial professions", Green 1982：9）といった実務家になるのが当然とされ，ケネスも仕方なくイングランド銀行に職を得る。そのときの悔しい思いが，後の創作活動の核となっていく。そのことを，猪熊は以下のように解説する。

のちに文筆の道を歩みはじめたグレアムが，若い自分の心からの望みの実現を阻んだ大人たちを〈オリンピアン〉（オリンポスに住む神々が，じつは嫉妬，策謀，喧嘩などで下級の存在である人間的動機に支配されていたことを，ホメーロスを通じて知っていた）と名づけ，彼らが物質的で定見をもたず，けちであることなどを作品の中で風刺的に書くようになったのであった。

(猪熊　1992：161-162)

その風刺的作品の代表が随筆「オリンピアン」(Olympian) で，まず最初に「ナショナル・オブザーバー」(*National Observer*, 1891) に掲載され，後にグレアム 2 作目の短編集『黄金時代』(*The Golden Age*, 1895) に収録された。グレアムは，ステレオタイプで不感症なオリンピアンたちを揶揄すると同時に，銀行家になった自分が，現実に染まり，オリンピアンの一員に成り下がりはしないかという恐れも抱いていた (Grahame 1895：3-5)。その不安からか，グレアムの最初の作品集『異教徒の手紙』(*Pagan Papers*, 1893) に収められた作品の主要なテーマは，「逃避 ("escape")」であった (E. グレアム 1994：32；Kuznets 1987：34)。

（3）グレアムを救った内なる子ども

グレアムの 2 作目の作品は，「逃避」から一歩進んだが，それに有効だったのが，子どもの視点であった。グリーンは，『黄金時代』に収録された短編「ローマへの道 ("The Roman Road")」に言及して，「経験というすべての絶望のうちの最悪のものから，芸術家としての自分を救ったのは，作家自身の内なる子どもであった ("It was the child in him that rescued the artist from that worst of all disappointments — experience")」(Green 1959：181) と指摘している。

グレアム 2 作目の『黄金時代』の主要なテーマは，オリンピアンに代表される大人対子どもであった。ここに登場する子どもたちは自身では力をもたず，その運命は出会う大人に左右される非力なものにすぎない (Kuznets 1987：92-93)。しかし，無力な子どもも，物語の世界でなら，大人に拮抗する力をもつことができる。たとえば，アンデルセン童話の「皇帝の新しい着物」(Kejserens nye klæder, 1837) では，大人たちの誰もが言葉にできなかった「裸の王様」というタブーを，子どもはいとも簡単に口にする。囚われない心で真実を見る子どもの視点が，大人たちを解放する。*The Reluctant Dragon* の男の子も同様である。ドラゴンの望みは，戦いよりも詩作を好む真の自分の姿を，そのままに村人たちに受け止めてもらうことであった。ドラゴンの戦いの真の相手は，聖ジョージではなく，ドラゴンは乱暴を働く悪いやつだから退治されて当然と

いう，村人たちの中に深く根づく「因襲」という古い偏見そのものであった。洞穴に閉じこもっていた「ものぐさ」なだけのドラゴンや「因襲」に囚われていた大人たちを解放したのは，やはり子どもであった。オリンピアンに対する勝利を描いたこの作品は，3作目の作品集『夢みる日々』に収録されている。

　グリーンは，グレアムの敵対心の矛先は常に「因襲の力（"the forces of convention"）」に向かっていたという（Green 1959：183）。そして，対オリンピアンという視点でグレアムの著作を追っていくと，忌避から対決，そして勝利へとその道筋をたどることができる。そして最終的に，ドラゴンが象徴する「グレアムの創造的精神（"Grahame's creative mind"）」（Green 1959：183）は，子どもの助けを借りることで，真の自由を獲得した。矛盾した言い方になるが，非戦という手段を使うことで「因襲の力」との戦いには勝利したのである。グレアムの非暴力の戦いは，かたくなな相手に対するとき，暴力は必ずしも有効な手段ではないと証明してみせた。

　とはいえ，グレアムは決して逃避主義者ではない。チャールズ・ドジソン（Charles L. Dodgson, 1832-98）がルイス・キャロルというペンネームの裏に『不思議の国のアリス』の世界を隠したのとは異なり，グレアムはペンネームを使っていない。最初の数本の雑誌掲載のときこそ実名を伏せたものの，筆力が認められて著作出版が可能になった最初のころから，実名を明かしている。また，デビュー作のタイトル『異教徒の手紙』に象徴されるように，自分の内にひそむ異教徒的要素さえも隠そうとしなかった。また，グレアムは本業である銀行家としても成功を収め，"The Reluctant Dragon" が収録された『夢みる日々』が出版された1898年には，史上最年少でイングランド銀行の総務部長になっている。そして『たのしい川べ』で成功した後も，49歳で退職するまで銀行家と文筆家の二面性を共存させた（E. グレアム 1994：55）。グレアムは，"reluctant to fight" という非戦の戦法の信者であったかもしれないが，決して人生の戦い（"fight"）から逃げていたわけではない。ドラゴンに自分自身の芸術家的側面を託し，村人に象徴される「オリンピアン」たちと作品中で対峙し，勝利したことがそれを象徴している。

（4）石井が「おひとよし」を選んだ理由

　ここで，石井が "reluctant" の訳語に「おひとよし」を選んだ理由に立ち戻ってみたい。たしかに，石井の「おひとよし」の訳語からは，聖ジョージとの戦いに "reluctant" であったことを汲み取ることはできるが，「因襲」との戦いにおいて "reluctant" でなかったことまでは読み取れない。もちろんそれだけをもって石井訳の限界を示すものではない。短いタイトルに，すべてを込めることは不可能である。石井が *The Unreluctant Years* を，おそらく断腸の思いで『児童文学論』と訳したように，わかっていて片方を切り捨てたとも考えられる。なぜなら，グレアムにとって「因襲」との戦いが大切であったことを，石井は見抜いていた。『たのしい川べ』の「訳者のことば」で，石井がグレアムの内なる子どもについて「孤独であった少年は，かえって，そのころの因襲にとらえられずに，批判的におとなをながめ，本来の子どものもっている感覚をしっかり守りぬいた」と解説している（石井 1963c：353）。だとすれば，なおいっそう，石井の "reluctant to fight" に対する思いが強く感じられるのではないだろうか。

　以上 *The Reluctant Dragon* の "reluctant" の訳語に注目しながら石井訳と亀山訳を比較し，訳語選択の裏に潜む訳者のこだわりを考察した。作品の声を聞くには，テクストを精読するとともに，作者の生涯や作品の時代背景を知ることが有効であることがわかった。

　現在の児童文学の翻訳理論のアプローチは，大きく分けて「原文に忠実にすること（"faithful to the original"）」と「読者に配慮すること（"take into consideration the target audience"）」の2つあるといわれ，絵本翻訳などでは，後者，つまり「子ども読者にわかりやすい訳」が重視されてきた（Nikolajeva 2006：279）。この2つのアプローチを，本書が注目してきた「声を訳す」という観点から言いかえると，「作品の声を聞くこと」と「子ども読者に届く声で語ること」ということになろう。名訳者と評される石井桃子といえども，どの作品でも最初から作品の本質を活かした訳ができたのではなく，定訳にたどりつくまでには試行錯誤を重ねてきたのがわかった。石井の絵本翻訳においては，「子

ども読者に届く声で語る」ことが重要であったが、ファンタジー翻訳では「作品の声を聞く」ことも同様に欠かせないものであった。作者と読者の両方に対する配慮が作品ごとにバランスよくなされていることが、石井翻訳の特徴のひとつでもある。

注
(1) 田中論文の発表後、中川千尋訳『のんきなりゅう』（徳間書店、2006）が出版されたが、これはインガ・ムーア（Inga Moore）の絵本版の翻訳であり、文章もムーア自身の手により短くカットされているため、本論の比較対象から除外した。
(2) K. グレアムの伝記的事実については、猪熊（1992）、E. グレアム（1994）、Green（1959, 1982）の各著作を参考にした。

第Ⅲ部

「語り」の文体の確立

『ムギと王さま』初版
(E・ファージョン作，石井桃子訳，岩波少年文庫，1959)
(左は外箱，右は表紙)

第8章
幼年童話と昔話の法則

1 「岩波の子どもの本」から幼年童話へ

(1) 幼年童話とは

　これまでは，絵本およびファンタジーなどの物語の翻訳について分析してきたが，本章では引き続き，絵本と物語の中間に位置する幼年童話の翻訳について考察する。まずは，幼年童話の定義から入りたい。日本児童文学学会編『児童文学事典』（東京書籍，1988）では，「幼年童話」を「幼児・幼年期（就学前〜小学一・二年ごろ）の子どもを読者対象とした文学を幼年童話と呼ぶ。就学前幼児のための読み聞かせ童話を幼年童話として区別する場合もある」（日本児童文学学会編 1988：791）と説明している。これを見ると，幼年童話には2つの定義があることがわかる。広義では，幼児・幼年期の子どもを読者対象とした文学全般を指すが，狭義では，就学前幼児のための読み聞かせ童話とあり，この場合には絵本は含まれないことになる。いずれにしても，「就学前〜小学一・二年ごろ」や「就学前幼児」のように読者の対象年齢から規定されるという特徴は，絵本やファンタジーなどの他ジャンルが表現様式を示しているのとは性質を異にしている。

　それでは，この幼年童話というジャンルを，石井桃子はどう捉えていたのであろうか。「『岩波の子どもの本』シリーズ創刊の頃」というインタビュー記事の中で，石井が幼年童話に言及しているので次に引用する。

絵本は，岩波の読者を子どもから大人までという発想から出て来たのです。段階的にいうと<u>幼年童話</u>なのですが，<u>幼年童話</u>というのはやさしそうでいて難しいんですね。それで，絵本の方が，外国の絵本という材料もありましたし，<u>幼年童話はあとまわし</u>になったのです。（石井 1974：28，下線筆者）

　第４章の「岩波の子どもの本」のところで見たように，「外国の絵本という材料」を提供したのは光吉夏弥であった。その光吉も同様に，以下のように語っている。

　岩波が絵本をはじめるという話は，突然，起こった。（中略）岩波の児童出版物としては「少年文庫」があるだけで，それへの導入に「幼年文庫」を発足させればいいと思っていたくらいだったが，<u>それが一足飛びに，絵本へいってしまった。</u>（光吉 1973a：80，下線筆者）

石井は「幼年童話」，光吉は「幼年文庫」という言葉の違いはあるものの，いずれも絵本と「少年文庫」の中間の存在が必要と考えていたことがわかる。石井は「幼年童話はあとまわし」，光吉も「一足飛びに，絵本へいってしまった」と言ってはいるが，2人の「幼年童話」が必要だという思いは強く，それが結実したのが「岩波の子どもの本」のゾウマークシリーズであった。

（2）「岩波の子どもの本」のゾウマークシリーズ

　「岩波の子どもの本」の表紙の右下部には必ず，カンガルーかゾウのマークがついている。「岩波の子どもの本」の創刊の方針で，子ども向きの出版物は，「小学一，二年と，それ以前を対象とするものと，三，四年を対象とする，少し読む分量の多いものとの二本立て」（光吉 1973a：80）と決められたことを踏襲して，前者にカンガルーマークが，後者にゾウマークがつけられた。石井と光吉が編集に参加していた初期24冊は，3カ月ごとの4期に分けて出版されたが，各期にはカンガルーとゾウが3冊ずつバランスよく配本されている。しか

し、初期24冊の出版が終わり、石井と光吉が「岩波の子どもの本」の編集から離れた後は、ゾウマークは1冊も出されていない。文章量の多いゾウマークが担った役割のうち、昔話は「岩波おはなしの本」、幼年童話は「岩波ようねんぶんこ」とそれぞれ別のシリーズに引き継がれていく。こうした経緯もあって、その後の「岩波の子どもの本」は絵本のシリーズに特化されていったのである。

　ゾウマークの作品が、絵本というより幼年童話であったことを示す良い例が、石井が訳した『百まいのきもの』である。原作は E. エスティスの *The Hundred Dresses*（1944）で、1954年に「岩波の子どもの本」ゾウマークの1冊として出版され、2006年に『百まいのドレス』と改題・改訳され、幼年童話の装丁で出版された。石井の新訳の「訳者あとがき」に、「もうすぐ百歳の私から、若いみなさんに手渡しできることを心からうれしく思っています」（石井 2006：92）と書かれているように、石井の生前最後の翻訳出版となった。

（3）旧版『百まいのきもの』と新版『百まいのドレス』の比較

　ここで、この作品の旧版と新版とを比較してみよう。石井が「五十年ぶりに改訳の機会に恵まれ、心おきなく訳文に手を入れた」と述べている通り、文章全般に手が入れられてはいるものの、省略のない全訳ということもあって全体のトーンに大きな変化はない。むしろ、新旧両版を比べたときに目につくのは、文章よりも絵、特に挿絵の向きである。第4章の「翻訳絵本の形」でも言及した逆版の問題である（本書96ページ参照）。象徴的なのが表紙の絵で、左右が逆になっている（図8-1、8-2）。これは、旧版『百まいのきもの』が逆版を採用しているからである。縦書きを基本にした「岩波の子どもの本」シリーズでは、物語の進行方向を優先したために絵を逆版にした。『ちいさいおうち』で絵を裏返しに使うことの問題点が指摘されたことを思い出していただきたい。新版『百まいのドレス』では、文章は幼年童話のハードカバー版の装丁にあわせて縦書きのまま変えずに、絵は原画を尊重してすべて正版に戻された。

　絵の代わりに犠牲にされたのが、物語の流れと絵の関係である。たとえば、藤本朝巳は『絵本はいかに描かれるか』（日本エディタースクール出版部、1999）

第Ⅲ部 「語り」の文体の確立

図8-1 「岩波の子どもの本」版
『百まいのきもの』表紙

図8-2 新版『百まいの
ドレス』表紙

の中で、「進行方向のマイナスのコード（記号）」というものを提案し、「登場者にとって怖いできごとが発生したとか、何か困ったことが起こったとか、何かマイナスの要因を示すときに、流れを逆に示すことが多い」と指摘している（藤本 1999：43）。藤本の考え方を参考に、物語の冒頭、ワンダが学校を休む場面の見開きの挿絵の向きをみてみよう。原書では、挿絵の少女は物語の進行方向と逆向きに歩き出しており、学校に行くのが憂鬱な主人公のネガティブな心情を象徴している。藤本のいう「マイナスのコード」である。「岩波の子どもの本」版では、縦書きとともに逆版を採用したため、少女の向きは物語の進行方向と反対という「マイナスのコード」は維持されている（図8-3）。ところが新版では、縦書きのまま、つまりページをめくる方向は変わらないのに絵だけを正版に戻したため、少女が進む方向が物語の進行方向と合致することになってしまった。（図8-4）「マイナスのコード」が反転した構図は、ネガティブな物語のはじまりの雰囲気にそぐわない明るいものになってしまっている。

新版『百まいのドレス』のすべての挿絵は正版になっている。この例をみる限り、絵を裏返しにする逆版は、現在の児童書出版ではタブーになっているようである。絵の向きが反対になったのに、文章は変わっていない。日本語の文章は、一部の絵本を除きいまだに縦書きである。日本語としての読みやすさを

第8章　幼年童話と昔話の法則

図8-3　「岩波の子どもの本」版『百まいのきもの』冒頭（2-3）

図8-4　新版『百まいのドレス』冒頭（6-7）

考えれば，ある一定量以上の文章のものには縦書きを採用せざるをえないからである。そのため，逆版にせずに，右から左に開く横組みの英語原書を，左から右に開く縦組みの日本語版に変えれば，物語の流れに対して絵の向きは，必然的に逆になる。絵と文章の関係を犠牲にしても縦書きが選択されていることから，現在の幼年童話の編集においては，文章が優先されていることがわかる。翻訳絵本で，文章の読みやすさよりも絵と文章の関係が尊重され，原書と同じ横判が主流になったのと対照的である。そもそも，アルファベットはすべてが横組みなので，英語原書の場合は，絵本と幼年童話の区別をそれほど厳密にする必要がないが，日本語の場合，絵本は横組み，幼年童話は縦組みが主流で，その区分を明確にせざるをえない。そして，今のところ，両者を分けているのは文章量ということができよう。

2　アトリー作「チム・ラビット」シリーズ

「岩波の子どもの本」ゾウマークシリーズの次に，石井が手がけた幼年童話は，童心社から出された「チム・ラビット」シリーズの2冊である。原作は，A. アトリーの *The Adventure of No Ordinary Rabbit*（1937）と続編の *The Adventure of Tim Rabbit*（1945）で，邦訳は原書2冊の中からそれぞれ数編ずつ選んで，邦訳独自の章立ての2冊のアンソロジーとして構成された。1冊目の『チム・ラビットのぼうけん』（童心社，1967）には短めのお話9編が収録

191

されているが，原書の正編から7編，続編から2編が選ばれている。2冊目の『チム・ラビットのおともだち』（童心社，1967）には少し長めのお話が7編収録されており，内訳は原書正編から2編，続編から5編となっている。2冊とも石井の単独訳で，原作の挿絵は採用せずに，日本語版独自に中川宗弥が挿絵を描いた。

（1）聞いて楽しいオノマトペ

　それでは具体的な訳例の分析に入ろう。まず，『チム・ラビットのぼうけん』の第1話「チム・ラビット（"Tim Rabbit"）」の冒頭をみる。以下の訳例の引用は，特に断りのない限り，原書は *The Adventure of No Ordinary Rabbit* (1937)，日本語版は石井訳『チム・ラビットのぼうけん』からとし，下線はすべて筆者が施した。

> The wind howled and the rain poured down in torrents. A young rabbit hurried along with his eyes half shut and his head bent as he forced his way against the gale.（9）
> かぜが <u>ひゅうひゅう</u> うなり，雨が <u>ざあざあ</u> ふっていました。小さい うさぎのチム・ラビットは，目をはんぶんつぶり あたまをさげて，かぜにむかって いっしょうけんめい はしっていました。（9）

特徴としてあげられるのは，表記がひらがなの分かち書きであることと，オノマトペが多用されていることである。
　オノマトペの量をイメージするために，原書1ページ中に使用されたすべてのオノマトペの例を引用してみる。

> It ran all round me (11) →そいつは ぼくのまわりを <u>ぐるっと</u>まわって(12)
> They bounced (11) →<u>ぽんぽん</u>あたって，はねかえりましたので (14)
> with his white tail bobbing (11) →白いしっぽを <u>ぴょこぴょこ</u> はねあげ

was tossing pancakes and catching them（11）→ほっとけーきを すぽん
すぽんと ひっくりかえしながら（15）

　原書1ページ分の訳の中に，オノマトペを4個も連続して使っている。日本語は元来，オノマトペの豊かな言語といわれているが，それにしてもこれはかなり多い印象を与える。
　ここで，オノマトペの定義をみておこう。小野正弘編『日本語オノマトペ辞典』（小学館，2007）によれば，「オノマトペとは，擬音語（または擬声語）・擬態語などとも呼ばれてきた言葉の総称（小野 2007：7）」であるという。小野は，オノマトペには3つの要素があると詳述しているが，それを簡単にまとめると次のようになる。

（1）　人間の発声器官以外から出た<u>音</u>を表した言葉：ニャーオ（猫の鳴き声）
（2）　人間の発生器官から出した<u>音</u>声で，ひとつひとつの音に分解できない<u>音</u>を表した言葉：ワーン（泣き声）
（3）　音のないもの，または聞こえないものに対して，その状況をある<u>音そのものが持つ感覚で表現した言葉</u>：きらっ（ものが光るさま）

（小野 2007：9-13，下線筆者）

　ひとことでいえば，オノマトペとは，音や音のないものを「音そのものが持つ感覚で表現した言葉」，つまり聴覚に訴える言葉といえる。先に引用した通り，幼年童話とは，「幼児・幼年期（就学前～小学一・二年ごろ）」の子どもを読者を対象とした文学である。この年齢の子どもたちの多くは，字が読めないか，読めたとしても，たどたどしく声に出して読む。文字を覚えたての子どもたちにとって，物語は自分で読むより，誰かに読んでもらって耳から聞くほうが楽しめる。ゆえに，幼年童話において聴覚に訴えるオノマトペを重視するというのは理にかなっているといえよう。

さらに、一般的なオノマトペ以外にも、石井独特の表現がみられる。先の引用例の「ほっとけーきを すぽんすぽんと ひっくりかえしながら」や、第2話「チム・ラビットとはさみ ("Tim Rabbit and the Scissors")」にある次の引用例がそれに該当する。

Mrs Rabbit examined the scissors, twisting and turning them, until she found that they opened and shut. (31)
おかあさんうさぎは そのはさみをとりあげて、ひっくりかえし とっくりかえしして、しらべました。そして、おしまいに、はさみがあいたりしまったりすることを はっけんしました。(31)

いずれも、石井らしい独創的な表現で、笑いを誘うようなユーモラスな訳になっている。

(2) 聞いてわかる訳

オノマトペ以外で気づくのは、文章や段落の分割が多いことである。聞きやすさを意識したのか、原文では長い1文を、日本語では複数の短文に区切って訳している。次に示すのは、原文の1文が日本語訳で4文に分割された例である。

It wasn't a lamb, nor a foal, nor a calf, nor even a pigling. (15)
それは、小ひつじではありません。小じかでもありません。小うしでもありません。小ぶたでもありません。(21)

分割は、文章レベルにとどまらず、段落レベルにも及んでいる。多いところでは、原文1パラグラフに対し、訳文が4段落に分けられている（原文30、訳文29-30）。ひらがなの分かち書きで文字数が増えてしまった分、複数の段落に分けることで、読みやすくしている。

文章や段落の区切り以外に、聞いてわかる訳にする工夫として、言葉を補っ

第8章　幼年童話と昔話の法則

て意味を明確にさせている箇所がある。

it clears the air, and makes all fresh for us rabbits.（14）
くうきがきれいになって，うさぎのからだに いいんですよ。（16）

"us rabbits" を直訳すれば，「私たちウサギにとって」となるだろうが，石井は「うさぎのからだ」と訳している。「からだ」を補足することで，何が「いい」のか目的語が明確になり，子どもにも理解できる訳になっている。
　次にあげるのは，日本語にない英語の仮定法の処理の例である。

He would have invited it home with him, if a storm hadn't suddenly swept down from a dark cloud which hung in the sky.（16）
うちへ いっしょにつれていっても いいのです。ところが，そのとき そらにかかっていた くろいくものほうから，きゅうに つよいかぜが ふいてきました。（23）

原文を直訳すると「もし空にかかる黒雲から強い風が突然吹いてこなかったら，チムはそれを家に連れ帰ってしまっただろう」となるところである。「つれていっても いいのです」の後に，「ところが」という逆接の接続詞がきているので，否定形の省略が予想され「つれていかなかった」と解釈できる。英語の仮定法では「もし風が吹かなかったら」と現実には起こらなかったことをいうが，実際「風は吹いた」のである。そして石井訳は，実際に起きた通りの内容になっている。仮定法をもたない日本語の場合，現実に起きた事実を順序良く語る方が，耳から聞いてわかりやすい表現となる。
　しかし，聞いてわかる訳のための工夫を重ねることにも問題はある。ひらがなの分かち書き，オノマトペの多用，文章や段落の分割，訳語の補足など，これらすべてが日本語訳の分量を増やす要因になる。絵本の翻訳では，全体とのバランスの点で文章が印刷できるスペースに制限があるので，日本語訳をそれ

にあわせて削る必要があった。それに対して幼年童話の場合は、絵とのバランスという制約がない分、よけいに日本語の文章は長くなりがちである。

（3）何を省略するか

　ところが、『チム・ラビットのぼうけん』で、原文より短くなっている箇所もある。石井が、何を削って短くしたのか。またそこにはどのような石井の意図が働いているのか。それらがわかれば、石井の翻訳姿勢が、またひとつ明らかになるだろう。第6章で検討した『ヒキガエルの冒険』では、訳者の作品解釈が抄訳の仕方に影響していたが、幼年童話の場合にはどうだろうか。

　『チム・ラビットのぼうけん』の「あとがき」に、石井は、以下のように書いている。

> 幼い子どもの読物であることを考えて、日本にない植物の名や、あまり親しみのない風習のでるところを略し、またあまり字義にとらわれることをさけたことをおことわりいたします。(189)

具体的な訳文を見て確認すると、たしかに、日本語や日本の文化にないものの多くは省略されている。

　しかし、それ以外にも、大きく削られている箇所がある。例として、『チム・ラビットのぼうけん』の第3話「チム・ラビットの　うん（"Tim Rabbit's Luck"）」の冒頭から引用する。

> It was a lovely day in Spring, and all the world was green and gold, <u>green in the rugged oaks, the slender soft larches, the giant beeches, gold where the sun pointed his long rays at the grass in meadow and common.</u> Young Tim Rabbit sat at his door, enjoying it all. <u>In his heart he felt the strange thrill which came every morning when he popped his head out of doors. Never on two days of his life had the world been</u>

<u>the same, for, living so close to the ground, he noticed all the small things which tall people pass by. The fields, the woods and streams and their daily changes, were as exciting to the rabbit as a street of marvelous shops, where the shopkeeper changes his window and produces new surprises, is to a townsman.</u>

<u>A cluster of cowslips, which were in bud yesterday, now hung their golden bells, and he lollopped near to investigate, wrinkling his nose at the strong sweet smell, gazing at the scarlet spots and silky hairs, tasting a crinkly leaf.</u>（70-71，下線筆者）
はるの きれいな日でした。そこらじゅうが，みどりと 金いろに ひかって いました。チムは うちのまえにすわって，うっとり そとをながめていました。（44）

原文の下線部分は，日本語訳で省略された箇所である。「はるの きれいな日でした。そこらじゅうが，みどりと 金いろに ひかっていました」と最初に言った後，その「みどり」や「金いろ」がどんな状態なのかが，原文では詳細に語られるが，この自然描写が日本語訳ではそっくり削られてしまっている。またその後，主人公の位置と動作を伝える「チムは うちのまえにすわって，うっとり そとをながめていました」という一文だけを残し，チムの細かな動作や心理描写もすべて省略されてしまっている。石井はなぜ，原文で詳細に語られている自然描写や心理描写を削ったのだろうか。

（4）昔話の簡潔な語り口
　石井訳の省略の背景には，石井なりの「子どもの文学」に対する考え方があるのではなかろうか。石井の「子どもの文学」観を知るうえで参考になるのが，共著『子どもと文学』である。この本は，石井が瀬田貞二らと作った「子どもの本の研究会（ISUMI会）」の共著で，石井たちの子どもの本に対する考え方のまとめになっている。この中に，「昔話では，はじまりの部分で，最小限に

必要なことばを使って、一つの物語に必要なものすべて——時間、場所、おもな登場人物、テーマ（中心となる問題）と、出来事の発端——が紹介されます」（石井・いぬい・鈴木・瀬田・松居・渡辺 1967：180）という記述があり、昔話の冒頭は簡潔がよしとされている。この本の「昔話」に関する項目は、執筆担当こそ瀬田であるが、内容はグループで何度も話し合われた結果であり、当然石井の考え方も反映されていたと考えられる。『チム・ラビット』の短編各章は、それぞれ昔話の一話とみなすことはできないだろうか。そう考えれば、各章の冒頭は、昔話のはじまりと同様に簡潔な方がよいことになる。とはいえ、伝承の昔話と創作物語は違う。作家の文章を勝手に削ってもよいのだろうか。『子どもと文学』には、以下のような記述もある。

　昔話は、どこの国の昔話でも同じように、何世紀も世代を経て伝えられてきました。その長い期間には、つけくわえられたり、けずりとられたりした部分もありますが、話のエッセンスだけは変わらずに残りました。このエッセンスとは、目に見える具体的、しかも客観的な出来事であって、個人的な感情とか情緒、すなわち主観的なもの抽象的なものではないのです。そういうものは、ある時代に、昔話を再話する人によって、その時代に特有な感覚をもって付け加えられても、つぎの時代には、またけずりとられてしまうのです。この目に映る具体性ということは、子どもの文学で、非常にたいせつなことです。（石井・いぬい・鈴木・瀬田・松居・渡辺 1967：178）

伝承されていく過程で、時と場所により追加と削除がくり返されて残ったエッセンスが昔話であると考えるのならば、必要に応じたその時々の変更も許されることになる。石井はこの考え方を拡大解釈して、昔話的要素をもつ「幼年童話」においても、時と場所（石井にとっては自分の翻訳を読む現代日本の子どもたち）にあわせて、心理描写など抽象的なものを削除してもよいと考えたのではないだろうか。

（5）日本の子ども読者に対する配慮

　訳者である石井の判断で，日本の子ども読者を配慮したために原文のニュアンスを変えたと思われる箇所がある。幼いチムが最も頼りにしていたのは自分の母である。チムは驚いたことがあると，息せき切って家に駆け戻り，母に報告する。母は，手近にある食べものを与え，チムの気持ちを落ち着かせる。このパターンが3回くり返されるのだが，原文と日本語訳では微妙なニュアンスの違いがある。お母さんがチムに出してくれた3回のおやつを，原文と日本語訳を併記して以下に抜粋する。

　1回目　a crust of new bread（11）→やきたてぱんのかけら（13）
　2回目　a curly yellow pancake（14）→ぱりっとやけた　きいろいほっとけーき（17）
　3回目　a large teacake（15）→大きなほしぶどうけーき（20）

原文で，おかあさんがチムに与えたのは，パンの耳（"crust"＝硬い部分）や，パンケーキの失敗作（"curly"＝曲がったもの）である。パンケーキは，イギリスでは普通の食事のメニューであり，お母さんは夕食の支度をしていて，出来損ないの半端をチムにくれただけである。しかし，日本語訳で「ぱりっとやけた　きいろいほっとけーき」と読めば，お母さんが子どものために特別に手作りおやつを用意して待ってくれていたという印象を与えるのではないだろうか。3回目は，原文でも"a large teacake"とあり，失敗作の意味合いはない。しかし，このケーキは，実はチムが飛び込んで来た勢いに驚いたお母さんが「あぶっていた　けーきを　おとして」（19）しまったために，これもまた食卓には出せないものとなってしまったからなのである。手作りおやつで子どもを温かく迎える日本の母という訳文から想起されるイメージは，原文にあるようなてきぱきと仕事をしながら子どもをあしらうイギリス人の母とは微妙に「ずれ」ている。しかしながら，日本の子どもにすれば，自分のお母さんと同じ温かさが感じられて，物語をより身近に感じるのではないだろうか。

図8-5 中川宗弥の挿絵（『チム・ラビットのぼうけん』49）

文章だけでなく，挿絵も日本式にあわせたと思われる例もある。先に紹介した「チム・ラビットのうん」で，チムが「おひゃくしょうの子ども」を見かける場面である。日本語版の挿絵（図8-5）とともに以下に引用する。

くさかりばのそばの はたけの中のみちを，ひとりのおとこの子が あるいてきました。その子は ぎゅうにゅうのかんを二つ せなかにしょっていました。ぎゅうにゅうのかんをゆすりながら，あたまをさげて ゆっくり ゆっくり やってきました。(48-49，下線筆者)

日本語版の挿絵では，牛乳缶が背負子にしっかりと固定され，少年はその重荷に耐えている。石井自身が酪農をしていた宮城県の「ノンちゃん牧場」付近では，こんな光景があったのかもしれない。ところが，原文のニュアンスは少々異なっている。

On the green path which cut across the field by the common, a boy could be seen carrying a couple of milkcans on a yoke across his shoulders. He walked slowly along, head bent, milkcans swaying, and through the silence came the jingle-jangle of the cans and the sound of this clumping feet in the grass.（74，下線筆者)

原文からイメージされるのは，少年が肩に天秤棒をかつぎ，その棒の両端にミルク缶がつられ，歩くたびに2つのミルク缶が揺れて，"jingle-jangle"という音が鳴り，それが静寂を破って響くという場面である。日本語版の挿絵のように牛乳缶が固定されていたら，音が響くことはないだろう。石井が訳した当時は現在のようにインターネットで簡単に検索することもできなかっただろうから，石井が自分の知っている牛乳缶のイメージに引きずられて訳した可能性も

ある。なにしろ、「ノンちゃん牧場」は山の上にあったといわれている。それとも石井は、原文と異なっていることを知っていて、あえて日本の子どもにはこの方がわかりやすいと判断したのだろうか。いずれにしても、中川の挿絵は、アトリーの原文とは異なるが、石井訳には合っている。

　以上、「チム・ラビット」シリーズの2冊の翻訳の分析から、石井の幼年童話翻訳の特徴として、オノマトペ、省略、社会文化的改変などの技法をみることができた。これらを総合的にみれば、読者である日本の子どもたちが聞いてわかる、聞いて楽しめることを第一に考えた「耳で聞く」ための文体といえよう。

3　アトリー作「こぎつねルーファス」シリーズ

（1）「こぎつねルーファス」シリーズについて

　童心社の幼年童話として石井が訳したのは「チム・ラビット」シリーズの2冊だけだったが、石井はその後もアトリーに注目していく。石井単独訳では『こぎつねルーファスのぼうけん』（岩波書店、1979）と『こぎつねルーファスとシンデレラ』（岩波書店、1981）の2冊を、さらに中川李枝子と共訳で『グレイ・ラビットのおはなし』『氷の花たば』『西風のくれた鍵』などを出版する。ただし、今回の分析対象を石井の単独訳に限るため、「チム・ラビット」に続いて、「こぎつねルーファス」シリーズの2冊を取りあげる。

　先に石井の発言を引用した通り、岩波書店編集部でも、幼年童話は「岩波少年文庫」につながる大切な位置にあるものと認識されてはいた。しかしながら、「岩波の子どもの本」初期24冊の半分であるゾウマークが出版されて以降、久しく絶えていた。最後のゾウマークであるレオ・ポリティ（Leo Politi, 1908-96）の『ツバメの歌』（*Song of the Swallows,* 1950）が出版されたのが1954年12月である。それから四半世紀を経た1979年、『こぎつねルーファスのぼうけん』が「岩波ようねんぶんこ」シリーズの第1作目として出版された。新シリーズ1作目ということであれば、出版社も当然力を入れたであろう。続編の[1]『こぎつ

ねルーファスとシンデレラ』は,「岩波ようねんぶんこ」シリーズの第26作目として,1981年に出版された。その後2冊とも,「岩波ようねんぶんこ」シリーズの肩書きをはずされて,ハードカバーの新版として出版し直され(1991,1992),現在も版を重ねている。

　原書はそれぞれ *Little Red Fox Stories*(Puffin, 1967)と *More Little Red Fox Stories*(Puffin, 1975)である。前者には,「こぎつねルーファスとわるいおじさん」(*Little Red Fox and the Wicked Uncle*, 1954)と「こぎつねルーファスと魔法の月」(*Little Red Fox and the Magic Moon*, 1958)が,後者には,「こぎつねルーファスとシンデレラ」(*Little Red Fox and Cinderella*, 1956)と「こぎつねルーファスと一角獣」(*Little Red Fox and the Unicorn*, 1962)のそれぞれ2編ずつが収録されている。「チム」シリーズでは,2冊の原書から短編を抜粋して邦訳独自の構成の短編集が作られていたが,「ルーファス」シリーズでは,原書と邦訳の章構成はまったく同じである。

（2）『こぎつねルーファスのぼうけん』の翻訳の特徴
　それでは,『こぎつねルーファスのぼうけん』の具体的な翻訳分析に入ろう。『チム・ラビットのぼうけん』から10年以上たって,石井訳はどのように変化したのだろうか。最初に『こぎつねルーファスのぼうけん』の冒頭の場面を引用する。以下の引用は,原書はペーパーバック版 *Little Red Fox Stories*(Mammoth, 1992)から,日本語は『こぎつねルーファスのぼうけん』(岩波書店,1979)からとする。また下線はすべて筆者が施した。

Once upon a time there was a little Fox cub. He had no mother and no father, and he was all alone in the wide world of Thorp Wood. Mrs. Badger found the baby Fox crying in a gorse bush one evening. She heard little sob and then a whimper, so she stopped.（5）
ある森に,一ぴきの,小さい赤ギツネがいました。この子ギツネは,おとうさんも,おかあさんもなく,ひろい森のなかに,ひとりぼっちですんでいま

した。そして，ある夕がた，子ギツネが，ハリエニシダのなかで泣いているところを，アナグマおくさんが見つけたのでした。アナグマおくさんは，小さいすすり泣きの声，それから，かなしげに鼻をならす音をききつけて，足をとめました。（6）

　翻訳の特徴としてまず気がつくのは，ひらがなの分かち書きを改め，ルビ付き漢字を使用していることである。漢字の読みだけではなく「星　魚（ヒトデ）や月　魚」(57)のように，英語の読みそのままをカタカナでルビをふっている箇所もある。想定する読者年齢や出版社の編集方針が影響していることも否定できないが，原書の装丁や文字の大きさや語彙，日本語版の装丁を見ても，『チム』と『ルーファス』にそれほど大きな差があるとは思えない。むしろ，石井が「幼年童話」の表記方法として，ルビ付き漢字の方が読みやすいと思って変えたと考えられる。

　逆に，オノマトペは減っている。『チム』では，1ページに平均して4，5カ所と多用されていたオノマトペだが，『ルーファス』では，数ページに1つあるかないかという頻度に減っている。先の引用部を例に取ると，『チム』の文体なら，「すすり泣きの声」は「くすんくすんという泣き声」に，「かなしげに鼻を鳴らす音」の前には「くーん」などのオノマトペを入れるところだろうが，『ルーファス』では抑えた表現になっている。

　もちろん，オノマトペがまったくないわけではない。"spickles and sparkles"(41)を「キラキラ，ピカピカと光り」(44)，"prickly"(61)を「トゲゲのある」(67)と訳しているように，原語の語感がオノマトペに近いときは訳語でもオノマトペを使用しているが，かなり限定して使っている。

　ルビ付き漢字を使用し，オノマトペの量も抑えたことで，訳文の文章量は原文に比べてそれほど増えていない。一方で，原文の省略はほとんどない。『チム』では，動植物名など日本の子どもになじみのないものは省略されていたが，『ルーファス』では "Peggy Whitethroat and Peggy Dishwasher"(51)を「ノドジロ・ペギー（ムシクイのあだ名）と皿洗いペギー（マダラ・セキレイのあ

だ名）」(55) としたように，かっこ内で説明を加えてまでも，原文にあるものをくまなく訳そうという意図がうかがえる。もちろん両作品の翻訳出版には10年以上の開きがあり，日本に英語文化が浸透し，翻訳界全体で原著尊重が主流となってきたという時代背景も影響しているだろう。

（3）原文との相違点

『ルーファス』の翻訳は，全体的には，原文を尊重する姿勢が強くなっているものの，それとは逆に，意識的に原文と変えている箇所もある。

原文との相違の1点目は，社会文化的背景への配慮である。こぎつねは，アナグマ家の養子，英語では "foster" 関係となる。"foster" が出てくる箇所を，原文と訳文を引用して比較する。

Bill and Bonny stared at their <u>foster-brother</u>. (43)
ビルとボニーは，びっくりして，<u>あたらしいきょうだい</u>のほうを見ました。
(46)

They trudged home, the little Red Fox following his <u>foster-father</u> who carried the boat. (68)
二ひきは，足もおもく，家にむかいました。アナグマさんはボートをかつぎ，ルーファスは，<u>そのあと</u>についていきました。(75)

最初の例では，"foster" は，「義理の兄弟」ではなく「あたらしいきょうだい」と意訳されている。次の例では "foster" は，「義父」ではなく「そのあと」とすることで，あえて呼び名を出さなくてもいいように工夫している。

石井はなぜ，"foster" のニュアンスを日本語訳に出さなかったのだろうか。英語の "foster" は，血がつながっていないという事実関係を伝えるニュートラルな表現である。また，イギリスでは肌色の違う養子をもらうこともそれほど珍しいことではないようである。しかし，日本語で「養子」といった場合には，

第8章　幼年童話と昔話の法則

親子関係に何らかの印象を与えかねない。そのことを配慮して，それを避ける翻訳になったのではないだろうか。『チム』でも母親像の違いが，母親がおやつを用意している様子に表れていたように，英日の社会文化的な相違が，翻訳の細部に投影された例と考えられる。

（4）3回のくり返し
　原文との相違という点で気づくことの2点目はくり返しである。同じ言葉のくり返しの回数が，原文と訳文で異なっている箇所がある。

Rub-a-dub-dub, Three babes in the tub. Bonny and Bill and the little Red Fox, <u>All of 'em clean</u> from their heads to their socks. All of 'em ready to sleep in the rocks, Where nobody never can find 'em. (11)
ごっし・ごし・ごし，たらいのなかに　子どもが三びき，ボニーに　ビルに　赤い子ギツネ，頭のてっぺんから　足の先まで，<u>きれい　きれい　きれい</u>，これで，岩のお家で，みんなが　おねんね，つかまえにくるもの　だれもなし。
(13-14)

"Clack! Clack! Clack!" went the stones. "<u>Dinner. Dinner,</u>" they seemed to say. (41)
「カチン！　カチン！　カチン！」と，石は鳴りました。「<u>ゴハン！　ゴハン！　ゴハン！</u>」といっているようでした。(44)

"Rub-a-dub-dub" と "Clack! Clack! Clack!" の原文での3回のくり返しは，「ごっし・ごし・ごし，」と「カチン！　カチン！　カチン！」と日本語訳でもそのまま3回くり返されている。ところが，それに続く「きれい　きれい　きれい」「ゴハン！　ゴハン！ゴハン！」の3回のくり返しは，日本語訳だけにあって原文にはない。「きれい　きれい　きれい」は "All of 'em clean" を優しく言いかえてあり，「ゴハン！　ゴハン！　ゴハン！」は "Dinner. Dinner," と原文で2

205

回のくり返しを3回に増やしている。石井はなぜこのような改変をしてまで，くり返しを3回に整えたのであろうか。

4　昔話に対するこだわり

（1）昔話の語法とリュティ理論

　3回のくり返しという言葉で想起されるのは昔話である。石井の昔話に対する考え方を知るには，1974年5月に岩波ホールで石井が行った講演「幼児のためのお話」が参考になる。この講演内容は，翌1975年1月に発行された福音館書店の月刊誌『子どもの館』に収録された。その後，東京子ども図書館の機関紙『こどもとしょかん』2008年夏号「追悼・石井桃子」特集の巻頭に再録されたことから考えても，石井の昔話に対する考え方として信頼できるものと考えられる。少し長くなるが，抜粋して引用する。

> まずアメリカにゆき，びっくりし，喜びましたのは，どこの公共図書館の児童室にも，世界の昔話は，宝物のようにだいじにされて，棚に並んでいることでした。（中略）しかし，その図書館員たちも，昔話の子どもたちを引きつける力を，経験から知ってはいても，私のように頭の整理の出来てないものに，分析的に教えられる人はいなかったのですね。（中略）以来，ずっと私は，五才から十才くらいまでの子どもに，なぜ昔話は入りやすいのか，いったい，『だとさ』とは何かということを，専心というわけにはいかなかったのですが，忘れることなく考えてきました。（中略）そう思い始めたころ，私は，スイスのリュティという昔話の研究者の『ヨーロッパの昔話』（岩崎美術社）という本にぶつかったのです。（最近，リュティの『昔話の本質』（福音館書店）も出版されました。）まるでそれは宝の山にふみいったような経験でした。そこには，昔話について，私が知りたいと思うようなことが，ほとんど全部書いてありました。（中略）リュティは，その中で，「昔話の年令は五歳から十歳」といっております。私は，こういってもらったとき，長

第8章　幼年童話と昔話の法則

い，あてのない旅をしてきた者が，望んできたものが，望んできた目的地についたような気がしました。(石井 1975：12-14, 波線原文のまま)

石井が留学していたのは1954年から55年にかけてのことなので，この講演の20年前のことになる。石井はかなり長い間，昔話の魅力の不思議さについて考えてきたのだろう。だからこそ，その疑問に答えてくれたマックス・リュティの著作に感銘を受けたのである。

リュティは，『ヨーロッパの昔話』(*Das Europäische Volksmärchen*, 1947) の中で，「昔話は固定した公式でもって活動する。昔話は数字一，二，三，七，十二をこのむ」(リュティ 1969：59) と言い，3という数字が昔話の中で重要な数字のひとつであることを指摘している。また，リュティを日本に紹介した小澤俊夫は，リュティ理論を発展させて日本の昔話研究に応用した。その成果である『昔話の語法』の中で，小澤は3回のくり返しについて以下のように述べている。

　グリム兄弟が三回のくり返しをほとんど同じ言葉で語ったことは驚嘆に値すると思います。また私の日本におけるフィールドワークの体験でも，すぐれた語り手は三回のくり返しをほとんど同じ言葉で語っています。日本の伝承的な語りのなかには，しばしば「行くが行くが行くと」とか，「行くかい行くと」という言葉があらわれます。(中略) ここにいたって昔話のほんとうの形を考える場合には，リュティのいう様式だけではなくて，個々の言葉のつかい方まで検討しなければならないことが明らかになりました。(中略) 構造全体の特性が言葉づかいにまでおよんでいると考えるからです。

(小澤 1999：235-236, 下線筆者)

リュティは，昔話では同じ出来事が3回くり返されると指摘した。小澤は，リュティの発見をさらに発展させ，3回のくり返しは出来事だけではなく，一つひとつの言葉遣いなどの表現にまで及んでいることを明らかにし，「同じこと

207

がおきたら，同じ言葉でくり返すことが重要」と指摘した。石井は，昔話の専門家であるリュティや小澤の著作を読み，昔話には独特の法則があり，それが耳で聞く伝承文学の特質として磨かれてきたことを確認した。

（2）昔話の語法の創作文学への応用

　そして石井はさらに拡大解釈して，この昔話の語法が，耳で聞くことを特徴とする子どもの文学全般に通用すると考えたと思われる。たとえば，先の講演の最後で石井は「昔話が自分に課している制約，またはその特長，そういうものは，創作童話も負わなければならないし，すぐれた点は学ばなければならないし，さらに作家は，自分の個性をそこに加えるべきでしょう」（石井 1975：14）と述べている。この講演が行われたのは，ちょうど『チム』と『ルーファス』の2つの翻訳の間の時期にあたる。アトリーの創作童話である『ルーファス』の翻訳において，原文から変えてまでも3回のくり返しに語り口を整えた背景には，リュティ理論をはじめとする石井の勉強の成果があった。

　さらに，アトリー作品の特徴も関係しているだろう。昔話の語法を適用するには，昔話に近い創作童話から始めるのがわかりやすい。その点でアトリーはうってつけであった。石井は，幼年童話の一番の書き手としてアトリーを尊敬しており，その理由を以下のように述べている。

　　イギリスには，幼年童話の名手といわれる，すぐれた作家たちが，十九世紀の終わりごろから，かなりの数，あらわれています。ちょっとふりかえってみただけでも，ビアトリクス・ポター，ルース・エインズワース，アリソン・アトリーと，すぐいくつかの名前が頭に浮かんできます。このなかで，いま，私が特別な興味を感じている作家は，アリソン・アトリーです。（中略）アリソン・アトリーの作品を読んでいると，児童文学というものが，伝承文学から独立して，自我を持つ個人の創作となっていく道すじを目の前に指し示されるような気持ちがいたします。それは，彼女より先に，アンデルセンが通ってきた道でもあります。（石井 1999c：115，123）

第8章　幼年童話と昔話の法則

左記のように，石井は児童文学のある種の理想をアトリー作品の中に見ていた。石井が考えたアトリー文学の基盤とは伝承文学だった。石井は，「かつら文庫」など現実の子どもたちとの実践活動の中で，昔話やアトリーの幼年童話が子どもたちをひきつけることに気づき，その理由を長年疑問に思っていたが，その答えを伝承文学理論の中に見出し，両者の根っこが同じであることに納得したのである。

（3）日本の昔話の再話

　石井は，アトリー作品の基盤にある伝承文学に注目したが，石井の昔話との接点はそれよりずっと前にさかのぼる。石井は，幼いころより昔話を聞いて育ち，それが自分の文体の基本になっていることを，エッセイに書いている。

　祖父の大きなあぐらの中にすっぽりとおさまり，頭の上から聞こえてくる昔話や世間話に耳をすまし楽しんでいる三，四歳の女の子。（中略）六人きょうだいの末っ子の私は，祖父の話を聞いて育ったのだ。（中略）先日，幼いころの様子を話していたとき，「三ツ子の魂百まで，ですね」と相手に言われ，ああ，ほんとうにそうだと思った。「子どもの本」は根源的な「人間の本」であるという私の信念は，あの祖父の懐ですでに私の内に生まれていた気がしてならない。（石井 2007a：1）

幼いころに昔話を聞いて育った石井は，編集責任者となったときに，またそこに立ち戻ることになった。編集者としての石井が「岩波の子どもの本」シリーズの1冊目として選び，石井が自ら文章を書いたのが，日本の昔話の『ふしぎなたいこ』であった。『ふしぎなたいこ』に挟み込まれた作品案内のチラシの中で，石井が当時の思い出を書いているので引用する。

　「岩波の子どもの本」第1集が世に出たのは，1953年，いまから，かれこれ30年近く前のことだと考えると，驚かされる。（中略）幸運にも，外国の子

209

第Ⅲ部 「語り」の文体の確立

どもの本なら，文字通り家いっぱい収集していらした光吉夏弥氏がこの企画に加わって，惜しみなく材料を提供してくださったから，外国の絵本の選択はかなりの贅沢が許された。意外にむずかしかったのは，日本のお話の本である。昼夜兼行，編集部あげての材料さがしののち，日本の昔話で私が1冊つくることになった。（石井 1980）

初期の「岩波の子どもの本」シリーズの多くは，『はなのすきなうし』（*The Story of Ferdinand*, 1936）や『ちいさいおうち』など世界の古典的名作絵本の翻訳である。その中で2冊だけ日本の昔話が入っているのは異色であるが，その2冊の文章は石井が担当している。日本の昔話を探しあぐねた石井が元話にしたのは，自分が幼いころに聞いた昔話であった。再び石井の講演録「幼児のためのお話」から引用する。

　夜になると，祖父は，よく孫たちと車座を組んで，お話をしてくれました。私は，たいてい，祖父のあぐらのなかに抱かれていたようです。私が，「岩波おはなしの本」のなかに下手な再話をした「おししのくびはなぜあかい」とか，「にげたにおうさん」などは，みな祖父から聞いたものです。祖父は，ああいう話を，そのまた祖父か祖母から聞いたのでしょうか。私は，まだ本で読んだことはありません。（石井 1975：8）

上記で石井が言及した「おししのくびはなぜあかい」と「にげたにおうさん」の2つの昔話は，石井の再話で「岩波の子どもの本」に収録されている[2]。
　このような思い出を基盤にするためか，石井の昔話の仕事は決して多くない。岩波書店以外では，福音館書店から『いっすんぼうし』（1965）と『したきりすずめ』（1982）の2冊の絵本を出版している。初めて『舌切り雀』を聞いたときの強烈な印象についても，石井は同じ講演の中でふれている。

　ある晩，私は，こたつで，一ばん上の姉に抱かれて『舌切り雀』の絵本を読

んでもらっておりました。(中略) 私は,昔話をそれまでにも聞きなれていたにちがいないので,舌切り雀の話はすでに知っていたと思います。しかし,姉が文字を読みながら,ページをあけ,そこに,おじいさんとおばあさんだけがいて,雀がいないのを見たとき,私はいまのことばでいえば,耐え難い悲しみがこみあげてきてしまったのです。(石井 1975：10)

石井と昔話の関わりは,数は多くないものの,細く長く続く。祖父から聞いた話を,姉に絵本で読んでもらい,成人してから自分が活字にして,次世代の子どもたちに手渡していく。石井の体験は,伝承文学が活字化されることで文学として生き残ってきた過程そのものである。

(4) 英語圏の昔話の翻訳

石井の昔話に対する思いは,日本の昔話以外にも向かった。たとえばイギリスの昔話の翻訳の仕事がそのひとつである。1959年にあかね書房「世界児童文学全集」の1冊として『イギリス童話集』が出されたが,1968年に絶版となり,1981年に福音館書店から『イギリスとアイルランドの昔話』として改めて出版された。福音館書店版『イギリスとアイルランドの昔話』に収録されたイギリスの昔話のうちの大半は,ジョセフ・ジェイコブズ (Joseph Jacobs, 1854-1916) が編纂した『イギリスの昔話集』(*English Fairy Tales*, 1890) と『続・イギリスの昔話集』(*More English Fairy Tales*, 1894) の中から採られている。また,アイルランドの昔話は,同じくジェイコブズ編の『ケルトの昔話集』(*Celtic Fairy Tales*, 1894) とアイルランド生まれの詩人,ウィリアム・バトラー・イェーツ (William Butler Yeats, 1865-1939) 編の『アイルランドの昔話と妖精物語』(*Irish Folk Stories and Fairy Tales*, 1892) から採られている。

『イギリスとアイルランドの昔話』の「訳者あとがき」をみると,石井のジェイコブズに対する評価がよくわかる。石井は,ジェイコブズが「イギリスじゅうの子どもにわかるように書きなおし,自分の子どもに何度も話して聞かせてから,たいくつなところは省略する」という手法を採ったことに注目し,

「昔話を子どもの文学として定着させたという点から見て、ジェイコブズの態度は有意義であった」と評価している。石井は、ジェイコブズが昔話を民俗学の観点からではなく、子どもに聞かせるお話として捉えていた態度に共感した。だからこそ、翻訳に際してもジェイコブズの考え方を踏襲した。ジェイコブズが方言を排除したのにあわせて、イェーツの再話集の中にあった方言を、石井が「ほとんど無視」したのはその証といえよう（石井編訳 1981：332-333）。

（5）昔話は子どもの本の基本

　このように昔話は、石井にとって身近な存在であるとともに、子どもの本を考えるうえで欠かせない指針でもあった。その思いは晩年になっても消えるどころか、かえって強くなっていったようである。96歳のときのインタビューでも石井はまだ、「からだが持てば、子供の本とは何か、勉強し直したい。昔話は大人もひきこまれるが、その構造も研究したい。目を活字にさらしていると楽しいのです」（石井 2004b）と語り、昔話に注目している。

　しかし、石井が昔話に関心を寄せたのは、研究のためではない。昔話の魅力が、子どもの文学全般に応用可能なものと考えたからである。先に紹介した講演録の最終部分で「とにかく、幼い子どものためのお話を書くひとは、昔話にとっぷりひたり、その軽快さ、意味の深さ、むだのなさを自分のなかにしまいこむ必要があることは確かだと思います」（石井 1975：14）と語っているのが、その現れといえよう。

　以上の分析から明らかになったように、石井は、昔話の構造や語り口などの要素が、優れた子どもの文学に通じると考えていた。幼年童話は、音読される「声」という点からだけでなく、昔話などの「声の文化」の系譜につながるという点からも「声」に深く関係する文学である。石井の幼年童話の翻訳は、これら「声」の2つの側面を配慮したものとなっていた。

注
(1) 石井の下で「岩波の子どもの本」シリーズの編集に携わった元岩波書店編集者の

第8章　幼年童話と昔話の法則

　鳥越信は,「岩波ようねんぶんこ」シリーズ創刊を聞いて,「いよいよ岩波も幼年童話に取り組むのかと思った」と言う（鳥越氏インタビューより）。
(2)　「おししのくびはなぜあかい」は『おそばのくきはなぜながい』(1954) に,「にげたにおうさん」は『ふしぎなたいこ』(1953) の後半部にそれぞれ収録されている。

第9章
ポターの「語り（"tale"）」の文体

1　「ピーターラビット」シリーズ

（1）ポターとファージョン

　幼年童話に続いて，60代の円熟期に石井が取り組んだのが，B. ポターとE. ファージョンである。石井は自身の代表作として6作品をあげているが，そのうちの半分が翻訳で，具体的にはミルンの『クマのプーさん』，ポターの『ピーターラビットのおはなし』，そしてファージョンの『ムギと王さま』の3作品である。『プー』が翻訳家としての石井の原点だとすれば，ポターとファージョンは，翻訳家としての石井の到達点である。

　石井は，ほぼ同時期に，ポターとファージョンの2人の作家に取り組んでいる。「ファージョン作品集」第1巻の『年とったばあやのお話かご』が刊行されたのが1970年7月，ポターの「ピーターラビット」シリーズの最初の6冊が刊行されたのが1971年11月である。この2つの翻訳に集中して取り組んだ結果として，5年間に「ピーターラビット」シリーズ15冊と「ファージョン作品集」6冊が刊行された。その後しばらく時間をおいて，1983年6月に「ピーターラビット」シリーズの残り4冊，1986年2月に「ファージョン作品集」第7巻の『ガラスのくつ』（*The Glass Slipper*, 1955）が刊行され，2つのシリーズは完結する。

（2）核としての昔話

　ポターは絵本，ファージョンはファンタジーと，ジャンルも作風も異なる作家に同時並行的に取り組むのは容易いことではない。しかし，ポターとファージョンには共通点もある。2人とも，幼いころより昔話に親しみ，その文体に昔話の影響がみられることである。たとえば，瀬田貞二は，「昔話の再創造」というエッセイの中で，2人の作品と昔話の関係について以下のように述べている。

　　昔話を種にして自分の文学を創作した例も少なくない。これは，昔話風にできていても，題材が昔話というだけでモチーフは別なのだから，再話ではなくて再創造というべきだろう。（中略）エリナー・ファージョンの *The Glass Slipper*（『ガラスのくつ』一九五五年）や *The Silver Curlew*（『銀のシギ』一九五三年）となると，創作の糸目は明瞭で，前者は「シンデレラ」，後者は「トム・ティット・トット」を下敷きとして，自由な登場人物をつけ加え，ストーリーを上積みして，はなやかなオペレッタのように仕上げた作品だった。（中略）ファージョンや木下氏が，古い皮袋に新しい酒をいれたものだとすると，その逆の場合はどうなるだろう。新しい皮袋に古い酒をいれるというと喩えがうまくないが，昔話の方法を使って新しいお話を書くということが実は，児童文学のいちばん秘かな内奥の領域へふみいる最良の道であることを発見したのは，ようやく最近になってのことに属する。（中略）ひとりはビアトリクス・ポターという娘さんで，その絵本 *The Tale of Peter Rabbit*（『ピーターラビットのおはなし』一九〇一年）は昔話の形からは自由だったけれども，そのナレーションは，昔話と同様に，まったく経済的でむだがなく，簡素で力強かった。ポターが昔話の世界をよく知っていたことは，*The Tale of Squirrel Nutkin*（『りすのナトキンのおはなし』一九〇三年）を読めばわかる。（瀬田 2009上：398-399）

　昔話のモチーフを使って新しい創作の形に仕上げたファージョンと，新しい絵

本作りに昔話の手法を使ったポターという瀬田の指摘は、昔話が2人の文学の核にあることをうまく説明している。この原稿は、瀬田の没後にまとめられた評論集『児童文学論』（福音館書店、2009）から引用したが、初出は「昔話と児童文学——イギリスの場合」『英語研究』（1971年3月号）とある。瀬田のこの原稿が発表されたのは、2つのシリーズの刊行開始とほぼ同時、つまり石井がポターとファージョンと格闘していた時期に重なる。石井と瀬田との関係を考えれば当然、石井もこの文章を読んで共感したに違いない。もしかしたら逆に、石井が瀬田にヒントを与えたのかもしれない。いずれにしても、石井がアトリーの翻訳やリュティ理論の学びから昔話に関心を深めた延長線上に、ポターとファージョンの翻訳があったと考えられる。

（3）「絵本（"picture book"）」と「物語（"story book"）」

　B. ポターは、1902年に商業出版された『ピーターラビットのおはなし』を皮切りに、子ども向きの小さな本を24冊作った。「ピーターラビット」シリーズと称されるポターのこの小さな本は、湖水地方の美しい自然とウサギやリスなど小動物の精密で写実的な絵の魅力と、キャラクターグッズの人気とがあいまって、一般的には「絵本」として認識されている。しかしながら、絵本論的定義による「絵本」とは、少し異なる性格をもっていると評する者もいる。

　たとえば米国の絵本作家ユリ・シュルヴィッツ（Uri Shulevitz, 1935- ）は絵本論 *Writing with Pictures*（1985）の中で、「絵本（"picture book"）」と「物語（"story book"）」を区別し、絵と文章が対等に重要な要素として組み合わさってできるのが「絵本」、絵はあくまでも補助的な役割にすぎず、絵がなくても文章だけで物語が成立するのが「物語」と定義している。そして「絵本」の代表例として M. センダックの『かいじゅうたちのいるところ』、「物語」の代表例として『ピーターラビットのおはなし』をあげている。シュルヴィッツによれば、ポターの絵が物語のイメージを膨らませる力をもっているのはもちろんであるが、ポターの文章もまた力強いイメージ喚起力をもっており、絵がなくても文章だけで物語は完全に理解できるという（Shulevitz 1985：15-16）。自身が

第Ⅲ部 「語り」の文体の確立

絵本作家でもあるシュルヴィッツの指摘は，絵本における絵と文章の役割を考える上で参考になる。

（4）「ピーターラビット」は "tale" である

　シュルヴィッツにしたがい『ピーターラビットのおはなし』が「絵本」ではないと考えると，他に何と呼ぶべきか。筆者は，「ピーターラビット」シリーズは，"tale" であると考える。それを象徴するのがタイトルである。ポター作品のすべての版権をもつフレデリック・ウォーン社（Frederic Warne & Co.）は，ポター作品の決定版として『ピーターラビット全おはなし集』（*Beatrix Potter : The Complete Tales*, 1989）を出版しているが，その中で，ポター没後に出版された『ずるいねこのおはなし』（*The Sly Old Cat*, 1971）を除く23冊を「オリジナル・ピーターラビット・ブックス（"Original Peter Rabbit Books"）」と呼んでいる（Potter 1989：扉）。その23冊のうち18冊のタイトルは，*The Tale of Peter Rabbit* のように *The Tale of* で始まっている。残りの5冊のうち，『グロースターの仕たて屋』（*The Tailor of Gloucester*, 1903）を除く4冊は幼年向けである。『こわいわるいうさぎのおはなし』（*The Story of A Fierce Bad Rabbit*, 1906）と『モペットちゃんのおはなし』（*The Story of Miss Moppet*, 1906）の2冊は，初版では「折りたたみ式手風琴型（'a fold-out concertina'）」の絵本であった。また，『アップリ・ダプリのわらべ唄』（*Appley Dapply's Nursery Rhymes*, 1917）と『セシリ・パセリのわらべ唄』（*Cecily Parsley's Nursery Rhymes*, 1922）は，マザーグースにならい，ポターが自作した短詩（"rhyme"）に絵をつけたもので，文字は少なく，お話を聞くにはまだ早い幼い子どもが対象とされた。現に，1917年に『こわいわるいうさぎのおはなし』と『モペットちゃんのおはなし』の2冊は版形を改め，シリーズの他の本と同じ綴じ本の形で再販されたが，これら4冊はまとめて「ごく幼い人（"very young children"）向け」として紹介されている（ポター 2007：142）。

　『グロースターの仕たて屋』の特異性については後ほど詳述するが，この作品と幼年向けの4冊以外すべての本のタイトルに "tale" がつけられている。こ

のことは、「ピーターラビット」シリーズが "tale" であるというひとつの証である。

2　"tale" の文体

(1) "tale" とは何か

そもそも、"tale" とは何か、定義から振り返ってみよう。*The New Oxford Dictionary of English* の "tale" の項を引用する。

> **tale**. noun. 1. a fictitious or true narrative or story, especially one that is imaginatively recounted …. Origin- Old English *talu* 'telling, something told', of Germanic origin; related to Dutch *taal* 'speech'

"tale" の語源は "telling, something told"、つまり「語り、または語られたもの」である。次に最新の伝承文学便覧ともいうべき D. L. アシュリマン（D. L. Ashliman）の『昔話と妖精物語便覧』(*Folk and Fairy Tales : A Handbook*, 2004)を参照しよう。巻末用語解説（Glossary）の "story" の項からの引用である。

> **story.** Derived from the Latin *historia,* the term *story* implies a <u>written</u>, factual account, as contrasted with <u>*tale*</u>, which is related to the Old Norse *tala*（talk）. The term *story* has evolved in two opposing directions, and the word today can mean *true account*, as in *news story*; or lie, as in *That's just a story*. Applied to fictional accounts, *story* and *tale* are synonyms and in most contexts interchangeable.
>
> (Ashliman 2004：204, 下線筆者)

"story" と "tale" は、現在では「想像上の話」を意味する類義語として使われいるが、語源では「書かれたもの（"written"）」と「語られたもの（"told"）」と

なり、違いが明確になる。本論で使用してきた用語に置き換えれば、「語り、または語られたもの」である"tale"は、「文字の文化」ではなく「声の文化」に属するものといえよう。

"tale"が「語り」だとすると、『ピーターラビットのおはなし』は、誰の「語り」なのだろうか。『ピーターラビットのおはなし』が、ポターの家庭教師であったアニー・ムーア（Annie Moore）の子どものノエルに宛てた絵手紙が元になったことはよく知られている。ポター研究家のジュディ・テイラー（Judy Taylor）の評伝『ビアトリクス・ポター』（*Beatrix Potter,* 1986）から引用する。「ノエル君、あなたになにを書いたらいいかわからないので、四匹の小さいウサギのお話をしましょう。四匹の名前は、フロプシーに、モプシーに、カトンテールに、ピーターでした……」（テイラー 2001：84-85）とあるように、手紙の中でノエル君にお話を語っているのはポター自身である。『りすのナトキンのおはなし』は、ムーア家の5番目の子ノーラ宛ての手紙が元になっているし、『パイがふたつあったおはなし』（*The Tale of the Pie and the Patty-Pan,* 1905）は、ムーア家の6番目の子どもジョーンに捧げられている。ムーア家の子どもたち以外にも、『ティギーおばさんのおはなし』（*The Tale of Mrs. Tiggy-Winkle,* 1905）は「ニューランズに実在するルーシーちゃん」つまり湖水地方ニューランズの教区牧師の娘ルーシーに捧げられている（テイラー 2001：114-135）。『こねこのトムのおはなし』の献辞はさらにユニークで、「すべてのいたずら小僧たちに――特に、私の庭の塀によじのぼる連中たち（All Pickles ― especially to those that get upon my garden wall)」（吉田 1994：237-238）に捧げられている。以上から明らかなように、ポターの作品の多くは「特定の子どもを念頭において書いた物語」（テイラー 2001：131）、つまりポター自身が実在の子どもに向けて語った「語り（"tale"）」なのである。

（2）語り手の声

次に"tale"の原文の文体と翻訳文体について考察する。ポターの文章が"tale"であると考える理由は何点かあるが、第一にあげられるのは、文章中に

第_9_章　ポターの「語り ("tale") 」の文体

ときどき語り手の声が顔を出すことである。たとえば、『ピーターラビットのおはなし』で、ピーターがマグレガーさんに追いかけられる場面から引用する。

And rushed into the tool-shed, and jumped into a can. It would have been a beautiful thing to hide in, if it had not had so much water in it. (Potter 1902：40)
それから、ものおきにかけこみ、じょうろのなかにとびこみました。水がいっぱいはいっていなかったら、すばらしいかくればしょだったの<u>ですけれどねえ</u>。(ポター 1971：33，下線筆者)

石井訳の「ですけれどねえ」という語尾には、語り手の声が出ている。仮定法の原文を直訳すると「水がそれほどたくさん入っていなかったら、すばらしいかくればしょになるはずだった」となる。原文に明記されていないが、「すばらしいかくればしょになるはずだ」と思った人の存在が感じられ、石井はその人の声をあえて出して間接話法のように訳している。つまり石井は、ポターの原文中の語り手の声を強調するように訳しているのである。これは、絵本など幼い子向けの翻訳に直接話法が多いという傾向とは異なっている。たとえば、バートンの絵本『ちいさいおうち』の石井訳でも、英語原文での間接話法が、「おうち」の独白として直接話法に直され、「おうち」の声として子どもが理解しやすいように工夫されていた (本書139ページ参照)。直接話法の会話にすれば、主人公の台詞であることが明確になり、聞き手の子どもはより自己同一化しやすい。一方『ピーターラビットのおはなし』では、語り手の声が間に入る分、読者と主人公の気持ちとの間に少し距離感が生まれることになった。

　それでは、語り手以外の声、たとえば登場人物の声の翻訳はどうなっているだろうか。再び『ピーターラビットのおはなし』の中から、すずめの声の部分を引用する。

Peter gave himself up for lost, and shed big tears; but his sobs were

overheard by some friendly sparrows, who flew to him in great excitement, and implored him to exert himself. (Potter 1902：36)
　ピーターは，もうだめだと，おもって，大つぶのなみだをこぼしました。ところが，しんせつなすずめが そのなきごえを ききつけて，びっくりしてやってきました。そして，どうぞ がんばって にげだすようにといいました。
　　　　　　　　　　　　　　　　　　　　　　（ポター　1971：29，下線筆者）

　下線部のすずめの台詞は，ポターの原文にあわせて，石井も間接話法で訳している。『ちいさいおうち』風に訳せば，「どうぞ，がんばって，にげて！」というように「ことり」の声が聞こえるような直接話法に直した訳し方になるだろう。しかしここではむしろ，感情移入を避けているようである。一般的に，子どもが主人公に自己同一化して物語を楽しむのは，子どもが感情移入しやすいからである。ゆえに，翻訳においてもその流れを後押しするのが望ましいはずである。ところが石井訳の『ピーターラビット』の文体はそれに逆行している。石井の文体は，子どもにどう受け入れられるのだろうか。

（3）幼い子どもの反応
　石井訳の文体に対する子どもの反応をみるために，筆者は実際に，4歳の男児に対して『ピーターラビットのおはなし』を読んでみた。抑えた文体にもかかわらず，子どもが話にぐいぐいとひき込まれていくのがよくわかった。ピーターに危険が迫ってくると，顔がひきつってくる。「ピーターは，もう そんなことはへいきです」（ポター　1971：46）という文章まで来たとたん，息を詰めて聞いていた小さな体から力が抜けた。ピーターが逃げ切れたことがわかり，心から安堵したのが，はためにも明らかだった。小さい子は絵本を読んでもらうとき，主人公になりきって全身で「お話」にのめりこむ。ポターの写実的な絵とリアリズムに徹した簡潔な文章は，子どもを物語世界へひきつける吸引力も強い。読み手は，聞き手のあまりの緊張ぶりをみかねて，つい「怖いねえ」とか「どうなるんだろうね」と合いの手を入れたくなる。ところが，ポターの絵

本では，読み手が創作しなくても，すでに文章の中にその合いの手が，語り手の声として挿入されているのである。

　そもそも，「お話」と聞き手との間に，語り手が介入するメリットは何か。子どもは，単に「お話」を聞いているだけではない。全身で「お話」の世界を旅している。旅の道連れがいる，つまり一人でないという安心感があれば，冒険に出かけられる。怖い話も聞けるだろう。『ピーターラビット』は，そのかわいらしい絵の印象とは裏腹に，お父さんウサギが肉のパイにされてしまうようなグロテスクで怖い話である。そんな怖い話の中にはさまれる語り手の合いの手は，聞き手である子どもに，頼りになる道連れがいたことを思い出させてくれるのである。ポターの語りは昔話に似て，耳から聞くだけで聞き手を「お話」の世界に引き込む力をもっている。絶妙の間合いで挟みこまれる語り手の声は，緊張の間の小休止として，物語の緩急のリズムを形成している。

（4）ポターの文章は削れない

　ところで，訳者である石井も，ポター作品が絵本というより「語り ("tale")」であることを認識していたと思われる。というのも，石井はポターの文章をまったく削っていないからである。たとえば，児童文学者の吉田新一は，レズリー・リンダー（Leslie Linder）を訪問したときの思い出を以下のように語っている。

> リンダー氏とお会いした時，しきりと日本語というのは英語を訳すと長くなるかどうかと言われるので，だいたい長くなりますと答えると，ポターの本では絵とことばはセットなので，長くのびて次のページにはいりこむようでは困るんだが，としきりにそのことを心配なさってました。（吉田 1994：32）

リンダーはポターの暗号日記の解読で知られているポター研究者であり，一方，吉田は日本におけるポター研究の草分け的存在である。2人ともポターの文体や作品の特徴を知り尽くしている。2人の専門家には，ポターの日本語訳の困難さが実感できたのだろう。「絵とことばはセット」というポター作品の特徴，

「訳すと長くなる」日本語の性質という2つの制約を受けながら，石井はポターの小さな本に完訳を詰め込もうと神経をすりへらした。

1ページに詰め込む文章量を増やすことは，ポターの長所のひとつである絵とのバランスを犠牲にする。それでも石井はポターの文章は削らなかった。石井のこの翻訳姿勢は，『ちいさいおうち』の絵本翻訳のときと対照的である。『ちいさいおうち』が最初，原書より小さい判型の「岩波の子どもの本」シリーズの1冊として出されたとき，石井は絵をひとつも削らずに文章を削った。前掲のシュルヴィッツの言葉を借りれば，石井は『ちいさいおうち』を「絵本」，『ピーターラビットのおはなし』を「物語」と考えていたことにならないだろうか。

（5）ポター翻訳のむずかしさ

もちろん，ポター翻訳のむずかしさは，限られたスペースに訳文を収めることだけではなかった。石井自身がエッセイの中で「『クマのプーさん』や，ファージョンの本とちがって，ビアトリクス・ポターの本は，私にとって，自然にとけこめるというようなものでなく，たいへんきびしく，むずかしかった」（石井 1999b：203）と書いているように，ポターの作品世界に入り込む時点から厳しさを感じていたようである。

石井が感じたポターの厳しさの一因を，筆者はポターの土着性に見る。石井は，ポターの作品の背景を知るためにイギリスを旅行し，そのときの思い出をエッセイに書いているが，その中でポターは「イギリスの風土からうけたものを克明に写しとり，きびしくくみたてて幼児のための絵物語をつくった」とし，その作品は「断ち切りがたくイギリスという風土に根づいている」と語っている。特に，ポター作品を日本語にする困難さの例を以下のように書いている。

ぎりぎりまで単純な，きびしいミス・ポターの散文は，私が，いままでしてきた翻訳の仕事のうちで，一番むずかしいものだったと話した。ことばづかいがむずかしいということなら，またいろいろな工夫も浮かぶのだが，ミ

第.9章 ポターの「語り ("tale")」の文体

ス・ポターの単純な，「もみの木の下の a sandy bank に住んでいました」というような文章を訳すとき，私には，そのサンディ・バンクを心に描くことができず，文字だけを訳していると，良心の呵責をうけるのです。

(石井 1999b：199)

ポターの描くイギリスの自然は，日本のそれとは細かい点で異なっていて，頭の中だけでイメージするのは困難だった。ポター作品の背景を自分の目で確かめるために，石井はイギリス旅行を渇望したのである。加えて，ポターの写実的な絵は，登場人物である小さな動物たちの描写にもあいまいさを許さなかったため，英日の固有名詞の差などにも苦労したようである。邦訳出版の順番は，原書の発表順に準拠せず，石井が福音館書店の担当編集者とともに，日本の読者への受け入れられやすさを第一に決めたという。たとえば，『ジェレミー・フィッシャーどんのおはなし』(*The Tale of Mr. Jeremy Fisher*, 1906) は「登場するカエルや魚たちの名まえのおもしろさが，日本の子どもに通じにくい」から，『ティギーおばさんのおはなし』は，「ハリネズミというものが，日本にいないから」最初の選本からはずしたと石井は語っている (石井 1999b：212)。しかし，石井たちの心配は杞憂に終わった。刊行された「ピーターラビット」シリーズは好評を得て，全24作が順次邦訳出版されることになるのである。

(6) 音楽のようなポターの言葉

ポターの言葉のリズムもまた，翻訳の困難さの一因であった。そのことに石井が気づいたエピソードが，同じエッセイの中に書かれている。

私は，今度の旅のあいだに，ポターの文は，それで育ったひとには，それこそ，もう一種の音楽になっているのだと思った。帰り道で寄ったアメリカで，ある友人のところに行ったとき，彼女が，つくろい物をしながら，"no more twist, no more twist" とつぶやいているのを聞いた。このことばは，ポターの『グロースターの仕たて屋』という本の中で，仕たて屋に命を助け

られたねずみが，病気の仕たて屋にかわって，市長さんの結婚式の服を細かい細かいぬい目で縫いながら，糸がなくなったとき歌うことばである。私は，すぐその友人に，「トゥイストということばは，普通の糸の意味でも使うの？」と聞いた。友人は笑って，「これ，ポターよ。」と答えた。

(石井 1999b：200，下線筆者)

「一種の音楽」というのは，子守唄やわらべ唄のように，幼いころに聞いた言葉が幼い子どもの心と体に刻み込まれ，自分の言語リズムの一部として身体化されているということである。そこまでこなれた英語特有の表現を，日本の子どもたちにとっても音楽に聞こえるように訳すというのは容易なことではない。『プー』の翻訳のときに，石井は，「雪やこんこ」や「もしもしかめよ」などの日本の童謡やわらべ唄に入れ替えて，日本の子どもたちが口ずさめるように訳していたが，絵とのバランスからスペースが制限された「ピーターラビット」シリーズでは，そのような翻訳の自由度は許されなかった。石井がポターのリズムに苦労したのも無理はない。

　そもそも石井は，詩の翻訳を苦手としていたようである。A. A. ミルンの子ども向け4作品のうち，童謡詩集の2作には手を付けなかったし，ポターが書いた2冊の『わらべ唄』の翻訳も中川李枝子に委ねている。

3　『グロースターの仕たて屋』の翻訳分析

(1) 原作の創作経緯

　"tale"の翻訳文体を考えるにあたっては，"tale"以外の場合と比較してみると興味深いことがわかる。"tale"以外の具体的な作品とは，『グロースターの仕たて屋』である。この作品の原題には，幼い子向けの4冊以外で唯一タイトルに"Tale"がついていない。『グロースターの仕たて屋』は，ポターがグロースターシャーという町を訪れたときに聞いた伝説を下敷きにしている。「仕たて屋が，裁断してまだ縫いはじめていないチョッキを，土曜日の晩に仕事場に

第9章 ポターの「語り（"tale"）」の文体

図9-1　外枠ありの絵（『グロースターの仕たて屋』40）

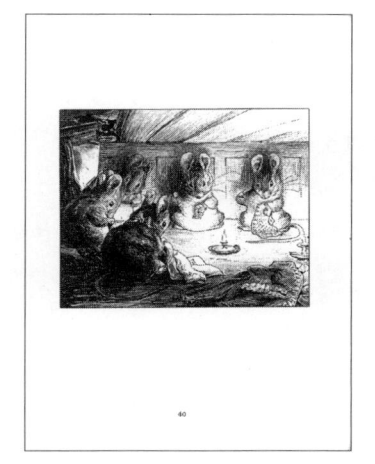

図9-2　外枠なしの絵（『のねずみチュウチュウおくさんのおはなし』53）

おいて帰り，週明けの月曜日にもどってみると，なんとチョッキはすっかり縫いあがっていて，たったひとつかがりのこしてあったボタン穴には「あな糸がたりぬ」と書かれた紙が結ばれていた」（テイラー 2001：109）。伝説では仕たて屋を手伝ったのは2人の弟子だったのを，ポターは，自分のペットをモデルに，ネズミの話に作り変えたという。エリザベス・バカン（Elizabeth Buchan）は，このエピソードを象徴する場面として，図9-1の絵（『グロースターの仕たて屋』40）を採用している（バカン 2001：25）。この絵はポターの他作品とは異なる印象を受けるが，なぜだろうか。参考までに，「ピーターラビット」シリーズの他作品の中で似たような場面を見てみよう。図9-2の絵は，『のねずみチュウチュウおくさんのおはなし』（*The Tale of Mrs. Tittlemouse*, 1910）で，お茶会に集まるネズミたちである（53）。2つの絵の違いは，色彩のトーンと外枠である。ポターの絵は，通常，背景の白に溶け込むような淡い水彩が特徴的で，枠はぼかしてある。

図9-3　白い雪に映える黒枠（『グロースターの仕たて屋』35）

（2）『グロースターの仕たて屋』の異色性

ところが、『グロースターの仕たて屋』の絵には、すべて四角い黒枠が施されている。ポターがこの黒枠を意識的に使っていたことを、J. テイラーが、ポターの手紙から明らかにしている。

『グロースターの仕たて屋』の挿絵の校正刷りが送られてきました。が、ビアトリクスがどの絵にも注意深くつけておいた黒い囲みの線を、印刷屋がぜんぶとってしまったので、彼女はすっかり悲しくなりました。「黒線を消されたことで、教会に通じるアーチ門が見るも哀れになってしまいました。私は前景の雪を白くうきあがらせるために、あの黒線を使ったのです（中略）黒線の枠には、なかの絵をひきしめ、奥行きを与える効果があるのです」。（テイラー 2001：119）

ポターの指摘により、出版時には枠の黒い線は原画通りにもどされることになった。手紙で言及されている絵は、おそらく、図9-3の『グロースターの仕たて屋』（35）と考えられる。たしかに、黒枠は白い雪を引き立てるが、なぜか雪のない場面にも黒枠が使われている。しかも、雪のない場面の方がずっと多い。筆者は、作品全体を通してポターが黒枠を使用した理由として、黒枠のもたらす「奥行き」が、物語の世界に距離感を与えるからだと考える。読者が絵から感じ取る距離感は、この作品が身近なところで最近作られたお話ではなく、遠く離れた場所で昔から伝えられてきた伝説であるという物語のモチーフのもつ距離感に合致している。

この作品が他の作品とは異なる理由を、ルース・K. マクドナルド（Ruth K. MacDonald）は昔話的要素に求めている。マクドナルドは、この作品が『ピー

ターラビットのおはなし』とは異なる「昔話（"a fairy tale"）」であり，「動物寓話（"a beast fable"）」やグリム童話の結末と同様に，善人が報われるという「教訓（"a lesson to be learned"）」で終わっていることを指摘する（MacDonald 1986：56）。

　たしかに，教訓でお話が終わるというのはポターの作品ではめずらしい。たとえば吉田新一は，『りすのナトキンのおはなし』の結末を次のように説明する。

　　この最後の1ページがなければ，悪い子は罰をくらうという教訓がまだ残りますが，最後のページでその余韻の教訓をポターは完全に打ち砕いているかに見えます。（吉田 1994：200）

教訓臭いのがポターらしくないだけでなく，『グロースター』の結末は，通常の昔話的ハッピーエンドで，ポター流の皮肉も入っていない。話の構造からみて，『グロースター』は他の作品とは異なっている。

　さらに，『グロースター』は，文体からみても異色である。この作品が作られた経緯に戻ると，この作品はまずノートに12枚の挿絵をつけてまとめられ，ムーア家の子どもの一人であるフリーダにクリスマス・プレゼントとして贈られた。フリーダに贈った話を元に，ポター自身がまず私家版を作り，その後にウォーン社から商業版が出された（テイラー 2001：110）。マクドナルドは，フリーダに贈った元原稿ともつきあわせて，『グロースター』の文体が，「古めかしい（"antique"）」ものであると指摘している（MacDonald 1986：58）。

　以上見てきたように，『グロースターの仕たて屋』は，"tale"を伴わないタイトル，黒枠つきの挿絵，教訓を伴った昔話の構造，古めかしい文体など，さまざまな点でポター作品の中で異色な存在であることがわかった。

（3）石井訳文体における文末の相違
　それでは，この異色性を石井は翻訳でどう表現したのだろうか。『グロース

第Ⅲ部 「語り」の文体の確立

ターの仕たて屋』の冒頭を,原文と訳文を対照して引用する。

   In the time of swords and periwigs and full-skirted coats with flowered lappets — when gentlemen wore ruffles, and gold-laced waistcoats of paduasoy and taffeta — there lived a tailor in Gloucester. He sat in the window of a little shop in Westgate Street, cross-legged on a table, from morning till dark. All day long while the light lasted he sewed and snippetted, piecing out his satin and pompadour, and lute-string; stuffs had strange names, and were very expensive in the days of the Tailor of Gloucester. (7)
　ひとびとが まだ,剣や かつらや,えりに花かざりある ながい上着を 身につけたころ——紳士がたが そでぐちを ひだかざりでかざり,金糸のししゅうの パデュソイやタフタのチョッキを着たころのこと——グロースターの町に,ひとりの仕たて屋が すんで<u>いた</u>。仕たて屋は,西門通りに,小さな店をもち,朝から晩まで しごとだいの上にあぐらをかいて,店のまどべに すわって<u>いた</u>。1日じゅう 日のあるかぎり,仕たて屋は,はりをはこび,はさみをつかい,サテンや ボンパドールや リュートストリングなどという きれを ぬいあわせた。そのころの きれやレースには,きみょうな 名まえが ついていて,そういうものは 高価<u>だった</u>。(5,下線筆者)

文体の比較をするために,同年に原書が出版された『りすのナトキンのおはなし』の冒頭も合わせて引用する。

   This is a tale about a tail — a tail that belonged to a little red squirrel, and his name was Nutkin. He had a brother called Twinkleberry, and a great many cousins; they lived in a wood at the edge of a lake. (7)
　これから するのは,しりきれしっぽのおはなし<u>です</u>——そのしっぽは,小さなあかりすの しっぽで,りすの名まえは ナトキンといい<u>ました</u>。ナトキ

ンには，トインクルベリという にいさんや，おおぜいの いとこたちがいま
した。そして みんなで，みずうみのそばの 森にすんでいました。

（5．下線筆者）

2作品の日本語訳を比較して，最初に目につくのは文末の違いである。『グロースターの仕たて屋』の文末は，「すんでいた」「すわっていた」「高価だった」と過去形の「た」が続く。一方，『りすのナトキンのおはなし』の文末は，「です」と「ました」が続く。このように，石井の子どもの本の翻訳の多くは「ですます調」で，「ピーターラビット」シリーズの石井訳19冊も，『グロースター』以外すべてが「ですます調」で訳されている。もちろん『グロースター』の元々の文章量が多いので，より長くなる「ですます調」を避けた可能性もある。しかしながら，『キツネどんのおはなし』（*The Tale of Mr. Tod*, 1912）など，文章量の多い他の作品も一様に「ですます調」であることを考えると，そこには何らかの石井の意図があったと考えてもよいではないだろうか。

　筆者は，石井が『グロースターの仕たて屋』という作品の特殊性を感じとり，あえて自分の文体である「ですます調」を使用しなかったと考える。『グロースター』は他作品と違ってポターの純粋な創作ではない。ポターが聞いた伝説を元にしている。語られるのは，遠い昔の話であるという距離感を出すために「た」の文末，一般的な用語を使えば「である調」を採用して，伝説を淡々と客観的に語る口調にしたのではないだろうか。ポターは，『グロースター』を身近なお話ではなく，伝承のお話として距離感をもたせるために，絵や文章でさまざまな工夫をしていた。石井は，それらを理解したうえで，日本語としどう表現するか考えた。その結果の，石井なりの答えが「である調」だったのではないだろうか。

（4）「ですます調」から「である調」へ

　どうして『グロースター』だけ文体を変えたのか。石井が亡くなってしまった今となっては，本人に確認する術はもうないのだが，「ピーターラビット」

第Ⅲ部 「語り」の文体の確立

シリーズの編集に携わった斎藤惇夫氏にお話をうかがうことができた。(4)

　確かにそういう面はあると思う。当時，石井さんは「この作品だけは何か違うような気がするの。もう少し考えてみる」と言って，この作品を持って帰られた。そして，しばらくたって上がってきたら，ああなっていた。つまり，出版されているまま。僕は，なるほど，そうきたか，と思った。

　斎藤氏の証言から，石井が「ピーターラビット」シリーズの中で『グロースター』を特別視していたことは確認できた。「そうきたか」の含みはいろいろあるとは思うが，石井が熟考のうえ，作品自体が要求する文体を選んだことは確かのようである。また斎藤は『絵本の事典』の中で，石井の「ピーターラビット」シリーズの翻訳の文体が作品ごとに違うことを指摘し，『グロースターの仕たて屋』については「磨き抜かれた宝石のような硬質な文体」（斎藤 2011：464）と評している。

　ところが，石井が，自分が得意とする「ですます調」の文体を離れたのは，『グロースター』だけではなかった。ポターと同時期に取り組んだ「ファージョン作品集」の中の3冊にも「である調」が採用されている。『グロースター』の邦訳が出版されたのと同じ1974年に邦訳出版された『ヒナギク野のマーティン・ピピン』(Martin Pippin in the Daisy Field, 1937) と，その前後に出された2冊，『リンゴ畑のマーティン・ピピン』(Martin Pippin in the Apple Orchard, 1921) と『銀のシギ』(The Silver Curlew, 1953) である。

　それにしても，この時期だけ「である調」の翻訳が続くのはなぜだろうか。「である調」の最初の1冊『リンゴ畑のマーティン・ピピン』が出版される直前の1972年5月，石井はイギリス旅行に出かけ，1カ月以上かけてポター作品の舞台であるウィンダミア湖畔と，ファージョン作品の舞台であるサセックスを回った（石井 1999b：111）。作品の舞台を実際に自分の足で確かめることで，その作品のもつ世界を確固とした存在として実感できたのではないだろうか。

　昔話の淡々とした語りが物語を引き立たせるように，また作品世界をリアル

第9章 ポターの「語り ("tale")」の文体

なものとして伝えるために，語り手は声を荒げてはいけない。『グロースター』におけるポターの語り方も，絵や文章から距離感が感じられた。それは，ポターがグロースターを訪れ，その地に伝わる伝説に感動して，その世界をリアルに伝えようとしたからだと思われる。ポターの体験にならうように，石井もまた作品世界に自分の足で立つという体験の後で，距離感のある文体に変化させたのではないか。筆者の疑問を，再度斎藤氏に確認したところ，次のような回答を得た。

確かに，石井さんの文体がこの時期，色々な影響を受けて変わったという見方もできる。旅もあるかもしれない。しかし逆に，石井さんが自分のいつもの文体ではどうしても訳せないもの，作品を読み込んでいく中でどうしても「ですます調」では訳せないものを残しておいて，この時期に一気にやってしまった，という風にも考えられる。

斎藤氏の意見は，「である調」はあくまでも作品が要求する文体として選ばれたということであった。前章までの分析から，翻訳の文体が訳者自身の癖や想定する読者イメージから選ばれる例を見てきたが，今回分析したポターやファージョンの例からは，作品自体が文体を要求する場合があることがわかった。しかし，作品が要求する文体を選ぶには，訳者は作品が要求するものを理解する，つまり作品の声を聞きとらなければならない。作品の声を聞きとるためには，作品の構造を理解しなくてはならない。ポターにひき続き，次章では，同時期に石井が「である調」で訳したファージョン作品について見ていきたい。

注
(1) 松岡享子は，「石井さんご自身が，これらの作品によって記憶されることをよしとして選び，お墓の脇の石に刻ませたのは，次の六作品である」と書いている。ちなみに，石井が選んだ6作品の残りの3作品は創作で，『ノンちゃん雲に乗る』『幼ものがたり』『幻の朱い実』である（松岡 2008a）。
(2) 現在，福音館書店刊行の「ピーターラビット」シリーズの小型本は，全部で24冊

あるが，ここでは石井訳19冊の区切りという意味で，完結という語を使用した。石井訳からしばらく時間をおいて，残り5冊のうち，3冊が間崎ルリ子訳で，2冊が中川李枝子訳で出版された。
(3) 瀬田は，これより前の引用で，木下順二の劇曲「夕鶴」を例にあげている。
(4) 斎藤惇夫氏にお話をうかがったのは2010年1月7日である。

第10章
ファージョンの「声の文化」の文体

1　石井とファージョン

（1）日本におけるファージョンの受容

　E. ファージョンは，本国イギリス以上に日本で人気の高い作家である。ファージョンが日本で特に支持されている理由として，児童文学者の白井澄子は，石井桃子をはじめとする先駆者たちの功績をあげ，以下のように述べている。

> 日本では，児童文学者の瀬田貞二や詩人の木島始など，詩情豊かなファージョンの世界に惹かれる作家や児童文学者は多く，中でも石井桃子は早くからファージョンに注目し，1970年代には作品集を翻訳出版して日本の子どもたちの手に届けた。彼らは彼女の詩や物語に，豊かな叙情性と子どもの自由な感覚を読み取ったのだろう。日本におけるファージョンの人気は，こうした文学者たちの功績に負うところが大きい。（白井 2002：55）

　白井が指摘するように，石井は，日本におけるファージョンの紹介者であった。なにしろ，ポターと異なり，石井にとって，ファージョンは最初から取り組みやすい作家だったようである。石井が「イギリス初夏の旅」というエッセイで書いている「ファージョンは，私にとって限りなく甘く，ポターは，私を突き放していると思えるほど，きびしい」（石井 1999b：251）という言葉が，石井の2人に対する態度の差を端的に表現している。石井のファージョンの初訳は，

「岩波少年文庫」に収録された『ムギと王さま』(1959) である。これは *The Little Bookroom*（本の小べや）という短編集の約半分を収録したもので，後に「岩波少年少女文学全集9」(1961) で収録数を増やし，「ファージョン作品集3」(1971) ですべての短編が収録され完訳となった。石井の「ファージョン作品集」（全7巻）は，ファージョンの代表作を網羅している。

（2）ファージョンと昔話

児童文学者の川越ゆりは，ファージョンが「頻繁に〈枠物語（frametale）〉という形式を使っている」という。川越の定義によれば，「〈枠物語〉というのは，作品中に物語の語り手と聞き手が具体的なキャラクターとして登場し，語り手が聞き手たちに話すという設定で，ストーリーを展開する形式」である（川越 2000：17）。ファージョンの創作の中心もまた，ポター同様「語り（"tale"）」であるという点が興味深い。そして2人に共通する基盤として昔話がある。

ファージョンが昔話と関係の深い作家であったことを，たとえば，イギリスの児童図書館員 E. コルウェルは以下のように述べている。

> 彼女が成功したのは，一つは，昔話に強い関心を持っていたことによる。彼女は，ごく小さい頃から昔話を大変好んだので，昔話の型や慣用句が自然に身についていた。そして，地方に伝わる，子どもの遊びや，ちょっとした言い伝え，伝説，慣習，わらべうたなどの，民間伝承の中から創作のヒントをたくさん得ている。（コルウェル 1996b：36-37）

石井が訳した「ファージョン作品集」全7冊のうち，『銀のシギ』と『ガラスのくつ』の2冊は，最初は舞台用の脚本として書かれた創作である。2冊は昔話をベースにしており，『ガラスのくつ』はシャルル・ペロー（Charles Perrault, 1628-1703）の「シンデレラ」，『銀のシギ』はジェイコブズの「トム・ティット・トット」を下敷きにしている。『ガラスのくつ』は，弟の劇作家ハーバート・ファージョン（Herbert Farjeon, 1887-1945）との合作だが，『銀のシ

第 10 章　ファージョンの「声の文化」の文体

ギ』は彼の死後の作であり，エリナーが一人で書いたものである。そこで，本章では，昔話との関係が明確で，かつ E. ファージョン単独の作品である『銀のシギ』を分析の対象として取りあげる。

　『銀のシギ』の分析においては，2種類の比較を行った。ひとつは，石井訳と他者訳との比較である。「チム・ラビット」シリーズや「ピーターラビット」シリーズでは，比較に有効と思われる石井以外の邦訳がなかったが，幸い『銀のシギ』には先行訳がある。阿部知二が，石井訳の7年前の1968年に，講談社から「国際アンデルセン大賞名作全集1」として『銀色のしぎ』を出版している。阿部は，石井が最初に翻訳と編集を学んだ「日本少國民文庫」における先輩訳者の一人で，当然石井も阿部訳を参照したはずであり，比較が有効であると考えた。

　もうひとつの比較分析では，ファージョンの創作と，元話であるジェイコブズの昔話を比べる。ファージョンがジェイコブズの昔話をどのように膨らませて長編創作に仕上げたのか。2つの作品を石井がそれぞれどのように捉え，その違いを翻訳にどう反映したかを検証する。

2　『銀のシギ』の阿部訳と石井訳の比較

（1）文末の違い

　ここから阿部訳と石井訳の比較分析に入るが，まず作品の冒頭を，原文，阿部訳，石井訳の順で引用して比較する。下線はすべて筆者が施した。

Mother Codling lived in a windmill in Norfolk near the sea. Her husband the miller had been dead for a number of years, during which Mother Codling had kept the mill and her family going. The sails went round, and the corn was ground, and the little Codlings were clothed and fed.（1）
［阿部訳］コドリングかあさんは，ノーフォーク（イングランドの東のはし

の地方）の海岸にちかい風車小屋にすんでいました。夫の粉屋は何年もまえに死に，それからというもの，コドリングかあさんが粉ひき場をうけついで，子どもたちをそだててきたのです。風車がくるくるまわれば，こむぎがひかれて粉になります。そのおかげで子どもたちは，着せてもらったり，たべさせてもらったりしました。(14)

［石井訳］コドリングかあちゃんは，ノーフォークの海べの近くの風車小屋に住んでいた。ご亭主の粉屋は，もう何年もまえに死んでいて，それからというもの，このかあちゃんが，粉屋の仕事をひきついで，家の中をまかなってきた。風車はまわり，小麦は粉にひかれ，そして，コドリング家の小さい子どもたちは着るものを着せられ，養われてきた。（1）

2人の訳の一番の相違は文末である。阿部の「ですます調」に対し，石井は「である調」を採用している。その他にも，阿部は，「くるくるまわれば」とオノマトペを使用したり，文章が長くなるのを厭わずに「そのおかげで」と補足したりして，子どもにわかりやすいように訳すことに努めている。一方の石井は，オノマトペも入れず淡々と訳しており，『グロースターの仕たて屋』の簡潔な文体を想起させる。この作品での石井訳は，絵本翻訳のときほど，子ども読者に引き寄せた訳にはなっていない印象がある。

（2）方言やなまりの訳し方

　物語が進行して会話文が出てくると，気になるのが方言である。先の引用部分で "Mother Codling" は，阿部訳では「コドリングかあさん」，石井訳では「コドリングかあちゃん」となっていたが，石井訳の方が田舎のおばちゃんという雰囲気が感じられる。娘のドルは母親をノーフォーク方言で "Mawther" と呼ぶが，阿部訳では「おがあさん」，石井訳では「おがやぁん」となっている。阿部訳では「おがあさん」は，「おかあさん」を鼻濁音で表現しただけであろう。石井訳の「おがやぁん」の元を探るために徳川宗賢監修の『日本方言大事典』（小学館，1989）で見たところ，一番近かったのが，埼玉の方言「おっ

第10章 ファージョンの「声の文化」の文体

かやん」である。石井が埼玉県出身であることに関係するのかもしれない。たとえば，松居直は「石井さんの言葉は東京の言葉とは違う。東京に近いから標準語のように通用しますけれど，石井さんの日本語は，根は中山道沿いの浦和の土地言葉だと思います」(松居 2012：259-260)と埼玉弁の影響を指摘している。

方言の訳し方には，訳者の言葉遣いの癖が出やすい。特に会話のところにはそれが顕著に出るので，原文，阿部訳，石井訳を引用して比較してみよう。ドルと小鬼が最初に出会う場面である。

'What are yew cryin' for ?' asked the Imp.
'What's that to you ?' asked Doll.
'Niver yew mind,' said the Imp. 'Just tell me what yew are cryin' for ?'
(55)

［阿部訳］小鬼はたずねました。「なにをないてるんじゃ。」
ドルはききかえしました。「そんなことたずねて，どうするの。」
小鬼はいいました。「おまえ，気にすることはないわい。なにをないているのか話さえすりゃいいんじゃ。」(117)
［石井訳］「おめい，なんで泣いとるのか？」と，小鬼は聞いた。
「それが，おまえにどうだっていうのさ。」と，ドルはいった。
「そんなことは，どうでもえい。なんで泣いとるのか，わしに話せ。」(88)

阿部訳では，小鬼の語尾だけに少しなまりが感じられるが，ドルは方言を使っていない。一方の石井訳では，原文の方言がくまなく訳出されている。たとえば"you"が"yew"となっている分，「おまえ」を「おめい」と変え，語尾も「泣いとる」や「どうでもえい」となまりを感じさせる訳になっている。しゃべり方には，その人の生まれや育ちが出るものである。石井訳のドルのしゃべり方からは，がさつで教養のない田舎娘のイメージが浮かぶ。

しかしながら，石井は方言を絶対視しているわけではない。第8章の『イギリスとアイルランドの昔話』のところで紹介したように，子どもにはわかり

239

第Ⅲ部 「語り」の文体の確立

にくいとして、石井はイェーツの再話から方言を省いていた。『銀のシギ』でも、石井は、すべての登場人物に方言をしゃべらせているわけではない。妹のポルが、漁師のチャーリー・ルーンに会いにいく場面から引用する。

'Hullo,' she said breathlessly.
'Hullo,' said Charlee Loon.（20）
［阿部訳］ポルは、息をきらしていいました。「こんにちは。」
チャーリー＝ルーンもいいました。「こんにちは。」（46）
［石井訳］「こんちは。」ポルは、息もきれぎれにいった。
「こんちゃ。」と、チャーリーがいった。（36）

阿部訳では、原文の"hullo"は2人とも「こんにちは」だが、石井は、ポルには「こんちは」、チャーリーには「こんちゃ」と言わせ、2人の口調を区別している。チャーリーの言葉はなまりを感じさせるが、ポルはそれほどなまりを感じさせない。原文では同じ言葉でも、石井は、自らが読み取った人物造形のイメージにあわせて異なる言葉遣いをさせている。石井は、賢いポルには田舎くさいなまりが似合わないと判断したのだろう。この箇所以外でも、石井訳のポルは洗練された物言いが特徴的で、先に引用した愚鈍でがさつな姉ドルとの対比が鮮明となり、物語の世界にメリハリを与えている。

（3）登場人物の性格の表現

石井訳のきめ細かさが出るのは、娘たちの語り口だけではない。王さまの台詞の訳し方についても同様のことがいえる。阿部訳では、王さまは自分のことを一貫して「ぼく」と呼ぶ。E. コルウェルは、ファージョン版の「王さまは観客の子どもたちと同じように子どもっぽく、おまけに、小柄でとし老いたうばのナンには、子どもの頃から頭が上がらない」（コルウェル 1996b：89）と解釈しているが、阿部訳はこの解釈に沿う形になっている。

一方の石井訳では、「ぼく」と「わたし」が混在している。王さまとして、

第 10 章　ファージョンの「声の文化」の文体

目下の者に向かうときは「わたし」を使い，そのときの話し方には威厳がある。たとえば，ドルをみそめ，その母親に求婚を伝える場面を引用してみよう。

I want a wife and I am going to marry your daughter. (50)
［石井訳］わたしは妻がほしいとおもっている。そこで，わたしは，おまえのむすめと結婚する。(80，下線筆者)

ところが，威厳あるこの王さまも，乳母のナン夫人に向かうときだけは，子どもに返ってしまうのか，「ぼく」を使う。

Somebody's taken my sealing-wax. It *was* there and now it *isn't*. It was *red* sealing-wax, and somebody's taken it. It was all blobby and glisteny. I bought it yesterday for tuppence, and I've only used it *once*. My beautiful sealing-wax! (147)
［石井訳］ナニー，だれかが，ぼくの封ろうをもっていってしまったんだよ。さっきはあったのに，いまはないんだ！　赤い封ろうだよ。だれかがとっていったんだ。くにゃくにゃしてて，てらてらしてるやつなんだ。きのう，ニペンスで買って，まだたった一度しか使ってないんだ。ぼくのきれいな封ろう！　(220，下線筆者)

原文は文章も短く，単純な言い回しである。それにあわせてか，石井訳もオノマトペを遣い，まるで幼い子がだだをこねているような言い方になっている。コルウェルが指摘した王さまの「子どもっぽい」側面を忠実に再現している。このように，石井訳の王さまは，「わたし」として話すときと，「ぼく」として話すときに与える印象はまるで別人である。このことには，実は物語の展開上，大きな意味がある。

　昔話では不思議なことが起こるが，その説明はされない。小説など創作の筋には意味ある伏線が必要で，それがプロットとなる。昔話では，王さまが理不

241

尽なことを言っても許されるが、創作物語では理由が必要になる。先の分析で見たように、ファージョン版の王さまは、最初に二重人格であることが強調される。二重人格の王さまが怒ったときは手がつけられなくなるから、ドルは「糸つむぎができる」と嘘をつき、その嘘が小鬼のつけいる隙となる。つまり、王さまの二重人格性は、物語の進展を握る重要な要素なのである。石井訳のように明確に王さまのしゃべり方が変わる様は、あたかもロバート・ルイス・スティーヴンソン（Robert Louis Stevenson, 1850-94）の『ジーギル博士とハイド氏』（*The Strange Case of Dr. Jekyll and Mr. Hyde*, 1886）で2人の人格が入れかわったかのようである。その結果、王さまのもつ二重人格性が、より強く読者に印象づけられる。石井訳の王さまの言葉遣いからは、ジェイコブズ版からファージョン版への改変である「子どもっぽさ」への対応に加え、物語に重要な「二重人格性」まできっちりと翻訳に投影した石井のきめ細かさが見られた。

3　ジェイコブズの昔話との比較

（1）ジェイコブズ版「トム・ティット・トット」

『銀のシギ』はジェイコブズの昔話「トム・ティット・トット」を下敷きにしているものの、かなり膨らませた創作となっている。ジェイコブズ版では、小鬼のトム・ティット・トットに立ち向かうのは、王さまに嫁いだ娘自身である。一方のファージョン版では、王さまに嫁いだ娘ドルではなく、その妹のポルに変えられている。さらに、月の男とシギの恋のエピソードが追加され、物語の伏線となっている。このようにファージョン版では、登場人物が増やされ、ストーリーも複雑になり、昔話では通常あまり詳しく語られない心理描写や風景描写も豊かに膨らめられている。

　ファージョン版は、昔話を踏襲した骨格部分と、ファージョンが追加した創作部分に分けることができるが、それぞれの部分での描写方法は異なっている。昔話部分の描写方法はジェイコブズ版に似ている。先に引用した娘と小鬼が最初に出会う場面を比較してみよう。ジェイコブズ版「トム・ティット・トット

第 10 章　ファージョンの「声の文化」の文体

("Tom Tit Tot")」を石井自身が『イギリスとアイルランドの昔話』(福音館書店，1981) の中で訳しているので，ジェイコブズ版原文と石井訳を以下に引用する。なお，ジェイコブズ版原文は，Jacobs, Joseph. ed. *English Fairy Tales* (Everyman's Library Children's Classics, 1993) から引用した。

［Jacobs］
'What are you crying for?'
'What's that to you?' asked she.
'Never you mind,' that said, 'but tell me what you're a-crying for.'
("Tom Tit Tot" 15)

［石井訳］
「おまえ，なんで泣いてるね？」
「そんなこと，おまえの知ったことかね？」
「それは，どうでもよろし。だが，おまえが，なんで泣いているか，わしにお話し。」
と，黒いやつはいいました。(「トム・ティット・トット」124)

方言以外は，先ほど見たファージョン版とほぼ同じで，石井訳も簡潔である。次に，昔話とは異なる部分，つまりファージョンが創作した箇所とその部分の翻訳について見てみよう。

［Farjeon］Charlee Loon, who caught the flounders Mother Codling liked for her dinner, lived in a little shack on the sea-shore. It was black and smelt of tar and salt and seaweed, and <u>when</u> I say Charlee lived in it I only mean that it was *his* shack, but he himself was seldom inside it. He was oftener to be found in his boat, mooning on the sea <u>when</u> it was calm and tossing <u>when</u> it was stormy. <u>Sometimes</u> he caught things and <u>sometimes</u> he didn't. <u>Sometimes</u> he went out to fish without his

243

nets, and sometimes he forgot where he had set his lobster-pots.

(*The Silver Curlew* 16,　下線筆者)

　［石井訳］コルドリングかあちゃんは，ヒラメをお昼のおかずにするのがすきだったが，そのヒラメをとる人物，チャーリー・ルーンは，海べの小さな小屋にすんでいた。その小屋は黒くて，コールタと塩と海草のにおいがしていた。そして，いま，わたしは，そこにチャーリーが住んでいたといったけれど，それは，小屋がチャーリーのものだというだけのいみなのだ。チャーリーはめったにそこにいたことがない。チャーリーを見かけるのは，ボートにのっているときのほうが多かった。なぎのときには，あてもなく海をただよい。しけのときには，波にゆられて。ときには，漁のあるときもあり，またないこともあった。ときには，あみを忘れて漁に出かけ，ときには，じぶんが，どこにエビとりのつぼをおいたかを忘れた。

(『銀のシギ』30,　下線筆者)

　原文では情景描写が続き，"when"や"sometimes"といった同じ単語のくり返しがあり，一定のリズムを生み出している。引用した訳文の前半では，「その」「その」「そして」「それ」「そこ」と，「そ」を頭韻とする似たような指示代名詞や接続詞が続く。それに続く部分では，「ときには」という言葉が5回，変形ともいえる「ときもあり」を入れると6回もくり返されている。原文以上に，同じ言葉のくり返しがリズムを作っているといえよう。

（2）「声の文化」の文体の特徴

　同じ言葉が続く文章は，「声の文化」の特徴のひとつである。オングは，『声の文化と文字の文化』の中で「声の文化」の文体の特徴を9つあげているが，その筆頭が「累加的であり従属的ではない」という特徴である。オングは，聖書の『創世記』の導入部を例に出して，「声の文化」の残存の影響を受けた17世紀のドゥーエー版と，「文字の文化」として洗練された20世紀の『ニュー・アメリカン・バイブル』を比較している。オングはくり返される言葉の例として

「そして」に注目した。「累加的」つまり短文を連ねる「声の文化」版には導入の役割を果たす「そして」が9カ所も残っているのに対し，「従属的」つまり重文の構造を備えた「文字の文化」版では「そして」が2カ所に減っていると指摘した。「声の文化」の文体でくり返された「そして」は，文字化に伴い減っていることが明らかだという（オング 1991：83-84）。

　活字の文化において，読み手は何度でも前に立ち戻ることができるので，同じ言葉をくり返して書く必要はない。単純な単語のくり返しは冗長で退屈になりかねないのだが，ファージョンの場合には，むしろ打ち寄せる波のように心地よいリズムを作っている。昔話の部分の淡々とした文体とはうってかわって，ファージョン版の創作部分では流麗な文章が続いていく。くり返しが多用され，それが耳に心地よく響く。このように，くり返しを重ねることで，リズミカルな文体を作る作家もいる。たとえば，作家のU. K. ル＝グィン（Ursula K. Le Guin, 1929- ）は，くり返しがリズムを構成するしくみについて以下のように説明している。

　くり返しは一つの言葉のときもあるし，句や文のこともある。あるイメージがくり返されることもあるし，物語のなかの出来事や行動がくり返されることもある。登場人物のふるまいやその作品の構造の一要素がくり返されることもある。言葉や句は，正確にそのままくり返されることが最も多い。このことの一番簡単な例は，文頭に置かれる語，文の初めの言葉である。欽定訳聖書では「そして（And）」がこれにあたる。（中略）「そして」と「それから」は関門の役目を果たす音であり，聞き手に新しい文，新しい出来事が始まるぞと知らせる合図なのである。さらにこれらの言葉は，物語の語り手にとっても，聞き手にとっても，ちょっと頭を休める場所になりうる。くり返し文頭に現れるこれらの言葉は，拍(ビート)を提供する。これは詩ではなく，散文による語りだから，規則的な韻律上の強勢ではないけれども，一定の間隔で打たれる拍なのである。（ル＝グィン 2006：212-213）

韻文の定型リズムの代わりに、散文は「そして」や「それから」といった言葉自体には意味のない単語のくり返しにより、拍(ビート)を提供する。聖書の例から、「そして」のくり返しに注目している点ではオングもル＝グィンも同じであるが、学者のオングは、くり返しの理由を「声の文化」の単純な文章構造から解き明かすことにとどまったのに対し、作家であるル＝グィンは、その文体的効果にまで目を向けた。「そして」のくり返しが、文章に拍(ビート)を与え、作品全体のリズムを作るというル＝グィンの指摘は、石井訳『銀のシギ』の引用部でくり返された「その」や「そして」のくり返しの効果の説明になっている。

（3）文章におけるリズム

　リズムのある文章の理想例として、ル＝グィンはJ. R. R. トールキンの『指輪物語』(The Lord of the Rings, 1954-55) をあげ、単語、プロット、章立てなどのすべてのレベルで「緊張と緩和」の強弱がくり返され、物語全体の複雑なリズムパターンを作り出していると指摘する。また、ル＝グィンによれば、一番上位のリズム構成要素は「章」で、たとえば「第八章自体が、この本の持つ広大なリズムの中で、一つの『強音』をなしている」という（ル＝グィン 2002：126）。

　それでは、ル＝グィンのいう強弱のリズムのパターンを『銀のシギ』に当てはめてみたらどうなるだろうか。筆者は、「強」は昔話の部分、「弱」はファージョンが創作したファンタジー部分と考える。ファージョンが追加したファンタジー部分として特徴的なのは、月の男とその恋人の悲恋のエピソードである。恋人は魔法で「銀のシギ」に変えられ、月の男は、地上に降り漁師に身を変えて恋人を探し求める。2人は、ポルが小鬼の秘密を知る手助けをする重要な役割を果たす。昔話の部分の語りは簡潔にして強い。一方、ファージョン特有の流れるような創作部分は優雅で柔らかい。ル＝グィンにならって、『銀のシギ』の章ごとのリズムを見てみよう。『銀のシギ』で、ファンタジー部分と考えられる章は、4, 13, 14, 17, 23, 24章である。章ごとに、子どもにもわかりやすい筋のはっきりした部分と、豊かな自然描写や心理描写を含む作者の創作し

た部分が入れかわる語りは，第6章で検証したグレアムのファンタジー『たのしい川べ』を想起させる。

　昔話部分とファンタジー部分の対比に加え，『銀のシギ』には対比するものの組み合わせが次々と登場する。愚鈍なドルと賢いポルとの対比，王さまの性格にみる威厳と子どもっぽさなどである。小さな対比のリズムの積み重ねが，大きな対比を呼び起こす。単純な強弱のくり返しが，物語全体の複雑なリズムを形成していく様子は『指輪物語』のリズムさながらである。

　原作のリズムの対比に呼応するように，石井も昔話部分とファンタジー部分では，翻訳を変えている。先ほど「そして」のくり返しを指摘した引用は，ファンタジー部分の最初，月の男チャーリーの登場場面である。石井訳はロマンチックな物語にふさわしい流麗な訳文体となっているが，これは冒頭の簡潔に語られる昔話部分のすぐ後に置かれることで一層引き立つ。また逆に，情緒的な文体の後に再度登場する昔話部分は，「ですます調」から離れた文体の力強さによって物語を引き締める。このように，石井訳では，原作のもつ強弱のリズムを活かす形で，翻訳の文体が選択されていた。

（4）原作の2つのリズム

　翻訳において，原作のリズムをどう再現するかは，大きな問題である。たとえば，村上春樹は『翻訳夜話』（文藝春秋，2000）の中で，文章のリズムについて以下のように語っている。「比喩的な意味でのリズムはあるのか」という質問に対する回答の部分からの引用である。

　ビートがない文章って，うまく読めないんです。それともう一つはうねりですね。ビートよりもっと大きいサイクルの，こういう（と手を大きくひらひらさせる）うねり。このビートとうねりがない文章って，人はなかなか読まないんですよ。いくら綺麗な言葉を綺麗に並べてみても，ビートとうねりがないと，文章がうまく呼吸しないから，かなり読みづらいです。（中略）良い文章に同時に必要なものはもっと深いうねりです。（村上・柴田 2000：45-46）

ル゠グィンは「拍子（"beat"）」と「さらに大きなパターン（"the larger pattern"）」（ル゠グウィン 2002：119），村上は「ビート」と「もっと深いうねり」という単語を使用しているが，両者の言わんとしていることは非常に近い。よい文章は，リズムが複数の層に存在するというのである。先に分析した上位レベルの強弱は，「うねり」にあたるだろう。

　それでは，「ビート」と「うねり」をもつリズミカルな文章を書くにはどうしたらよいのか。作家ル゠グィンは以下のように述べている。

　　あらゆる小説には固有の特徴的なリズムがあるのだ。（中略）作家がしなければならないのは，耳を澄ましてその拍動をとらえ，それに耳を傾け，それを手放さず，何ものにもその邪魔をさせないことだ。そうすれば読者にもその拍動が聞こえ，読者はその拍動に乗って作品を最後まで読みとおすだろう。
　　　　　　　　　　　　　　　　　　　　　　　　（ル゠グィン 2004：180-181）

ル゠グィンは，「作品固有のリズム」に「耳を澄ます」ことと言ったが，同じことは翻訳する場合にも当然要求されるはずである。

（5）作品の声に耳を澄ます

　それでは，リズミカルな翻訳文を作るには，どうしたらいいのだろうか。再び村上春樹を引用すると，「テキストの文章の響きに耳を済ませれば，訳文のあり方というのは自然に決まってくる」ので「文体のことは考える必要なんてほとんどない」（村上・柴田 2000：35）という。翻訳者たちは，作品の声に耳を澄ます。イタリア文学翻訳者の和田忠彦は，エッセイ集『声，意味ではなく』の中で，なぜ翻訳するかと自問し，「自分のなかに声が聞こえているからだ。テクストの声が，といったほうがよいかもしれない。読んでいて響いてくる声，自分が聴き取った声を日本語で表現したい」（和田 2004：276）からと答えている。

　石井もきっと，翻訳者として作品の声に耳を澄ましたことだろう。幼いころ

第 10 章　ファージョンの「声の文化」の文体

から昔話に親しんで育ったファージョンの作品は，声に出して語るストーリーテリング向きといわれている。また『銀のシギ』は，最初に児童劇の台本として書かれたこともあって，長編ながらも「声の文化」の文体の特徴を兼ね備えており，「声を訳す」という石井の翻訳手法に最適の素材であった。

　以上をまとめると，ポターの『ピーターラビットのおはなし』では，「語り（"tale"）」の翻訳の特徴をつかみ，作者の「語り」の声が訳に活かされていた。昔話に似た『グロースターの仕たて屋』では，作品の声に従い，石井がそれまでに多用していた「ですます調」から「である調」の文体に変えた。昔話をさらに膨らませたファージョンの創作『銀のシギ』では，昔話と創作の違いを明確にし，作品全体のリズムを捉え，作品の声を訳出していた。以上の分析から明らかなように，ポターとファージョンの翻訳で，「声を訳す」という石井の「語り」の文体が，ひとつの到達点をみせたということができるのではないだろうか。

第11章
「語り」を絵本にした『こすずめのぼうけん』

1　ストーリーテリングと元話

（1）ストーリーテリングと「お話」

　1974年にポターの「ピーターラビット」シリーズのうち石井訳の15冊が，1975年に「ファージョン作品集」の当初全6巻が完結した（後に7巻目『ガラスのくつ』が追加出版された）。その翌年の1976年に出版された絵本『こすずめのぼうけん』は，2つのシリーズで石井が体得した「語り」の文体の成果が活かされた作品である。

　『こすずめのぼうけん』の元話になっているのは，ストーリーテリング（storytelling）である。ストーリーテリングとは，日本語でいうところの「お話」で，読み聞かせと異なり，読み手が話を暗記して，本を見ないで語る素語りである。松岡享子は，「語り手が話を自分のものとして語って聞かせること」（松岡1994a：14）と定義し，その由来を「そもそも図書館で，通常業務のひとつとして子どもにお話をするという考えが，そのころ，主として，アメリカで図書館学を勉強してきたものによって，日本に紹介された」（松岡 1994a：5）と説明している。松岡自身，アメリカで図書館学を勉強してきた先駆者の一人であり，松岡が理事長を務める東京子ども図書館では「お話」の活動が重視されている。

　石井が，自ら「お話」を語ることはなかったようだが，「お話を耳で聞くことの楽しさ」は体験していたという。たとえば，石井が1961年にカナダのトロ

ント市立公共図書館で行われた「お話大会 (The Storytelling Festival)」で，ロンドンからきたお話の名手のE.コルウェルの語りを聞いたときの感動を，エッセイの中で以下のように書いている。

　話し手のなかで，四十年もこの道の修行をつづけてきたコルウェルさんの「おく病な子ども」は，さすがにりっぱで，しずかな素話がどうしてこれほど人をひきつけ，ひっぱってゆけるのかと，ふしぎに思えたほどであった。コルウェルさんの話を，私は全部で三つ聞いた。あとの二つは，エリナー・ファージョンの「エルシー・ピドック夢で縄とびをする」と，詩人で劇作家のローレンス・ハウスマンの「中国のフェアリー・テール」で，どちらも一度聞いたら忘れられない話であった。「エルシー」の方は，私は本で読んで知っていた。けれど，<u>読むと聞くとは，また別のたのしみ</u>だということを，このときの経験は私に教えてくれた。（中略）もしこのとき，コルウェルさんの話を聞かなければ，私は，いまのように「お話は美しい」という気もちを確固として，自分のなかにしまいこむことはできなかったろう。

（石井 1999b：96-101，下線筆者）

「読むと聞くとは，また別のたのしみ」であること，しかもお話を耳から聞くことが大人の自分にとっても楽しいことであったことは，石井にとって大きな発見だった。石井はこの体験を通して，日本の子どもたちにも「お話」を届けてこの楽しさを共有したいし，そのためにも聞きやすい日本語にして出版したいと考えたに違いない。

（2）『こすずめのぼうけん』の元話

　石井が，E.コルウェルに最初に出会ったのは，1955年8月アメリカ留学の帰路ヨーロッパを回ったときだった（石井 1994b：215）。帰国後も2人は交流を重ね，コルウェルからイギリスの子どもたちに人気の原書が送られてくることもあった。そのうちの1冊に，コルウェル編の『お話をして』（*Tell Me a*

第11章 「語り」を絵本にした『こすずめのぼうけん』

Story : A Collection for Under Fives, 1962）という選集があった。『お話をして』には，創作童話，昔話，詩などあわせて63篇が収録されているが，中でも多いのは創作童話である。石井はそのうちの何篇かを訳して，「かつら文庫」の子どもたちに語り，その中で石井自身が一番好きでかつ，子どもたちにも一番人気だった話を，絵本『こすずめのぼうけん』として出版したのである。

　元話はルース・エインズワース（Ruth Ainsworth, 1908-1984）の短編「あまり遠くまでとんでいった子雀（"The Sparrow Who Flew Too Far"）」で，ラジオ番組で読まれた話を集めた短編集『ルース・エインズワースのお母さんと聞くお話』(Ruth Ainsworth's Listen with Mother Tales, 1951）に収録されている。石井が翻訳の元話にしたコルウェル編『お話をして』は，「かつら文庫」2階の石井桃子の書斎に架蔵されている。この石井の蔵書の扉には，コルウェルの自筆で"For Momoko, Eileen Colwell, April 1962"と記されていて，コルウェルから石井に贈られたものであることがわかる。日本語版の『こすずめのぼうけん』は，堀内誠一の絵をつけ，まず1976年4月に福音館書店の月間絵本誌『こどものとも』として発刊され，翌1977年に「こどものとも傑作集」の1冊としてハードカバー版で刊行された。

　短編を絵本にすることは，文章だけを翻訳するのとはまったく異なる。まず，情報量に差がある。原書の元話の分量はペーパーバック版で5ページと極めて短いものであるが，邦訳絵本はこの1話だけで1冊の独立した絵本になっている。原話の挿絵はエインズワースの原書で2枚，コルウェルの選集ではさらに1枚に減らされており，両者ともに白黒である。それに対して，邦訳絵本版はフルカラーで総ページ数32にも及ぶ。これだけの挿絵を描きおこすには，登場人物や背景についてかなりイメージを膨らませなければならない。

　しかも，単純に情報量を増やせばいいというものではない。受け手（読み手）からみると，耳で聞くお話と目で見る絵本はまったくの別物である。たとえば，松岡享子は『昔話絵本を考える』（日本エディタースクール出版部，1985）の中で，「昔話を耳で聴くことと，同じ話を絵本になったもので見る（あるいは，読む）こととの間にある違い」を考察し，「ホフマンのような，すぐれた絵本作家に

253

よって，念入りに構想され，描かれた『七わのからす』でさえ，絵本にされたことによって子どもの受け取るものが違ってくること，子どもが当然お話から受けとるはずの意味が失われる場合がある」（松岡 1985：10-11）と指摘している。昔話を絵本にする難しさについては後ほど，例をあげて詳述する。『こすずめのぼうけん』は昔話ではないが，昔話と同様に耳で聞くお話であり，絵本にする際には同種の配慮が必要となるだろう。ちなみに，松岡が『昔話絵本を考える』の中で展開した論の元になったのは，東京子ども図書館の職員による長年の研修会の成果であり，東京子ども図書の中心的存在であった石井も，当然その内容を知って意見を共有していたと考えられる。

（3）絵本にするときの問題点

物語の翻訳の場合には，訳者の役割は日本語の訳文を作ることである。しかし，それをさらに絵本にする場合はこれで終わりにはならない。訳文が画家に送られた後も，両者が密なコミュニケーションを重ねてイメージを膨らませ，場面割りや絵本の絵について協議を重ねる必要があるだろう。特に『こすずめのぼうけん』の場合，当時フランスに滞在中であった堀内を，石井がわざわざ訪ねて仕上げの作業をしたという記録が残っており，石井と堀内の共同作業の部分が大きかったと推察される（堀内 1980：158）。また，石井の場合，絵本作り全般を考えている元編集者として福音館書店から信頼を受けていたこともあり，文章だけを担当したとは考えにくい。[1]

ここからは『こすずめのぼうけん』の具体的な分析に入っていくが，その際に石井の仕事を2つの要素に分けて考察する。すなわち，石井が単独で行った英語から日本語への翻訳作業と，堀内と共同で行ったと考えられる絵本化の作業である。絵本化の作業においては特に，場面割りに注目する。絵本はページをめくる芸術である。通常の絵画が絵単独で存在するのと異なり，絵本の絵は，複数の静止画を用いて，ページをめくることで絵に連続性を与え，物語を展開する。絵が物語ると同時に，ページをめくることで間を作る。絵本の場面割りは，文章における段落分けや改行以上に，物語の展開を決定づける重要な要素

のひとつであり，文章を担当した石井も無関心ではいられなかったはずである。

2　『こすずめのぼうけん』の翻訳分析

（1）原文と訳文の比較

　翻訳の分析にあたり，まず原文と訳文の比較から始めたい。訳文と原文が大きく異なっている箇所は2つある。ひとつは冒頭である。原文は，"The Sparrow Who Flew too Far"（Ainsworth 1951：38-42）から，日本語は石井訳のハードカバー版『こすずめのぼうけん』（1977）から引用する。下線はすべて筆者が施した。

There was once a little sparrow. He lived in a nest in the ivy on an old stone wall. He had four brothers and sisters. When he had grown some soft brown feathers and could move his wings up and down, his mother began to teach him to fly.（Ainsworth 1951：38）
あるところに いちわの こすずめがいました。そのこすずめは おかあさんすずめといっしょに きづたの つるのなかに できた すのなかに すんでいました。さて，この こすずめに，やわらかい ちゃいろの はね がはえ，つばさを ぱたぱた させることができるようになると，あるひ，おかあさんすずめが，とびかたを おしえはじめました。（エインズワース 1977：2）

　原文では，こすずめには4人の兄弟姉妹がいると紹介されているが，絵本の訳では兄弟への言及はない。それどころか絵本では逆に，「おかあさんといっしょ」と母親との1対1の関係が強調されている。石井はなぜこのような改変を行ったのであろうか。これまでの分析で見てきたように，石井が原書からずらした訳をする際には，石井なりの理由があった。『こすずめのぼうけん』の場合はどうだろうか。

（2）石井の作品解釈

　まず，石井がこの作品をどのように捉えていたか見てみよう。月間誌『こどものとも』収録時に石井自身が折込付録に寄稿したエッセイ「『こすずめのぼうけん』をめぐって」が後に『石井桃子集7』に収録されたので，そこから引用する。

　　この本のなかから選んで子どもにした話のなかで，これが一番うまくいったようにおぼえています。まいごになったこすずめが，最後に，おかあさんにおぶさって巣に帰り，おかあさんのつばさの下で眠るところでは，子どもたちは，ほんとうに安堵したようにため息をつくのでした。（石井 1999c : 97）

「この本」というのは，コルウェル編『お話をして』で，石井がそこから抜粋して語ったとき，子どもに一番喜ばれたのがこの話だというのである。そしてその理由を石井は，子どもの安堵感に見ている。『こすずめのぼうけん』は，ひとりで飛べるようになったこすずめが初めて遠出をして，迷子になっていろいろな鳥に出会い，最後にやっと自分の母親のところに戻るというお話である。幼い子が好奇心から冒険に出て母の元に帰って安心するというハッピーエンドは，幼年童話に多く見られるものである。たとえば，石井が訳したアトリーの『チム・ラビットのぼうけん』でも，好奇心旺盛のチムが野原でさまざまな新しいものに遭遇して家に逃げ帰ってくると，お母さんが手作りのおやつで温かく迎えてくれていた。幼い子にとって，母は絶対に安全な基地であり，そこに帰る安堵感はそれだけでもハッピーエンドになりうるものである。

　しかしながら，同じハッピーエンドでも，昔話の場合は少々異なる。昔話の主人公は，好奇心からではなく，必要に迫られて冒険に出ることが多い。たとえば，家が貧しかったり，継母に追い出されたりといった必然的な理由で，これを昔話の構造分析では「欠乏状態」という。昔話のハッピーエンドは，最初の欠乏状態が解消されることである。具体的には，貧者が金持ちになったり，孤独な若者が伴侶を得たりする。西洋の昔話で，最も多いハッピーエンドは結

婚である。結婚は異性の獲得で，母の元に帰ることとは異なる。冒険の動機と結末を見る限り，『こすずめのぼうけん』は昔話的ではなく幼年童話的である。

兄弟の存在も昔話に特徴的なものである。昔話に多く見られるパターンは，主人公には複数の兄弟がいて，その末っ子が旅に出るというものである。それに対して，幼年童話では，母子の1対1の関係が強調される。石井が，『こすずめのぼうけん』の冒頭から，兄弟を削除し母子関係を強調したのは，石井がこの作品を昔話というより，幼年童話として捉えていたことの表れだろう。

(3) 昔話を絵本にするときの問題点

兄弟を削除して，こすずめ一羽に集中することは，絵本という視覚媒体の性格上からも必然性があった。言葉ではさらっと聞き流してしまうことも，絵に描きこまれることで細部が読者の注意をひき，子どもが集中して物語の世界に入っていく邪魔になる。先に紹介した松岡の『昔話絵本を考える』の中で失敗例としてあげていた，グリム童話にフェリクス・ホフマン（Felix Hoffmann, 1911-75）が絵を付けた『七わのからす』（*Die Sieben Raben*, 1962）を題材に検討してみよう。まず，冒頭から引用する。

場面1 「むかし，あるいえに むすこが七にんいて」
場面2 「むすめがいないので，おとうさんは，おんなのこもほしいと おもっていました。」

昔話の短い冒頭の1文を，絵本では2場面（見開きを1場面とする）に展開している。しかも，ホフマンは冒頭の2場面で，7人の兄たちを絵の中で詳細に描いている。松岡は，耳で聞いたときと，絵本を見たときの印象が異なる理由を次のように語っている。「耳で物語を聞いている者は」「ひとかたまりとしての男の子たちと，それと対比しておかれる，まだ生まれないひとりの女の子を思い」，主人公の女の子に集中してお話の次の展開を心待ちにする。一方，絵本を見ていると，「兄弟はひとかたまりではなく，年令，服装，髪の毛の色と，

別々に描き分けられており、かれらが、食事をしたり、取っ組み合いをしたりしている情景」を「時間をかけて画面を眺めれば眺めるほど、生活の細部――みんなが何を着ているか、何を食べているか、どんなおもちゃで遊んでいるか――に注意がいき」「絵自身がさそう連想」が物語の本筋をそらせてしまうという（松岡1985：35）。耳で聞く芸術として発達してきた昔話は、簡潔な語り口を好む。昔話では、「むすこが七人」いるだけで十分で、それぞれの詳しい描写は不要である。聞き手は、話の筋に集中できる。しかし、この場面を絵で表現するなら、七人それぞれを描き分けることが必要になってくる。絵本のように、多くの場面を絵にする場合には、こういった矛盾が発生してしまう。

『こすずめのぼうけん』でも、主人公はこすずめ一羽で、兄弟たちは冒頭に１度出てくるだけである。堀内が描いた冒頭の場面の絵は、中央寄りに小さな巣が配置され、その中にいるのは母すずめとこすずめだけである。兄弟姉妹は描かれておらず、読者は否応なしに母子１対１の関係に集中する。もし、兄弟姉妹を描きこんでいたら、ホフマン同様、読者の関心を主人公以外にそらせてしまったかもしれない。子どもの視点は、大人と異なる。幼い子どもは、大人が思いもかけないような細部に注意を向けがちである。だからこそ、子どもが物語の世界に入り込み物語の本筋に集中するための工夫が、文章だけでなく絵にも求められる。そして石井訳は、逆に絵にあわせて文章の内容を整えているのである。

（４）同じ言葉でくり返す

　訳文と原文が大きく異なっている箇所のもうひとつは、くり返しの部分である。こすずめは、他の鳥と４回出会い、それぞれ１対１で向き合って同じ言葉のやりとりをする。くり返しの１回目、からすと出会う場面を以下に引用する。

① "Please may I come inside and rest ?" he asked.
② A big black rook was sitting on the nest.
③ "Can you say Caw! Caw! Caw!" said the big black rook.

第11章 「語り」を絵本にした『こすずめのぼうけん』

④　No. I can only say Cheep! Cheep! Cheep!"
⑤　"Then you must go away. You don't belong to my family." (39)

　くり返される部分に下線を施した。下線の量から明らかなように，かなりの部分がまったく同じ言葉で4回くり返される。入れかえられるのは，鳥の名前と鳴き声，つまり原文の2行目（②）と3行目（③）の後半部分だけである。
　次に，このくり返しが日本語ではどのように再現されているか見てみよう。アトリーの幼年童話の翻訳作品などでは，石井は基本的に，同じ言葉のくり返しは同じ言葉で訳していた。該当する箇所の石井訳を以下に引用し，くり返される部分に下線を施した。

①　「あの，すみませんが，なかへはいって，休ませていただいていいでしょうか？」こすずめは，ききました。
②　その　すのなかには，おおきな　くろい　からすが，すわっていました。
③　「おまえ，かあ，かあ，かあって，いえるかね？」と，おおきな　くろいからすはいいました。
④　「いいえ，ぼく，ちゅん，ちゅん，ちゅんってきりいえないんです」と，こすずめは　いいました。
⑤　「じゃ，なかへ　いれることは　できないなあ。おまえ，おれの　なかまじゃないからなあ」(10)

　質問する鳥の種類（②）が，からす，やまばと，ふくろうのように変化していくので，それぞれの鳥のキャラクターを反映した言葉遣い（③と⑤）に変えられているが，答えるこすずめの台詞（①と④）は，話者が同じなので，日本語でも同じになっている。日本語の台詞は，話者の年齢，性別，階級などが言葉遣いに表現されるので，同じ言葉でも話者が違えば，語尾などの細部は異なってくるからである。ただし，後半のこすずめの台詞（④）の4回目だけが，少し変えられている。

第Ⅲ部 「語り」の文体の確立

1回目「いいえ、ぼく、ちゅん、ちゅん、ちゅんってきりいえないんです」
2回目「いいえ、ぼく、ちゅん、ちゅん、ちゅんってきりいえないんです」
3回目「いいえ、ぼく、ちゅん、ちゅん、ちゅんってきりいえないんです」
4回目「いえ、ぼく、ちゅん、ちゅん、ちゅんってきりいえないんです」

こすずめの受け答えが、4回目で「いいえ」から「いえ」と短くなっている。石井はなぜ3回まったく同じ言葉をくり返し、4回目で少し変えたのだろうか。その理由を知るために、石井の訳文検討の過程を探りたい。石井は、出版前に子どもたちに語るために仮りの訳を作り、東京子ども図書館主催の講演の中で紹介した。これが後に、福音館書店の月刊誌『子どもの館』に収録されたので、そこから引用する。4回のくり返しは、以下のように少しずつ異なっていて、厳密に同じ言葉のくり返しにはなっていない。

1回目「いいえ、ぼく、チュン、チュン、チュンてきりいえないんです」
2回目「いいえ、ぼく、チュン、チュン、チュンてきりいえないんです」
3回目「いえ、ぼくは、チュン、チュン、チュンてきりいえないんです」
4回目「いいえ、ぼく、チュン、チュン、チュンてきりいえないんです」

仮りの訳では、「いいえ」「いいえ」「いえ」「いいえ」と3回目が違っている。ところが、出版された最終訳では、「いいえ」は3回同じものがくり返され、4回目に「いえ」と短く変更されていた。これは、石井が昔話の語法に則って語り口を整えたからだと筆者は考える。昔話では、同じ言葉を3回くり返す。3回目で変えるのではなく、まず3回は同じ言葉をくり返す。3回終わってさらにくり返しが続くときにはじめて、石井は言葉を変えたのではないだろうか。
　石井はくり返しについて細心の注意を払っていた。その証拠が、石井が残した資料の中の書き込みに記録されている。筆者は、石井が翻訳に使用した原書を「かつら文庫」で閲覧したが、そこには、くり返しに関する書き込みが多数残されていた。コルウェル編『お話をして』の目次に短編タイトルが並んでい

第11章 「語り」を絵本にした『こすずめのぼうけん』

るが，その横に石井の短評が書き込まれていたので，以下に石井の書きこみを抜粋して引用する（「　」内が石井の書きこみ）。

　"Mother Hen"「くり返し，つみ重ね」
　"The Gingerbread Boy"「うた　くり返し　事実くり返し」
　"The Bear Who Wanted to be a Bird"「ナンセンス？　くり返し？　最後ちょっと大げさ」
　"The Surprise Christmas Tree"「コトバ？　くり返し」
　"The Little Red Engine Goes to Market"「くり返し　再度　ことば　とも」

単純にくり返しという言葉が多いだけではなく，くり返しの内容が，単純な「ことば」のくり返しだけでなく，「事実」つまり，出来事のレベルでも行っていることにも注目している。石井は，コルウェルの選集『お話をして』を分析しながら，「語り」の文体におけるくり返しの重要性について再認識したのだろう。

（5）くり返しが子どもの心に与える影響

　さらに石井は，くり返しが子どもの心に与える影響についても考慮していた。再び「『こすずめのぼうけん』をめぐって」という石井のエッセイから引用する。

　　今度発見した，話のあいだの著しい共通点は，くり返しの多いことでした。そのくり返しは，ことばのくり返しの場合もあり，事件のくり返しの場合もあります。（中略）くり返しの出てくるたびに，話を聞く幼い子どもたちが，どっと笑ったり，一緒にそのことばを唱えたりするのを見れば，彼らに，くり返しがどのくらい楽しいものであるかがわかります。しかし，それは，話のなかのことばの響きや行為がおもしろいからだけでなく，まだ現実的にせまい世界に住む子どもたちにとって，知らない世界にとびだしては，知って

いるところに戻って安堵するという，子どもの心の成長の秘密も，その喜びのなかに加わっているのではないでしょうか。（石井 1999c：98）

　石井は「知らない世界にとびだしては，知っているところに戻って安堵する」とだけしか書いてないが，くり返しに込められる「子どもの心の成長の秘密」とは何かについて，もう少し詳しく考えてみたい。子どもは何度か失敗をくり返し，いつの間にかハードルを越えていく。たとえば，ノルウェーの昔話を元にしたM.ブラウンの絵本『三びきのやぎのがらがらどん』では，「ちいさいやぎ」「二ばんめやぎ」「おおきいやぎ」の3びきの異なる名前のやぎが順々に出てくるが，3びきは実は1ぴきのやぎの成長過程と読みかえることもできる。成長に伴って，幼名から名前が変わることも，昔はめずらしいことではなかった。子どもは主人公に自己同一化して物語を楽しむといわれているが，この場合の主人公は，3びきのやぎのどれかではなく，次々と出てくる3びきのやぎすべてである。やぎになった子どもは，結局トロルに3回対峙することになる。最初はおっかなびっくり逃げ，2回目は平静を装って切り抜け，3回目にしてやっと正面から挑んで勝利する。

　1人の主人公が，3回同じ場面に遭遇し，3回目に成功する昔話は多い。たとえばグリム版の「シンデレラ」ともいうべき「灰かぶり」（グリム兄弟 1985・Ⅰ：151-161）がそうである。失敗しても諦めず，くり返し挑戦することで，課題の克服がかなう。今は無理でも，大きくなれば必ずできるようになる。あきらめずにまた挑戦すればいい。言葉のくり返しが耳に心地よく響くように，出来事のくり返しは，成長途上にある子どもの心を奮わせ勇気を与える。第8章で見たように，石井はM.リュティや小澤俊夫の研究にふれ，昔話では「同じ出来事は同じ言葉で語る」という法則を学んだ。その経験を活かし，石井は，原文の同じ台詞を極力同じ言葉で語るように整えたのだろう。

　しかしながら，『こすずめのぼうけん』は昔話的要素をもつものの，昔話そのものではない。昔話の『がらがらどん』では，やぎとトロルの1対1の対峙のくり返しは3回だったが，『こすずめのぼうけん』で，こすずめは他の鳥と

第11章 「語り」を絵本にした『こすずめのぼうけん』

4回出会う。石井は，昔話にならって，3回はまったく同じ言葉でくり返した。しかし，4回目で少し変化させた。ここで昔話的世界から離れ，幼年童話的世界に戻っていく切りかえ地点である。3回のくり返しと4回目の変化の訳は，作品中にひそむ昔話的要素と幼年童話的要素を並存させるための，石井なりの表現の工夫と考えられる。

3 『こすずめのぼうけん』の絵と場面割り

（1）作品の構造分析

訳文の分析に続いては，どのように場面割りをして絵を入れたかについて考察する。絵本の物語の展開を決める要素として大きいのが，場面設定，つまりページ割りである。絵本の見開き（左右2ページ）をひとつの場面として，『こすずめのぼうけん』の物語の構造を以下に分析してみる。分析手法については，藤本朝巳の昔話絵本の構造分析の手法を参考にした（藤本 2000：55-83）。

場面1	はじまり	
場面2	出発の準備	
場面3	出発	
場面4	課題1	移動
場面5	失敗1	からすと対面
場面6	課題2	移動
場面7	失敗2	やまばとと対面
場面8	課題3	移動
場面9	失敗3	ふくろうと対面
場面10	課題4	移動
場面11	失敗4	かもと対面
場面12	課題5	移動
場面11	課題の解決	母すずめと再会

第Ⅲ部　「語り」の文体の確立

場面12　　　　　帰還
場面13　　おわり

「はじまり」に対して「おわり」が、「出発」に対して「帰還」が、「課題」と「課題の解決」がそれぞれ対になっており、「課題の解決」の前に、4回の「課題」と「失敗」がくり返されている。厳格な対構造は、昔話の構造に非常に似ている（藤本 2000：114）。

　くり返しの場面の描かれ方についても、昔話的特徴が活かされている。「母を探す」という課題を求めて移動した後、次なる登場人物に1対1で出会い、課題の解決を目指す。昔話は簡潔な表現を好むこともあって、移動の部分の文章は短い。一方、1対1の会話の場面では、冗長になることも厭わず同じ言葉をくり返している。石井が、耳で聞く子どもの文学において会話を重視していたことは、『クマのプーさん』の翻訳から変わっていない。会話を際立たせるためにも、会話の場面を独立させ、たっぷり語ることに意味がある。

（2）はじまりとおわりの対構造
　この明確な対構造は、原文が兼ね備えている性質であると同時に、日本語の絵本で強化されている。それが最後の場面によく表れている。

So the little sparrow perched on his mother's back and she carried him home to the nest in the ivy and he fell asleep under her warm wings.
(42)

（場面12）そこで、こすずめが、おかあさんの　せなかに　おぶさると、おかあさんは、こすずめを　つれて、きづたのなかの　すまで、とんで　かえりました。(29)

（場面13）それから、こすずめは、おかあさんの　あたたかい　つばさのしたで　ねむりました。(30)

第11章 「語り」を絵本にした『こすずめのぼうけん』

図11-1　帰還（場面12，28-29）

図11-2　おわり（場面13，30-31）

図11-3　はじまり（場面1，2-3）

英語原文では1文にすぎなかったものを，日本語の絵本では場面12と場面13の2つの見開きに描き分けている。場面12（図11-1, 28-29）の絵はこすずめが母すずめの背中に乗って飛んで帰るところ，場面13（図11-2, 30-31）では，巣の中でこすずめが眠り，それを母すずめが見守っている。しかも，場面13は，対となる最初の場面1（図11-3, 2-3）と絵の構図もまったく同じである。見開き中央やや右に巣があり，そこに母すずめとこすずめが1対1で描かれている。昔話がいつも同じ「昔々あるところに（"once upon a time"）」で始まり，「いつまでも幸せに暮らしました（"and they lived happily ever after"）」と決まり文句で閉じられるように，絵本の絵においても「はじまり」と「おわり」が対になって，昔話にも匹敵する強固な物語構造を支えている。一方で，描かれた絵は，兄弟を省き，母と子が1対1で向かい合う構図になっており，作品の本質が幼年童話にあることを譲らない。

（3）石井の語りの文体

『こすずめのぼうけん』は，英語から日本語への言語変換に加え，文章だけの物語から絵本へと表現媒体の変化を伴った。ここで，石井の翻訳の工夫の特徴を3つにまとめてみたい。

1つ目の特徴は，先の分析で見たように，石井が昔話，幼年童話，絵本のそれぞれの特質に精通し，その特質の違いを翻訳に活かしていたことである。絵本化のときには，耳で聞くよりさらにはっきりと物語の本筋を明確化しなくてはならなかった。そのため，石井はくり返しに代表される昔話の語法に配慮しつつも，作品の本質である幼年童話としての骨格を並存させていた。

2つ目の特徴は，受け手の子どもの心の動きまで計算に入れていることである。第5章の絵本翻訳の分析で紹介したオイッティネンは，子ども読者の読みの場（お話を耳で聞きながら絵本の絵を見るなど）を想像して翻訳をする必要があると説いていたが，石井の場合は，それより一歩踏み込み，読みの場をダイナミズムとして捉えていた。受け手の子どもの心が，物語の展開に応じてどのように動いていくかに配慮し，それに沿う形で，絵本化する際の場面割りを考

えていた。そのことが，物語の緩急のリズムを与えている。

　3つ目の特徴は，石井の訳文のイメージ喚起力である。著者は，「お話」の語り手たちに，『こすずめのぼうけん』を素語りしたときと，絵本で読んだときに何か違いを感じたことがあるかと質問したことがある。数人の語り手に聞いたが，明確な違いを指摘した人はいなかった。F. ホフマンの絵本を読んだときのような違和感がないということは，絵本の絵が，語りだけを聞いた人が頭の中に描いたイメージに近いということではないだろうか。

（4）訳語選択が与えるイメージへの影響

　頭の中に描くイメージとの整合性は，活字や語りを視覚化したときに指摘される問題点であるが，文章だけの翻訳の際にも影響する。たとえば，英語を純粋に言語として日本語に翻訳するのと，その中間に頭でイメージを描いてから翻訳するのとでは，翻訳の結果が異なることがありうる。たとえば，機械翻訳でも英語の apple を「りんご」と訳すことはできるが，それが適切な訳語であるかは文脈の中においてみなければわからない。りんごは大きいのか小さいのか。赤いのか青いのか。固いのか柔らかいのか。つややかでみずみずしそうか。日本では「りんご」の主流は赤だが，西洋果樹園では「青リンゴ」が適当なこともあるだろう。また日本語表記の問題として「リンゴ」や「林檎」と書き分けることも可能である。

　日本語から英語へと逆に訳したときに，言語間の相違が鮮明になることもある。たとえば，松尾芭蕉の名句「古池や蛙飛びこむ水の音」の「蛙」は単数か複数かという問題はよく聞く例である。日本人の侘び寂びの感覚からいえば，蛙は1匹で，ポッチャーンという水音も一度きり，静寂の中の余韻を楽しむ。日本語の名詞に複数形がない以上，frogs と訳すことが文法上誤りとはいえないが，短い表現の中に込められた芭蕉の世界観を思いやれば，蛙が群れをなして飛び込み大会をする様子は想像しがたい。frog と frogs の判断といった細部の選択においても，訳者の作品全体の解釈が投影される。文章を訳すだけでもそうなのだから，ましてや，「お話」から絵本へと表現媒体を変える際には，

訳者の作品解釈の深さや表現技量がより明確に露呈する。逆にいえば，訳者が作品世界を明確にイメージせずに言葉だけで訳した文章からは，豊かな絵や的確な場面割りを伴った絵本は生まれず，読者に違和感を与えるものになってしまうのではないだろうか。

　『こすずめのぼうけん』の絵本が，語り手や子ども読者たちに違和感なく受けいれられていることは，訳者石井が頭に描いたイメージが，原文の作品世界を的確に捉えていることの証拠である。石井は，最初に『プー』の原書を読んだときに，すーっとプーの世界に入り込んで，「頭の中でプーがしゃべりだした」と語っていた。自分が聞いた作品の声を，日本の子どもたちに的確に伝えるために，石井は，幼年童話や昔話やストーリーテリングなどのさまざまなジャンルの「声の文化」の技法を学びながら，子ども読者が耳で聞く文体を磨いていった。その長年の研鑽の成果が『こすずめのぼうけん』の絵本化に結実したといえよう。

注
(1) 元福音館書店編集者として松居直氏に2007年7月23日にインタビューしたところ「石井先生は，私にとっては，まず第一に編集者としての大先輩です。絵本を，本というものの本質をよく知っておられた。私どもが何かをいう必要はまったくなかった。絵本として最適になるように，すべてのことを考慮され，訳文もぴたりと作ってくるのです」と答えられた。

終　章
石井の翻訳文体の源泉としての「声の文化」の記憶

1　石井の自伝的創作

（1）エッセイ集『幼ものがたり』

　石井は60歳代で，ポターとファージョンの2つのシリーズの完訳という大仕事を終えると，仕事の重心を翻訳から創作に移していく。その最初が，幼少期から小学校入学までの思い出を書いた『幼ものがたり』である[1]。70年以上も昔の記憶が，タイムカプセルから取り出されたように鮮明に描かれていることから，この自伝的回想録をして石井の最高傑作だという人は多い。たとえば，松居直はこの『幼ものがたり』こそが石井の「語る訳」の文体の原点だとして，以下のように絶賛している。

　石井さんの訳は，訳ではありません。英語の物語をすべて自分のなかに取り込んで，それを日本語で語られていたのです。「訳す」のではなく「語って」いたのです。それは，もはや創作に近いと思います。(中略)普通，外国語を日本語に置き換えると，文字から文字になってしまいます。でも石井さんは違いました。言葉から言葉へ。これができる人は，そうはいません。(中略)石井さんはなぜ，言葉に対するこのような感覚をお持ちになれたのでしょう。これは大学で勉強したから身につくというものではありません。石井さんの言葉は，その育ちにとても深くかかわっていると思います。それがよくわかったのは，『幼ものがたり』(一九八一年，福音館書店)を読んだときで

す。七〇歳をすぎて書かれたこの本で，石井さんは一歳半から小学校一年生までの思い出を克明に綴っていらっしゃる。すごい観察力と記憶力です。

(松居 2008：10-11)

松居が驚嘆するほどの「観察力と記憶力」で，石井は「一歳半から小学校一年生まで」の記憶を書いている。一つひとつのエピソードを読むと，石井のいた空間や，子どものときの石井の気持ちが，写真のようにくっきりと鮮明に浮かんでくる。それにしても，70歳を過ぎた石井は，なぜ幼少時代の思い出を書く気になったのだろうか。たとえば清水真砂子は，以下のように解読している。『幼ものがたり』が『石井桃子集4』に収録されたときに清水が書いた解説から引用する。

　アリソン・アトリーも，フィリッパ・ピアスも，神沢利子も，みな，石井と同じように幼い時の記憶の意味を読みとる作業を続け，それを彼女らは子どもの文学として作品に仕立ててきた。石井も途中，一部は『ノンちゃん雲に乗る』などの作品に仕立てたものの，その多くを持ちこし，エッセイとしてこの回想記に残すことになった。(清水 1998：267)

子どもの本の作家たちは，自らの幼少期の記憶を大切にして，それを自らの創作の土台にしているという清水の指摘は，想像力の成り立ち方を示唆している。石井は，幸か不幸か，働きざかりの間の多くの時間を編集や翻訳に費し，自らの幼少期に向き合うことを後回しにしてきた。自分の文学を追求するより，優れた外国の児童文学を紹介することに努めた。ふと気づくと70歳を超えていて，もう十分に使命を果たしたと自分自身に折りあいをつけて初めて，石井は自分の内に向き合うことを，自分に許したのかもしれない。

　ところで，石井の『幼ものがたり』は，小学校に上がり，学級文庫で本を読む喜びを知ったところで終わっている。本書で使用してきた言葉でこれを言いかえると，「文字の文化」に入る前，つまり「声の文化」の時代である。石井

にとっての幼少期の記憶とは,「声の文化」の時代の記憶に他ならない。

（2）長編創作『幻の朱い実』

　幼少期の次に,石井が自伝的作品の素材に選んだのは,若い日の友人との交流であった。『幻の朱い実』は上下巻あわせて800ページを超える大長編で,80歳直前に着手し,脱稿まで7～8年かかったという。この作品自体は児童文学ではないのだが,子どもの本との関係で注目したいのは,『クマのプーさん』をモデルにしたと思われる「お話」が頻出することである。主人公の明子が,病床の友人の蕗子のために,「お話」をせっせと訳して,手紙に同封して送る。

　　この厚さと重さ全部が「あなたの手紙」であらうとはどうしても望めなかつたからです。けれども,出てきたのが,我らの「お話」のほんやくとわかつた時は！ 実に久々に私は,大きく喉をならしました。ほんとにいいこと思ひついてくださつたのね。ありがたう。あなたがこの「お話」を,私の「旅立ち」に間にあふやう訳し終へられるのであればいいが。でなければ,私は思ひ出し思ひ出し,訥々としか話してやれないで,私が三途の河原で開く託児所は門前雀羅となるでせう。（石井 1994a 下：7）

これほど喜んでくれるのならと,明子は病身の友人のために1日でも早く訳を完成させたいと願う。結婚生活の雑事をこなしながらも,「八月の暑熱を,ただただ蕗子に原稿を早く送りたいという思いで,テーブルにかじりついて」（石井 1994a 下：37）必死に翻訳に取り組んだ。ときには,蕗子の入院先に原稿を持参して,明子が音読することもあった。

　　きのふはたのしかつた！　これからは,お出での度にたくさん原稿朗読してもらふことにしようと,くり返し思つたことでした。我々の願ひ通り,あなたは声を出し,私は出さないですむんだもの。もつとも笑ふのだけはやめら

れないけど．あなたの声静かだから，どっちの隣からも文句出ませんでした。けふは原稿黙読してゐます．頭の中であなたのイントネーションをまねて．<u>あなたは，どうしてこの小さい者たちの性格のなかへ，こんなにするすると入つていかれたの？</u>。(石井 1994a 下：112, 下線筆者)

明子の音読に大笑いする蕗子の描写は，とても想像して作りあげた場面とは思えないほど生き生きとしている。これはまさに，石井が友人と『プー』を楽しんだ記憶そのものだったのではないだろうか。特に「あなたは，どうしてこの小さい者たちの性格のなかへ，こんなにするすると入つていかれたの？」というくだりは，石井がすんなりと『プー』の世界に入り登場人物の声を聞きとっていたことを証言している。『幻の朱い実』下巻の中で，『プー』と思われる「お話」に関しての記述は，上記の引用以外にも大変多く，主要なものを数えあげただけでも12カ所もあった (7, 35, 37, 39, 52, 99, 112, 121, 144, 163, 175, 317)。その執拗さは，石井がどうしても書き残しておきたかったのは，楽しかった友人との思い出だけではなく，自分を児童文学の世界にひきこんだプーとの出会いの顛末だったと思わせるほどである。

2　ミルン自伝の翻訳

(1) ミルン自伝『今からでは遅すぎる』

　石井の人生において，プーは大きな存在だった。そう思わせる理由がもうひとつある。90歳を超えた石井が，『幻の朱い実』の次に取り組んだのが，『プー』の作者 A. A. ミルンの自伝『今からでは遅すぎる』の翻訳だったことである。石井が『今からでは遅すぎる』の「訳者あとがき」に詳しく書いているが，石井がこのミルン自伝の原文を最初に手にしたのは，1960年代なかばのことだと思われる。ところが，岩波書店編集部の人が見つけてきた原書のコピーを読み始めたものの，「むずかしくて，よく読めない」「言葉はわかるのに，意味がわからない」と思いあぐねて時がたってしまった。それからかなりの年月が過

終章　石井の翻訳文体の源泉としての「声の文化」の記憶

ぎ，『クマのプーさん』と『プー横丁にたった家』の2つのお話のE. H. シェパードの絵がカラー化されて，合本が新しく改訂される際に，「あとがき」を書き直すために，石井は決意して，ミルン自伝に真剣に向き合う。今度は，2人のネイティブを家庭教師に頼んで精読を進めた。石井はそのときの気持ちを，「『もっとミルンを読んで，ミルンをつかめ』と，自分自身をむちうちはじめた」と書いている（石井 1999c：265-270；石井 2003：549；ビナード 2005：100）。

石井の勉強の成果が翻訳にどう活かされたかをみるために，先行訳との比較を少しだけ紹介しよう。先行訳とは，原昌・梅沢時子訳の『ぼくたちは幸福だった——ミルン自伝』（研究社，1975）である。まず，『プー』について言及している箇所を，原文，先行訳，石井訳と並べて引用する。

He said he didn't like *When we Were Very Young*. Pooh's jealousy was natural. He could never quite catch up with the verses. (242)
［原・梅沢訳］「プーは，『ぼくたちの幼かったころ』が好きじゃないんだ。」プーの嫉妬もうなずけるものでした。プーはまったく詩にはついていけなかったのです。(345)
［石井訳］「プーは，『ぼくたちがとても小さかったころ』が好きじゃないって言うんだ。」プーがやきもちを焼くのも，無理からぬことであった。プーたちが活躍するお話集は，いつも売れゆきの点では，童謡詩集に負けていたからだ。(458, 下線筆者)

原文には「売れゆき」を類推させるような単語はまったくない。ミルンが書いた子ども向きの4作品のうち，2つが「童謡詩集（"the verses"）」で，残りの2つが『プー』の物語で，「童謡詩集」の方がよく売れていたという状況を知れば，石井の補足の意味がわかる。石井はこの先行訳について，「以前出た本はあまりにも誤訳が多かった」（石井 2007b：266）と指摘していた。石井はまた，ミルン自伝の読解が困難な理由を「『プー』の本を書いた時，ミルンの使ったのは「プー語」であったけれど，ミルンが日常書く英語は「パンチ語」だ

273

った」と『今からでは遅すぎる』の「訳者あとがき」に書いている（石井 2003：549）。しかしながら，90歳を超えた石井が大変な労力をかけてこの自伝を訳したことは，石井にとって『プー』がいかに大切であったかの証明ではないだろうか。それほどまでに，石井が残した翻訳のための勉強ノートや，家庭教師の一人，アラン・ストーク（Alan Stoke）との質疑応答の往復書簡などの資料は膨大である（世田谷文学館 2010：22）。

（2）魔法の秘密は幼年時代にある

　石井はなぜ，これほど『プー』にこだわったのか。石井自身がその答えの一端を書いていると思われる箇所を，再び『今からでは遅すぎる』の「訳者あとがき」から引用する。

　　まだ若かった日，全く偶然，『クマのプーさん』というイギリスの子どもの本に出会い，<u>魔法にかけられた</u>としか言いようのない経験をして以来，ミルンという人は，人生途上でどのような状態にあった時，他人を<u>魔法にかけるような作品</u>を書けたのだろうということを，折にふれて考えてみないではいられませんでした。（石井　2003：543，下線筆者）

ミルン自伝には，ミルンが「魔法をかけるような作品」を書いた秘密が隠されているに違いない。石井はそう思って，必死にミルン自伝を読み込み，翻訳まで試みた。石井にならい，筆者もミルンの魔法の秘密を探すために，ミルン自伝を手にした。特に，ミルンが『プー』を執筆したころの記述を必死に探した。しかし，子ども向きの作品を書いたことが出てくるのは，500ページを超えるこの作品の9割を過ぎた最後の部分である。『プー』どころか，子どもの本のことに触れている箇所を全部あわせても，わずか50ページ，全体の約1割にすぎない。実は，石井が「魔法にかけられた」作品をミルンが書けた理由は，それよりずっと前にある。

　この大著の前半分を占めるのは，幼少期から学生時代にかけて，特に2歳年

終章　石井の翻訳文体の源泉としての「声の文化」の記憶

上の兄ケンと過ごした時間である。幼いころ2人で遊んだことや，ライト・ヴァースなどの創作に夢中になった学生時代のことが，生き生きと描かれている。ミルン自身が序の冒頭で「有名人の伝記を読むとき，私が強く興味をそそられるのは，その伝記の前半である。指をしゃぶっている赤ん坊が，二枚舌も使える政治家になるまでの過程を，私は心を奪われ，大きな驚異の念をもって見守る」（ミルン，A. A. 2003：vii）と書いているように，ミルン自伝の中心部分は，ミルンが大人になるまでの話であって，大人になってどのような業績をなしたかの記述ではない。ミルンは，序の中で原文タイトルを *It's Too Late Now* とした理由を，「子どもをその子にするのは，遺伝や環境であり，その子が大人になり，その大人が作家になるのであって，そこで，今からでは，いや，すでに四十年前でも，ちがった作家になるには，もう遅すぎたということなのである」（ミルン，A. A. 2003：x）と説明している。つまり，どんな作品が書けるかは，その作家がどんな子ども時代を過ごしたかによってすでに定められているというのである。

　石井は，ミルンのこのメッセージをしっかり読み解いていたと思われる。その証拠に，石井自身もまた幼少期の大切さをくり返し説いている。以下は，『子どもの図書館』を『石井桃子集5』に収録するにあたり，石井が書いた付記「このごろの『かつら文庫』──幼年期の子どもたち」からの引用である。

　子どもの三，四歳，または五，六歳は，子どもにとって，どんな時代なのでしょうか。いかにも，外から見ると，世俗的には何事にもうとく，まだ物事がよくわからない時期として，いいかげんに取り扱われそうですが，その三，四年間の年月は，想像力と現実の二つの世界にまたがって，子どもが大きくのび，感じ，<u>将来をも決する</u>ときにあるのではないかと，私には思えるのです。それは，他の人たちの伝記類を読み，自分の子ども時代を，いま大人の目でふりかえって，そう考えられるのです。私の美の標準，善悪の基準は，あのころに築かれたのではないかと。私は，最近，お話『クマのプーさん』の作者，A. A. ミルンの自叙伝を，新たな興味をもって，再読しはじめてい

ます。(石井 1999a：272-273，下線筆者)

このエッセイの冒頭が「私は，一九九八年で九十一歳を迎えていました」と始まり，『石井桃子集5』の刊行が1999年2月となっているので，この文章はその間に書かれたものと考えられる。90歳を超えてミルン自伝を訳そうと決心し，ミルン自伝に本格的に取り組み始めたころのことである。ミルン自伝の本質が，幼少期の記述にあることを読み解いていたことの何よりの証拠といえるのではないだろうか。

（3）魔法の森の住人

　石井が述べている「将来をも決する」ほど大切な3歳から6歳までの子ども時代とは，まさにクリストファー・ロビンが，プーの「魔法の森」で過ごした時代でもある。「魔法の森」という表現は，『プー』物語の最終章，続編『プー横丁にたった家』の最終ページに出てくる。

So they went off together. But wherever they go, and whatever happens to them on the way, in that enchanted place on the top of the Forest, a little boy and his Bear will always be playing.
　　　　　　　　　　　　　(Milne, A. A. Puffin 1992：180，下線筆者)
そこで，ふたりは出かけました。ふたりのいったさきがどこであろうと，またその途中にどんなことがおころうと，あの森の魔法の場所には，ひとりの少年とその子のクマが，いつもあそんでいることでしょう。
　　　　　　　　(ミルン，A. A.「岩波少年文庫」新版 2001：267，下線筆者)

「あの森の魔法の場所」とは，クリストファー・ロビンがプーと遊んでいる場所であり，永遠に大人にならない場所でもある。『プー横丁にたった家』のこの記述は簡潔なだけに，そこには読み手のイメージが投影されやすい。たとえば，清水真砂子は，ここに寂しさを感じている。清水は，「子ども部屋に別れ

を告げることが，あんなに寂しく書かれている」ことを理由に『プー』を児童文学と考えてよいのかと疑問を呈しているほどである（清水 2003：12-13）。清水の考えが説得力をもつ理由のひとつに，ミルンと息子との確執のエピソードがあるのかもしれない。息子のクリストファー・ミルン（Christopher Milne, 1920-96）にとって，ベストセラーのクリストファー・ロビンのモデルという役割は重荷だった。そのことをつらい過去として，自伝『クマのプーさんと魔法の森』（*The Enchanted Places*, 1974）の中で告白していることは，「魔法の森」のイメージに影を落とすのである（ミルン 1977：275）。

　筆者はこの清水の指摘を知ってから，プーの寂しい結末を子どもはどう受け止めるかについて考え続けていた。そして，わが子に『プー』を読み聞かせられる年齢を待ちかねて，毎晩の読み聞かせを始めた。2人で大笑いしながら，毎晩1章ずつ楽しみながら読み進めていった。最終章の20章まできた晩，私は清水の指摘を思い出しながら子どもに聞いてみた。「読み終わっちゃったね。プーとまたいつか魔法の森で会えるかしら」と，読み手の私は一抹の寂しさを覚えながら言った。ところが，子どもは間髪をいれずに，「また最初っから読めばいいじゃん」とあっけらかんと答えた。子どもの感じ方は大人と違うと，また思い知らされた。『プー』の結末に寂しさを感じるのは，楽しかった子ども時代が終わってしまった，無邪気な子ども時代には二度と戻れないと感じる大人のノスタルジアなのかもしれない。第5章で分析したバートンの絵本『ちいさいおうち』の読み方が，大人と子どもでは大きく異なったことを思い出していただきたい。大人は直線の時間の中で生きているから，物語の最初から最後を意識して，物語が終わるとひとつの世界が終わったと寂しさを感じる。しかし，子どもは円環の時間に生きている。単純な遊びを何度もくり返したり，お気に入りの絵本を何度も読んでとせがむように，楽しいことはいつまででもやり続けたい。自分が飽きて卒業するまで，その世界にひたっている。子どもにとって，物語の終わりとは，本の終わりではなく，自分が読むのをやめるときなのである。『プー』を気に入った長男の場合も，3回ほど最初から最後まで通して読んだ後，気に入った章を拾い読みして，しばらく『プー』熱がさめ

なかった。半年ほどそれを続けただろうか。そして，小学校に入学するころには，いつの間にか彼は『プー』を卒業していた。

3 「魔法の森」の住人

（1）『幼ものがたり』という「魔法の森」

　清水真砂子は，石井桃子にとっての「魔法の森」の意味についても言及している。『石井桃子集4　幼ものがたり』の解説で，石井の『幼ものがたり』と『プー』の結末を比較して以下のように書いている。

> 『幼ものがたり』の世界は，プーの"魔法の森"だったんだ。そして私は両者の類似にあらためて目を見張る。この二冊は共に"魔法の森"に生きた日々と，それへの決別，そして旅立ちを書いていたんだ。だが，その旅立ちの仕方は似ているようで，方向がまるでちがう。（中略）クリストファー・ロビンのためらいと悲しみには，これからこの幼い少年が入っていく文字の世界へのミルンの懐疑がうかがわれる。彼は手ばなしで，その世界の住人となることをよろこんではいない。一方石井は，文字の世界に嬉々としてとびこんでいった。あとにした"魔法の森"との別れをまったく惜しまなかったわけではないが，文字を知り，本の世界の住人となることには，ためらいも懐疑もなかった。石井は文字の世界への旅立ちをよろこび，肯定した。
>
> （清水　1998：270）

清水が見抜いたように，石井の成長に対するイメージは常に前向きだ。石井の著作を読んでも，それが創作だけでなく翻訳した作品の講評やエッセイを読んでいても，子どもの本の楽しさや喜びについて語っていることは多いが，寂しいなどのネガティブな表現を筆者は見たことがない。しかし，それは不思議なことではない。石井にとって「魔法の森」は，寂しいどころか，むしろ「暖かい世界」だったからである。

（2）ファンタジーの入り口

石井はインタビューの中で，『プー』を初めて手にしたときのことを以下のように表現している。

> 雪が降る所で，「雪やこんこん，ポコポン」というとこなんですね。そこを読み始めた瞬間に，C. S. ルイスの『ナルニア国物語』の，子供たちが衣装ダンスの中の毛皮を分けて入っていくとそこに別の世界があったという話のように，（中略）ワーッと不思議な世界に入っちゃうという経験をしたわけなんです。何か真綿みたいなものがあって，それをかき分けていくと，そこにプーの不思議な世界があった。雪が降っているのに，それは<u>暖かい世界</u>でした。（石井 1994c：29，下線筆者）

「ナルニア国ものがたり（The Chronicle of Narnia）」は，C. S. ルイス（C. S. Lewis, 1898-1963）が書いた子ども向けのファンタジーで，全7巻で構成される。「ナルニア」の衣装ダンスというのは，ファンタジーの入り口である。「ナルニア」の子どもたちは，ファンタジーの世界に行きたいと思ったら，衣装ダンスに入ればいい，ということを発見した。しかし，「ナルニア」はいつでも行ける場所ではない。衣装ダンスという入り口とともに，行く人間の心がもうひとつの条件になる。たとえば，「ナルニア国ものがたり」最終巻の『さいごの戦い』（*The Last Battle*, 1956）では，長女スーザンが，4人兄弟のうち一人だけ「ナルニア」には呼ばれなくなる。「口紅とかパーティとかのほかは興味がない」「おとなになることに夢中」になったからである（ルイス，C. S. 1986：220）。「ナルニア」は地続きの世界ではないので，呼ばれなければ行けない。「ナルニア」を求める心があって初めて行ける場所なのである。「ナルニア」に行くためには，入り口の発見とともに「ナルニア」を求める心も必要とされるのである。「ナルニア」もまたもうひとつの「魔法の森」である。スーザンのように，大人になることに夢中になって子どもの心を忘れると，「ナルニア」には戻れなくなる。「魔法の森」も「ナルニア」同様，子どもの心を失うと二度と戻れ

ない失楽園となる。二度と戻れないことを知っている大人のノスタルジアが，「魔法の森」を去ることに寂しさを感じさせるのではないだろうか。

（3）「魔法の森」に帰る方法

　ところが，石井は「魔法の森」に寂しさを感じていない。その理由は『プー』との出会いにあると筆者は考える。石井の自伝的創作が，小学校入学までを描いた『幼ものがたり』から，『プー』を訳したころ（おそらく20代後半）を描いた『幻の朱い実』まで飛んでいることを思い出していただきたい。その間の日々，石井は文字を読むことを覚え，多くの物語を堪能しながら大人になった。いつの間にか「魔法の森」は遠い記憶のかなたに忘れ去られていた。ところが，『プー』に出会ったことで，石井は再び「魔法の森」に立ち戻ったのだ。十数年の歳月へだてていたにもかかわらず，石井は一瞬のうちに「魔法の森」に引き込まれた。『プー』の本は，「ナルニア」の洋服ダンスのような別世界への入り口であった。石井が幸運だったのは，『プー』という入り口を発見したときに，『プー』の世界を一緒に楽しめる友人がいたことではないだろうか。『幻の朱い実』で，石井自身の投影とも思われる明子が，友人の蕗子との対等な友人関係が，夫との関係とは異なることに気づく場面がある。

　　それにしても，結婚という共同生活は，何という無理をお互いに強いるものだろう。（中略）明子は，この二か月近くの経験で，まえに自分が球形であったとすれば，いまではある部分，押しつぶされて，歪つになりはじめているような気がした。蕗子との場合では，いくら親しく言いあい，勝手なことをしあっても，こうした感じをもったことはなかった。どこまでいっても，蕗子は蕗子，明子は明子。あれは，ふしぎなことであった。

　　　　　　　　　　　　　　　　　　　　　　（石井 1994a 上：341-342）

結婚生活で嫁とか妻とかの役割に押しつぶされそうになっている明子が，女ともだちの蕗子との対等な関係の中では生き生きしている。『プー』の翻訳は，

その生き生きした関係の中で生まれていくのである。石井は生前，先生と呼ばれることを嫌い，若いお友だちとか，小さなお友だちと称して対等な付き合いを好んだという。そのことは，身近にあった人々が何人も証言している（中川李枝子 2008a：7）。筆者はそれを最初は石井の謙虚さによるものと思っていたが，『幻の朱い実』を読みこむにつれて，創作者としての石井の本能だったのではないかと思うようになった。作家の木村榮は，エッセイ集『女友だち』の中で，『幻の朱い実』の明子にとっての蕗子との時間を「自由な精神の実家」（木村 2012：102）と表現している。対等な関係の中でこそ，日ごろの社会的責任に押しつぶされ，家庭的義務に歪められた精神が解放される。ファンタジーを理解し，新たなファンタジーを生み出すのは，その解放された自由な精神なのである。

　石井桃子は，大人になっても「魔法の森」に還れる方法を知った。自由な精神で，『プー』の本を開けばいいのである。石井は，大人になっても「魔法の森」の住人だった。石井訳絵本で育った作家の江國香織は，「きっと，石井さんは，『プーさん』がいる魔法の森に住むことを許された数少ない人の一人ではないでしょうか」（江國 2008：222）と証言している。

（4）あなたを支えてくれるのは，子ども時代の「あなた」です

　石井は，自分にとって『プー』の世界が大切であると同時に，子どもたちにもその世界を伝えたいと願っていた。1997年のNHKのETV特集のインタビューの中で，石井は「やっぱり私はプーなんですね。プーは学校へ行く前の小さい子どもが求めている暖かい世界」と語っている。[2]「学校へ行く前の小さい子ども」とは，本論で使用した言葉で言いかえれば，「文字の文化」に入る前の「声の文化」に生きている子どもである。この「声の文化」に生きている子どもたちこそが，「魔法の森」の住人なのである。

　「声の文化」に生きていた時代のことを，子どもたちが記憶しておくことの大切さは，子どもたちにとってなぜ物語が必要かに通じるものがある。松岡享子は，子どもにとっての物語の効用を，「サンタクロースの部屋」という言葉

で象徴的に語っている。サンタクロースを信じ，ひとたび心の中にサンタクロースを収容する空間を作りあげた子は，この空間がある限り，新しい住人を迎えいれることができる。一度でも見えないものを信じた記憶をもつ者は，大人になっても見えないものを信じることができるという（松岡 1978：4）。晩年の石井がくり返し語ったのも，「おとなになってから，あなたを支えてくれるのは，子ども時代の『あなた』です」という言葉だった（杉並区立中央図書館 2001：1）。石井も，石井の薫陶をうけた松岡も，ともに子ども時代のかけがえのなさを，くり返し訴えている。

　晩年の石井は，3つの自伝の執筆を通して（正確には2つの自伝的創作とミルン自伝の翻訳だが），子ども時代の生き生きとした思い出，言いかえれば文字を知る前の「声の文化」の記憶が非常に大切であることを知った。石井の幼少時代の記憶は，創作の源流となって『幼ものがたり』を書かせた。一度刻みこまれた「声の文化」の記憶は，石井の中で消えることなく，石井はいつでも「魔法の森」という「声の文化」の世界に戻ることができた。そのきっかけになったのが，『プー』の翻訳であった。石井はその体験を発展させて，ミルン以外にも，アトリー，ポター，ファージョンといった「声の文化」を継承する創作者たちの作品の声を訳していった。また昔話の語りを聞くことで育まれた石井の「生きた言葉」が，子どもたちに向かって「語る訳」を生み出した。石井の翻訳が，「声の文化」に生きている子どもたちをひきつけるのは，石井が自分の心の中にある「声の文化」の記憶を大切にし，翻訳する際にはその記憶の部屋に立ち戻って，「声の文化」の住人として語っているからなのである。

4　石井にとって「声を訳す」こと

（1）「声の文化」の記憶

　本書では，日本における英語圏の児童文学と絵本の翻訳の先駆者である石井桃子の業績を，その翻訳者としての理念と足跡を総合的に辿るとともに，代表的な翻訳作品を具体的に精査することによって，「声を訳す」という石井翻訳

の特徴を明らかにした。石井の「声を訳す」文体とは，音読にふさわしいだけでなく，大人とは異なる子どもの物事の認識の仕方や物語の読み方に沿うものであり，昔話をはじめとする伝統的な「声の文化」の文体を継承し，子ども向けの文体で「語る」ものであった。

　幼いころに祖父や姉が語る昔話を聞いて育った「声の文化」の記憶は，石井の心の中に，「サンタクロースの部屋」のように，見えないものを信じる空間として残った。初めて『プー』の物語に出会ったとき，すでに成人していたにもかかわらず，石井が一瞬にして『プー』の「暖かい世界」に入り込むことができたのは石井の心の中にその空間があったからである。その空間はプーの「魔法の森」につながった。だから，石井にはプーの声が聞こえたのだろう。プーの声が聞こえてしまったことで，石井ははからずも「声を訳す」という子どもの本にとってひとつの理想の翻訳文体を，意識せずに生み出してしまった。

　しかし，訳者と作品には相性がある。すんなりと作品世界に入っていける作品ばかりではない。それでもプロとして多くの作品を訳していくには，運に頼るだけではなく，どんな作品においても理想とする文体を再現できる翻訳技術を体得していかなくてはならない。

　『プー』以降，石井は，さまざまなジャンルの多くの作品に取り組む中で，作品の声に耳をすます技術を模索した。子どもの認知能力や昔話の語法など，専門外であることも厭わず，広く貪欲に知識を吸収した。数多くの翻訳や改訳を重ね，子どもに語りかける文体を磨きあげていった。「日本少國民文庫」シリーズに収録された短編の翻訳をした29歳から，99歳で最後の改訳出版となった『百まいのドレス』までの70年に及ぶ翻訳者としての長いキャリアと，200冊という膨大な数の訳書を出版してきた積み重ねが，名訳といわれる石井の文体を築きあげたのである。

（2）デジタルで「声を訳せる」か

　最後に，石井訳の分析から明らかになった，「声を訳す」という翻訳姿勢の重要性が，現代の子どもの本の翻訳に対してどのような意味をもつかについて

考えてみたい。昨今のデジタル技術の発展により，一部のジャンルでは機械翻訳も可能になってきているが，子どもの本の翻訳に即座に応用できるものではない。筆者はその原因のひとつが，本論で議論してきた「声を訳す」というアナログ性にあると考える。

「声を訳す」ことは，「文字を訳す」こととは違う。たとえば，appleという単語を「リンゴ」と変換するだけなら，機械でもできる。しかしこれが，物語の中で "An apple," she said. とあったら，どう訳せばいいだろうか。「『りんご』と その女の子はいった」と機械的に訳しただけでは，物語の情景が浮かんでこない。そのりんごは大きいのか小さいのか。まっ赤に熟れて食べごろか。それともまだ青くて固いのか。訳者はイメージを膨らませなければならない。頭の中に絵が浮かんだら，そのイメージに合う表記を選択しなければならない。日本語は，リンゴ，りんご，林檎と表記の多様性をもつ。文化社会的背景の知識も必要だろう。英国に多い青リンゴだったら，日本の読者に誤解のないように「青」を補足する必要があるかもしれない。物語の解釈も欠かせない。言ったその子の気持ちはどうか。お腹がぺこぺこで，大喜びしたのか。りんごひとつだけと不満に思ったのか。それにより「りんご」「りんご！」「りんごちゃん」「り・ん・ご」などの表記も可能かもしれない。語尾も「りんごだ」「りんごだわ」「りんごよ」と，語った少女の年令，性格，感情などをどう想像するかにより異なるだろう。

今まで，「声を訳す」とひとことで言ってきたが，作業工程をあえて分解すれば，原文の声を聞いてイメージを立ちあげ，登場人物に日本語の声で語らせ，それを日本語の文字に写しとるという手順が含まれている。これらすべての手順をクリアして理想的な翻訳を実現するために，訳者は，原文自体が「声の文化」を継承した「語り」の文体であることを見抜く目，作品の声を聞き取るための深い読解力，「語り」として聞こえる日本語の表現力を兼ね備えていなければならない。このように，単純にデジタル技術で文字を置き換える以上の多くの条件が要求される。その複雑な工程の積み重ねと同様の成果が，石井訳では極めて自然な形で実現されていたのは驚くべきことである。その土台には，

終章　石井の翻訳文体の源泉としての「声の文化」の記憶

訳者自身の幼少期の豊かな物語体験，つまり「声の文化」の記憶があった。その記憶を元に，「声の文化」に生きる子どもに向かって語りかける文体こそ，長年の翻訳の仕事の中で培われた石井桃子の「声を訳す」文体の真髄であるといえよう。

注
(1) この作品は，福音館書店が当時出版していた子どもの本の月刊誌『子どもの館』に1977年4月号から約1年間にわたって連載され，1981年，石井が74歳のときに福音館書店から単行本として発刊された。
(2) NHKテレビ「ETV特集　21世紀の日本人へ・子どもの本は家族の記憶　児童文学者　石井桃子」(1997年7月)に出演したときのインタビュー。

参 考 文 献

阿部知二（1936）「飜譯文學」『新潮』1936.12：128-134。
安達まみ（2002）『くまのプーさん――英国文学の想像力』光文社新書。
安達まみ（2008）「おはなしの世界は永遠に」『ユリイカ』2008.5：51-52。
阿川尚之（2001）「石井桃子――なんてすばらしい旅をするんでしょう」『アメリカが見つかりましたか――戦後篇』都市出版，85-102。
阿川尚之（2007）「かつら文庫の思い出」『ユリイカ』2007.7：94-102。
Ainsworth, Ruth (1951) "The Sparrow Who Flew Too Far." *Ruth Ainsworth's Listen with Mother Tales*. London: Heinemann, 38-42→ Eileen Colwell, ed. *Listen with Mother Tales*. Middlesex: Penguin Books, 1962, 18-20（エインズワース，ルース，石井桃子訳，堀内誠一絵『こすずめのぼうけん』福音館書店「こどものとも」1976.4→「こどものとも傑作集」1977）。
秋山正幸・榎本義子編（2005）『比較文学の世界』南雲堂。
天沢退二郎（1998）「解説 移行するものたち」『石井桃子集1』岩波書店，285-292。
アンデルセン，H. C.（1981）「皇帝の新しい着物」大畑末吉訳『完訳アンデルセン童話集(1)』岩波書店，157-165。
安藤美紀夫（1979）「児童文学の翻訳とはなにか」『日本児童文学』日本児童文学者協会，1979.6：53-56。
安西徹雄（1995）『英文翻訳術』筑摩書房。
安西徹雄・井上健・小林章夫編（2005）『翻訳を学ぶ人のために』世界思想社。
Ashliman, D. L. (2004) *Folk and Fairy Tales: A Handbook*. CT: Greenwood Press.
ベーカー，モナ，ガブリエラ・サルダーニャ編，藤濤文子監修・編訳，伊原紀子・田辺希久子訳（2013）『翻訳研究のキーワード』研究社。
Bakhtin, M. M. translated by Caryl Emerson and Michael Holquiat (1981) *The Dialogic Imagination: Four Essays of M. M. Bakhtin*. Austin: University of Texas Press.
Bakhtin, M. M. (1981) "Discourse in the Novel." *The Dialogic Imagination: Four Essays*. The University of Texas Press, 259-422（バフチン，M. M.，伊東一郎訳『小説の言葉』平凡社ライブラリー，1996）。
バフチン，ミハイル，川端香男里訳（1973）『フランソワ・ラブレーの作品と中世・ルネッサンスの民衆文化』せりか書房。
Bassnett, Susan (1980) *Translation Studies*. London: Methuen → NY: Routledge, 1991→ revised ed. 2002.

Bassnett, Susan and Andre Lefevere ed. (1990) *Translation, History and Culture*. London and NY: Routledge.

Bassnett, Susan and Andre Lefevere ed. (1998) *Constructing Cultures: Essays on Literary Translation*. Clevedon: Multilingal Matters.

Bassnett, Susan and Peter Bush ed. (2006) *The Translator as Writer*. London and NY: Continuum.

バンナーマン，ヘレン，フランク・トビアス絵，光吉夏弥訳（1953）『ちびくろさんぼ』「岩波の子どもの本」→瑞雲社，2005．

バヤール＝坂井，アンヌ（2004）「谷崎潤一郎の語りの方法」フェリス女学院大学『身体・ことば・ジェンダー 源氏物語と日本文学研究の現在』47-56．

Beckett, Sandra and Maria Nikolajeva ed. (2006) *Beyond Babar: The European Tradition in Children's Literature*. MD: Scarecrow Press.

別宮貞徳（1983）『英文の翻訳』大修館書店．

別宮貞徳（2005）『日本語のリズム・四拍子文化論』筑摩書房．

別宮貞徳（2006）『実践翻訳の技術』筑摩書房．

別宮貞徳（2007）『実況翻訳教室』筑摩書房．

Bertills, Yvonne (2003) *Beyond Identification: Proper Names in Children's Literature*. Finland: ÅBO Akademi University Press.

ビナード，アーサー（2005）『日本語ぽこりぽこり』小学館．

Bishop, Claire Huchet and Kurt Wiese (1938) *The Five Chinese Brothers*. NY: Coward-McCann, Inc. → Paperstar, 1996（ビショップ，クレール・H．，クルト・ヴィーゼ絵，石井桃子訳，家庭文庫研究会編『シナの五にんきょうだい』福音館書店，1961→川本三郎訳『シナの五にんきょうだい』瑞雲舎，1995）．

Brown, Marcia (1957) *The Three Billy Goats Gruff*. Harcourt（ブラウン，マーシャ，瀬田貞二訳『三びきのやぎのがらがらどん』福音館書店，1965）．

Brown, Margaret Wise. Jean Charlot (1943) *A Child's Good Night Book*. NY: William R. Scott, Inc.（ブラウン，マーガレット・ワイズ，ジャン・シャロー絵，石井桃子訳『おやすみなさいのほん』福音館書店，1962）．

ブルデュー，ピエール，田原音和監訳（1980）『社会学の社会学』藤原書店．

ブルデュー，ピエール，石崎晴己訳（1991）『構造と実践』藤原書店．

Bruna, Dick (1963) *nijintje in de sneeuw*（ブルーナ，ディック，石井桃子訳『ゆきのひのうさこちゃん』福音館書店，1964）．

Buchan, Elizabeth (1988) *Beatrix Potter: The Story of the Creator of Peter Rabbit*. Frederic Warne（バカン，エリザベス，吉田新一訳『素顔のビアトリクス・ポター』絵本の家，2001）．

ビューラー，シャルロッテ，森本真実訳，松岡享子編（1999）「昔話と子どもの空想」『こどもとしょかん』82，東京子ども図書館，1999夏：2-19．

参 考 文 献

Burton, Virginia Lee (1937) *Choo Choo: The Story of a Little Engine Who Ran Away.* Boston: Houghton Mifflin Company (バートン，バージニア・リー，村岡花子訳『いたずらきかんしゃちゅうちゅう』福音館書店，1961).
Burton, Virginia Lee (1942) *The Little House.* Boston: Houghton Mifflin Company (バートン，石井桃子訳『ちいさいおうち』「岩波の子どもの本」1954→大型絵本版，1965→「岩波の子どもの本」改版，1981).
Burton, Virginia Lee (1943) *Katy and the Big Snow.* Boston: Houghton Mifflin Company (バートン，石井桃子訳『はたらきもののじょせつしゃけいてぃ』福音館書店，1962→新版，1978).
Burton, Virginia Lee (1957) "Making Picture Books: Acceptance Paper." Miller, Bertha Mahony and Elinor Whitney Field, ed. *Caldecott Medal Books: 1938-1957.* Boston: Horn Book, 88-92.
Burton, Virginia Lee (1962) *Life Story.* Boston: Houghton Mifflin Company (バートン，石井桃子訳『せいめいのれきし』岩波書店，1964).
Carroll, Lewis (1865) *Alice's Adventures in Wonderland* (キャロル，ルイス，脇明子訳『不思議の国のアリス』「岩波少年文庫」新版，2000).
Chambers, Aidan (1969) *The Reluctant Reader.* Oxford: Pergamon Press.
チータム，ドミニク，小林章夫訳 (2003)『「くまのプーさん」を英語で読み直す』日本放送協会.
Chimori, Mikiko (2001) "Japanese *Alice* Translations: A Comparison of Underlying Linguistic and Literary Features."『比較文化研究』53: 69-81.
千森幹子 (2006)「初期『不思議の国のアリス』翻訳に見る諸相（Ⅰ）」『比較文化研究』72: 1-10。
Chukovsky, Kornei. translated and edited by Lauren G. Leighton (1984) *The Art of Translation: Kornei. Chukovsky's A High Art.* Knoxvill: The University of Tennessee Press.
チョコフスキー，コルネイ，樹下節訳 (1970)『2歳から5歳まで』理論社 (抄訳普及版，1996)。
Coillie, Jan Van and Walter P. Verschueren ed. (2006) *Children's Literature in Translation: Challenges and Strategies.* Manchester: St. Jerome Publishing.
Colwell, Eileen ed. (1962) *Tell Me a Story — A Collection for Under Fives.* Penguin Books.
コルウェル，E.，石井桃子訳 (1994)『子どもと本の世界に生きて――児童図書館員のあゆんだ道』こぐま社.
コルウェル，E.，松岡享子他訳 (1996a)『子どもたちをお話の世界へ――ストーリーテリングのすすめ』こぐま社.
コルウェル，E.，むろの会訳 (1996b)『エリナー・ファージョン――その人と作品』新

読書社。

カヴニー，ピーター，江河徹監訳（1979）『子どものイメージ——文学における「無垢」の変遷』紀伊國屋書店．

Cripps, Elizabeth (1982) "Kenneth Grahame: Children's Author?" *Children's Literature in Education*. 10: 141-152.

Dodge, Mary Mapes (1865) *Hans Brinker or The Silver Skate*. → First Aladdin Paperback, 2002（ドッジ，メアリー・メイプス，石井桃子訳『ハンス・ブリンカー』「岩波少年文庫」1952→『銀のスケート——ハンス・ブリンカーの物語』に改題，「岩波少年文庫」改版，1988）．

ダイク，ヘンリー・ヴァン，石井桃子訳（1936）「一握りの土」山本有三編『日本少國民文庫第十五巻　世界名作選（二）』新潮社→復刻版，1988, 9-14。

江國香織（1997）『絵本を抱えて部屋のすみへ』白泉社→新潮文庫，2000。

江國香織（2008）「魔法の森に住んでいる人」『ミセス』文化出版局，2008.3：222。

Elleman, Barbara (2002) *Virginia Lee Burton: A Life in Art*. Boston: Houghton Mifflin Company（エルマン，バーバラ，宮城正枝訳『ヴァージニア・リー・バートン「ちいさいおうち」の作者の素顔』岩波書店，2004）．

Estes, Eleanor. Louis Slobodkin (1944) *The Hundred Dresses*. Orland: Harcourt（エスティス，エレナー，ルイス・スロボドキン絵，石井桃子訳『百まいのきもの』「岩波の子どもの本」1954→『百まいのドレス』岩波書店，2006）．

Farjeon, Annabel (1986) *Morning Has Broken*. London: Julia MacRae（ファージョン，アナベル，吉田新一・阿部珠理訳『エリナー・ファージョン伝——夜は明けそめた』筑摩書房，1996）．

Farjeon, Eleanor (1921) *Martin Pippin in the Apple Orchard*. London: Collins → London: Oxford University Press, 1952（ファージョン，エリナー，石井桃子訳『リンゴ畑のマーティン・ピピン』「ファージョン作品集4」岩波書店，1972→「岩波少年文庫」新版（上）（下），2001）．

Farjeon, Eleanor (1925) *Italian Peepshow* → London: Oxford University Press, 1960（ファージョン，エリナー，石井桃子訳『イタリアののぞきめがね』「ファージョン作品集2」岩波書店，1970）．

Farjeon, Eleanor (1931) *The Old Nurse's Stocking Basket*. London: Oxford University Press（ファージョン，エリナー，石井桃子訳『年とったばあやのお話かご』「ファージョン作品集1」岩波書店，1970）．

Farjeon, Eleanor (1935) *A Nursery in the Nineties*. London: Oxford University Press（ファージョン，エリナー，中野節子監訳『ファージョン自伝——わたしの子供時代』西村書店，2000）．

Farjeon, Eleanor (1937) *Martin Pippin in the Daisy Field*. London: Michael Joseph. → London: Hamish Hamilton Children's Books, 1964（ファージョン，エ

参考文献

リナー，石井桃子訳『ヒナギク野のマーティン・ピピン』「ファージョン作品集 5」岩波書店，1974).

Farjeon, Eleanor (1953) *The Silver Curlew*. London: Oxford University Press（ファージョン，エリナー，阿部知二訳『銀色のしぎ』「国際アンデルセン大賞名作全集 1」講談社，1968→石井桃子訳『銀のシギ』「ファージョン作品集 6」岩波書店，1975).

Farjeon, Eleanor (1955a) *The Glass Slipper*. London: Oxford University Press（ファージョン，エリナー，石井桃子訳『ガラスのくつ』「国際アンデルセン大賞名作全集 2」講談社，1968→「ファージョン作品集 7」岩波書店，1986).

Farjeon, Eleanor (1955b) *The Little Bookroom*. London: Oxford University Press（ファージョン，エリナー，石井桃子訳『ムギと王さま』「岩波少年文庫」1959→「岩波少年少女文学全集 9」1961→「ファージョン作品集 3」岩波書店，1971→『ムギと王さま 本の小べや 1』「岩波少年文庫」新版，2001と『天国を出ていく 本の小べや 2』「岩波少年文庫」新版，2001の 2 分冊になる).

Fischer, Hans (1948) *Der Geburtstag*. Switzerand: Artemis Verlag（フィッシャー，ハンス，大塚勇三訳『たんじょうび』福音館書店，1965).

Fischer, Hans (1953) *Pitschi*. Switzerand: Artemis Verlag（フィッシャー，石井桃子訳『こねこのぴっち』「岩波の子どもの本」1954→大型絵本，1987).

Flack, Marjorie (1930) *Angus and the Ducks*（フラック，マージョリー，瀬田貞二訳『アンガスとあひる』福音館書店，1974).

Flack, Marjorie (1931) *Angus and the Cats*（フラック，瀬田貞二訳『アンガスとねこ』福音館書店，1974).

フレイバーグ，セルマ・H.，詫摩武俊・高辻玲子訳（1992）『小さな魔術師——幼児期の心の発達』金子書房，新装版．

藤本朝巳（1999）『絵本はいかに描かれるか（表現の秘密）』日本エディタースクール出版部．

藤本朝巳（2000）『昔話と昔話絵本の世界』日本エディタースクール出版部．

藤本朝巳（2002）『子どもに伝えたい昔話と絵本』平凡社．

藤本朝巳（2005）「絵本の分類化序論(1)『絵』と『ことば』の機能」『フェリス女学院大学文学部紀要』40: 1-17．

藤本朝巳（2006）「*English Fairy Tales* の出版経緯と再話——Joseph Jacobs の再話意図(2)」『フェリス女学院大学文学部紀要』41: 41-60．

藤本朝巳（2007）『絵本のしくみを考える』日本エディタースクール出版部．

藤本朝巳（2011）「*More English Fairy Tales* の出版の意図——フェアリーテールの再話とその意図(3)」『フェリス女学院大学文学部紀要』46: 221-252．

福原麟太郎・吉川幸次郎（1971）『二都詩問』新潮社．

福本友美子（2002）「翻訳家列伝 7 石井桃子 はじまりはクマのプーさんだった」子ど

もの本・翻訳の歩み研究会編『図説 子どもの本・翻訳の歩み事典』柏書房, 91。

福本友美子（2004）「児童文学の翻訳」黒澤浩・佐藤宗子・砂田弘・中多泰子・広瀬恒子・宮川健郎編『新・こどもの本と読書の事典』ポプラ社, 88-89。

福島正実（1980）「現代児童文学の争点(5)『完訳主義』是か非か㊤」日本児童文学学会『過渡期の児童文学 資料・戦後児童文学論集3 1965-69』偕成社, 272-274。

古田足日（1987）『子どもを見る目を問い直す』童心社。

Gág, Wanda（1928）*Millions of Cats*. NY: Coward McCann（ガアグ, ワンダ, 石井桃子訳『100まんびきのねこ』福音館書店, 1961).

Garnett, Eve（1937）*The Family from One End Street*. London: Frederick Muller. → London: Puffin Modern Classics, 2004（ガーネット, イーヴ, 石井桃子訳『ふくろ小路一番地』「岩波少年文庫」1957→改版, 1989→新版, 2009)。

Goudge, Elizabeth（1946）*The Little White Horse*. London: University of London Press（グージ, エリザベス, 石井桃子訳『まぼろしの白馬』あかね書房「国際児童文学賞全集1」1964→福武文庫, 1990→「岩波少年文庫」1997→新版, 2007)。

Gouanvic, Jean-Marc（2005）"A Bourdieusian Theory of Translation, or the Coincidence of Practical Instances: Field, 'Habitus', Capital and 'Illusio'." *The Translator*, 11. 2: 147-166.

グレアム, エリナー, むろの会訳（1994）『ケネス・グレアム その人と作品』新読書社。

Grahame, Kenneth（1893）*Pagan Papers*. London: John Lane → William McClain, 2002.

Grahame, Kenneth（1895）*The Golden Age*. London: John Lane → NY: Dodd, Mead & Co., 1922.

Grahame, Kenneth（1898）*Dream Days*. London: John Lane → NY: Dodd, Mead & Co., 1902.

Grahame, Kenneth（1908）*The Wind in the Willows*. London: Methuen → NY: Aladdin Paperbacks, 1989（グレアム, ケネス, E. H. シェパード絵, 中野好夫訳『たのしい川邊』白林少年館出版部, 1940→石井桃子訳『ヒキガエルの冒険』英宝社, 1950→石井桃子訳, 油野誠一絵「ひきがえるの冒険」『世界少年少女文学全集イギリス編2』東京創元社, 1956, 5-206→菊池重三郎訳, 山田三郎絵「ひきがえるの冒険」『少年少女世界文学全集イギリス編7』講談社, 1961, 95-209→石井桃子訳『たのしい川べ――ヒキガエルの冒険』岩波書店, 1963→石井桃子訳『たのしい川べ』「岩波少年文庫」特装版, 1990→岡本浜江訳, ジョン・バーニンガム絵『川べによそう風』講談社, 1992→岡本浜江訳『川べによそう風』講談社「青い鳥文庫」1993→鈴木悦男訳, 鈴木まもる絵『川べのゆかいな仲間たち』講談社, 1993→石井桃子訳『たのしい川べ』「岩波世界児童文学集4」1994→石井桃子訳『たのしい川べ』「岩波少年文庫」新版, 2002)。

Grahame, Kenneth（1938）*The Reluctant Dragon*. NY: Holiday House → illustrated

参考文献

by E. H. Shepard, 1966 (グレアム, ケネス, 石井桃子訳, 寺島竜一画『おひとよしのりゅう』学習研究社, 1966→亀山龍樹訳, 西川おさむ絵『ものぐさドラゴン』金の星社, 1978) → *The Reluctant Dragon*. retold and illustrated by Inga Moore. London: Walker Books, 2004 (インガ・ムーア再話・絵, 中川千尋訳『のんきなりゅう』徳間書店, 2006).

Grahame, Kenneth (1944) *First Whisper of "The Wind in the Willows."* NY: J. B. Lippincott Company.

Grahame, Kenneth (1983) *Path to the River Bank: The Origin of The Wind in the Willows, from the Writings of Kenneth Grahame*. NY: Blandford.

Grahame, Kenneth (1988) *My Dearest Mouse: The Wind in the Willows' Letters*. London: Pavilion Books.

Green, Peter (1959) *Kenneth Grahame: A Biography*. London: John Murray, NY: The World Publishing Company.

Green, Peter (1982) *Beyond the Wild Wood: The World of Kenneth Grahame, Author of The Wind in the Willows*. NY: Webb&Bower.

グリーン, エリン, 芦田悦子・太田典子・間崎ルリ子訳 (2009)『ストーリーテリング――その心と技』こぐま社.

グレンフェル, サー・ウィルフレッド, 石井桃子訳 (1936)「わが橇犬ブリン」山本有三編『日本少國民文庫第十五巻 世界名作選(二)』新潮社→復刻版, 1988, 81-93.

Grimm, Brüder (1982) *Kinder und Hausmächen*. Köln: Eugen Diederichs Verlag. (グリム兄弟, 小澤俊夫訳『完訳グリム童話Ⅰ, Ⅱ』ぎょうせい, 1985).

灰島かり (2011)「翻訳」中川素子・吉田新一・石井光恵・佐藤博一編『絵本の事典』朝倉書店, 474-483.

Hamsun, Marie (1933) *A Norwegian Farm*. J. P. Lippincott Company (ハムズン, マリー, 石井桃子訳『小さい牛追い』「岩波少年文庫」1950→「岩波ものがたりの本」1969→「岩波少年文庫」改版, 1990→同新版, 2005と『牛追いの冬』「岩波少年文庫」1951→「岩波ものがたりの本」1969→「少年文庫」改版, 1990→同新版, 2006の2分冊で出版された).

原昌 (1974)『児童文学の笑い――ナンセンス・ヒューモア・サタイア』牧書店.

原昌 (1991)「ミルン童話と翻訳・受容」『比較児童文学論』大日本図書, 103-133.

平子義雄 (1999)『翻訳の原理』大修館書店.

Hirano, Cathy (2006) "Eight Ways to Say *You*: The Challenge of Translation." Lathey, G. ed. *The Translation of Children's Literature*. Clevedon: Multilingal Matters, 2006, 84-97.

Hoffman, E. T. A.. Maurice Sendak. English translation by Ralph Manheim (1984) *Nutcracker*. NY: Crown Publisher (ホフマン, E. T. A., モーリス・センダック絵, 渡辺茂男訳『くるみわり人形』ほるぷ出版, 1985).

Hoffman, Felix (1962) *Die Sieben Roben.* Switzerland: Verlag Sauerländer（ホフマン，フェリクス，瀬田貞二訳『七わのからす』福音館書店，1971）．
Hogan, Inez (1936) *Elephant Twins.* E. P. Dutton（ホーガン，アイネス，光吉夏弥訳『フタゴノ象ノコ』筑摩書房，1942→石井桃子訳，野口彌太郎絵『まいごのふたご』「岩波の子どもの本」1954に収録）．
北條文緒（2004）『翻訳と異文化――原作との「ずれ」が語るもの』みすず書房．
堀内誠一（1980）『パリからの手紙』日本エディタースクール出版部．
ホイジンガ，J., 高橋英夫訳（1973）『ホモ・ルーデンス』中公文庫．
Hunt, Peter (1994) *The Wind in the Willows: A Fragmented Arcadia.* NY: Twayne Publishers.
Hunt, Peter ed. (2004) *International Companion Encyclopedia of Children's Literature.* London and NY: Routledge.
ハント，ピーター編，さくまゆみこ・福本友美子・こだまともこ訳（2001）『子どもの本の歴史――写真とイラストでたどる』柏書房．
池上嘉彦（1981）『「する」と「なる」の言語学』大修館書店．
池上嘉彦（1982）『ことばの詩学』岩波書店．
池上嘉彦（1995）『「英文法」を考える――「文法」と「コミュニケーション」の間』筑摩学芸文庫．
池上嘉彦（2006）『英語の感覚・日本語の感覚――「ことばの意味」のしくみ』日本放送出版協会．
井伏鱒二（1978）「あとがき」ロフティング，ヒュー，井伏鱒二訳『ドリトル先生アフリカゆき』「岩波少年文庫」改版，164-166．
生駒幸子（2009）「光吉夏弥研究――『岩波の子どもの本』編集までの子どもの本にかかわる仕事」『絵本学』絵本学会，11：41-47．
猪熊葉子（1992）『ものいうウサギとヒキガエル――評伝・ビアトリクス・ポターとケニス・グレアム』偕成社．
猪熊葉子（2002）「翻訳とは何か」子どもの本・翻訳の歩み研究会編『図説 子どもの本・翻訳の歩み事典』柏書房，224-227．
井上健（2001）『翻訳街裏通り』研究社．
井上健（2005）「文化と文体の翻訳をめぐって」秋山正幸・榎本義子編『比較文学の世界』南雲堂，179-202．
井上健（2011）『文豪の翻訳力――近現代日本の作家翻訳 谷崎潤一郎から村上春樹まで』ランダムハウスジャパン．
乾冨子（1953）「児童の読書の現状――岩波書店の児童向出版物のすすむべき方向は」児童向出版物研究会『児童向出版物について』38-51．
いぬいとみこ（1968）「絵本あれこれ――遅れた発言」『日本児童文学』日本児童文学者協会，1968.6：353-356．

参考文献

いぬいとみこ（1974）「『岩波子どもの本』こぼればなし」『月間絵本』すばる書房，1974.2：21-26。
いぬいとみこ（1977）「わたしとプー」『月刊絵本』すばる書房，1977.8：34-35。
いぬいとみこ（1980）「現代児童文学の争点(6)『完訳主義』是か非か㊦」日本児童文学学会『過渡期の児童文学 資料・戦後児童文学論集 3 1965-69』偕成社，274-276。
いぬいとみこ（1990）「二つの『文庫』のはざまで」『図書』岩波書店，1990.7：60-61。
いぬいとみこ・中川李枝子・今江祥智（1991）「鼎談 宝石を生み落とした四十年」『飛ぶ教室』37，1991.2：115-123。
犬養道子（1970）『花々と星々と』中央公論社。
犬養道子（1977）『ある歴史の娘』中央公論社。
犬養康彦（2007）「74年前のクリスマスの晩に」『小説新潮別冊 yom yom』（特集・石井桃子の百年）2, 2007.3：280-281。
犬養康彦（2008）「石井桃子さんと五・一五事件」『文藝春秋』文藝春秋，2008.6：302-309。
井原紀子（2011）『翻訳と話法——語りの声を聞く』松籟社。
石井桃子（1944）「菊の花」『少國民文化』日本少國民文化協會，1944.3：48。
石井桃子（1947）『ノンちゃん雲に乗る』大地書房→光文社，1951→福音館書店，1967→角川文庫，1973→光文社復刻版，2005。
石井桃子（1950）「子供のためのブックリスト，ふたつ」『図書』15, 岩波書店，1950.12：22-24→日本児童文学者協会編『資料児童文学論集 1946-54 復興期の思想と文学』偕成社，1980：102-104。
石井桃子（1953）『ふしぎなたいこ』清水崑絵「岩波の子どもの本」。
石井桃子（1954）『おそばのくきはなぜながい』初山滋絵「岩波の子どもの本」。
石井桃子（1956a）『やまのこどもたち』深沢紅子絵「岩波の子どもの本」。
石井桃子（1956b）「英語のいろいろ」『學鐙』丸善出版，1956.3：16-18。
石井桃子（1957）『山のトムさん』深沢紅子絵，光文社→福音館書店，1968→「岩波少年文庫」1980。
石井桃子（1959a）『迷子の天使』光文社→角川文庫，1973→福音館書店，1986。
石井桃子（1959b）「子どもから学ぶこと」『母の友』福音館書店，1959.12：68-69。
石井桃子（1959c）『やまのたけちゃん』深沢紅子絵「岩波の子どもの本」。
石井桃子（1963a）『ちいさなねこ』横内襄絵，福音館書店。
石井桃子（1963b）『三月ひなのつき』福音館書店。
石井桃子（1963c）「訳者のことば」『たのしい川べ』岩波書店，349-360。
石井桃子（1965a）『いっすんぼうし』秋野不矩絵，福音館書店。
石井桃子（1965b）『子どもの図書館』岩波新書→『石井桃子集5』（1999a）に収録。
石井桃子（1968）『ありこのおつかい』中川宗弥絵，福音館書店。
石井桃子（1972）『子どもの読書の導き方』国土社。

石井桃子（1974）「石井桃子氏にきく『岩波の子どもの本』の頃」『月間絵本』すばる書房，1974.2：27-31。

石井桃子（1975）「幼児のためのお話――個人的な回想にふれて」『こどもの館』福音館書店，1975.1：6-16→『こどもとしょかん』118，東京子ども図書館，2008夏：6-23。

石井桃子（1976）「『こすずめのぼうけん』をめぐって」福音館書店「こどものとも」241号折込付録，1976.4→『石井桃子集7』岩波書店，1999，95-99。

石井桃子（1977）「プーとの出会い」『月刊絵本』すばる書房，1977.8：19-21。

石井桃子（1980）「ふしぎな本」『ふしぎなたいこ』の折込チラシ（正確な執筆年は不明だが，文面より1980年ころと思われる）。

石井桃子（1981）『幼ものがたり』福音館書店。

石井桃子（1982）『したきりすずめ』赤羽末吉絵，福音館書店。

石井桃子（1988）「訳者あとがき」トウェイン，マーク，石井桃子訳『トム・ソーヤの冒険（下）』「岩波少年文庫」改版，245-254。

石井桃子（1990）「喜びの地下水」『図書』493，岩波書店，1990.7：1。

石井桃子（1994a）『幻の朱い実（上）（下）』岩波書店。

石井桃子（1994b）「訳者あとがき」コルウェル，E.，石井桃子訳『子どもと本の世界に生きて――児童図書館員のあゆんだ道』こぐま社，215-226。

石井桃子（1994c）「雪が降っているのに，それは暖かい世界でした」『文芸』1994冬：28-42。

石井桃子（1996）「羽ばたけ，新しい人！」阿川尚之『アメリカが嫌いですか』新潮文庫，338-344（作者あとがきの後に石井の文章が掲載されている）。

石井桃子（1998a）「『世界名作選』のころの思い出」山本有三編『日本少国民文庫・世界名作選（二）』新潮社，復刻版，322-325。

石井桃子（1998b）『石井桃子集1 ノンちゃん雲に乗る・三月ひなのつき』岩波書店。

石井桃子（1998c）『石井桃子集2 山のトムさん・ふしぎなたいこ』岩波書店。

石井桃子（1998d）『石井桃子集3 迷子の天使』岩波書店。

石井桃子（1998e）『石井桃子集4 幼ものがたり』岩波書店。

石井桃子（1998f）「訳者のことば」ミルン，A. A.，石井桃子訳『くまのプーさん・プー横丁にたった家』岩波書店，改版，393-401。

石井桃子（1999a）『石井桃子集5 新編子どもの図書館』岩波書店。

石井桃子（1999b）『石井桃子集6 児童文学の旅』岩波書店。

石井桃子（1999c）『石井桃子集7 エッセイ集』岩波書店。

石井桃子（2003）「訳者あとがき」ミルン，A. A.，石井桃子訳『今からでは遅すぎる』岩波書店，543-550。

石井桃子（2004a）「はじめに魔法の森ありき」（インタビュー，聞き手・安達まみ）『ユリイカ』（特集・クマのプーさん）36，2004.1：42-55。

参考文献

石井桃子（2004b）「風韻 戦争と違う世界で会ったプー 児童文学者・石井桃子さん」『朝日新聞』2004年2月6日付，朝刊（インタビュー 編集委員・由里幸子）．

石井桃子（2006）「訳者あとがき」エスティス，エレナー，石井桃子訳『百まいのドレス』岩波書店，87-92．

石井桃子（2007a）「三ツ子の魂」『図書』695，岩波書店，2007.3：1．

石井桃子（2007b）「石井桃子インタビュー 一世紀という時のなかで」『小説新潮別冊 yom yom』（特集 石井桃子の百年）2，2007.3：254-262．

石井桃子（2007c）「百歳のお祝への返礼の手紙」（石井直筆の手紙のコピー）2007.6．

石井桃子（2013a）『家と庭と犬とねこ』河出書房新社．

石井桃子（2013b）『みがけば光る』河出書房新社．

石井桃子（2014）『プーと私』河出書房新社．

石井桃子編・訳（1959）『世界児童文学全集5 イギリス童話集』あかね書房→『イギリスとアイルランドの昔話』福音館書店，1981．

石井桃子・いぬいとみこ・鈴木晋一・瀬田貞二・松居直・渡辺茂男（1960）『子どもと文学』中央公論社→福音館書店，1967．

伊藤比呂美（2008）「日本語の力」『ユリイカ』2008.5：48-50．

岩波書店編集部編（2000）『なつかしい本の記憶——岩波少年文庫の50年』岩波書店．

岩波書店編集部編（2006）『翻訳家の仕事』岩波書店．

Jacobs, Joseph ed. (1993) *English Fairy Tales*. with illustrations by John Batten. NY and Toronto: Alfred A. Knopf, Everyman's Library Children's Classics (*English Fairy Tales* (1890), *More English Fairy Tales* (1894) の2冊分を1冊に収録).

Jacobs, Joseph. ed. *Celtic Fairy Tales* (1894) → illustrations by John Batten. NY: Dover Publications, 1968.

Jacobson, Roman. (2000) "On Linguistic Aspects of Translation." Venui, L. ed. *The Translation Studies Reader*. London and NY: Routledge, 2000, 113-118（ヤーコブソン，ローマン，川本茂雄他訳「翻訳の言語学的側面について」『一般言語学』みすず書房，1973，56-64 に所収）．

児童文学翻訳大事典編集委員会編（2007）『図説 児童文学翻訳大事典（全4巻）』大空社，ナダ出版センター．

ジョンストン，マーガレット（1993）「海外からの反響——リリアン・H・スミスの影響」フェイジック，アデル，マーガレット・ジョンストン，ルース・オスラー編，高鷲志子・高橋久子訳『本・子ども・図書館——リリアン・スミスが求めた世界』全国学校図書館協議会，24-31．

ジャッド，デニス，中野節子訳（2006）『物語の紡ぎ手 アリソン・アトリーの生涯』JULA出版．

亀井俊介編（1994）『近代日本の翻訳文化』叢書比較文学比較文化3，中央公論社．

金井美恵子（1998）「解説 記憶と言葉」『石井桃子集2』岩波書店，319-325。
金谷武洋（2002）『日本語に主語はいらない——百年の誤謬を正す』講談社。
金谷武洋（2003）『日本語文法の謎を解く——「ある」日本語と「する」英語』筑摩書房。
金谷武洋（2004）『英語にも主語はなかった——日本語文法から言語千年史へ』講談社。
柄谷行人（1980）『日本近代文学の起源』講談社。
加藤彰彦（2002）「文字・表記の施策〈歴史〉」『現代日本語講座 第6巻 文字・表記』明治書院，33-57。
勝浦吉雄（1980）『翻訳の今昔——マーク・トウェインの言葉 日本人のことば』文化評論出版。
河合隼雄・村上春樹（1999）『村上春樹，河合隼雄に会いに行く』新潮文庫。
川本皓嗣・井上健編（1997）『翻訳の方法』東京大学出版会。
河盛好蔵編（1971）『近代文学鑑賞講座12巻 翻訳文学』角川書店。
川戸道昭・榊原貴教編（2007）『図説 児童文学翻訳大事典』大空社。
川越ゆり（2000）『エリナー・ファージョン——ファンタジー世界を読み解く』ラボ教育センター。
Kenda, Jakob J. (2006) "Rewriting Children's Literature." Bassnett and Bush ed. *The Translator as Writer*. London: Continuum, 160-170.
Kendall, Judy (2006) "Translation and Challenge of Orthography." Perteghella and Loffredo ed. *Translation and Creativity*. London: Continuum, 127-144.
Kepes, Juliet (1961) *Frogs Merry*. NY: Pantheon Books（キープス，ジュリエット，石井桃子訳『ゆかいなかえる』福音館書店，1964）。
木村榮（2012）『女友だち』フェミックス。
金田一春彦（1991）『日本語の特質』日本放送出版協会。
木下卓・窪田憲子・髙田賢一・野田研一・久守和子編（2007）『英語文学事典』ミネルヴァ書房。
木下是雄（2009）『日本語の思考法』中央公論社。
Klingberg, Göte (1986) *Chidren's Fiction in the Hands of the Translators*. Lund: CWK Gleerup.
小林祐子（1992）『しぐさの英語表現辞典』研究社。
子どもの本・翻訳の歩み研究会編（2002）『図説 子どもの本・翻訳の歩み事典』柏書房。
小島直記（1978）『異端の言説・石橋湛山（上）（下）』新潮社→『小島直記全集 第9巻』中央公論社，1987。
小寺啓章（2007）『資料でみる石井桃子の世界』自家版。
近藤昭子（2002）「『岩波の子どもの本』の新しさと時代による限界」鳥越信編『はじめて学ぶ日本の絵本史Ⅲ——戦後絵本の歩みと展望』ミネルヴァ書房，81-104。
小西正保（1997）「石井桃子論」『わたしの出会った作家と作品 児童文学論集』創風社，

49-97（『日本児童文学』1970.7.の再録）。

河野一郎（1999）『翻訳のおきて』DHC。

河野一郎（2002）『誤訳をしないための翻訳英和辞典』DHC。

鴻巣友季子（2005）『明治大正翻訳ワンダーランド』新潮社。

楠本君恵（2001）『翻訳の国の「アリス」——ルイス・キャロル翻訳史・翻訳論』未知谷。

黒川伊保子（2007）『日本語はなぜ美しいのか』集英社。

黒澤浩・佐藤宗子・砂田弘・中多泰子・広瀬恒子・宮川健郎編（2004）『新・こどもの本と読書の事典』ポプラ社。

Kuznets, Lois R. (1987) *Kenneth Grahame*. Boston: Twayne Publishers.

Lacy, Lyn Ellen (1986) *Art and Design in Children's Picture Books: An Analysis of Caldecott Award-Winning Illustrations*. Chicago: American Library Association.

Lathey, Gillian ed. (2006) *The Translation of Children's Literature: A Reader*. Clevedon: Multilingual Matters.

Le Guin, Ursula K. (2001) "Rhythmic Pattern in *The Lord of the Rings*." Karen Haber ed. *Meditations on Middle Earth*. NY: St. Martin's Press（ル＝グィン，アーシュラ・K．，北沢格訳「『指輪物語』におけるリズムのパターン」『ユリイカ』2002.4：114-126）。

Le Guin, Ursula K. (2004) *The Wave in the Mind: Talks and Essays on the Writer, the Reader, and the Imagination*. Shambhala Publications（ル＝グィン，青木由紀子訳『ファンタジーと言葉』岩波書店，2006）。

Leaf, Munro. Robert Lawson (1936) *The Story of Ferdinand*. NY: Viking Press（リーフ，マンロー，ロバート・ローソン絵，光吉夏弥訳『牛と花』筑摩書房，1942→『はなのすきなうし』「岩波の子どもの本」1954）。

Lewis, C. S. (1952) "On Three Ways of Writing for Children." (from the Proceedings of the Bournemouth Conference) → Egoff, Stubbs and Ashley ed. *Only Connect*. Oxford University Press, 1969（ルイス，C．S．，石井桃子訳「子どもの本の書き方 三つ」『図書』岩波書店，1970.8：2-17→清水真砂子訳「子どもの本の書き方 三つ」『オンリー・コネクトⅡ』岩波書店，1979，161-182）。

Lewis, C. S. (1956) *The Last Battle*. London: The Bodley Head（ルイス，瀬田貞二訳『さいごの戦い』「岩波少年文庫」1986）。

Lewis, Hilda. (1939) *The Ship That Flew*（ルイス，ヒルダ，石井桃子訳『とぶ船』「岩波少年文庫」1953→岩波ハードカバー版，1966→「岩波少年文庫」改版で（上）（下）2分冊，1973→同新版，2分冊のまま，2006）。

Lofting, Hugh (1920) *The Story of Dr. Dolittle*（ロフティング，ヒュー，井伏鱒二訳『ドリトル先生アフリカゆき』白林少年館出版部，1941→「岩波少年文庫」1951→

改版，1978）．

『ロングマン現代英英辞典』（2008）桐原書店．

Lüthi, Max（1947）*Das Europäische Volksmärchen — Form und Wesen.* Bern: Francke（リュティ，マックス，小澤俊夫訳『ヨーロッパの昔話』岩崎美術社，1969）．

MacDonald, Ruth K.（1986）*Beatrix Potter.* Boston: Twayne Publishers.

松居直（1973）『絵本とは何か』日本エディタースクール出版部．

松居直（1983）『絵本を読む』日本エディタースクール出版部．

松居直（1995）『絵本・ことばのよろこび』日本基督教出版局．

松居直（1999）「解説 子どもの『本』への心の旅」『石井桃子集6 児童文学の旅』岩波書店，311-316．

松居直（2002）「覚書・絵本の翻訳出版」子どもの本・翻訳の歩み研究会編『図説 子どもの本・翻訳の歩み事典』柏書房，220-223．

松居直（2003）『絵本のよろこび』日本放送出版協会．

松居直（2008）「『うさこちゃん』という言葉の調べ」『熱風 スタジオジブリの好奇心』徳間書店，2008.6：8-11．

松居直（2012）『松居直 自伝』ミネルヴァ書房．

松居直（2013）『松居直と「こどものとも」――創刊から149号まで』ミネルヴァ書房．

松村昌家編（1992）『子どものイメージ――19世紀英米文学に見る子どもたち』英宝社．

松村武雄・中島孤島編（1979）『世界神話伝説体系5 バビロニア・アッシリア・パレスチナの神話伝説』名著普及会．

松岡享子（1974）『お話しとは』（レクチャーブックス・お話し入門1）東京子ども図書館→新装改訂版，2009．

松岡享子（1978）『サンタクロースの部屋――子どもと本をめぐって』こぐま社．

松岡享子（1985）『昔話絵本を考える』日本エディタースクール出版部→新装版，2002．

松岡享子（1987）『えほんのせかい こどものせかい』日本エディタースクール出版部．

松岡享子（1994a）『お話を子どもに』日本エディタースクール出版部．

松岡享子（1994b）『お話を語る』日本エディタースクール出版部．

松岡享子（1999）「解説『子どもの図書館』の驚くべき浸透力」『石井桃子集5 新編 子どもの図書館』岩波書店，289-300．

松岡享子（2007a）「家庭文庫や翻訳絵本が，日本で始まるきっかけを作ったのが石井先生でした」（特集・石井桃子の100年）『この本読んで』JPIC，2007.3：8-9．

松岡享子（2007b）「石井桃子さんと子ども図書館」『ユリイカ』2007.7：84-88．

松岡享子（2007c）「三つの流れ」東京子ども図書館『2006年度東京子ども図書館年次報告』2007.7：1．

松岡享子（2008a）「この人・この3冊 松岡享子・選 石井桃子」『毎日新聞』2008年5月11日付，朝刊．

参考文献

松岡享子（2008b）「石井桃子さんのこと 石井先生が求めていたのは質の高い本でした。人を深く考え込ませる本でした」『いきいき』いきいき株式会社，2008.8：58-59。

松岡享子（2009）「あとがき 七十年以上愛されつづけた『ふくろ小路一番地』」ガーネット，イーヴ，石井桃子訳『ふくろ小路一番地』「岩波少年文庫」新版，327-333。

松山雅子（1977）「『クマのプーさん』試論――会話表現に見られる演劇性」大阪教育大学国語研究室『国語教育学研究誌』2：104-121。

松山雅子（1983）「『クマのプーさん』の入り口の構築」大阪教育大学国語研究学会『国語と教育』10：1-9。

丸谷才一（2003）『輝く日の宮』講談社。

丸谷才一（1976）「絵本の表記と文体について」『月刊絵本』すばる書房，1976.8：46-47。

丸山真男・加藤周一（1998）『翻訳と日本の近代』岩波新書。

McCloskey, Robert (1941) *Make Way for Ducklings*. NY: Viking Press（マックロスキー，ロバート，渡辺茂男訳『かもさんおとおり』福音館書店，1965）.

McCloskey, Robert (1943) *Homer Price*. NY: Viking Press → NY: Puffin Modern Classics, 2005（マックロスキー，石井桃子訳『ゆかいなホーマー君』「岩波少年文庫」1951→『ゆかいなホーマーくん』「岩波ものがたりの本」1965→「岩波少年文庫」新版，2000）.

三上章（1960）『象は鼻が長い』くろしお出版。

美智子（1998）『橋をかける――子供時代の読書の思い出』すえもりブックス。

Milne, A. A. (1919) *Not That It Matters*. London: Methuen.

Milne, A. A. (1924) *When We Were Very Young*. London: Methuen（ミルン，A. A.，小田島雄志・小田島若子訳『クリストファー・ロビンのうた』晶文社，1978）.

Milne, A. A. (1926) *Winnie-the-Pooh*. London: Methuen → NY: Puffin, 1992（ミルン，A. A.，石井桃子訳『熊のプーさん』岩波書店，1940→英宝社，1950→『クマのプーさん』「岩波少年文庫」1956→「岩波少年文庫」新版，2000）.

Milne, A. A. (1927) *Now We are Six*. London: Methuen（ミルン，A. A.，小田島雄志・小田島若子訳『クマのプーさんとぼく』晶文社，1979）.

Milne, A. A. (1928) *The House At Pooh Corner*. London: Methuen → NY: Puffin, 1992（ミルン，A. A.，石井桃子訳『プー横丁にたった家』岩波書店，1942→『プー横丁』英宝社，1950→『プー横丁にたった家』「岩波少年文庫」1958→「岩波少年文庫」新版，2001）.

Milne, A. A. (1929) *Toad of Toad Hall*. London: Methuen（ミルン，A. A.，志子田光雄・富壽子訳『ヒキガエル館のヒキガエル』北星堂書店，1993）.

Milne, A. A. (1939) *It's Too Late Now: The Autobiography of a Writer*. London: Methuen（ミルン，A. A.，原昌・梅沢時子訳『ぼくたちは幸福だった――ミルン自伝』研究社，1975→石井桃子訳『ミルン自伝――今からでは遅すぎる』岩波書店，

2003).

Milne, Christopher (1974) *The Enchanted Places*. London: Eyre Methuen (ミルン, クリストファー, 石井桃子訳『クマのプーさんと魔法の森』岩波書店, 1977).

光吉夏弥 (1943)「飜譯者の反省」『少國民文化』日本少國民文化協會, 1943.1:80-82。

光吉夏弥 (1973a)「岩波の子どもの本 (一) その発行のころのことども」『月間絵本』すばる書房盛光社, 1973.5:80-84。

光吉夏弥 (1973b)「岩波の子どもの本 (二) その発行のころのことども」『月間絵本』すばる書房盛光社, 1973.6:112-115。

光吉夏弥, 梶基樹編 (2012)『絵本図書館 (新装版)』ブックグローブ社。

三島由紀夫 (1973)『文章読本』中央公論新社。

宮川健郎 (2006)「童話の系譜」『平成17年度国際子ども図書館児童文学連続講座講義録 日本児童文学の流れ』国立国会図書館国際子ども図書館, 46-65。

宮川健郎 (2010)「幼年童話」『平成21年度国際子ども図書館児童文学連続講座講義録 いつ, 何と出会うか——赤ちゃん絵本からヤングアダルト文学まで』国立国会図書館国際子ども図書館, 21-39。

三宅興子 (2001)「『岩波少年文庫』の改訳をめぐって」『日本児童文学』日本児童文学者協会, 2001.11-12:14-19。

三宅興子 (2004)『もうひとつのイギリス児童文学史——「パンチ」誌とかかわった作家・画家を中心に』翰林書房。

三宅興子 (2009)「石井桃子さん——作家, 翻訳者, 編集者, こども文庫の実践者, そして100歳まで現役だった大先輩」『図書館界』60.6, 通巻345号, 2009.3:448-452。

三宅興子編著 (1997)『日本における子ども絵本成立史——「こどものとも」がはたした役割』ミネルヴァ書房。

Moore, Anne Carroll (1961) *My Road to Childhood: Views and Reviews of Children's Books*. The Horn Book (*Roads to Childhood*, 1920. *New Roads to Childhood*, 1923. *Crossroads to Childhood*, 1926→ 3 冊合本して *My Roads to Childhood*, 1939→ revised, 1961).

マンデイ, ジェレミー, 鳥飼玖美子監訳 (2009)『翻訳学入門』みすず書房。

村上春樹・柴田元幸 (2000)『翻訳夜話』文藝春秋。

村上春樹・柴田元幸 (2003)『翻訳夜話2 サリンジャー戦記』文藝春秋。

村岡恵理 (2008a)『アンのゆりかご・村岡花子の生涯』マガジンハウス。

村岡恵理 (2008b)「村岡花子さんのこと 母と子の心を温かくする本が, 社会をよくすると祖母は信じていました」『いきいき』いきいき株式会社, 2008.8:60-61。

中川素子・吉田新一・石井光恵・佐藤博一編 (2011)『絵本の事典』朝倉書店。

中川李枝子 (2008a)「石井桃子さん」『熱風 スタジオジブリの好奇心』徳間書店, 2008.6:5-7。

中川李枝子（2008b）「追悼・石井桃子さん」『かがくのとも』通巻473号折込付録，福音館書店，2008. 8：7。

中川李枝子・山脇百合子（2000）「対談 見知らぬ世界へのとびら」岩波書店編集部編『なつかしい本の記憶』岩波書店，7-52。

中村哲也（2002）「翻訳家列伝3 若松賤子と『小公子』の名訳」子どもの本・翻訳の歩み研究会編『図説 子どもの本・翻訳の歩み事典』柏書房，35。

中野利子（1992）『父 中野好夫のこと』岩波書店。

中野好夫（1943）「飜譯文學論 大正・昭和時代」『近代文學研究 昭和文學作家論 下巻』小學館，24-56。

中野好夫（1961）「翻訳論ノート」河盛好蔵編『近代文学鑑賞講座第二十一巻 翻訳文学』角川書店，278-299（初出は『文学』1955）。

中野好夫（1984a）「翻訳論私考」『中野好夫集Ⅰ 怒りの花束 頼もしきマキャベリスト』筑摩書房，366-378（初出は『展望』1948. 7）。

中野好夫（1984b）『中野好夫集Ⅴ シェイクスピアの面白さ イギリス・ルネッサンスの明暗』筑摩書房。

中野好夫（1984c）「翻訳雑話」『中野好夫集Ⅵ 英文学夜ばなし スウィフト考 アメリカのハムレット』筑摩書房，86-112。

内藤濯（1971）『未知の人への返書』中央公論社。

夏目漱石（1907）『文学論』大倉書店→岩波文庫，1939→岩波文庫新版，（上）（下）2分冊，2007。

Nida, A. Eugene (2000) "Principles of Correspondence." Venui, L. ed. *The Translation Studies Reader*. London and NY: Routledge, 126-140.

ナイダ，ユージン，チャールズ・テイバー，ノア・ブラネン，沢登仁・升川清訳（1973）『翻訳――理論と実際』研究社。

Nikolajeva, Maria (2000) *From Mythic to Linear: Time in Children's Literature*. MD: Scarecrow Press.

Nikolajeva, Maria (2005) *Aesthetic Approaches to Children's Literature: An Introduction*. MD: Scarecrow Press.

Nikolajeva, Maria (2006) "What Do We Translate When We Translate Children's Literature?" Beckett, Sandra and Maria Nikolajeva ed. *Beyond Babar: The European Tradition in Children's Literature*. MD: Scarecrow Press, 277-297.

Nikolajeva, Maria and Carole Scott (2001) *How Picturebooks Work*. NY and London: Garland（ニコラエヴァ，マリア，キャロル・スコット，川端有子・南隆太訳『絵本の力学』玉川大学出版部，2011）。

日本児童文学学会編（1976）『日本児童文学概論』東京書籍。

日本児童文学学会編（1988）『児童文学事典』東京書籍。

Nodelman, Perry (1988) *Words about Pictures*. GA: University of Georgia Press.

Oittinen, Riitta (2000) *Translating for Children*. NY: Garland.

Oittinen, Riitta (2003) "Where the Wild Things Are: Translating Picture Books." *Meta*. XLVIII, 1-2, 2003: 128-141.

Oittinen, Riitta (2004) "Translating for Children——Theory." Hunt, Peter ed. *International Companion Encyclopedia of Children's Literature*. London: Routledge, second edition, 901-911.

Oittinen, Riitta (2006a) "No Innocent Act: On the Ethics of Translating for Children." Coillie and Verschueren ed. *Children's Literature in Translation*. Manchester: St. Jerome Publishing, 35-45.

Oittinen, Riitta (2006b) "The Verbal and the Visual: On the Carnivalism and Dialogics of Translation for Children." Lathey, G. ed. *The Translation of Children's Literature : A Reader*. Clevedon: Multilingual Matters, 84-97.

大野晋（2002）『日本語はいかにして成立したか』中央公論社。

大野晋（2007）『日本語の源流を求めて』岩波書店。

大山定一・吉川幸次郎（1974）『洛中書簡』筑摩書房。

小野正弘編（2007）『日本語オノマトペ辞典』小学館。

小野正弘（2009）『オノマトペがあるから日本語は楽しい——擬音語・擬態語の豊かな世界』平凡社。

Ong, Walter J. (1982) *Orality and Literacy*. London: Methuen（オング，ウォルター・J., 桜井直文・林正寛・糟谷啓介訳『声の文化と文字の文化』藤原書店，1991）.

長田弘・池田佳代子（2000）「対談 言葉の力とリテラシー」『図書』2000.6：2-11。

O'Sullivan, Emer (1998) "Losses and Gains in Translation: Some Remarks on the Translation of Humor in the Books of Aidan Chambers." *Children's Literature*, 26: 185-204.

O'Sullivan, Emer (2004) "Comparative Children's Literature." Hunt, Peter ed. *International Companion Encyclopedia of Children's Literature*. London and NY: Routledge, 191-202.

O'Sullivan, Emer (2005) translated by Anthea Bell. *Comparative Children's Literature*. London and NY: Routledge.

O'Sullivan, Emer (2006) "Narratology Meets Translation Studies, or The Voice of the Translator in Children's Literature." Lathey, G. ed. *The Translation of Children's Literature : A Reader*. Clevedon: Multilingual Matters, 98-112.

Oxford. *New Oxford Dictionary of English* (1998). Oxford University Press.

尾崎真理子（2004）「石井桃子の百年 子どもの幸福の翻訳者」『考える人』新潮社，2004年秋号：60-69。

尾崎真理子（2013a）「石井桃子と戦争」（前篇）『新潮』2013.1：269-321。

尾崎真理子（2013b）「石井桃子と戦争」（後篇）『新潮』2013.2：205-245。

尾崎真理子（2014）「石井桃子の図書館」『新潮』2014.3：193-230。
小澤俊夫（1999）『昔話の語法』福音館書店。
Perteghella, Manuela and Eugenia Loffredo ed.（2006）*Translation and Creativity*. London and NY: Continuum.
ピンボロー，ジャン，デビー・アロウェル絵，張替惠子訳（2013）『図書館に児童室ができた日——アン・キャロル・ムーアのものがたり』徳間書店。
Politi, Leo（1950）*Song of the Swallows.* Viking Press（ポリティ，レオ，石井桃子訳『ツバメの歌』「岩波の子どもの本」1954）．
Potter, Beatrix（1902）*The Tale of Peter Rabbit*. London: Frederic Warne（ポター，ビアトリクス，石井桃子訳『ピーターラビットのおはなし』福音館書店，1971）．以下，Potter作品の版元はすべてLondon: Frederic Warne，日本語版は福音館書店。
Potter, Beatrix（1903a）*The Tailor of Gloucester*（ポター，石井桃子訳『グロースターの仕たて屋』1974）．
Potter, Beatrix（1903b）*The Tale of Squirrel Nutkin*（ポター，石井桃子訳『りすのナトキンのおはなし』1973）．
Potter, Beatrix（1904a）*The Tale of Benjamin Bunny*（ポター，石井桃子訳『ベンジャミン バニーのおはなし』1971）．
Potter, Beatrix（1904b）*The Tale of Two Bad Mice*（ポター，石井桃子訳『２ひきのわるいねずみのおはなし』1972）．
Potter, Beatrix（1905a）*The Tale of Mrs. Tiggy-Winkle*（ポター，石井桃子訳『ティギーおばさんのおはなし』1983）．
Potter, Beatrix（1905b）*The Tale of the Pie and the Patty-Pan*（ポター，石井桃子訳『パイがふたつあったおはなし』1988）．
Potter, Beatrix（1906a）*The Tale of Mr. Jeremy Fisher*（ポター，石井桃子訳『ジェレミー・フィッシャーどんのおはなし』1983）．
Potter, Beatrix（1906b）*The Story of Miss Moppet*（ポター，石井桃子訳『モペットちゃんのおはなし』1971）．
Potter, Beatrix（1906c）*The Story of a Fierce Bad Rabbit*（ポター，石井桃子訳『こわいわるいうさぎのおはなし』1971）．
Potter, Beatrix（1907）*The Tale of Tom Kitten*（ポター，石井桃子訳『こねこのトムのおはなし』1971）．
Potter, Beatrix（1908a）*The Tale of Jemima Puddle-Duck*（ポター，石井桃子訳『あひるのジマイマのおはなし』1973）．
Potter, Beatrix（1908b）*The Tale of Samuel Whiskers or the Roly-Poly Pudding*（ポター，石井桃子訳『ひげのサムエルのおはなし』1974）．
Potter, Beatrix（1909a）*The Tale of the Flopsy Bunnies*（ポター，石井桃子訳『フロプシーのこどもたち』1971）．

Potter, Beatrix (1909b) *The Tale of Ginger and Pickles*（ポター，石井桃子訳『「ジンジャーとピクルズや」のおはなし』1973）.

Potter, Beatrix (1910) *The Tale of Mrs. Tittlemouse*（ポター，石井桃子訳『のねずみチュウチュウおくさんのおはなし』1972）.

Potter, Beatrix (1911) *The Tale of Timmy Tiptoes*（ポター，石井桃子訳『カルアシ・チミーのおはなし』1983）.

Potter, Beatrix (1912) *The Tale of Mr. Tod*（ポター，石井桃子訳『キツネどんのおはなし』1974）.

Potter, Beatrix (1913) *The Tale of Pigling Bland*（ポター，間崎ルリ子訳『こぶたのピグリン・ブランドのおはなし』1988）.

Potter, Beatrix (1917) *Appley Dapply's Nursery Rhymes*（ポター，中川李枝子訳『アップリ・ダプリのわらべ唄』1993）.

Potter, Beatrix (1918) *The Tale of Johnny Town-Mouse*（ポター，石井桃子訳『まちねずみジョニーのおはなし』1972）.

Potter, Beatrix (1922) *Cecily Parsley's Nursery Rhymes*（ポター，中川李枝子訳『セシリ・パセリのわらべ唄』1993）.

Potter, Beatrix (1930) *The Tale of Little Pig Robinson*（ポター，間崎ルリ子訳『こぶたのロビンソンのおはなし』1993）.

Potter, Beatrix (1971) *The Sly Old Cat*（ポター，間崎ルリ子訳『ずるいねこのおはなし』1988）.

Potter, Beatrix (1989) *Beatrix Potter: The Complete Tales*. The original and authorized edition → revised, 1997（ポター，石井桃子・間崎ルリ子・中川李枝子訳『ピーターラビットの全おはなし集』愛蔵版1994→改版2007）.

Ray, Laura Krugman (1977) "Kenneth Grahame and the Literature of Childhood." *English Literature in Transition: 1880-1920*. 20. 1, 3-12.

Rey, H. A. (1941) *Curious George*. Boston: Houghton Mifflin Company（レイ，H. A., 光吉夏弥訳『ひとまねこざるときいろいぼうし』1966，「岩波の子どもの本」→大型絵本，1983→「岩波の子どもの本」改版，1998）.

Rey, H. A. (1947) *Curious George Takes a Job*. Boston: Houghton Mufflin（レイ，光吉夏弥訳『おさるのジョージ』「岩波の子どもの本」1954→大型絵本，1983→「岩波の子どもの本」改版，1998）.

Robinson, Douglas (1991) *The Translator's Turn*. London: The Johns Hopkins University Press.

ロシア民話，瀬田貞二訳，脇田和絵（1966）『おだんごぱん』福音館書店．

斎藤惇夫（2000）「講演・岩波少年文庫とわたし」岩波書店編集部編『なつかしい本の記憶』岩波書店，125-165。

斎藤惇夫（2001）『現在，子どもたちが求めているもの——子どもの成長と物語』キッ

ズメイト。

斎藤惇夫（2002）『子どもと子どもの本に捧げた生涯――講演録 瀬田貞二先生について』キッズメイト。

斎藤惇夫（2011）「ことばの表現(1) 音韻」「ことばの表現(2) 文体」中川素子・吉田新一・石井光恵・佐藤博一編『絵本の事典』朝倉書店，448-464。

齋藤美野（2012）『近代日本の翻訳文化と日本語――翻訳王・森田思軒の功績』ミネルヴァ書房。

斎藤兆史（2007）『翻訳の作法』東京大学出版会。

斎藤兆史・野崎歓（2004）『英語のたくらみ，フランス語のたわむれ』東京大学出版会。

佐久間良子（2007）『アリソン・アトリー』現代英米児童文学評伝叢書6，KTC中央出版。

Sale, Roger (1978) "Kenneth Grahame." *Fairy Tales and After: From Snow White to E. B. White*. Harvard University Press, 165-193.

佐藤美希（2008）「昭和前半の英文学翻訳規範と英文学研究」日本通訳学会翻訳研究分科会編『翻訳研究への招待2』日本通訳学会翻訳研究分科会，11-38。

佐藤宗子（1987）『「家なき子」の旅』平凡社。

佐藤宗子（1994）「児童文学の再話」亀井俊介編『近代日本の翻訳文化』中央公論社，289-306。

佐藤宗子（2002）「翻訳のさまざま」子どもの本・翻訳の歩み研究会編『図説 子どもの本・翻訳の歩み事典』柏書房，16-19。

佐藤亮一監編（2004）『日本方言事典』小学館。

佐藤さとる（1959）『だれも知らない小さな国』講談社。

笹原宏之（2008）『訓読みのはなし――漢字文化圏の中の日本語』光文社。

Sayers, Frances Clarke (1972) *Anne Carroll Moore: A Biography*. NY: Atheneum.

Sendak, Maurice (1963) *Where the Wild Things Are*. NY: Harper（センダック，モーリス，神宮輝夫訳『かいじゅうたちのいるところ』冨山房，1975).

瀬田貞二（1985）『絵本論――瀬田貞二 子どもの本評論集』福音館書店。

瀬田貞二（2009）『児童文学論――瀬田貞二 子どもの本評論集（上）（下）』福音館書店。

瀬田貞二・猪熊葉子・神宮輝夫（1971）『英米児童文学史』研究社。

世田谷文学館（2010）『石井桃子展 図録』世田谷文学館。

Shelley, Percy Bysshe (1907) *Lyrics and Shorter Poems*. London: J. M. Dent & Sons Ltd..

柴田元幸（2006）『翻訳教室』新書館。

島式子（1998）「翻訳児童文学の表現」日本児童文学学会編『研究・日本の児童文学4 現代児童文学の可能性』東京書籍，319-335。

清水真砂子（1968）「『くまのプーさん』の孤独について」『日本児童文学』日本児童文学者協会，1968. 8：60-65。

清水真砂子（1976）「石井桃子」日本児童文学学会編『日本児童文学概論』東京書籍，159-161。

清水真砂子（1984）「使命感と自己解放のあいだで 石井桃子論」『子どもの本の現在』大和書房→岩波書店，1998，1-49。

清水真砂子（1998）「解説 幼い日々との再会」『石井桃子集4 幼ものがたり』岩波書店，261-271。

清水真砂子（2003）『子どもの本とは何か』かわさき市民アカデミー講座ブックレット No. 17., 川崎生涯学習振興事業団かわさき市民アカデミー出版。

白井澄子（2002）『エリナー・ファージョン』現代英米児童文学評伝叢書3，KTC中央出版。

白石良夫（2008）『かなづかい入門』平凡社。

小学館編集部（2001）『日本国語大辞典 第二版』小学館。

Shulevitz, Uri（1985）*Writing with Pictures: How to Write and Illustrate Children's Books*. NY: Watson-Guptill Publications.

Simeoni, Daniel（1998）"The Pivotal Status of the Translator's Habitus." *Target*. 10. 1: 1-39.

Smith, Lillian H.（1953）*The Unreluctant Years: A Critical Approach to Children's Literature*. Chicago: American Library Association（スミス，リリアン．H., 石井桃子・瀬田貞二・渡辺茂男訳『児童文学論』岩波書店，1964）。

スタイナー，ジョージ，亀山健吉訳（上1999，下2009）『バベルの後に（上）（下）』法政大学出版局。

Stevenson, Robert Louis（1886）*The Strange Case of Dr. Jekyll and Mr. Hyde*. London: Longmans, Green（スティーヴンソン，ロバート・ルイス，田中西二郎訳『ジーキル博士とハイド氏』新潮文庫，1967）。

杉並区立中央図書館（2001）「石井桃子展 本は心の宝物 石井桃子からのメッセージ」展覧会パンフレット。

杉尾敏明・棚橋美代子（1992）『焼かれた「ちびくろサンボ」——人種差別と表現・教育の自由』青木書店。

鈴木孝夫（1990）『日本語と外国語』岩波書店。

鈴木孝夫（2009）『日本語教のすすめ』新潮社。

高畑勲・宮崎駿（2008）「対談 石井桃子さんから学んだこと——子どもが本当に喜ぶ作品をつくる」『熱風 スタジオジブリの好奇心』徳間書店，2008. 6：26-37。

竹村美智子（1977）「『コグマのプー』論」『月刊絵本』すばる書房，1977. 8：13-18。

竹内美紀（2007）「石井桃子の翻訳研究——バージニア・リー・バートン作『ちいさいおうち』を題材に」フェリス女学院大学大学院人文科学研究科英米文学英語学研究会，*Ferris Wheel*, 10: 96-118。

竹内美紀（2008）「石井桃子の翻訳研究——A. A. Milne 作『クマのプーさん』の改訳

の比較から」フェリス女学院大学大学院人文科学研究科英米文学英語学研究会，*Ferris Wheel*, 11: 101-122。

竹内美紀（2009a）「石井桃子の翻訳研究――『クマのプーさん』のユーモア」日本イギリス児童文学会，*Tinker Bell*, 54: 41-54。

竹内美紀（2009b）「石井桃子の翻訳研究――Kenneth Grahame 作 *The Reluctant Dragon* を題材に」フェリス女学院大学大学院人文科学研究科英米文学英語学研究会，*Ferris Wheel*, 12: 87-103。

竹内美紀（2010a）「訳者の読みと翻訳――石井桃子訳 *The Wind in the Willows* の比較研究」日本イギリス児童文学会，*Tinker Bell*, 55: 39-52。

竹内美紀（2010b）「石井桃子の翻訳における昔話的要素――アトリー，ポター，ファージョンを題材に」フェリス女学院大学大学院人文科学研究科英米文学英語学研究会，*Ferris Wheel*, 13: 58-121。

竹内美紀（2010c）「元岩波書店編集部・鳥越信氏インタビュー」絵本学会『絵本 BOOKEND 2010』148-154。

竹内美紀（2011）「絵本翻訳における縦と横――石井桃子の絵本翻訳を題材に」フェリス女学院大学大学院人文科学研究科英米文学英語学研究会，*Ferris Research Papers*. 1: 46-61。

田中美保子（2003）「J. R. R. Tolkien, *The Hobbit* の翻訳」日本イギリス児童文学会，*Tinker Bell*, 48: 29-42。

田中美保子（2004）「"The Reluctant Dragon" の翻訳をめぐって――グレアムの『ものぐさ』の哲学」日本イギリス児童文学会，*Tinker Bell*, 49: 32-45。

Tanaka, Mihoko (2009) *Aspects of the Translation and Reception of British Children's Fantasy Literature in Postwar Japan: With Special Emphasis on The Borrowers and Tom's Midnight Garden.* Tokyo: Otowa-Shobo Tsurumi-Shoten.

谷本誠剛（1973）「プー熊の三段論法」『英語教育』大修館書店，1973. 8：34-36。

谷本誠剛・笹田裕子（2002）『A. A. ミルン』現代英米児童文学評伝叢書4，KTC 中央出版。

谷崎潤一郎（1982）「盲目物語」『谷崎潤一郎全集第13巻』中央公論社，55-158。

谷崎潤一郎（1983）「文章読本」『谷崎潤一郎全集第21巻』中央公論社，87-246。

テイラー，ジュディ，吉田新一訳（2001）『ビアトリクス・ポター――描き，語り，田園をいつくしんだ人』福音館書店。

俵万智（1992）『りんごの涙』文春文庫。

Thwaite, Ann (1990) *A. A. Milne: Hise Life.* Faber & Faber → Gloucestershire: Tempus Publishing, 2006.

飛田茂雄（1997）『翻訳の技法』研究社。

時実利彦（1968）『脳と人間』雷鳥社。

徳川宗賢監修（1989）『日本方言大辞典』小学館。

Tolkien, J. R. R. (1937) *The Hobbit, or There and Back Again* （トールキン，J. R. R., 瀬田貞二訳『ホビットの冒険』岩波書店，1965→山本史郎訳『ホビット——ゆきてかえりし物語』原書房，1997）.

Tolkien, J. R. R. (1954-55) *The Lord of the Rings* （トールキン，瀬田貞二訳『指輪物語』全6巻，評論社，1972-75→瀬田貞二・田中明子訳，1992）.

鳥越信（1968）「絵本随想」『學鐙』丸善出版，1968.11：35-38。

鳥越信（1976）『日本児童文学史研究Ⅱ』風濤社。

鳥越信（2005）「おはなし絵本100冊を選ぶにあたって」鳥越信編『別冊太陽 もっと読みたいおはなし絵本100』平凡社，6-7。

鳥越信（2007）「児童文学者・石井桃子さん」『ユリイカ』2007.7：188-192。

鳥越信（2008a）「公開講座 石井桃子さんの世界」岸和田市自主学習グループ子どもの本の会，2008.3：4-16。

鳥越信（2008b）「これからの石井桃子研究のために」『日本児童文学』日本児童文学者協会，2008.7-8：104-105。

鳥越信編（1993）『絵本の歴史をつくった20人』創元社。

鳥越信編（2002a）『はじめて学ぶ 日本の絵本史Ⅱ——15年戦争下の絵本』ミネルヴァ書房。

鳥越信編（2002b）『はじめて学ぶ 日本の絵本史Ⅲ——戦後絵本の歩みと展望』ミネルヴァ書房。

外山滋比古（1992）『英語の発想・日本語の発想』日本放送出版協会。

辻由美（1993）『翻訳史のプロムナード』みすず書房。

Twain, Mark (1876) *The Adventures of Tom Sawyer*. American Publishing （トウェイン，マーク，石井桃子訳『トム・ソーヤの冒険』「岩波少年文庫」1952→同改版で（上）（下）2分冊，1988→同新版2分冊のまま，2000）.

Uttley, Alison (1929) *The Squirrel, the Hare, and the Little Grey Rabbit*. London: Heinemann（アトリー，アリソン，石井桃子・中川李枝子訳『グレイ・ラビットのおはなし』「岩波少年文庫」1995→愛蔵版絵本，1995）.

Uttley, Alison (1931) *The Country Child*. London: Faber and Faber → London: Jane Nissen Books, 2000 （アトリー，上條由美子・松野正子訳『農場にくらして』「岩波少年文庫」2000）.

Uttley, Alison (1937) *The Adventure of No Ordinary Rabbit*. London: Faber and Faber（アトリー，石井桃子訳，中川宗弥絵『チム・ラビットのぼうけん』童心社，1967に短編数編収録）.

Uttley, Alison (1944) *The Spice Woman's Basket and Other Tales*. London: Faber and Faber（アトリー，石井桃子・中川李枝子訳『西風のくれた鍵』「岩波少年文庫」1996）.

参考文献

Uttley, Alison (1945) *The Adventure of Tim Rabbit*. London: Faber and Faber (アトリー，石井桃子訳，中川宗弥絵『チム・ラビットのおともだち』童心社，1967に短編数編収録).

Uttley, Alison (1948) *John Barleycorn*. London: Faber and Faber (アトリー，石井桃子・中川李枝子訳『氷の花たば』「岩波少年文庫」1996).

Uttley, Alison (1967) *Little Red Fox Stories*. Puffin (*Little Red Fox and the Wicked Uncle*. London: William Heinemann, 1954 と *Little Red Fox and the Magic Moon*. London: William Heinemann, 1958を収録) → London: Mammoth, 1992 (アトリー，石井桃子訳『こぎつねルーファスのぼうけん』「岩波ようねんぶんこ1」1979→新版，1991).

Uttley, Alison (1975) *More Little Red Fox Stories*. Puffin (*Little Red Fox and Cinderela*. London: William Heinemann, 1956 と *Little Red Fox and the Unicorn*. London: William Heinemann, 1962 を収録，アトリー，石井桃子訳『こぎつねルーファスとシンデレラ』「岩波ようねんぶんこ26」1981→新版，1992).

Venuti, Lawrence (1995) *The Translator's Invisibility: A History of Translation*. London and NY: Routledge → second ed. 2008.

Venuti, Lawrence ed. (2000) *The Translation Studies Reader*. London and NY: Routledge.

やまねこ翻訳クラブ編 (2006)『大人のファンタジー読本』マッグガーデン。

Yeats, William Butler ed. (1892) *Irish Folk Stories and Fairy Tales* → *Fairy and Folk Tales of Ireland*. NY: Collier Books Macmillan Publishing Company, 1973に収録。

柳父章 (1955)『近代日本語の思想――翻訳文体成立事情』筑摩書房→法政大学出版局，2004。

柳父章 (1972)『翻訳語の論理――言語にみる日本文化の構造』法政大学出版局→新装版，2003。

柳父章 (1976)『翻訳とはなにか――日本語と翻訳文化』法政大学出版局→新装版，2003。

柳父章 (1981)『日本語をどう書くか』PHP研究所→法政大学出版局，2003。

柳父章 (1982)『翻訳語成立事情』岩波新書。

柳瀬尚紀 (2000)『翻訳はいかにすべきか』岩波新書。

柳瀬尚紀 (2009)『日本語は天才である』新潮文庫。

横川寿美子 (1999)「『石井桃子集』完結に寄せて」『週刊読書人』1999.6.18。

米原万理 (1998)『不実な美女か貞淑な醜女か』新潮文庫。

吉田新一 (1994)『ピーターラビットの世界』日本エディタースクール出版部。

吉田新一 (2007)「石井桃子さんのこと」『日月』(石井桃子さん百歳お祝い記念号) 日本女子大学児童文学研究日月会，5，2007.3：2-5。

吉田新一（2012）「2002年改訂の英語版 *The Tale of Peter Rabbit*」福音館書店メールマガジン，2012.3。
吉田新一文・監修（1990）『ピーターラビットからの手紙』求龍堂。
和田忠彦（2004）『声，意味ではなく　わたしの翻訳論』平凡社。

　　　　　　　あ と が き

　研究の過程で，なぜ石井桃子の翻訳研究なのかと何度も問われた。研究の意義については序章に書いた通りだが，それは表向きの理由，石井桃子の翻訳研究という研究自体の意義である。他の人がやったとしても，意義あることには違いない。しかし，この研究を私がやってきたことの意味，私がなぜ石井桃子にこだわり，なぜ石井の翻訳分析にのめり込んでいったのか，個人的な理由をここで述べたい。
　そもそも私は児童文学については門外漢である。大学は法学部政治学科，その後は松下政経塾に学び，政治心理学，特に選挙分析を専門にしていた。会社員時代には携帯電話のマーケティングに従事し海外を飛び回った。文学との最初の接点は，政経塾時代に文章指導を担当してくださった伝記作家の故・小島直記先生である。小さいころから「もの書き」に憧れていた私にとって，小島先生は初めて身近で見る本物の作家だった。人生で一番大切なのはテーマというのが先生の持論で，小島先生が書くのは決まって，時代や社会に迎合せず志をもって生きる男たちであった。いつか小島先生のように人生のテーマにふさわしい本を書きたい，というのが私の夢になった。
　退社して長男を出産すると，生来の本好きもあって，絵本を買い集め，せっせと子どもに読み聞かせた。長男が2歳を過ぎたころ，自宅近くのカルチャーセンターで始まった翻訳家・灰島かり先生の絵本翻訳講座に通い，絵本翻訳のおもしろさに開眼した。小樽にある絵本・児童文学研究センターの通信会員となって児童文学の勉強を始めたのも，ちょうどそのころである。発達心理の観点から児童文学を考えることについては，センター名誉会長の故・河合隼雄先生や理事長の工藤左千夫先生のご指導に負うところが大きい。児童文学の勉強を進める中で見つけたのが石井桃子だった。日本児童文学史の講義で，戦中，

国体に迎合しない文化人たちが未来ある子どもたちのために作った「日本少國民文庫」を知った。このグループの良心ともいうべき精神は戦後も引き継がれ，その代表が石井桃子である。

　小島先生が志をもった男たちを書いたのなら，私は志をもった女を書いてみたいと思った。だったら評伝を書けばよいのだが，なぜか私は石井の作品，特に翻訳作品の研究にのめり込んでいった。これにもやはり小島先生の教えが影響している。政経塾時代，毎月作文が課された。「小島直記伝記文学全集」（全15巻，中央公論社，1986～1987）の1冊が課題図書となり，それについての感想文を書く。「小島直記全集」の編集担当・島谷泰彦氏が添削のうえ，小島先生ご本人にお送りする。小島先生は，私たちの感想文を読んだうえで，その人物の生涯を講義してくださった。今から思えば何とも贅沢な文章講座だったが，当時は四苦八苦だった。『異端の言説・石橋湛山』（小島直記，新潮社，1978）が課題になったとき，小島先生が激怒された。私たち同級生9名の誰一人として，感想文の中で金解禁について触れなかったからである。先生に言わせれば，湛山の異端の言説としての真骨頂は，時の権力者や世論を敵にして自らが正しいと信じる政策の論陣を張った局面にあり，その湛山の揺らぎなき自信の裏づけとなったのが，若いころから地道に独学で続けてきた経済の勉強の蓄積だったというのである。経済にうとい私たちが，出処進退の見事さなど他の論点を指摘してごまかしたのを，先生はすぐに見抜いた。伝記とは，その人の本質を論じなければならない。人間の本質とは，その人物が人生をかけた仕事に他ならないと小島先生から学んだ。

　話がだいぶそれてしまったが，石井桃子を書くには，石井の本質を論じなければ意味がない。石井にとっての一番の仕事とは何か。調べるほどに，石井の最大の業績は翻訳だということがわかってきた。石井の作品が長年子ども読者に支持され続けているのは，翻訳を通じて磨いてきた石井の文体に秘密があるらしい。しかし，この問いに向き合うには，私の文学的素養はまったく足りなかった。児童文学や翻訳論はもちろんのこと，文学を最初から専門的に学ばなければならない。長男の幼稚園入園のタイミングにあわせ，社会人に門戸を開

あとがき

いていたフェリス女学院大学大学院に進学し、英文学を一から学んだ。博士後期課程に進学するころには、次男も出産した。残念なことに、私は幼少期に石井訳作品をはじめとする児童文学の名著に出会っていない。しかし、その分一層、2人の子どもたちにたっぷり読み聞かせ、子どもの読みや反応を目の当たりにしたことが、研究に迷ったときの指針として私の基盤となった。石井の訳文を子どもに読み聞かせるうちに、石井の言葉が、確かに子どもの心と言葉を育てていることを実感することができたからである。

　随分遠回りしたようだが、政治と経済の両面で人間心理を客観的に分析するという統計学的手法を学んだことは、私の論文のオリジナリティにも貢献したのではないかと密かに自負している。今こうして振り返ってみると、分野違いに飛び込んだというよりは、人の心を動かす言葉を探して、コミュニケーションというテーマを一貫して追い続けてきたのだとも思える。

　本書は2012年度に博士論文『石井桃子の翻訳研究』として、フェリス女学院大学大学院人文科学研究科に提出した論考を、修正・再構成したものである。石井桃子に対する一般的な関心の高さを考え、読みやすく書きかえることも検討したが、具体的な翻訳分析を伴った児童文学における翻訳研究の先駆的な研究としての役割もあると考え、博士論文に大きく手を加えることなく刊行することにした。

　フェリス女学院大学教授の藤本朝巳先生には、博士前期・後期課程を通じ足かけ10年お世話になった。主査として修士論文・博士論文の指導はもちろんのこと、学会発表や絵本論共著の執筆や学会機関紙への投稿・編集など多くのチャンスをいただいた。特に、子どもの視点は学術的に論証しにくく苦労も多かったが、藤本先生にはその度に励ましていただき、児童文学に携わる者の矜持を教えていただいた。フェリス女学院大学名誉教授の榎本義子先生には、副査として修士論文・博士論文のご指導をいただいた。法学部出身の私に、人文科学系論文の書き方を一から教えてくださったうえ、日本比較文学会へ導いてくださった。同じくフェリス女学院大学名誉教授の前田絢子先生には、予備論文以降、博士論文らしい筋の通し方について丁寧にご指導いただいた。また石井

は，日本の作家の中で一番好きなのは夏目漱石だと言い，英文学者としての漱石の苦悩に共感を寄せている（石井 2007b：261）。その漱石の『文学論』（大倉書店，1907）を学ぶことができたのは，日本文学科教授の佐藤裕子先生が，学科の枠を越えて，大学院生のゼミの聴講を快諾してくださったからである。フェリス女学院大学大学院の内部審査員として，予備論文の審査のときには英文学科教授の向井秀忠先生に，学位申請論文のときには同じく英文学科教授の由井哲哉先生にご指導いただいた。また外部審査員として予備論文の審査にあたってくださった青山学院大学教授の髙田賢一先生や，学位申請論文の審査にあたってくださった立教大学名誉教授の吉田新一先生からも児童文学者としての貴重なご指摘をいただいた。児童文学の翻訳研究は新しい分野だけに，学外の専門家の方々にもご助言を仰いだ。山梨学院大学教授の千森幹子先生には，非常勤講師としてフェリスまでお越しいただき，御自身の学位論文の経験を踏まえてご指導いただいた。千葉大学教授の佐藤宗子先生は日本比較文学会や日本児童文学学会で，東京女子大学准教授の田中美保子先生には日本イギリス児童文学会での研究発表に対して貴重なアドバイスを賜った。研究を始めたばかりのころ，当時日本イギリス児童文学会会長であった関東学院大学の故・谷本誠剛先生から「とても刺激的な論考です」と直接お褒めいただいたことは，その後研究を続けるうえで大きな支えとなった。こうしてあげていくと，実に多くの先生方にご指導をいただいたことが思い出される。改めて深く感謝の意を表したい。

　研究を進めるにあたり，福音館書店相談役・松居直氏，元福音館書店編集部・斎藤惇夫氏，元岩波書店編集部・鳥越信氏（故人）から貴重なお話を聞かせていただいた。また，東京子ども図書館，（旧）大阪府立国際児童文学館には資料閲覧のご協力をいただいた。ご尽力いただいた方々に深く感謝申し上げたい。

　ミネルヴァ書房の河野菜穂氏には，共著『ベーシック絵本入門』の担当編集者としておつきあいいただいたころから筆者の研究に興味を示してくださり，筆者にとって初の単著の出版にご尽力いただいた。本書原稿執筆にあたり確か

あとがき

なアドバイスを多数頂戴したことについても，感謝を記しておきたい。
　大学院に籍をおいた10年は，2人の子を産み育てながらの10年でもあった。さらに，論文完成を目前にして大病を患い，約1年間の闘病生活も余儀なくされた。産休や闘病で休学をはさみながらも何とか育児と研究の両立ができたのは，先生方や研究仲間，友人や家族など周りの多くの方々のおかげである。特に友人の永井雅子さんには，院生時代から論文を講評しあった仲間として本書の校正までおつきあいいただいた。すべての方々に，心から感謝の意を捧げたい。最後に，絵本中心でテレビやゲームも禁止という独善的な私の子育てにつきあってくれた2人の息子と夫にも，ありがとう。

　2014年4月　　　　　　　　　　　　　　　　　　　　　竹内　美紀

人名索引

あ行

阿川尚之　18, 31, 43
阿川弘之　43
アシュリマン, D. L.（Ashliman, D. L.）219
安達まみ　18, 51, 52
アトリー, アリソン（Uttley, Alison）17, 191, 208, 209, 217, 256, 259, 270, 282
阿部知二　144, 237-240
アンデルセン, ハンス・クリスチャン（Andersen, Hans Christian）76, 181, 208
安藤美紀夫　84, 85
イェーツ, ウィリアム・バトラー（Yeats, William Butler）211, 212, 240
生駒幸子　94
伊藤比呂美　18
いぬいとみこ（乾富子）11, 43, 79, 80, 85, 100, 102, 104, 116-118, 167, 198
犬養健　38
犬養毅, 犬養首相　8, 38, 39, 177
犬養道子　18, 38, 177
犬養康彦　18, 38, 39, 46, 177
猪熊葉子　69, 142, 162, 165, 166, 178-180, 184
井伏鱒二　9, 143
今江祥智　18, 43, 80
ヴィーゼ, クルト（Wiese, Kurt）11, 103, 104
ヴェヌティ, ローレンス（Venuti, Lawrence）61
梅沢時子　273
エインズワース, ルース（Ainsworth, Ruth）208, 253, 255
江國香織　281
エスティス, エレナー（Estes, Eleanor）12, 116, 189
エルマン, バーバラ（Elleman, Barbara）127
オイッティネン, リッタ（Oittinen, Riitta）1, 13, 121, 139, 141, 149, 266
大橋綾子　143
尾崎真理子　18
オサリヴァン, エマー（O'Sullivan, Emer）49, 54, 149
小澤俊夫　113, 136, 262
小野正弘　193
オング, ウォルター・J.（Ong, Walter J.）14, 244, 245

か行

ガアグ, ワンダ（Gág, Wanda）11, 105
ガーネット, イーヴ（Garnett, Eve）74, 81
神沢利子　270
亀山龍樹　166-169, 174, 175, 177, 183
河合隼雄　313
川越ゆり　236
川本三郎　106, 107, 109-115
キープス, ジュリエット（Kepes,

Juliet) 5, 59
菊池寛 8, 38
木島始 235
北條文緒 131
木下順二 216, 234
木村榮 281
キャロル, ルイス (Carroll, Lewis) 58, 182
グージ, エリザベス (Goudge, Elizabeth) 70, 74
クズネッツ, ロイス・R. (Kuznets, Lois R.) 181
グリーン, ピーター (Green, Peter) 179-182, 184
グリム (Grimm) 76, 229, 262
クリングベルグ, ゴーテ (Klingberg, Göte) 13
グレアム, エリナー (Grahame, Eleanor) 181, 182, 184
グレアム (グレーアム), ケネス (Grahame, Kenneth) 9, 10, 16, 142, 143, 145, 148, 149, 154, 157, 161, 165, 166, 170, 178-184
グレンフェル, サー・ウィルフレッド (Grenfell, Sir Wilfred) 9
ゴゥアンヴィック, ジャン＝マルク (Gouanvic, Jean-Marc) 7
小島直記 313, 314
小寺啓章 18
小西正保 3
小林勇 95
コルウェル, アイリーン (Colwell, Eileen) 10, 17, 236, 240, 241, 252, 253, 256, 260, 261
近藤昭子 97

さ 行

斎藤惇夫 4, 57, 73, 87, 120, 160, 161, 232-234

坂西志保 43
笹田裕子 45, 46
佐藤さとる 19
佐藤美希 144
佐藤宗子 75, 79, 155, 156, 316
サトクリフ, ローズマリー (Sutcliff, Rosemary) 162
サン＝テグジュペリ, アントワーヌ (Saint-Exupéry, Antoine) 75
シェイクスピア, ウィリアム (Shakespeare, William) 143
ジェイコブズ, ジョセフ (Jacobs, Joseph) 211, 212, 236, 237, 242, 243
シェパード, E. H. (Shepard, Ernest H.) 156, 165, 273
シェリー, P. B. (Shelley, P. B.) 176
清水崑 103
清水真砂子 3, 270, 276-278
シメオニ, ダニエル (Simeoni, Daniel) 6, 7
シュルヴィッツ, ユリ (Shulevits, Uri) 217, 218, 224
白井澄子 235
スコット, キャロル (Scott, Carole) 75, 101
鈴木晋一 11, 167, 198
スティーヴンソン, ロバート・ルイス (Stevenson, Robert Louis) 242
ストーク, アラン (Stoke, Alan) 274
スミス, リリアン・H. (Smith, Lillian H.) 10, 11, 32, 161, 175, 176
関敬吾 103
瀬田貞二 4, 11, 23, 58, 63, 73, 167, 176, 197, 198, 216, 217, 234, 235
センダック, モーリス (Sendak, Maurice) 124, 130, 217

た 行

ダイク, ヘンリー・ヴァン (Dyke,

人名索引

Henry Van） 9
武井武雄 43
竹内美紀 89
田中美保子（Tanaka, Mihoko） 4, 166–168, 316
棚橋美代子 101
谷崎潤一郎 55, 56
谷本誠剛 45, 46, 316
俵万智 5
チータム，ドミニク（Cheetham, Dominic） 51, 53
チェンバーズ，エイダン（Chambers, Aidan） 49, 171
千森幹子（Chimori, Mikiko） 58, 316
土屋滋子 19, 104
テイラー，ジュディ（Taylor, Judy） 220, 227–229
テンペスト，マーガレット（Tempest, Margaret） 88
トールキン，J. R. R.（Tolkien, J. R. R.） 4, 246
時実利彦 124
ドジソン，チャールス・L.（Dodgson, Charles L.） 182
ドッジ，メアリー・メイプス（Dodge, Mary Mapes），ドッジ夫人 73, 78, 88, 89
鳥越信 18, 74, 87, 89, 94, 96–98, 100, 102, 104, 117, 118, 213

な 行

ナイダ，ユージン・A.（Nida, Eugen A.） 47
内藤濯 89
中川宗弥 192, 200, 201
中川李枝子 18, 43, 70, 80, 201, 226, 234, 281
中野利子 147
中野好夫 87, 143–148, 150–155, 157, 158, 162, 163
夏目漱石 316
ニコラエヴァ，マリア（Nikolajeva, Maria） 13, 75, 101
ノードルマン，ペリー（Nodelman, Perry） 129

は 行

バートン，バージニア・リー（Burton, Virginia Lee） 5, 10, 11, 16, 96, 97, 119, 120, 122, 125–127, 129, 136, 137, 221, 277
灰島かり 2, 313
バカン，エリザベス（Buchan, Elizabeth） 227
羽仁説子 87
バフチン，ミハイル（Bakhtin, Mikhail） 121
ハムズン，マリー（Hamsun, Marie） 10, 68, 72, 75, 90
バヤール＝坂井，アンヌ（Bayard-Sakai, Anne） 56, 57
原昌 2, 24, 45, 56, 273
ハント，ピーター（Hunt, Peter） 143
ピアス，フィリッパ（Pearce, Philippa） 270
ビショップ，クレール・H.（Bishop, Claire Huchet） 11, 103
ビナード，アーサー（Binard, Arthur） 273
ヒラノ，キャシー（Hirano, Cathy） 83
ピンボロー，ジャン（Pinborough, Jan） 73
ファージョン，エリナー（Farjeon, Eleanor） 11, 17, 74, 77, 78, 215–217, 224, 232, 233, 235–237, 240, 242, 243, 245, 246, 249, 252, 269, 282
ファージョン，ハーバート（Farjeon, Herbert） 236

321

フィッシャー，ハンス（Fischer, Hans）97, 118
福島正実　79
福本友美子　2, 4
藤本朝巳　98, 110, 189, 190, 263, 264, 315
ブラウン，マーガレット・ワイズ（Brown, Margaret Wise）2, 138
ブラウン，マーシャ（Brown, Marcia）5, 18, 262
フラック，マージョリー（Flack, Marjorie）103
ブルーナ，ディック（Bruna, Dick）5, 11
ブルデュー，ピエール（Bourdieu, Pierre）6
別宮貞徳　4, 57
ペロー，シャルル（Perrault, Charles）236
ポター，ビアトリクス（Potter, Beatrix）11, 12, 17, 208, 215-218, 220-229, 232, 233, 235, 249, 269, 282
ホフマン，E. T. A.（Hoffmann, E. T. A.）130
ホフマン，フェリクス（Hoffmann, Felix）253, 257, 258, 267
堀内誠一　253, 254, 258
ポリティ，レオ（Politi, Leo）201

ま行

マクドナルド，ルース・K.（MacDonald, Ruth K.）228, 229
間崎ルリ子　234
松居直　11, 15, 16, 105, 106, 117, 118, 137, 138, 167, 198, 239, 268-270
松岡享子　3, 18, 19, 23, 24, 31, 87, 251, 253, 254, 257, 258, 281, 282
マックロスキー，ロバート（McCloskey, Robert）74, 88
松本恵子　24, 45

松山雅子　42, 45
丸谷才一　58, 59
マンデイ，ジェレミー（Munday, Jeremy）6
美智子皇后　19
光吉夏弥　10, 87, 93-95, 100-104, 118, 188, 210
宮川健郎　15, 16
三宅興子　86
宮崎駿　53
ミラー，バーサ・マホニー（Miller, Bertha Mahony），ミラー夫人　10, 31, 71, 72, 74
ミルン，A. A.（Milne, A. A.）8, 12, 20, 23, 24, 40, 42, 45, 56, 142, 143, 148-150, 157, 226, 272-278
ミルン，クリストファー（Milne, Christopher）277
ムーア，アニー（Moore, Annie）220, 229
ムーア，アン・キャロル（Moore, Ann Carroll）10, 32, 72-74, 88
ムーア，インガ（Moore, Inga）184
村岡恵理　104
村岡花子　104
村上春樹　15, 247, 248
モーム，サマセット（Maugham, William Somerset）143

や行

ヤーコブソン，ローマン（Jacobson, Roman）47
山本有三　8, 67, 117, 118, 143, 144, 177
吉田新一　220, 223, 229, 316
吉野源三郎　67, 87, 88

ら行

リュティ（リューティ），マックス（Lüthi, Max）17, 206, 207, 217, 262

リンダー,レズリー(Linder, Leslie) 223
ルイス,C. S.(Lewis, C. S.) 279
ル=グィン,U. K.(Le Guin, Ursula K.) 245, 246, 248
レイ,H. A.(Rey, H. A.) 130
レーシー,リン・エレン(Lacy, Lyn Ellen) 124

レジー,ギリアン(Lathey, Gillian) 1
ロフティング,ヒュー(Lofting, Hugh) 9

わ 行

和田忠彦 15, 248
渡辺茂男 11, 167, 176, 198

事項索引

あ行

朝日賞　2
あとがき　→訳者あとがき参照
アンガス　103, 118
『異教徒の手紙』　181, 182
『イギリスとアイルランドの昔話』　211, 239, 243
石井節，石井独特の表現　62, 63, 194
『石井桃子集』　7, 18, 256, 270, 275, 276, 278
1対1　257, 258, 262, 264, 266
「行って帰る」物語　119, 120, 124
犬養家　8, 9, 38, 45, 46
異文化摩擦　131
『今からでは遅すぎる』　12, 23, 272, 274, 275
「岩波おはなしの本」　189
「岩波少年文庫」　1, 10, 12, 16, 24, 25, 27, 31-35, 37, 41-43, 67-71, 73-75, 77-82, 84-90, 93, 116, 117, 119, 156, 160, 188, 236, 276
「岩波の子どもの本」　1, 10, 12, 31, 68, 89, 93-95, 97-103, 105, 106, 116, 117, 119, 160, 187-189, 191, 201, 209, 210, 224
岩波書店編集部　31, 95, 100, 102, 104, 117, 210
「岩波ようねんぶんこ」　189, 201, 202, 213
韻　137, 244
因襲　179, 180, 182

「うさこちゃん」　2, 5, 11
『牛追いの冬』　70, 77, 79
英宝社　25, 27-29, 32-34, 41-43, 78, 142, 148, 149, 151, 156, 160, 162
絵と言葉の関係，絵と文章の関係　106, 139, 191
絵本　5, 11, 25, 26, 36, 58, 88, 93-106, 119-130, 187-191, 215-218, 251-254, 257, 258, 263-268
絵本全体の流れ　96, 99
『絵本の事典』　57, 232
絵本の進行方向　98, 99
『絵本の力学』　75, 101
絵本翻訳　16, 111, 119, 238, 266
円環　125, 277
『黄金時代』　181
大型絵本版　29, 98, 99, 119, 127
『幼ものがたり』　12, 269, 270, 278, 280, 282
オノマトペ　192-195, 201, 203, 238, 241
お話　111, 222, 223, 251, 252, 256, 271, 272
『お話をして』　253, 256, 261
『おひとよしのりゅう』　165, 166, 168, 172, 178
『おやすみなさいのほん』　2, 138
オリンピアン　180-182
音楽　136, 152
音読　14, 16, 19, 53, 64, 108, 137, 271, 272, 283

事項索引

か行

カーネギー賞　74, 75, 89
絵画先導型　97
階級方言　84, 85
『かいじゅうたちのいるところ』　124, 125, 217
介入された読み　155
改訳　16, 23-42, 70, 86, 87, 116, 156-159, 166, 168, 189, 283
会話，会話文　33, 34, 37, 41, 42, 82, 83, 159, 264
確定訳　26, 27, 35
掛け句　58
課題　123, 263, 264
語り　17, 55, 56, 215, 220, 223, 233, 236, 249, 251, 261, 267, 282, 284, 285
語り口　197, 208, 212, 240, 258, 260
語り手　56, 111, 115, 162, 220, 221, 223, 233, 251, 267
語る訳　17, 85, 269, 282
学校図書館法　117
「かつら文庫」　1, 9, 11-13, 18, 19, 32, 43, 72, 104, 108, 138, 149, 160, 209, 253, 260, 275
家庭文庫研究会　11, 104-106
仮定法　195, 221
『ガラスのくつ』　215, 216, 236, 237
カンガルーマーク　188
緩急　110-112, 223, 267
間接話法　139, 221, 222
完訳，完訳主義　75, 76, 78-81, 85, 119, 142, 156, 162, 224
聞いてわかる　194, 201
擬音語　151, 158, 193
帰還　123, 264
擬人化，擬人法　115, 129, 132-136, 139
逆版　96-99, 102, 119, 189-191
狂歌　58

教訓　229
共訳　69, 70, 201
曲線　127-129
『銀河』　95, 117, 118
『銀のしぎ』『銀のシギ』　216, 232, 236, 237, 240, 246, 249
口調　33, 34, 42, 58, 82
句読点，句点　34, 37, 42, 110, 113
『クマのプーさん』『熊のプーさん』『プー』　2, 9, 10, 15, 16, 18, 20, 23-27, 32, 36, 39, 40, 42, 43, 48, 53, 57, 60, 62-64, 70, 77, 85, 86, 148, 150, 159, 215, 224, 264, 268, 271-283
クライマックス　112
くり返し　36, 48, 51-54, 61, 63, 64, 108, 109, 113, 114, 132-138, 174, 175, 199, 205-208, 244-247, 258-264, 266
クリストファー・ロビン　276-278
『グレイ・ラビットのおはなし』　70, 88, 201
『グロースターの仕たて屋』　218, 225-229, 231-233, 238, 249
形式的等価　47
劇作　24, 42, 148, 150, 157, 236
欠乏状態　256
原著尊重　11, 75, 79, 101, 102, 204
原文に忠実　80, 81, 85, 144, 183
口誦性　15
声　1, 2, 7, 12, 15-17, 43, 53, 57, 64, 65, 69, 85, 106, 115, 139, 160, 162, 183, 184, 193, 212, 220, 221, 248, 249, 271, 272, 283, 284
声の文化　14-17, 139, 212, 220, 244, 245, 249, 268-271, 281-285
『声の文化と文字の文化』　14, 244
声を訳す　16, 17, 183, 282-285
五・一五事件　8, 39, 177
「こぎつねルーファス」　17, 201-204
国際児童図書評議会（IBBY）　19

325

呼称，呼び方 82, 84, 159
『こすずめのぼうけん』 17, 251-258, 261-263, 266-268
古典 67, 73, 76, 210
言葉遊び 46, 48-51, 58, 63
子どもにわかりやすい，子どもが聞いてわかる 110, 111, 115, 183, 240
『子ども時代への道』 73
子ども像，子どものイメージ 13, 14, 141, 149
子ども読者 1, 4, 5, 12, 14, 85, 104, 119-121, 139, 141, 154, 155, 160, 163, 165, 183, 184, 193, 199, 266
『子どもと文学』 1, 11, 15, 167, 197, 198
『子どもの読書の導き方』 105
『子どもの図書館』 160, 275
『こどものとも』 105, 253
「子どもの本の研究会（ISUMI 会）」 11, 15, 167, 197
『子どもの館』 12, 206, 260, 285
子どもの読み 12, 13, 16, 116, 126, 129, 130, 139, 150, 160, 161, 163
『こねこのぴっち』 97-102, 118
語尾 42, 221, 239
子守唄 226
誤訳 4, 34, 273
コルデコット賞（カルデコット賞） 73, 74, 88, 122, 126

さ 行

再話 76, 78, 79, 147, 150, 155, 198, 209, 210, 212, 240
先取りの手法 110, 113, 114
作者寄り 163
作品解釈 131, 138, 141, 142, 144, 146, 148, 155-157, 159, 163, 167, 168, 175, 178, 256, 268
作品の声 15, 16, 69, 163, 165, 183, 184, 233, 248, 249, 268, 282, 283

3，3回，3回のくり返し 52, 53, 109, 136, 199, 205-208, 260, 262, 263, 277
「サンタクロースの部屋」 281, 283
『三びきのやぎのがらがらどん』 5, 63, 262
詩 36, 37, 46, 53, 57, 58, 63, 152, 154, 218, 226, 235, 253
視覚 54, 56, 126, 257, 267
時間 →時（とき）参照
自己同一化 115, 116, 120, 122, 221, 222, 262
自然，自然描写 143, 150, 152, 154, 156-158, 160-162, 197, 242
七五調 16, 57, 58, 63, 64
自伝 12, 17, 269, 271-276, 280, 282
児童図書館 10, 11, 160, 161, 175, 206
『児童文学事典』 187
『児童文学論』 2, 11, 161, 176, 183
「児童向き出版物について」 116
『シナの五にんきょうだい』 11, 103-107, 116, 119, 123, 136
社会文化的 84, 131, 145, 166, 167, 201, 204
重訳 69, 79, 85, 90
主人公 33, 56, 130, 134-137, 158, 170, 180, 197, 256, 258
出発 123, 263, 264
「受容化」と「異質化」 61
『少國民文化』 94
「少年少女の家」 175
「少年少女のための目録」 100
「少年少女読物百種委員会」 67, 87
賞味期限 77, 85-87
抄訳 76-78, 85, 142, 145, 146, 150, 155-157, 196
省略 77, 78, 89, 106, 145-147, 149-155, 158, 189, 196, 197, 201, 203, 211
序詞 58
初訳 36, 70, 71, 78, 87, 96, 143, 166, 236

白百合女子大学児童文化センター　116
新潮社　8, 9, 67, 143
瑞雲舎　106
素語り　251, 267
『図説　子どもの本・翻訳の歩み事典』　2, 75, 117
『図説　児童文学翻訳大事典』　67
ストーリーテリング　17, 249, 251, 268
ずれ　131, 132, 199
聖書　244, 245
「聖ジョージの竜退治」　165
成長譚　123
精読　165, 168
正版　96-99, 189, 190
『せいめいのれきし』　11, 127
「世界傑作絵本」　103, 105
『世界名作選』　8, 19, 143, 144
せりあがる，せりあげ　109, 112, 136, 139
先行訳　141, 162, 237, 273
戦争　8, 29, 39, 177
『セント・ニコラス』　73, 88
造語　51, 63
創作　1, 3, 12, 19, 78, 198, 208, 216, 237, 241-243, 246, 249, 253, 269, 270, 275, 278, 281, 282
想定読者　121, 122, 140, 141, 146, 203, 233
ゾウマーク　188, 189, 191, 201

た　行

代替　49
対象年齢　140, 141, 187
タイトル　69, 142, 155, 163, 167, 168, 176, 178
タイポグラフィー　97, 101, 122, 126, 127, 129, 139, 140
対話（dialogue），対話理論　13, 120-122, 139-141, 149

多義性　137
駄洒落（pun）　46, 49-51, 58, 64
縦書き　11, 95, 96, 98, 102, 118, 189-191
縦組み　96, 98, 100, 101, 117, 191
縦長　112, 113
縦判　97
『たのしい川邊』『たのしい川べ』　9, 70, 141-143, 145, 148, 156, 157, 159, 161, 162, 165, 182, 183, 246
旅　126, 151
淡々と，淡々とした　133, 138, 238, 245
『小さい牛追い』　10, 68, 70, 72, 75, 77, 79, 90
『ちいさいおうち』　2, 10, 14, 16, 63, 96, 97, 101, 102, 119, 120, 122, 124, 125, 127, 129, 131, 133, 138, 210, 221, 222, 224, 277
筑摩書房　94
地の文　34, 37, 83, 159
『ちびくろ・さんぼ』　106, 117
「チム・ラビット」　17, 191, 192, 194, 196, 198, 200-203, 237, 256
聴覚　54, 193
直接話法　139, 221, 222
直線　125, 127, 128, 277
直訳　34, 35, 60, 80, 115, 132, 133, 176, 195, 221
直訳と意訳，直訳か意訳か　13, 79, 81
著作権　97
「である調」「ですます調」　231-233, 238, 247, 249
定訳　76, 86, 156, 183
田園と都会　128, 129
伝記　7, 8, 18, 178, 180, 184, 275
伝承，伝承文学　198, 208, 209, 211, 231, 236
伝説　228, 233, 236
テンポ　87, 109, 110, 112, 136
統一判型　93, 95, 97

等価　13, 46-48, 50, 51
東京子ども図書館　1, 9, 12, 18, 19, 23, 72, 206, 251, 254, 260
同時進行型　97
登場人物　61, 84, 85, 98, 116, 159, 162, 198, 221, 225, 240, 242, 264, 272
動的等価　47
動物寓話　229
童謡　59-61, 226
童謡詩集　24, 226, 273
時　124-126, 132, 133, 136-139
読者寄り　13, 16, 61, 238
土着性　224
『とぶ船』　18, 70, 77, 89
『トム・ソーヤの冒険』　70, 71, 77
「トム・ティット・トット」　216, 236, 242
『ドリトル先生アフリカゆき』　9, 143

な行

『ナショナル・オブザーバー』（National Obserber）　181
なまり　82, 238-240
「ナルニア国ものがたり」「ナルニア」　279, 280
二重人格　242
日本語表記　54-56, 95, 102, 267, 284
日本児童文学学会　187
日本少國民文化協會　94
「日本少國民文庫」　8, 9, 19, 67, 143, 177, 237, 283, 314
ニューベリー賞　89
ノスタルジア　128, 277, 280
『ノンちゃん雲に乗る』『ノンちゃん』　1, 3, 9, 10, 63, 64, 68, 270
「ノンちゃん牧場」　68, 79, 200

は行

場　6, 13, 266

白林少年館　9, 143
抜粋　77, 78
ハッピーエンド　123, 166, 229, 256
『はなのすきなうし』『花と牛』　94, 210
ハビトゥス（"habitus"）　6, 7, 178
場面割り　254, 263, 266
早口言葉　51
『ハンス・ブリンカー』『銀のスケート』　70, 73, 78, 88, 89
「パンチ語」　273
拍（ビート）　245-248
「ピーターラビット」　2, 12, 17, 120, 215-218, 220-222, 224-226, 232, 233, 237, 249, 251
比較　16, 23, 24, 27, 29, 54, 107, 112, 119, 131, 137, 142, 159, 163, 168, 189, 204, 230, 231, 237, 239, 242, 255
『ヒキガエル館のヒキガエル』『ヒキガエル屋敷のヒキガエル』『カエル邸のヒキガヘル』　143, 145, 148, 157
『ヒキガエルの冒険』　10, 78, 142, 148-150, 155-157, 160-162
左開き　96, 101, 102, 117
『百まいのきもの』『百まいのドレス』　12, 116, 189, 190, 283
『100まんびきのねこ』　11, 105
表記　28, 30, 32, 34, 36, 51, 55, 57, 284
ひらがな　30, 35, 54-56, 101, 111
ひらがなの分かち書き　101, 113, 192, 194, 195, 203
昼と夜　129, 130
「ファージョン作品集」　11, 17, 78, 215, 232, 236, 251
ファンタジー　16, 19, 79, 140-142, 162, 178, 187, 216, 246, 247, 279, 281
プー　37, 40, 46, 59, 85, 268, 278, 283
「プー語」　46, 273
『プー横丁にたった家』『プー横丁』　8-10, 24-27, 41, 58, 70, 77, 148, 150, 276

フォント 126
福音館書店 11, 12, 105, 106, 210, 211, 253, 260, 285
『ふくろ小路一番地』 70, 74, 81, 82, 85-87, 89
『ふしぎなたいこ』 103, 209, 213
プロット 53, 56, 123
分割 194, 195
文藝春秋社 8, 38, 72, 177
分冊 77, 78
文章先導型 97
文体 1-4, 7, 14, 53, 80, 138, 209, 216, 220, 222, 223, 229, 231-233, 238, 244, 245, 247-249, 251, 261, 266, 269, 283-285
文末 229, 231, 237, 238
変形菊判 95, 117
方言 212, 238-240, 243
冒険 123-125, 149, 257
『ホーンブック』(The Horn Book) 10, 31, 71, 72
補足 108, 111, 136, 195, 238
発端句 107
『ホビットの冒険』 4
翻案 76, 155
本歌取り 58, 59, 63
『本の小べや』 70, 77, 78, 236
翻訳規範 144, 145
翻訳研究 4, 6, 131, 145
翻訳姿勢 5, 6, 16, 23, 24, 62, 75, 138, 139, 142, 144, 145, 163, 167, 178, 196, 224, 283
翻訳者研究 6

ま 行

マイナスのコード 190
枕詞 58
マザーグース 59, 61, 218
魔法の森 276-283
『幻の朱い実』 12, 271, 272, 280, 281
『まほろしの白馬』 70, 74
右開き 96, 101, 117
「光吉文庫」 116
耳から聞く，耳で聞く 14, 116, 122, 123, 129, 134, 136, 137, 193, 201, 208, 264, 266, 268
昔話 107, 113, 116, 123, 136, 197, 198, 206-212, 216, 217, 223, 229, 236, 237, 241-243, 246, 247, 249, 253, 254, 256-258, 260, 262-264, 266, 268, 282, 283
昔話絵本 106, 119, 123, 253, 254, 257, 263
昔話の構造 136, 207, 212, 229, 264
昔話の構造分析 256, 263
昔話の語法，昔話の語りの様式 108, 113, 123, 125, 136, 207, 216, 260, 262, 283
『ムギと王さま』 70, 74, 77, 78, 215, 236
無生物，無生物主語，無生物構文 130, 132-136, 139
名訳 2, 18, 23, 87, 183, 283
物語 53, 67, 99, 217, 224, 228, 254, 257, 258, 266, 281, 283
物語の時間 125
物語の進行方向 189, 190
『ものぐさドラゴン』 166, 168

や 行

「訳者あとがき」「あとがき」「訳者のことば」 37, 40, 68, 71, 72, 74, 78, 81, 87-90, 117, 145, 148, 157, 176, 183, 189, 196, 211, 272-274
ユーモア，ヒューモア，ユーモラス 40, 42, 45, 46, 56, 58, 61, 63, 64, 175, 177, 194
『ゆかいなかえる』 5, 59
『ゆかいなホーマー君』『ゆかいなホーマーくん』 70, 74, 86-89
ユニフォーム 102

事項索引

329

『指輪物語』 246, 247
『夢みる日々』 165, 182
「幼児のためのお話」 124, 206, 210
幼年童話 17, 187-189, 191, 193, 196, 198, 201, 208, 209, 212, 257, 259, 263, 266, 268
幼年文庫 188
横書き 11, 95, 105, 118
横組み, ヨコ組 96, 98, 101, 102, 105, 106, 117, 191
横判 95, 106, 191
読み聞かせ 5, 45, 115, 187
夜 128, 130, 138, 139
喜び, 喜びの訪れ 67-69, 73, 74, 85, 278

ら 行

ライト・ヴァース 46, 275
『りすのナトキンのおはなし』 216, 220, 229, 230
リズム 7, 53, 57, 58, 136-138, 223, 225, 226, 244-248, 267
リタッチマン 97

『リンゴ畑のマーティン・ピピン』 70, 232
ルビ 49, 117, 203
ロックフェラー財団 43, 72

わ 行

枠 227-229
枠物語 236
笑い 46, 49-51, 56, 61, 63, 64
わらべ唄 59, 60, 64, 218, 226, 236

欧 文

ISUMI 会 →「子どもの本の研究会」参照
"rhyme" 218
"story" 217, 219
"tale" 215, 218-220, 226, 229, 236, 249
The Reluctant Dragon 17, 165-167, 169, 171, 172, 181, 183
"the verses" →童謡詩集参照
The Wind in the Willows 10, 16, 145, 146, 163, 165

《著者紹介》

竹内美紀（たけうち・みき）

1963年　神奈川県生まれ。
1987年　同志社大学法学部政治学科卒業。
1989年　財団法人松下政経塾本科修了。
1989年から8年間，第二電電株式会社に勤務。マーケティング部でPHS事業の立ち上げ，国際部で携帯電話の海外投資プロジェクトに従事。
2012年　フェリス女学院大学人文科学研究科博士後期課程満期退学。博士（文学）。
2014年4月現在　フェリス女学院大学非常勤講師。
主　著　『ベーシック絵本入門』（共著）生田美秋・石井光恵・藤本朝巳編著，ミネルヴァ書房，2013年。
　　　　『英語圏諸国の児童文学Ⅱ　テーマと課題』（共著）日本イギリス児童文学会編，ミネルヴァ書房，2011年。
　　　　『英米絵本のベストセラー40──心に残る名作』（共著）灰島かり編著，ミネルヴァ書房，2009年。

石井桃子の翻訳はなぜ子どもをひきつけるのか
──「声を訳す」文体の秘密──

2014年4月20日　初版第1刷発行　　　〈検印省略〉
2014年10月20日　初版第2刷発行

定価はカバーに表示しています

著　者　　竹　内　美　紀
発行者　　杉　田　啓　三
印刷者　　江　戸　宏　介

発行所　株式会社　ミネルヴァ書房
607-8494 京都市山科区日ノ岡堤谷町1
電話代表 (075)581-5191
振替口座 01020-0-8076

© 竹内美紀, 2014　　　共同印刷工業・兼文堂

ISBN978-4-623-07014-5
Printed in Japan

近代日本の翻訳文化と日本語 ●翻訳王・森田思軒の功績	齊藤美野 著	A5判二七六頁 本体六〇〇〇円
松居直自伝 ●軍国少年から児童文学の世界へ	松居直 著	四六判三一二頁 本体一八〇〇円
松居直と『こどものとも』 ●創刊号から149号まで	松居直 著	四六判四五二頁 本体二八〇〇円
中川正文著作撰 ●児童文学・文化を問い続けて	中川正文著作撰編集委員会 編	A5判六〇八頁 本体六〇〇〇円
大人が子どもにおくりとどける40の物語	矢野智司 著	四六判二九四頁 本体二四〇〇円
ベーシック絵本入門	生井知美 石井光恵 藤本朝巳 編著	B5判二三四頁 本体二四〇〇円
保育者と学生・親のための乳児の絵本・保育課題絵本ガイド	福岡貞子 礒沢淳子 編著	B5判一六四頁 本体一八〇〇円

ミネルヴァ書房

http://www.minervashobo.co.jp/